Mariangela Cerrino

Die Seherin der Etrusker

Mariangela Cerrino

Die Seherin der Etrusker

Roman

Aus dem Italienischen
von Christa Efkemann

Wolfgang Krüger Verlag

Die italienischen Originalausgaben erschienen unter den Titeln
I Cieli dimenticati, La Via degli Dei und *La Porta sulla Notte*
im Verlag Longanesi & C., Mailand

Satz: Wagner GmbH, Nördlingen
Printed in Germany 1996
ISBN 3-8105-0348-7

Gedruckt auf chlor- und säurefreiem Papier

Erster Teil

1.

Kurz vor Sonnenuntergang hatte sich der Himmel plötzlich verdunkelt. Bis zu diesem Augenblick war es ein sonniger Tag gewesen, fast zu warm für die Jahreszeit, aber mit einem stürmischen Wind, der sich in den verschlungenen Zweigen des Geißblatts verfing, das die Mauern des ganzen westlichen Flügels des Palastes von Tarchna bedeckte, der den Frauen vorbehalten war.

Aber dann waren von Westen her plötzlich Wolken aufgezogen. »Von Westen her, wie ein böses Omen«, murmelte Velvur, der Große Trutnot des Zwölfstädtebundes der Rasna und Hohepriester des Palastes von Tarchna, der hoch aufgerichtet und regungslos neben dem Bogendurchgang zu einem der Innenhöfe stand und so tat, als bemerkte er die Aufregung der Mägde wegen des nahenden Gewitters und seiner Gegenwart nicht, die sie fast noch mehr einzuschüchtern schien als das drohende Naturereignis.

Er hatte die Zeichen am Tag vorher gesehen, als er das jüngste in den Ställen des Palastes geborene Lamm geopfert hatte, und er fand sie jetzt in den Wolken wieder, die schnell über den Himmel trieben, sich auftürmten und zusammenballten, um auch das letzte Blau zu tilgen und jede Spur von Licht.

Velvur holte tief Atem und spürte plötzlich wie ein leichtes Fieber den Geruch und die Vibrationen des Blitzes in seinen Adern aufsteigen. Eine heftige Erregung begann von ihm Besitz zu ergreifen, die ihn von der Wirklichkeit seiner Gedanken abzuschneiden und ihn zu anderen Ereignissen und in andere Zeiten zu entführen drohte. »Nicht jetzt«, murmelte er leise vor sich hin. »Jetzt noch nicht.«

In diesem Augenblick näherte sich vom Inneren des Palastes her eine der Mägde Ramthas, der Königin von Tarchna. Aber sie wagte es weder sich bemerkbar zu machen noch das Wort an ihn zu richten. So wie sie

dastand, sah es fast so aus, als wolle sie in seinem Schatten Zuflucht suchen vor dem, was sich dort am Himmel zusammenbraute.
Velvur, der ihre Gegenwart gespürt hatte, drehte sich mit einem kleinen Lächeln nach ihr um, und die Magd nahm ihren ganzen Mut zusammen.
»Meine Herrin fragt nach dir, Großer Trutnot«, murmelte sie. »Das Kind will nicht kommen.«
»Es ist ein Mädchen, meine getreue Hasti, ein Mädchen«, sagte Velvur und schickte sich dann an, ihr zu folgen. Für einen kurzen Augenblick erhellte sich das Gesicht der jungen Frau. Nur ein schwacher Hoffnungsschimmer nach einer Nacht und einem Tag beständiger Wache, aber sie wagte es nicht, noch etwas hinzuzufügen.
Die Diener begannen die Lampen anzuzünden, als Velvur die Schwelle zum Gemach der Königin erreichte. Die Luft war hier viel stickiger, gesättigt von Schmerz und Angst, und die Mägde standen, zusammen mit den alten Frauen des Palastes, ratlos um das Bett der Königin. Alles, was sie tun konnten, hatten sie bereits getan: Heißes Wasser stand in den Becken bereit, und die Leinentücher warteten auf ihre Verwendung.
Vom Fenster her, das nur von einer großen, hellen Leinwand abgeschirmt war, drang, zusammen mit dem Rauschen des Windes, ein diffuses Dämmerlicht herein. Doch plötzlich schien es, als ob das aufziehende Gewitter eine Atempause eingelegt hätte.
Als hätte es sich für einen Augenblick in den Fäden dieses schimmernden Spinnennetzes dort unter dem Fenster verfangen«, dachte Velvur und ließ alles im Geiste an sich vorbeiziehen. Er lächelte verhalten. So wie das Gewitter schien für einen Moment auch die Zukunft in diesem Netz verfangen und in seine Hände gelegt zu sein. Aber das, was geschehen sollte, stand geschrieben.
Und das, was geschrieben stand, war unwandelbar.
Dann näherte er sich der Königin. Ramtha lag, erschöpft von den vielen Stunden voller Schmerzen, mit geschlossenen Augen auf dem Bett, gepeinigt von einer Angst, die auch Velvur ihr nicht hatte nehmen können. Sie hatte schon drei Kinder geboren, und alle drei waren gestorben, kaum daß sie das Licht der Welt erblickt hatten. Ramtha war noch sehr jung, aber König Tarchon hatte den Zenit seiner Jahre schon überschritten, und er hatte keine Erben.

Velvur beugte sich über sie, streifte ihre Stirn mit den Fingerspitzen, und Ramtha schlug die Augen auf. Sie hatten die Farbe von dunklem Gold und verloren sich jetzt auf der Schwelle zu einer Selbstaufgabe, die ihr, nach all den Schmerzen, als das kleinere Übel erscheinen mochte. Dann versuchte sie, sich ein wenig aufzurichten und zu Velvur zu sprechen.

Sie war schön, von edler Herkunft, und es war erst vier Jahre her, daß sie Tarchons Frau geworden war. Aber nun schien sich sogar ihr junger Körper zu ergeben und aus der Welt zurückziehen zu wollen.

»Sprich nicht, meine Königin«, murmelte Velvur und zog eine Ampulle mit einer bitteren, schwarzen Flüssigkeit hervor. Er setzte sie ihr an die Lippen, und die junge Frau schlürfte sie vorsichtig.

»Deine Tochter wird jetzt zur Welt kommen«, sprach Velvur beruhigend auf sie ein. »Ihr Name wird Caitli sein, und ihre Augen werden über Zeit und Raum sehen. Sie wird Athrpa geweiht sein, der Schicksalsgöttin, und durch sie wird eine mächtige Nation entstehen. Wenn sich unsere Zeit erfüllt hat, wird es diese Nation sein, die unser Volk zerstreuen wird, wie der Wind am Ende des Sommers den Staub verweht.« Ramtha biß sich auf die Lippen, und für einen kurzen Augenblick senkte Velvur seinen Blick in die Augen der jungen Frau. Dann krümmte sie sich schreiend zusammen, und der Hohepriester zog sich vom Bett zurück. Kurz darauf erfüllte der Schrei des Neugeborenen die unbewegliche Luft. Selbst der Wind hatte sich nun gelegt, und Velvur zerriß im Geiste die Fäden des Spinnennetzes. Dann richtete er sich hoch auf und ließ die gebändigte Kraft des Blitzes in den Heiligen Baum der Schicksalsgöttin an der Grenze des Waldes einschlagen, der auf dieser Seite des Palastflügels der Göttin geweiht war.

Nun sah er nur noch dieses kostbare kleine Leben vor sich, das für einen kurzen Augenblick in seine Hände gegeben war. »Caitli wird mich übertreffen, sobald sie herangewachsen ist«, dachte er. »Aber so steht es geschrieben, und so soll es sein.«

Die farbigschillernde Giebelseite des neuen Palastflügels, der nach Süden ausgerichtet und nach den Regeln des Gleichgewichts der Kräfte errichtet worden war, erstrahlte in einer solchen Schönheit, daß sogar die griechischen Händler aus Pyrgi nach Tarchna kamen, um sie zu bewundern. Tarchons Palast war dank dieses erst vor kurzem vollendeten Kunstwerkes seines Königs würdig geworden und somit auch seines geheimen Anspruchs, früher oder später der Re Supremo des Zwölfstädtebundes zu werden.

Diesen Tag hatte Tarchon feiern wollen, um die Göttin Athrpa zu ehren und mit ihr auch Caitli, die an diesem Tag fünf Jahre alt wurde. Vor allem aber wollte der König in seinem Herzen Dank sagen für die vorangegangenen fünf Jahre, die in seinem Leben, das auch vorher ruhig und zufrieden verlaufen war, die besten gewesen waren. Diese Jahre waren wirklich in ganz besonderem Maße reich und glücklich gewesen. Sein Hofstaat glänzte, und die Minen in den Bergen waren ergiebig wie nie zuvor. Es hatte keine Mißernten gegeben, nicht einmal Wettereinbrüche, keine Wolkenbrüche, keine zu heißen Winde, keine hereinbrechenden Horden, die das Land verwüsteten, keine Gefahren kriegerischer Auseinandersetzungen und auch keine Fieberepidemien, die die Neugeborenen oder die weisen Alten dahinrafften.

Seit seine kleine Tochter das Licht der Welt erblickt hatte, war das Leben im Palast so ruhig und heiter geworden wie der Ausdruck ihrer hellen, goldenen Augen, in denen tiefgrüne Punkte schimmerten, wenn das Wetter umschlug. Caitli schien sich in nichts von den anderen Kindern ihres Alters zu unterscheiden. Sie war nicht besonders gehorsam, ziemlich lebhaft und vor allem unglaublich eigensinnig. Doch Velvur hatte verkündet, daß nur dank ihr Thanaquil, ihre kleine Schwester, ohne Schwierigkeiten zur Welt gekommen war. Thanaquil war gerade erst einen Monat alt, aber Ramtha war nach ihrer Geburt schon wieder aufgeblüht. Sie hatte jetzt keine Angst mehr, das Bett mit dem König zu teilen, und Tarchon seinerseits machte keinen Hehl aus seiner Liebe zur Königin. Er las ihr jeden Wunsch von den Augen ab, und nur die Waren der besten Händler waren ihm gut genug für sie. Er war reich und glücklich. Aber er war alt genug, um zu wissen, daß nichts ewig dauerte und er wahrscheinlich eines Tages diesen Zeiten nachtrauern würde.

»Fürchtest du dich etwa?« flüsterte ihm Velvur ins Ohr, der plötzlich lautlos hinter ihm aufgetaucht war.

Tarchon haßte und beneidete gleichzeitig die Fähigkeit des Großen Trutnot, sich fast lautlos zu bewegen. »Als ob er unsichtbar wäre«, sagte man über ihn.

Tarchon verzog das Gesicht zu einem Lächeln und gab Velvur ein Zeichen, ihm zu folgen.

»Ich wäre ein Tor, hätte ich keine Furcht, Großer Trutnot«, bemerkte er leise, während sie sich gemeinsam auf den Weg machten, um den neuen Flügel des Palastes und die majestätische Giebelfront zu besichtigen.

»Du hast recht«, stimmte Velvur ihm zu. »Es ist der Mangel an Furcht, der die Menschen vom Leben trennt.«

Für einen Augenblick versuchte Tarchon zu begreifen, was sich hinter diesen seltsamen Worten des Trutnot verbergen mochte, aber an einem Morgen wie diesem, voller Sonne und fröhlichem Treiben, hatten weder Sorge noch Furcht ihren Platz.

Die Mägde und Knechte waren gerade dabei, das große Bankett vorzubereiten, zu dem der Adel und die vornehmsten Familien von Tarchna geladen worden waren. Der große Innenhof hallte wider von einem ständigen Kommen und Gehen, und Demestone, der griechische Händler, der sich persönlich um die Anordnung seiner Waren in einem noch leeren Raum des neuen Flügels kümmerte, stiftete alleine mit seiner Schar geschwätziger Sklaven mehr Verwirrung als alle anderen zusammen. Über die breite Straße, die zum Palast führte, näherte sich Laris, der Freund und Vertraute des Königs, mit seinem Gefolge, und dann waren da noch die Kinder, für die alles nur ein Spiel und ein großes Vergnügen war. Mit lautem Geschrei tobten sie durch die Räume des neuen Palastflügels und brachten Demestone zur Verzweiflung, der jedesmal lauthals protestierte, wenn sie sich unter die Sklaven mischten und sie von der Arbeit abhielten. Die Mutigsten unter ihnen wurden von Caitli angeführt, die immer wieder den Zorn des Händlers herausforderte, da sie einen Blick auf die Waren werfen wollte. Ihr Kopf, mit den zerzausten kupferroten Haaren, in die die Sonne flammende Reflexe zauberte, überragte um Handbreite die der anderen Kinder ihres Alters, selbst die der älteren, die sich ihr zugesellt hatten.

»Warum hat die Schicksalsgöttin sich ausgerechnet mein Haus ausgesucht? Womit habe ich das verdient, Velvur?« murmelte Tarchon vor sich hin. »Kannst du mir das erklären?«

»Ich bin nur ein armer, unbedeutender Hohepriester, mein König, der nur das sieht, was ihm die Götter erlauben zu sehen. Und im Moment sehe ich nur einen wütenden Händler, dem es sehr schlecht ergehen wird, sollte er es wagen, die Hand gegen sie zu erheben«, antwortete ihm Velvur amüsiert. Tarchon unterdrückte nur mühsam ein lautes

Lachen und schritt dann auf Demestone zu, dem es inzwischen gelungen war, die Kinder zu vertreiben. Nur Caitli war noch geblieben, und der Händler schien unschlüssig, ob er sie lieber ignorieren oder versuchen sollte, sie mit der Peitsche zu vertreiben.

Als er den König erkannte, sank er sofort auf die Knie. Dann bemerkte er direkt dahinter die Tunika in der Farbe des Hohepriesters, und sein Gesicht verfinsterte sich. Dieser Velvur hatte ihm gerade noch gefehlt! Ihm gelang es fast immer, seine Preise auf die Hälfte herunterzuhandeln und ihm damit das ganze Geschäft zu verderben.

Aber er versuchte, sich nichts anmerken zu lassen und sagte beflissen: »Dieser Tag wird dir Glück bringen, König Tarchon. Ich habe dir die beste und wertvollste Ware gebracht. Duftende Seide aus Babylon, Opale und hauchfeines Leinengewebe aus Ägypten für deine Königin. Das alles hat mich zwei Schiffe gekostet, die mit einer kompletten Mannschaft von Sklaven auf Grund gelaufen sind. Mehr als dreißig junge, starke und gut ausgebildete Sklaven!«

Da drehte sich Caitli, die bis dahin noch in den Waren gekramt hatte, nach ihm um und rief: »Warum sagst du so etwas? Das ist doch gar nicht wahr!«

Für einen Augenblick verschlug es Demestone die Sprache. Was sollte er auf diese zwar zutreffende, aber völlig unerwartete Anschuldigung antworten? Caitli war eigentlich noch viel zu klein, um zu wissen, was sie da sagte. Trotzdem fühlte er ein tiefes Unbehagen in sich aufsteigen. Dieses Kind wird mir noch den ganzen Tag verderben, dachte er zornig. Zuerst schleppt sie mir sämtliche kleinen Rotznasen des Palastes an, und jetzt beschuldigt sie mich auch noch, mit gespaltener Zunge zu sprechen!

Caitli war inzwischen damit beschäftigt, die Opale zu betrachten, die ein Diener auf einem Teppich ausgebreitet hatte. »Deine Schiffe werden zwar auf Grund laufen, aber erst nach zwei Jahreszeiten«, fügte sie beiläufig hinzu, und Demestone erbleichte.

»Habe ich dein Haus beleidigt, König Tarchon?« flüsterte er erschrokken. »Wenn es so ist, dann laß es mich wiedergutmachen, und rufe die Worte dieses Kindes zurück!«

Nun schaltete sich Velvur ein. »Die Götter sprechen manchmal durch sie, Demestone«, erklärte er. »Sie ist Caitli, die Tochter des Königs, und wenn du nicht gelogen hättest, dann hätte sie es nicht für nötig befunden, dir zu sagen, was das Schicksal für dich vorgesehen hat. Sei also in Zukunft vorsichtig, und vor allem sei dankbar für diesen Hinweis, den du als ein Geschenk betrachten solltest.« Dann wandte er sich Caitli zu und dem, was ihr Interesse hervorgerufen hatte: ein dunkler, wie mit Patina überzogener Opal, der an einer feingliedrigen, goldenen Kette hing und mit bläulich schimmernden, milchig weißen Linien durchzogen war.

»Ist es das, was dir gefällt?« fragte der König, der nun ebenfalls hinzugekommen war.

»Er gehört ihr!« beeilte sich Demestone zu versichern. »Als Dank für den Hinweis, den sie mir gegeben hat, und für das Wohlwollen der Göttin, welche auch immer aus ihr sprechen mag!«

»Es ist ein merkwürdiges Schmuckstück für ein Kind«, bemerkte Velvur, als Caitli die Kette hochhielt, um ihm den Opal wie eine Eroberung zu zeigen. Im einfallenden Sonnenlicht erschien er nun fast transparent.

»Er ist für Larth, der auf dem Weg hierher ist«, war alles, was die Kleine sagte, bevor sie davonlief.

Tarchon, der keine Lust hatte, sich von der finsteren Miene des Händlers den Tag verderben zu lassen, wandte sich noch einmal an den Griechen. »Ich werde mir deine Waren später ansehen. Heute abend werden alle vornehmen Familien und der Adel von Tarchna hier sein, und du wirst einen Platz an meiner Tafel haben. Schau also nicht so finster und freue dich über diese Auszeichnung.«

Demestone verbeugte sich und beschloß bei sich zu opfern, sobald er nach Pyrgi zurückgekehrt sein würde. Dann fühlte er die Augen der Sklaven auf sich gerichtet, die die Szene verfolgt hatten, und entschied, auch sie so bald wie möglich zu verkaufen und den Fluch von den Schiffen nehmen zu lassen. Und alles das nur wegen der schnellen Zunge eines kleinen Mädchens.

Der König hatte sich nun wieder, gefolgt von Velvur, nach draußen begeben, wo Laris mit seinem Gefolge schon fast den Palast erreicht hatte, und Tarchon ging ihm entgegen, um ihn zu begrüßen.

Laris war der Gefährte seiner Kindheit und Jugend gewesen, und nun war er für ihn wie der eigene Bruder geworden, den er viel zu früh in einer Schlacht entlang des Grenzflusses verloren hatte. Laris war gebildet, zuverlässig und treu, und nicht ein einziges Mal hatte er aus seinem Mund ein Wort gehört, das ungerecht oder ohne Mitgefühl gewesen wäre. Des-

halb hatte Tarchon schon lange erkannt, daß Laris der bessere Mensch von ihnen beiden war, und folglich auch weniger wohlhabend. Der hatte, so wie Tarchon selbst, Kinder verloren, die jetzt schon fast erwachsen gewesen wären, und bei der Geburt des letzten Kindes war auch seine Frau gestorben. Aber drei der Kinder waren ihm verblieben, von denen der älteste Larth war. Er war knapp ein Jahr älter als Caitli und stand nun mit zurückgelegtem Kopf da, so sehr in die Betrachtung der Giebelfront versunken, daß er gar nicht bemerkt hatte, wie alle anderen des Gefolges schon den Palast betreten und ihn alleine zurückgelassen hatten.
Larth versuchte gerade herauszufinden, was wohl dieses bunte Gewirr von Figuren zu bedeuten hatte, die sich scheinbar alle anschickten, ein geflügeltes Tier zu jagen, das so hoch über ihren Köpfen schwebte und so gewaltig und fremdartig war, daß es ihm geradezu monströs erschien. Selbst als der Vater, zusammen mit dem König und Velvur, sich zu ihm gesellten, um ihrerseits das Werk zu betrachten, senkte er nicht den Blick.
»Nun, mein kleiner Fürst, gefällt dir dieses in Stein gehauene Kunstwerk?« sprach ihn Tarchon an.
Larth wandte sich kurz zu ihm um, erhob dann aber gleich wieder die Augen zur Giebelfront und antwortete zögernd: »Ich weiß nicht. Was soll das denn für ein Tier sein?«
Velvur lächelte. Larths Augen waren von einem so dunklen Blau, daß sie fast schwarz schienen, und seine dunklen, glatten Haare waren ganz kurz geschnitten. Der Junge trug nur einen Lendenschurz, darüber ein kurzes Jäckchen, und eine Menge von Schrammen und blauen Flecken verrieten seine überschäumende Lebhaftigkeit.
»Das ist eine Chimäre, Larth«, erklärte ihm der Hohepriester. »Das ist etwas, das die Menschen nur dann erreichen können, wenn es so geschrieben steht.«
»Und was ist, wenn es nicht geschrieben steht und sie wollen es trotzdem haben?« fragte Larth mit Ungestüm zurück.
»Unser kleiner Fürst wird noch seine Spuren hinterlassen, Laris«, bemerkte Tarchon lachend und wandte sich dann, zusammen mit dem Freund, wieder dem Inneren des Palastes zu. Nur Velvur blieb zurück und ging in die Knie, um die Giebelfront aus der Höhe des Kindes zu betrachten. Aus dieser Perspektive schien sie noch größer und gewaltiger zu sein.

»Alles das, was geschieht, steht schon geschrieben, Larth. So folgt Zeit auf Zeit, alles wiederholt sich und erscheint doch immer wieder verschieden und neu«, erklärte er ihm. Larth behielt seine Meinung lieber für sich, aber Velvur spürte, wie sein kindlicher Geist sich widersetzte und an den Worten zweifelte.

»Caitli wartet auf dich«, sagte er also. »Sie hat ein Geschenk für dich. Es ist sehr kostbar und außergewöhnlich, und du solltest es dein ganzes Leben lang wie einen Schatz hüten.«

Aber Larth hatte die letzten Worte schon nicht mehr gehört und war längst in Richtung des Innenhofes davongerannt.

Gegen Mittag hatte sich eine für die Jahreszeit zu frühe Hitze über den Palast gelegt, und im Zirpen der Zikaden wandelte sich das Azurblau in ein weißes, flirrendes Licht. Die Vorbereitungen für das Bankett gingen langsam ihrem Ende entgegen, die Feuerstellen verbreiteten einen aromatischen Duft, und die Mägde huschten nun fast lautlos umher, um die Festsäle noch mit Ginster auszuschmücken. Die Königin, die sich den ganzen Morgen über persönlich um die Vorbereitungen gekümmert hatte, hatte sich in ihre Gemächer zurückgezogen, um ein wenig auszuruhen, bevor sie Tarchon zu Demestone, dem Händler, begleiten und anschließend, gemeinsam mit dem König, die Gäste begrüßen und das Bankett eröffnen würde.

Außer Demestone nahmen noch andere Griechen am Bankett teil, die meisten von ihnen Meister der Malerei und Bildhauerei. Sie alle hatten inzwischen gelernt, ihren Unwillen über die Anwesenheit der Gattinnen und anderer Frauen des Hauses an den Festen und Banketten zu verbergen, und Tarchon tat nur zu gerne so, als wüßte er nicht, wie die Fremden über die Frauen der Rasna dachten. Was ihn anbetraf, so hatte er den Verdacht, daß sie vor allem neidisch waren.

Im weitläufigen Innenhof des Palastes besprengten zwei Mägde die Pflastersteine mit Wasser. Die Steine, die in der Sonne glänzten, waren von der Insel Aethalia hierhergebracht worden und so angeordnet, daß sie den Schriftzug ›Tarchon‹ bildeten.

Larth, der sich zusammen mit Caitli in eine schattige Ecke des Hofes verkrochen hatte, nahm den Opal in die Hand, den sie ihm gerade geschenkt hatte. Die Kette war noch etwas zu lang für ihn, sie hing ihm bis zum Gürtel und störte ihn ein wenig.

»Eines Tages werde ich einen noch größeren und prachtvolleren Palast

besitzen als diesen«, rief er aus. Caitli, die regungslos dasaß, zog die nackten Füße aus dem Streifen Sonne zurück, der nun auch ihr Versteck zu überfluten begann.
»Du wirst auch hier König sein«, erwiderte sie.
»Natürlich, und du meine Königin!«
Er hatte versucht, soviel Ernst und Gewichtigkeit in seine Stimme zu legen, wie er konnte. Es war nicht besonders viel und hätte jeden anderen zum Lächeln gebracht, aber für Caitli war seine Stimme so stark und entschieden wie die eines Mannes und ebenso bedeutend.
Mit einer raschen Bewegung beugte sie sich zu ihm hinüber, gab ihm einen Kuß auf die Wange und antwortete schlicht: »Ja, ich werde deine Königin sein.«
Ein wenig verlegen zog sich Larth von ihr zurück und bemerkte dabei Hasti, die auf der Suche nach ihnen war und sie gerade entdeckt hatte. Über dem Arm trug sie zwei weiße Tuniken mit golddurchwirkten Borden, die die beiden später tragen sollten. Jetzt kam sie über den Hof auf ihr Versteck zugelaufen und schimpfte: »Warum treibt ihr euch wie zwei streunende Hündchen hier draußen in der Hitze herum, anstatt euch drinnen auszuruhen? Ihr kommt jetzt sofort mit, ich muß euch noch baden und ankleiden. Der König möchte euch bei der Begrüßung der Gäste an seiner Seite haben.«
»Ich will aber auch danach noch bleiben!« erwiderte Larth trotzig.
»Das anschließende Bankett ist nichts für Kinder. Du wärst schon eingeschlafen, bevor überhaupt die Musik angefangen hat«, gab ihm Hasti zurück.
Doch Larth ließ nicht locker. »Du kannst es mich doch wenigstens versuchen lassen!« beharrte er. Aber Hasti schüttelte ungeduldig den Kopf.
»Ich bin zwar eine Dienerin, und mein Leben gehört diesem Hof. Aber soweit ich gehört und gesehen habe, kann keiner immer nur das tun, was er will.«
»Aber ich werde einmal König sein«, beharrte Larth.
»Mir scheint, für einen König gilt das noch mehr als für alle anderen. Auch das habe ich selbst gesehen und erlebt.«
»Können wir denn vorher noch die kleine Thanaquil anschauen?« mischte sich nun Caitli ein, noch bevor Larth etwas erwidern konnte, »Larth hat sie noch gar nicht gesehen.«
»Deine Mutter, die Königin, ruht sich gerade ein wenig aus. Aber wenn

ihr ganz brav und leise seid, dann lasse ich euch für einen Moment eintreten.«

Die beiden Kinder versicherten, keinen Laut von sich zu geben, und Hasti mußte über die Ernsthaftigkeit lächeln, mit der sie versuchten, ihr Versprechen einzuhalten, als sie sich auf Fußspitzen dem Gemach der Königin näherten. Sie gab den beiden Mägden, die vor der Tür wachten, ein Zeichen und schob dann die beiden vor sich her über die Schwelle.

Der Raum lag im Halbdunkel und war, nach der Hitze im sonnendurchfluteten Hof, von einer köstlich kühlen Frische. Ramtha lag, bedeckt von einem hauchfeinen Leinentuch, das eben ihren Körper verhüllte, auf dem Bett. Neben ihr in der Wiege lag das Neugeborene mit offenen Augen und lutschte am Daumen. Die beiden Kinder beugten sich von beiden Seiten über die Wiege.

»Sie ist häßlich«, flüsterte Larth kichernd und drückte der Kleinen seinen Daumen auf den nackten Bauch.

»Du bist ein Dummkopf«, gab ihm Caitli zurück. »Sie ist noch klein, wir haben auch mal so ausgesehen.«

»Das glaube ich nicht«, widersprach ihr Larth dickköpfig.

»Seid still!« ermahnte sie Hasti. »Nun ist es genug. Folgt mir jetzt wieder nach draußen.«

Caitli beugte sich noch einmal über die Wiege und streifte mit den Lippen die Stirn der kleinen Schwester. Dann nahm sie Larth bei der Hand, zog ihn hinter sich her und folgte Hasti.

Im Hause seines Vaters durfte Larth die Gemächer der Frauen nicht mehr betreten. Und dieser Raum, das Licht, der Duft, diese geheimnisvolle, pulsierende Stille, die ihn umfaßte, und das Wunder dieses kaum verhüllten Körpers, das ihm eigentlich verwehrt war zu betrachten, würden für immer wie verzaubert in seiner Erinnerung haftenbleiben.

2.

Im *Heiligen Wald des Gottes Tinia* herrschte tiefe Stille. Anderswo hatte der Frühsommer schon die Schluchten mit blühenden Brombeerbüschen überzogen und die nackten Äste der Bäume mit zarten Blättern bedeckt. Aber hier war alles noch kahl und finster. Nur an wenigen Stellen fiel durch die obersten Wipfel der hohen Bäume das Tageslicht ein, und der Wald war so dicht, daß sich kein Windhauch regte. Etwas Geheimnisvolles schien in der Luft zu liegen und ihr eine andere Dichte und Klangfülle zu verleihen.

Wahrscheinlich liegt es daran, daß dieser Ort heilig ist, dachte Larth, der dem Geleitzug folgte, der den Haruspizen und den adeligen Familien von Tarchna voranzog, die auf dem Weg zu den jährlichen Feiern in Fanu Veltune waren, bei denen auch der Re Supremo des Zwölfstädtebundes der Rasna gewählt wurde. Man kann sich nicht dagegen wehren. Es ergreift einfach Besitz von einem, fast so wie eine Krankheit.

Auch die Pferde waren nervös und der Weg ein kaum sichtbarer Pfad, der einem unaufmerksamen Auge leicht entgehen konnte. An einer bestimmten Stelle des Pfades bog der Geleitzug plötzlich scharf ab und verschwand in einem Felsentunnel, und noch bevor Larth sich versah, befanden sie sich schon mitten drin. Die Diener schritten ihnen mit Pechfackeln voran, und einer der Haruspizen hatte sich ihm genähert.

»Dieser Durchgang bringt uns nach Fanu Veltune, ohne daß wir über den *Berg des Gottes Tinia* ziehen müssen«, flüsterte er ihm ins Ohr. »Doch eines Tages wirst auch du auf diesen Berg steigen müssen, mein Fürst, um dich Tinia zu nähern und den Atem seiner Stimme und seine Macht zu spüren.«

Larth nickte, aber er war viel zu sehr damit beschäftigt, sich jede Ein-

zelheit des engen, in den Felsen gehauenen Tunnels einzuprägen, an dessen mit Wurzelgewirr bedeckten Wänden das Wasser herunterrann, als daß er sich wirklich bewußt wurde, was es bedeutete, auf den Berg zu steigen, der Tinia geweiht war, dem Herrn des Himmels und der Götter und dem Gebieter der Blitze. Zum ersten Mal durfte er an den Feiern in Fanu Veltune teilnehmen. Er war kein Kind mehr.
Der Tunnel öffnete sich wie der Rachen eines Tieres auf einen schmalen Uferstreifen, der mit schwarzem Kies bedeckt war, und dahinter schimmerte der See wie ein Spiegel aus Ambra, vom Wind gekräuselt und umsäumt von waldbedeckten Hügeln. In seiner Mitte lag die Insel mit dem Heiligtum des Gottes Veltune, gekrönt vom Berg der Göttin Turan, der Göttin der Liebe. Und diese Insel, die schon im Schatten lag, erschien ihm plötzlich so lebendig wie ein pulsierendes Herz, mit ihren flackernden Feuern, dem Widerhall der Musik, den Gesängen und dem aromatischen Rauch, der die Luft erfüllte.
Das muß der Mittelpunkt der Welt sein, dachte Larth, und fühlte sich von etwas ergriffen, das ihn festzuhalten schien. Aber rasch überwand er diese Empfindung und stieg vom Pferd.
Die Diener waren dabei, die Boote für die Überfahrt vorzubereiten, andere wiederum, die nicht zu Tarchna, sondern zu anderen adeligen Familien aus den zwölf Städten des Bundes gehörten, bewachten das Ufer und den hölzernen Steg. Auf dem schmalen Uferstreifen standen Hütten mit tief heruntergezogenen Schilfdächern, und daneben befanden sich die Einfriedungen für die Pferde. Die Feuer waren schon angezündet, und überall herrschte ein großes Durcheinander. Nur der See, mit den schattenhaften Umrissen der Insel, blieb davon unberührt und lag in majestätischer Ruhe da. Eine Schar Raben flog tief über den See gegen Westen, und Larth bemerkte, wie die Haruspizen ihnen mit den Blicken folgten und dann die Köpfe zusammensteckten. Es war ein gutes Zeichen, soviel wußte er: Sie nahmen das Unheil mit sich fort und brachten es an seinen Ursprungsort zurück. Zusammen mit seinem Vater und den Hohepriestern bestieg er das erste Boot, und die Diener begaben sich an die Ruder. Der Sonnenuntergang hatte alles in ein weiches Licht getaucht, ein leiser Windhauch bewegte die Luft, und in der Dämmerung schien die Zeit im Rhythmus der Ruder eingefangen zu sein. Da sah Larth, wie sich plötzlich von Westen her die Umrisse eines Falken am Himmel abzeichneten. Mit einem kurzen Flügelschlag

änderte der Falke seine Richtung, und für einen Augenblick glänzten seine Flügel weiß in der Sonne. Dann verschwand der Vogel in Richtung des Berges der Göttin Turan und ließ sich dort auf dem Gipfel nieder. Larth schaute sich um, und ihn beschlich das Gefühl, den Falken als einziger gesehen zu haben.

Er forschte in den Gesichtern der Hohepriester und schaute dann zu seinem Vater hinüber. Aber die ersteren waren still und in sich gekehrt, so als ob die Überquerung des *Heiligen Sees* jeden anderen Gedanken in ihnen ausgelöscht hätte, und sein Vater schaute zum *Berg des Gottes Tinia* hinüber, der in der Ferne in den Strahlen der untergehenden Sonne entflammt war.

Kann es sein, daß ich wirklich der einzige war, der ihn gesehen hat? Oder vielleicht war es ja auch nur ein Traumgebilde, eine Erscheinung. Ob ich mit Velvur darüber reden soll? überlegte Larth. Denn für den Bruchteil einer Sekunde hatte ein eisiges Gefühl von ihm Besitz ergriffen, diese weißen Flügel hatten sich wie ein schweres Gewicht auf sein Herz gelegt.

Das Boot glitt rasch über den See und machte dann an der Anlegestelle auf der Insel fest. Der schmale Strand war auf dieser Seite schon in tiefe Schatten getaucht und mit Feuerstellen übersät. Im letzten Licht des Tages waren viele Zelte und Unterstände zu erkennen, die sich, gleichmäßig angeordnet, bis in die bewaldeten Ausläufer des Berges hineinzogen.

Eine breite Straße, von Feuern in großen Bronzebecken gesäumt, führte zu einem ausladenden, kahlen Felsvorsprung, der von einem Amphitheater gekrönt wurde, das sich aus der natürlichen Anordnung der Felsen ergab. Hier fanden die Spiele statt, und nur für die Könige und Hohepriester war eine hölzerne Tribüne errichtet worden. Alle anderen Mitglieder des Adels und der fürstlichen Familien aus den verschiedenen Städten des Zwölfstädtebundes verteilten sich auf den Rest der Sitzplätze, denn vor dem Gott Veltune gab es keine Rangunterschiede.

Larth, der zusammen mit den anderen die Straße zum Amphitheater hochschritt, fühlte plötzlich, wie sich eine Hand auf seine Schulter legte und ihn zurückhielt. »Laß dich nicht vom Schein blenden, mein junger Fürst«, flüsterte ihm Velvur ins Ohr.

Larth hatte ihn nicht kommen hören, er hätte nicht einmal sagen kön-

nen, von woher er so plötzlich aufgetaucht war, denn obwohl viele Leute die Straße in derselben Richtung beschritten, war noch einen Augenblick vorher niemand so nahe an seiner Seite gewesen.
Larth blieb stehen und gab seinem Vater und den Hohepriestern, die auf dem Weg zu Tarchon waren, um ihm ihre Ehrerbietung zu erweisen, und dessen Pavillon weiter oben, hinter dem Amphitheater, errichtet worden war, ein kurzes Zeichen.
Dann wandt er sich dem Großen Trutnot zu.
»Ich darf nicht zu spät kommen«, erwiderte er.
Aber Velvur beruhigte ihn. »Dein Vater weiß, daß er dich in diesen Tagen nicht an seiner Seite haben wird, und Tarchon wird dich davon entbinden, ihm zu huldigen. Komm, folge mir. Heute nacht wird man den Re Supremo wählen, aber wir werden für diese weltlichen Dinge keine Zeit haben.«
»Weltliche Dinge, sagst du? Die Wahl des Re Supremo?«
Velvurs Gesicht verzog sich zu seinem üblichen, rätselhaften Lächeln – leicht überheblich und amüsiert zugleich –, so zumindest erschien es Larth, der sich in Richtung eines der unzähligen Pfade geschoben fühlte, die von der Hauptstraße abbogen.
»Ja, weltliche Dinge. Die Macht eines Königs für ein Jahr ist ein zu zerbrechlicher Rahmen, um darauf das Netz der Götter zu weben. Denk immer daran, Larth: Die Götter haben dem Hochmut der Menschen Grenzen gesetzt«, erklärte ihm Velvur.
»Wohin gehen wir?« wollte Larth wissen.
»Wir gehen zum Tempel. Morgen, wenn der neue Re Supremo gewählt sein wird, wird dort die Zeremonie des *Nagels der Zeit* stattfinden, und du und Caitli werdet die Auserwählten sein.«
Larth biß sich auf die Lippen. Er hätte lieber die Pferde gesehen, die jungen Fürstensöhne, die für das Truiaspiel ausgesucht worden waren, die Anlage und die Hindernisse im Labyrinth, das bei diesem Wettbewerb durchritten werden mußte, und vielleicht auch den König von Xaire, der als Herausforderer galt und wahrscheinlich nicht mehr als Re Supremo wiedergewählt werden würde. Die Zeremonie des *Nagels der Zeit* dagegen, die heiligste von allen, interessierte ihn nicht besonders.
Der Pfad war sehr steil und in der Dunkelheit kaum zu erkennen, aber Velvur schritt auf ihm voran, als wäre es heller Tag. Schließlich kamen

sie auf einem Felsgrat an, und Larth bemerkte, daß sie sich nun nach Westen wandten. Unter ihnen waren nur noch die dunklen Wasser des Sees zu erkennen, und in der Ferne leuchtete das türkisfarbene Licht des Abends hinter den Bergen. Die Lichter und das Treiben der Menschen hatten sie weit hinter sich gelassen, und wieder war die Weihe des Ortes wie ein Hauch zu spüren. Aber hier war es anders als im Wald von Tinia. Es schien aus der Erde selbst aufzusteigen und den Geist mit einem fast übernatürlichen Frieden zu umfangen.

Der Tempel war mit der aufragenden Felswand des Berges in einem Maße verschmolzen, daß er normalerweise nur in wenigen Momenten und nur bei einem ganz bestimmten Lichteinfall sichtbar wurde. Jetzt jedoch waren auf dem Platz davor viele Becken aufgestellt, in denen Feuer brannten und aus denen ein betäubender Duft von Weihrauch aufstieg. Ansonsten war der Platz leer, und auch der Tempel selbst lag wie verlassen da.

»Wundere dich nicht«, wandte sich Velvur an ihn. »Die Haruspizen und Hohepriester gehören alle den Fürstenhäusern an und wohnen deshalb der Wahl des Re Supremo bei.«

»Und du?« fragte Larth.

»Der König braucht meine Stimme nicht.«

»Wird es Tarchon sein?«

Velvur blieb stehen. Sie waren nun auf den Stufen des Tempels angekommen, und die Nacht war hereingebrochen. »Bist du so ungeduldig, daß du sogar die nahe Zukunft wissen willst?«

Larth schüttelte den Kopf. Dann wandte er sich um und ließ seine Augen über den nächtlichen See und die Linie der umliegenden Berge schweifen, die sich nun als dunkle Silhouette gegen den Himmel abzeichnete.

»Als ich angekommen bin, habe ich einen weißen Falken gesehen, der sich hier auf dem Gipfel des Berges der Göttin Turan niedergelassen hat«, murmelte er.

»Ich weiß.« Die Stimme Velvurs drang so leise wie das Raunen des Windes an sein Ohr. Dann schob er ihn wortlos zum Eingang.

Der Innenraum des Tempels war groß, wenn auch nicht so groß wie der des Tempels von Tagete, direkt vor den Mauern Tarchnas, und die ganze dem Eingang gegenüberliegende Wand bestand aus glattem, schwarzem Fels, der mit Nägeln bedeckt war. Larth legte den Kopf in den Nacken und sah sie in der Dunkelheit, die nur vom flackernden Schein der

Feuerbecken erhellt wurde, bis unter das hohe Gewölbe verschwinden. Auch dieser Ort war durchdrungen von einer heiligen Weihe, die Larth diesmal jedoch als fremdartig und kaum begreifbar empfand. Er ging auf die Wand zu und berührte den Felsen mit der flachen Hand. Er schien ihm merkwürdig warm und lebendig zu sein, und er fragte sich, was wohl ein Volk die eigene Zeit mit einer solchen Exaktheit zählen ließ? Welchen Pakt hatten die Rasna mit den Göttern geschlossen, und was würde sie vor dem Wahn der Vollkommenheit und ihrer eigenen Überheblichkeit bewahren?

Aber im Versuch, vor Velvur diese frevelhaften Gedanken zu verbergen, murmelte er nur: »Es ist noch viel Platz da.«

»So viel wie unserem Volk vorherbestimmt ist«, erwiderte ihm Velvur. »Zehn Jahrhunderte. Wenn es auf dieser Felswand keinen Platz mehr für einen einzigen Nagel gibt, dann wird auch der Name unseres Volkes vergessen sein.«

Larth verharrte einen Augenblick schweigend.

»Warum?« fragte er dann heftig.

»Du fragst mich warum?« antwortete ihm Velvur mit leiser Stimme. »Es ist die Ordnung der Dinge, Larth, der wir uns nicht entziehen können. Uns ist die Macht gegeben worden über das, was man nicht sehen und nicht hören kann. Wir können Ereignisse berühren, die noch in der Zukunft liegen, weil wir auch die berührt haben, die tief in der Vergangenheit verborgen sind. So leben wir mit dem Atem der Erde und in der Harmonie des Himmels. Vergiß es nie, Larth: Wenn du einen Baum tötest, stirbt mit ihm auch ein Teil von dir, und wenn du den Himmel vergißt, wirst auch du vergessen sein.«

Larth nickte. Aber er fürchtete, Velvur könnte seine Gedanken spüren, die sich gegen diese Vorbestimmung auflehnten, die einer, der einmal König sein würde, mehr als jeder andere wie eine mystische Erfahrung leben mußte. Denn ein König war für sein Volk auch immer Hohepriester. Also fragte er, im Versuch, ihn abzulenken, aber ohne Hoffnung, daß es ihm auch gelingen würde: »Wo ist eigentlich Caitli?«

Doch Velvur wandt sich wortlos und kaum merklich dem Teil des Tempels zu, der in den Felsen gebaut war, und Larth, der seiner Bewegung mit dem Blick gefolgt war, erkannte im Halbdunkel eine Treppe, die ins Innere des Felsens führte. Auf ihrer obersten Treppenstufe saß das Mädchen.

»Kann ich gehen, um sie zu begrüßen?« bat er.
»Natürlich.«
Mit schnellen Schritten und erfaßt von einer merkwürdigen Unruhe, die er nicht ganz verstand, ging er auf Caitli zu. Ihre ganze Kindheit über waren sie unzertrennliche Gefährten gewesen, und bis zu diesem Moment hatte er sie auch nie mit anderen Augen gesehen. Was war das plötzlich, dieser leichte Schauer, der ihn ergriffen hatte, diese unbekannte Hitze, die in ihm aufgestiegen war, als er sie erblickte? Caitli sah nicht anders aus als sonst. Sie trug den gleichen Chiton und die Haare offen wie immer. Aber auch sie war kein Kind mehr, und nur Larths Arglosigkeit hatte es ihm bisher verwehrt, dies zu erkennen. Er setzte sich neben sie und nahm ihre Hand in die seine. Er mußte jetzt ihre Wärme spüren, denn dieser Ort erschien ihm plötzlich wie ein Feind, wie etwas, dem er sich niemals würde unterordnen können.
»Vor uns war dieser Ort der Erdmutter Dia geweiht, und er wird noch anderen Göttern als den unseren geweiht werden«, murmelte Caitli und antwortete damit auf seine geheimen Gedanken. Sie machte das oft so, und bis zu diesem Augenblick war es immer ein Spiel gewesen.
»Ich werde eines Tages König sein an diesem Ort. Und du meine Königin«, erwiderte ihr Larth.
Caitli lächelte und erhob sich.
»Velvur wartet auf uns«, mahnte sie. Aber der Druck von Larths Fingern, die in die ihren verschlungen waren, war nicht mehr der des kindlichen Gefährten, und plötzlich sah Caitli das, was auch er gesehen hatte: Der große Falke mit den weißen Flügeln glitt von Westen heran und ließ sich auf dem Gipfel des *Heiligen Berges der Göttin Turan* nieder. Der Göttin der Liebe.
»Du, der du mir bestimmt bist, wirst nicht mein Mann sein.« Die Stimme war plötzlich klar wie Kristall und tönend in ihrem Kopf.
»Er wird von Westen kommen, wie alle schlimmen Vorzeichen, und seine Sprache wird nicht die unsere sein. Seine Haare werden die Farbe von reifem Weizen haben, seine Augen werden so blau sein wie der Himmel an einem Wintertag, und er wird der Schatten deines Lebens sein.«
Caitli unterdrückte die Stimme in sich. Larth hatte nichts bemerkt, aber Velvur löste seinen Blick von den hellen, goldenen Augen des Mädchens und behielt das wenige, das er wußte, für sich.

Am nächsten Tag wurde Tarchon zum Re Supremo gewählt. Die zwölf Streitäxte mit der doppelten Schneide, eine für jede Stadt des Bundes, wurden ihm zu Füßen gelegt. Aber durch den Rauch der Feuerbecken hindurch schien es Larth, als ob der König müde sei, und dieser Umstand kam ihm merkwürdig vor.
Wie konnte ein König am Tag seines Triumphes müde sein?

Larth lag schon seit einer Weile ausgestreckt im hohen Gras, ließ sich die Sonne auf den Rücken scheinen und betrachtete den Tibrin, der unter ihm dahinfloß. Genau in der Mitte des Flusses befand sich an dieser Stelle eine dicht bewaldete Insel, die das Überqueren erleichterte. Auf der anderen Seite des Ufers sah man Hügel und Erhebungen, auf deren Anhöhen sich zwischen dichten Waldstücken und flirrenden Sümpfen kleine Siedlungen ausbreiteten. Auf den Anhöhen stieg hier und da Rauch auf, und in der Talsohle, direkt hinter dem Ufer des Flusses, grasten kleine Schafherden. Aber die Luft war stickig und hatte einen ungesunden, fauligen Geruch.
Larth hatte eine Stadt mit Mauern erwartet und einen Feind. Einen wirklichen Feind. Aber das, was er hier sah, machte einen trostlosen Eindruck. Weder Mauern noch goldverzierte Häuser oder Tempel, kein Schmuck, keine Statuen, Musik oder Tanz. Nichts von all dem, was Teil seines Lebens war.
Barbaren, dachte er bei sich, diese Latiner, die unsere Felder verwüsten und die Ladungen aus unseren Minen stehlen, sind nichts als Barbaren, die kaum über ihre Grenzen hinausgeschaut haben.
Er drückte sein Gesicht auf die Erde und begann verhalten in sich hineinzulachen. Einer seiner beiden Gefährten, die sich neben ihm ins hohe Gras duckten, Tese, der etwas jünger war als er, schüttelte ihn besorgt.
»Was hast du?« flüsterte er.
»Nichts. Ich will nur diesen Feind von nahem sehen, ich will herausfinden, wieso er vier Männer der vornehmsten Familien unserer Stadt ermordet hat, obwohl es viel einfacher gewesen wäre, sie als Freunde zu gewinnen.« Tese verstummte, und Larth wandte sich zu seinem anderen Gefährten um. Es war Kae Aivas, und zwei der Toten gehörten zu seinem Haus. Ihre Erwähnung war deshalb eine ausdrückliche Aufforderung an ihn gewesen, seinen Plan zu unterstützen.

Aber Kae Aivas schüttelte den Kopf. »Das, was du vorhast, Larth, ist weder klug noch bedacht, und der König wird dich dafür bestrafen. Wir sind in die Metallberge geschickt worden, um in diesem Sommer in den Minen die Geheimnisse der Metalle kennenzulernen und nicht, um auf die Jagd zu gehen oder uns damit hervorzutun, die Latiner auszukundschaften!«

»Das mag sein«, gab Larth leise zurück, »aber ich werde dem König nützliche Erkenntnisse bringen, und dafür wird sich die Sache lohnen. Kehre ruhig zu den Unterkünften der Metallschmelzer zurück, damit sie sich keine Sorgen um uns machen. Tese wird mich mit den Pferden auf der Lichtung erwarten, auf der wir gestern gerastet haben. Von heute ab in sechs Tagen werden er und ich wieder zurücksein.«

Tese beugte sich seiner Entscheidung, ohne mit der Wimper zu zucken, doch des Gesicht des jungen Aivas verfinsterte sich. Er war überzeugt, einer der Besten der adeligen Familien Tarchnas zu sein, und als Larth ihn gebeten hatte, ihn zu begleiten, war er sehr stolz darauf gewesen. Deshalb hatte er auch nie verstanden, warum der andere, den Larth gewählt hatte, ausgerechnet Tese war, der einen wesentlich niedrigeren Rang hatte und noch dazu viel zu jung und schmächtig war, um für etwas anderes gut zu sein, als die Pferde zu hüten.

Aber es war schwer, Larth den Gehorsam zu verweigern, und in diesem Augenblick hatte Kae auch keine Lust, es darauf ankommen zu lassen. Er war durchaus nicht neugierig darauf, mehr über diese Latiner zu erfahren, und so gab er Tese ein kurzes Zeichen, sich in Bewegung zu setzen. Dann fragte er Larth: »Brauchst du noch irgend etwas?«

Larth unterzog seine Ausrüstung einer kurzen Prüfung: Er trug nur den Lendenschurz und darüber eine schmucklose, kurze, schwarze Tunika. Darunter konnte er das Messer verstecken und auch den Opal. Seine Tebenna war zusammen mit dem Vorratssack bei den Pferden geblieben.

»Nein«, flüsterte er, und die beiden Gefährten schlichen davon, immer darauf bedacht, das hohe Gras nicht in die falsche Richtung zu bewegen, um sich nicht zu verraten. Larth blieb alleine zurück. Er legte sich wieder flach auf den Boden, drückte sein Gesicht ins Gras und versuchte, die Erde unter sich zu spüren, sie sich freundlich gesinnt zu machen. Er fühlte ihre leisen Vibrationen, die seinem Pulsschlag antworteten, und spürte, wie sie ein Teil von ihm wurde.

Diese Erde konnte ihm unmöglich feindlich gesinnt sein. Er hob den Kopf und suchte nach einem Zeichen, irgendeinem Zeichen, das er zu seinem Vorteil oder Nachteil deuten konnte. Aber alles um ihn herum war unbewegt. Nur der Rauch, der auf den Anhöhen in dicken Spiralen aufstieg, hatte sich wie ein hauchdünner, grauer Schleier über die Sümpfe und Hügel des gegenüberliegenden Ufers gelegt. Ein wenig wartete er noch ab. Aber an den Ufern war alles ruhig, und so entschloß er sich zum Aufbruch. Den ersten Teil des Flusses durchschwamm er bis zur Spitze der flachen Insel im Fluß, und von dort aus überwand er den zweiten Teil und tauchte dann auf der anderen Seite des Flusses, am Rande des bewaldeten Ufers, wo die Erde fauliges Wasser ausschwitzte, wieder auf.

Wenn unsere Meister des Wassers hier Hand anlegen würden, dann wären die Sümpfe schnell trockengelegt und fruchtbares Land daraus gemacht, dachte er bei sich, ich muß mich daran erinnern, wenn ich wieder zurück bin.
Dann machte er sich auf den Weg und kam schnell voran. Sein Ziel war der Hügel, auf dem er die ausgedehnteste Ansiedlung ausgemacht hatte. Unterhalb der Anhöhe angekommen, bemerkte er auf den festgestampften Pfaden eine Handvoll Männer. Es waren Bauern, die gerade dabei waren, das Vieh, das auf den Hängen gegrast hatte, wieder in die Einfriedungen zurückzutreiben.
Er tauchte im dichten Unterholz unter und erreichte kurze Zeit später auf dem unwegsamsten und verstecktesten Pfad zwischen der üppigen Vegetation den Rand der Ansiedlung. Neben ihm befanden sich die Stallungen, und die Häuser gegenüber standen dichtgedrängt und machten allesamt einen armseligen Eindruck. Selbst das größte Haus, welches das des Königs sein mußte, unterschied sich nur wenig von den anderen. Es hatte weder Insignien noch Wappen, nur ein paar Schilde und Lanzen waren an den grob behauenen Portikus gelehnt, der zum Eingang führte. In einem etwas entfernteren Laubengang spielten ein paar Kinder, und nicht weit davon, in einer Einfriedung, kämpften einige Knaben mit Schwertern gegeneinander. Sie waren viel jünger als er, aber Larth begriff, daß es sich, obwohl die Schwerter aus Holz sein mochten, nicht um ein Spiel, sondern um eine Ausbildung handeln mußte. Sicher war auch ein Waffenmeister anwesend, den Larth aller-

dings nicht sehen konnte, denn fast so, als wollten sie ihn wirklich umbringen, wurden demjenigen, der unterlag, die Demütigungen der Niederlage und heftige Schläge nicht erspart. Daneben grasten auf einer umzäunten Wiese einige Pferde, deren schlanker Wuchs ihm verriet, daß es sich um Tiere der Rasna handelte. Barbaren und Diebe, dachte Larth, während er flink in einen der Ställe schlüpfte, um sich den Blikken von zwei Männern zu entziehen, die auf ihn zukamen. Sie waren eben von ihren Pferden abgestiegen und führten sie jetzt am Zügel. Der eine war klein, von kräftiger Statur, mit breiten Schultern und einer Hakennase. Der andere war jünger, und obwohl sich die beiden nicht sehr ähnlich sahen, ließen ihre äußere Erscheinung und ihr Benehmen darauf schließen, daß sie enge Verwandte waren.

Die beiden Männer betraten den Stall, und Larth hörte, wie der Ältere sagte: »Du bist verrückt, Ancus. Du benimmst dich wie ein junger Stier, der im Frühling aus dem Pferch ausbricht und über die Klippen stürzt. Unser Großvater Tullus hätte strenger mit dir sein sollen. Du solltest nicht vergessen, daß ich der König bin, und was für alle unsere Leute gilt, das gilt auch für dich!«

»Sicher, Numa, du bist der König. Aber du bist ein König ohne Ehrgeiz, und alles, was du kannst, ist, dir den Bauch vollschlagen!« gab der Jüngere ohne jeglichen Respekt zurück und machte Anstalten zu gehen. Doch noch bevor er ein paar Schritte getan hatte, packte ihn der König an der Tunika und zog ihn so heftig ins Innere des Stalles zurück, daß er gegen eine der Mauern prallte.

»Das scheint mir nicht unehrenhaft zu sein, meinen Bauch zu füllen und den deinen, so wie den aller anderen. Was willst du? Soll ich vergessen, daß du mein Bruder bist? Willst du es so weit treiben, daß ich dich verbannen muß?« fuhr er ihn an.

Der junge Latiner, zwischen der Wand und dem König eingeklemmt, war jetzt nicht weiter als zwei Schritte von Larth entfernt, der sich hinter einem Heuhaufen verkrochen hatte. Sein Gesicht war inzwischen violett angelaufen, denn der König hatte ihm einen Arm über die Kehle gelegt und drückte ihm die Luft ab. Jetzt verminderte er ein wenig den Druck und schüttelte den Kopf.

»Du bist ein Tor, Ancus. Alles, was du kannst, ist, den Rasna ihre Pferde stehlen und hin und wieder eine Ladung Eisen. Aber selbst das gelingt dir nur schlecht!«

»Wenn ich die Männer hätte, die du mir nicht geben willst ...« keuchte der Jüngere.
»Damit die Rasna hierher kommen und Ruma zerstören? Was glaubst du, wie lange sie dafür brauchen würden? Weniger Zeit, als du brauchst, um dich vom Felsen Tarpei zu stürzen!«
»Das glaubst *du*! Aber wenn sie wirklich so stark sind, wie du sagst, warum haben sie uns dann nicht schon längst angegriffen?«
»Das, Ancus, will ich lieber gar nicht wissen«, erwiderte der König.
Was sollten wir schon mit einem barbarischen Volk und dieser faulen, sumpfigen Erde anfangen? dachte Larth und unterdrückte nur mühsam den Impuls, aus seinem Versteck hervorzukommen und zu antworten. Doch das wäre alles andere als klug gewesen. Die Unterhaltung zwischen dem König und seinem Bruder hatte ihn sowieso schon in einem Maße gefangengenommen, daß seine Vorsicht unmerklich nachgelassen hatte. Wie gut, dachte Larth, daß Velvur darauf bestanden hatte, die Sprache der Barbaren perfekt zu erlernen, die aus lauter Zischlauten zu bestehen schien und sich von der ihren so sehr unterschied.
Doch plötzlich drehte eines der Pferde, das in dem Heuhaufen gefressen hatten, der ihn verbarg, schnaubend den Kopf nach ihm, und sofort ließ der König seinen Bruder los. Der stürzte, ohne zu zögern, auf das Versteck des jungen Rasna zu, und im Augenblick fühlte sich Larth an der Kehle gepackt und zu Boden geworfen. Larth war für sein Alter sehr groß und muskulös, und seine Bewegungen waren durch die Unterweisungen im Ringen, das bei den Rasna wie eine Kunst gelehrt wurde, schnell und geschmeidig geworden. Aber Ancus' Kraft war roh und animalisch, und er war dreimal schwerer als Larth. Ohne Schwierigkeiten setzte er ihm einen Fuß auf die Brust und preßte seine Schultern auf den Boden. Dann beugte er sich zu ihm hinunter, riß seinen Kopf an den Haaren hoch, um ihm ins Gesicht zu schauen und zischte: »Du bist kein Sklave!«
Larths Gedanken überschlugen sich. Nach allem, was er bisher gehört hatte, war von dem jungen Ancus keine Schonung zu erwarten. Das einzige, was ihm blieb, war, Zeit zu gewinnen. Also versuchte er den Fuß auf seiner Brust zu ignorieren, führte eine Hand an den Mund und versuchte ihm mit Gesten klarzumachen, daß er stumm sei.
Als Antwort versetzte Ancus ihm mit dem Handrücken eine Ohrfeige,

die ihm fast den Kopf von der Schulter trennte. Dann zerriß er ihm mit einem Ruck die Tunika, und das Messer und der Opal kamen zum Vorschein.

Inzwischen war auch der König herangekommen. Er stoppte die Hand des Jungen, die wieder zuschlagen wollte, beugte sich dann über ihn und schaute ihn lange und forschend an. Schließlich zog er ihm das Messer aus dem Gürtel und übergab es seinem Bruder. Aber den Opal rührte er nicht an. »Du wolltest etwas über die Rasna wissen, Ancus«, murmelte er. »Hier siehst du das Ausmaß ihrer Macht. Sie waren schon da, bevor du gesprochen hast, und sie haben jedes deiner Worte gehört. Er ist bestimmt einer ihrer Magier, denn dieser Stein bringt Unheil. Rühre ihn nicht an, er bringt den Tod!«

Dann beugte er sich noch weiter zu ihm herunter, so weit, daß Larth seinen Atem spüren konnte.

»Du bist ein Magier der Rasna, der sich in einen jungen Mann verwandelt hat und hierhergekommen ist, um uns auszuforschen! Ist es nicht so?«

Larth schüttelte den Kopf, aber er gab keinen Ton von sich. »Er versteht uns«, stellte der Bruder fest.

»Sicher versteht er uns. Wir sind es, die die Rasna nicht verstehen!« gab der König zurück.

»Gut, dann wollen wir mal feststellen, ob er wirklich so stumm ist, wie er tut!«

Ancus zückte das Messer und setzte es Larth auf die Brust, anfangs nur mit einem leichten Druck, der die Haut ritzte und eine kleine Blutspur hinterließ. Aber Larth spürte seine Wut, dieselbe, die sich vorher gegen den König gerichtet hatte, und die nun in ihm ihr Ziel gefunden hatte. Sein Gesicht war direkt über ihm, und er sah seine dunklen, lebhaften Augen, in denen ein gefährliches Feuer flackerte, für das Larth noch zu jung war, um ihm etwas entgegenzusetzen oder es in die Schranken zu weisen. »Wenn du mir sagst, wer du bist, wird dir dieses Messer nichts antun«, zischte er, aber Larth schwieg, und Ancus stieß ihm wütend das Messer in die rechte Schulter. Nicht tief genug, um ihn zu töten, aber tief genug, um ihm heftige Schmerzen zu bereiten. Dann erhob er sich, und da Larth immer noch keinen Laut von sich gab, versetzte er ihm mit voller Kraft einen Fußtritt, der ihn über den Boden rollen ließ und zwischen die Hufe der Pferde beförderte. »Ich werde ihn unseren Jun-

gens überlassen, damit sie an etwas Lebendigem üben können!« rief er wütend und steckte sich das Messer in den Gürtel.
Der König hielt ihn zurück. »Nein, wer weiß, ob er nicht wirklich stumm ist. Und wenn er kein Magier ist, dann ist er vielleicht von vornehmem Stand und könnte uns auf die eine oder andere Weise nützlich sein. Wir werden morgen darüber entscheiden, falls er dann noch am Leben ist.«
Obwohl er sie nicht sehen konnte, hatte Larth bemerkt, daß auf der Schwelle des Stalles noch andere Männer erschienen waren. Auf Befehl des Königs hoben ihn nun zwei von ihnen hoch, brachten ihn in das Haus, unter dessen Portikus er die Schilder und Lanzen gesehen hatte, und legten ihn in einer Ecke des zentralen Raumes mit der Feuerstelle nieder.
Für einige Zeit blieb Larth regungslos ausgestreckt auf dem Rücken liegen. Er hatte keine großen Schmerzen, eher ein gefährliches Gefühl von Geistesabwesenheit, wegen des hohen Blutverlustes. Schließlich betrat eine alte Frau, gefolgt von einem jungen Mädchen, den Raum und begann die blutende Wunde zu versorgen. Mit ihren runzeligen und rauhen Händen breitete sie zuerst Blätter darauf aus und schlang ihm dann ein Stück Leinen fest um die Schulter.
Das Mädchen fragte ihn, ob er Wasser wolle, aber da er keine Antwort gab, gingen die beiden Frauen wieder.
Nach einiger Zeit hörte die Wunde zu bluten auf, und Larth richtete sich ein wenig auf und begann sich mit äußerster Vorsicht umzuschauen. Der König und die anderen Männer waren gerade dabei, zu Abend zu essen.
Ein paar Knaben hatten sich seiner Ecke genähert, tuschelten untereinander und starrten aus gebührendem Abstand zu ihm hinüber. Auch der König schaute hin und wieder mit einem flüchtigen Blick, der ein gewisses Mißbehagen und eine leichte Furcht erkennen ließ, in seine Richtung. Aber der jähzornige Ancus befand sich nicht unter den jungen Männern am Tisch, die offensichtlich von weniger aufbrausender Natur waren als er.
Erst sehr viel später leerte sich der Raum, und nur ein paar Sklaven blieben zurück, die auf dem Fußboden vor dem Eingang schliefen. Ob draußen noch Wachen aufgestellt waren, konnte Larth nicht erkennen. Das Feuer war fast erloschen und erhellte kaum noch den Raum, in dem

sich der Rauch mit dem Geruch der Essensreste vermischte, die, dem Brauch der Latiner gemäß, am Ende der Mahlzeit in die Glut geworfen wurden.

Larth gelang es nur mühsam, sich aufzurichten. So fest eingebunden, tat ihm die Schulter zwar kaum noch weh, aber sein Kopf war schwer wie Blei, und seine Hände zitterten leicht. Die Sklaven lagen regungslos da und rührten sich auch dann nicht, als Larth einige Zeit später zwischen ihnen hindurchschlüpfte. Vielleicht schliefen sie wirklich so fest, oder sie hielten ihn tatsächlich für einen Magier und fürchteten sich vor seinen Zauberkräften.

Draußen unter dem Portikus war niemand zu sehen. Die Nacht war dunkel und ohne Sterne, es duftete nach Heu und reifen Gräsern, und die Luft roch nach Regen.

Caitli, dachte er und rief sie mit all seinen Kräften. Ein Gewitter, jetzt! Ich brauche es, um den Fluß zu durchqueren. Zeigen wir diesen Barbaren, was unsere Macht wirklich bedeutet!

Dann schlich er an zwei Wachposten vorbei hinter das Haus und erreichte nur mit Mühe die Talsohle und das sumpfige Ufergelände. Er mußte unbedingt den Fluß durchqueren, bevor der Schmerz und die Schwäche es unmöglich machten. Für einen Moment ruhte er sich keuchend im Schutz eines dichten Buschwerks aus. Seine Beine trugen ihn kaum noch.

Als er schließlich doch das Ufer erreichte, hatte sich das Gewitter schon über den Hügeln zusammengezogen. Die Blitze fuhren vom Himmel nieder, und der Donner rollte über sie hinweg, als wollte er sie in seinen Grundfesten erschüttern und Ruma erzittern lassen, das im Schein der Blitze taghell erleuchtet war.

Nur noch einmal drehte er sich um und warf einen letzten Blick auf die Ansiedlung auf dem Hügel.

Ich werde wiederkommen, dachte er mit einem kleinen Lächeln. Ich werde wiederkommen, das verspreche ich. Als Larth begann, den Fluß zu durchqueren, hatte es bereits heftig zu regnen angefangen.

3.

Larth öffnete die Augen, und ein Schauer überlief ihn. Er war nackt und nur von der Hüfte an abwärts in eine leichte Wolldecke gehüllt. Im *Gemach der Könige*, dem ältesten Teil des Palastes von Tarchna, war die Luft frisch und roch nach würzigen Kräutern. Er wandte den Kopf zur Seite und ließ seine Augen über die Feuerstelle aus schwarzem Stein schweifen, in der im Hintergrund des Raumes ein niedriges Feuer brannte. Nur mit Mühe erkannte er den Raum wieder, in dem er als Kind so oft gespielt hatte. Dieser Teil des Palastes war nach Osten ausgerichtet und öffnete sich zu einem versteckten kleinen Hof, der durch einen schmalen Durchgang mit dem Flügel der Frauen verbunden war. In diesem kleinen Hof befand sich ein Altar, der noch der alten Erdmutter Dia geweiht war, die Caitli immer geehrt hatte.

Sein Blick fiel wieder auf die Feuerstelle, aus deren steinernem Sims sich majestätisch die Figur eines Adlers mit ausgebreiteten Flügeln erhob, aus Stein gemeißelt, aber so lebendig und mächtig, als wollte er sich gleich in die Lüfte erheben. Larth schaute ihn an und hatte für einen Moment das Gefühl, als würde er sich tatsächlich bewegen und ihm Weg und Zukunft weisen wollen.

Über den Tisch neben der Feuerstelle gebeugt, war Velvur damit beschäftigt, etwas vorzubereiten, das Larth nicht sehen konnte. Es war zwar Tag, aber ein merkwürdiges Zwielicht erfüllte den Raum, und tiefe Schatten hatten sich neben dem Feuer eingenistet, die selbst die knisternde Glut nicht bezwingen konnte. Caitli saß im Halbschatten neben dem Fenster und hatte den Kopf leicht in den Nacken gelegt. Larth sah sie, und plötzlich fiel ihm wieder ein, wer ihn beim Überqueren des Flusses geführt und zu der Lichtung geleitet hatte, wo Tese mit den Pferden auf ihn wartete. An den Rest erinnerte er sich kaum noch. Die Wunde hatte sich sofort entzündet, und das Fieber war so gestiegen, daß er keine Erinnerung mehr an den Weg von den Minen in den Bergen bis nach Tarchna hatte.

Als hätte sie gefühlt, daß Larth aus der Bewußtlosigkeit erwacht war, fuhr Caitli jetzt leicht zusammen und drehte kaum merklich den Kopf. Auch Velvur richtete sich auf und schaute zu ihr hinüber. Dann warf er einen Blick auf das Feuer, schaute kurz zu der dunklen Ecke hinüber, in der Larth lag, und begann dann, die Paste aus Schimmel und Tonerde, die er angerührt hatte, auf einen Streifen weißes Leinen zu streichen. Neben ihm lagen seine chirurgischen Bestecke, die er aber schon seit zwei Tagen nicht mehr benutzt hatte, weil die Wunde aufgehört hatte zu eitern und der Schulterknochen nicht verletzt worden war.

Als er seine Vorbereitungen beendet hatte, fuhr Velvur mit einer leichten Bewegung seiner Hand über die Paste, um seine Kraft in sie einfließen zu lassen, und im selben Augenblick fühlte Larth einen kalten Luftzug über sein Gesicht streichen, und etwas, von dem er nicht wußte, was es war, ließ ihn erbeben.

»Der Blitz, Caitli. Du darfst den reinigenden Blitz nicht zurückhalten«, murmelte der Hohepriester, und Caitli erhob sich mit einem Ruck, und ihr Körper spannte sich wie eine Sehne. Mit einer leichten Geste ihres ausgestreckten Armes berührte sie die Luft und mit ihr das unsichtbare, verwobene Geflecht, das Menschen, Erde und Himmel zu einem einzigen Wesen verband.

Larth fühlte, wie ein lebendiger Strom seinen Körper durchflutete, und im selben Moment durchdrang ein blendendes Licht den Raum, und ein heftiger Donnerschlag ließ den Palast erbeben. Der Blitz war in den kleinen Hof direkt vor dem Altar der Erdmutter Dia eingeschlagen, und die Luft war nun gesättigt und erfüllt von seiner reinigenden Kraft.

Larth öffnete die Augen. Caitli war an seine Seite getreten, und jetzt konnte er sie endlich klar erkennen. Sanft berührte sie die offene Wunde an seiner Schulter und flüsterte ihm lächelnd zu: »Du wirst wieder gesund werden.« Dann beugte sie sich über ihn, und Larth fühlte, wie ihre Locken über seine Wangen strichen. Ein unbeschreibliches Gefühl der Freude überkam ihn, er fühlte sich wie neugeboren und seltsamerweise unglaublich stark und ruhig. Sein Blick fiel auf den Großen Trutnot, der nun hinter Caitli getreten war und seine Hand auf ihre Schulter gelegt hatte.

»Vergiß das niemals, Larth«, sagte Velvur leise. »Vergiß nie, was Caitli für dich bedeutet, was sie für dich getan hat und das, was deine Augen heute gesehen haben. Das Leben kann Freude sein, aber es ist auch Mitleiden, und der Ruhm der Krieger wird aus den Herzen der Frauen geboren. Vergiß das nie, Larth.«

Larth senkte seinen Blick. In der Feuerstelle loderten die Flammen nun hoch auf, es hatte heftig zu regnen angefangen, und aus dem Palast hörte man aufgeregte Stimmen. Aber keiner wagte es, die Schwelle des Gemaches zu übertreten, um zu fragen, was vorgefallen war.

Nicht einmal der König.

Seine Macht ist also noch größer als die des Königs, dachte Larth verwirrt, und Caitli besitzt dieselben magischen Kräfte wie er! ... Warum verwundert mich das eigentlich? Habe ich sie nicht selbst gerufen und sie um das Gewitter gebeten, als ich den Fluß durchqueren mußte?

»Ich habe Ruma gesehen ...« murmelte er vor sich hin, ohne sich bewußt zu sein, daß dies seine ersten Worte nach einer Ewigkeit waren.

»Du wirst es wiedersehen, sei ganz beruhigt«, antwortete ihm Velvur.

Caitli beugte sich noch tiefer zu ihm hinunter und küßte ihn mit halbgeöffneten Lippen sanft auf den Mund. Das Gefühl ihrer Lippen auf den seinen nahm ihm fast den Atem, und er umschlang sie mit seinem gesunden Arm und zog sie fest an sich. Zum ersten Mal durchströmte ihn das Gefühl des Besitzes, zwar nur flüchtig, aber so vollständig, daß er ganz tief in seinem Inneren den ungestümen Strom des Lebens pulsieren fühlte.

Von diesem Moment an ging es mit Larth aufwärts. Schon nach einer Woche konnte er das Bett verlassen, und nach einer weiteren Woche erlaubte Velvur ihm, dem König Bericht zu erstatten.

König Tarchon empfing ihn ruhig und gelassen. Im Grunde war nichts geschehen, was er hätte bedauern müssen, selbst Larths tollkühnes Wagnis nicht, und Velvur hatte sicher nicht zufällig darauf bestanden, ihn im ältesten Gemach des Palastes unterzubringen, denn hier war der Geist Tarchnas am lebendigsten. Dieser Geist mußte nun auch Larth durchdringen, denn nur mit seiner Hilfe und durch die Gunst der

Götter, die ein Zeichen gesetzt hatten, war der Tod überwunden worden.
Tarchon streifte mit einem kurzen Blick seinen Freund Laris, bevor er sich Larth zuwandte, der aufrecht und ehrerbietig, aber nicht unterwürfig, gespannt, aber nicht furchtsam vor ihm stand. Vater und Sohn waren sich darin ähnlich und trotzdem verschieden, denn der Sohn besaß eine Härte, die dem Vater fremd war. Laris hatte nie mehr gewollt als das, was er schon sein eigen nannte, und auch Larth erstrebte keinen Besitz um seiner selbst willen. Was er erstrebte, war Macht, und wenn dieses Begehren ihn groß machen konnte, so konnte es ihn auch mit derselben Leichtigkeit vernichten.
»Du hast also die Herausforderung gesucht, Larth, und ich frage dich nicht warum, denn ich kenne deine Antwort schon. Ich kann sie in deinen Augen lesen. Was ich aber nicht daraus lesen kann, ist das Ergebnis deiner Tat«, richtete der König das Wort an ihn.
»Ich war im Haus des Königs, und ich habe Ruma gesehen«, erwiderte Larth. »Es hat keine Mauern und ist noch nicht einmal eine richtige Stadt. Ich habe gesehen, daß die Latiner Barbaren sind, nichts anderes als Diebe. Es wäre viel besser für sie, uns als Verbündete zu haben und nicht als Feinde.«
»Das haben wir schon alles gewußt. Hast du dein Leben nur deshalb riskiert, weil du es mit eigenen Augen sehen wolltest?« fragte der König.
Larths Stimme ertönte nun hell und klar: »Es mit eigenen Augen zu sehen, ist etwas ganz anderes. Wir könnten ihre Sümpfe, die vom Wasser des Flusses überschwemmt werden, trockenlegen und das Land zwischen den Hügeln bewohnbar machen. Mit unserer Hilfe könnten sie eine richtige Stadt erbauen, wir könnten sie lehren, das Wasser zu nutzen, Felder zu bestellen, Waffen zu schmieden und die Heilkunde anzuwenden.«
»Und was würden wir dabei gewinnen?« fragte der König gelassen.
Larth schwieg einen Augenblick und dachte, daß er sich genau diese Frage auch selbst gestellt hatte.
»Eine Öffnung der Städte der Rasna nach Süden und ein Bollwerk gegen die Sabiner und die Falizier«, antwortete er dann.
Tarchon neigte leicht den Kopf.
»Das ist eine verständige Antwort. Die Rasna haben ihr Land nie mit

den Waffen erobern müssen, aber es scheint so, als würden unsere Nachbarvölker nur die Sprache des Schwertes kennen. Es ist sehr schwer, jemandem, der nur diese Sprache kennt, die Sprache der Vernunft begreiflich zu machen. Aber du hast recht. Wäre Ruma unser Verbündeter, dann wäre der Vorteil genauso auf unserer Seite wie auf der ihren.«

»Ich fürchte, mehr auf der ihren als auf der unseren, mein König«, gab Larth zurück.

Tarchon lachte belustigt auf.

»Deine Beobachtungen sind sehr scharfsichtig, Larth. Trotzdem werde ich dich bestrafen müssen. Du weißt das?«

»Ja.«

Tarchon nickte zustimmend. Ihm gefiel diese kühle Distanz, die niemals den erforderlichen Respekt vermissen ließ. Bei einem so jungen Mann war das ein vielversprechender Charakterzug, der jedoch von einer festen Hand geleitet werden sollte. Er mußte sich eine außergewöhnliche Strafe ausdenken.

»Gibt es sonst noch etwas, was du mir sagen willst?« wandte er sich noch einmal an Larth.

»Aus der Unterhaltung zwischen dem König Numa und seinem Bruder habe ich entnommen, daß der König bald in Schwierigkeiten geraten wird, weil sein Bruder versuchen wird, die Macht zu übernehmen. Wahrscheinlich wird er ihn umbringen. Ich weiß, daß bei diesem Volk diese Art der Machtübernahme üblich ist.«

»Und was schließt du daraus?«

»Ich glaube, daß der König Numa die Lage besser einschätzt und verhandlungsbereiter ist. Vielleicht hätten unsere Abgesandten eine gute Möglichkeit, von ihm gehört zu werden. Sollte aber sein Bruder Ancus König werden, wird es Krieg geben.«

»Ich werde deine Worte bedenken. Du kannst gehen, Larth. Sobald ich eine Strafe für dich entschieden habe, werde ich es dir mitteilen«, entließ ihn der König.

Larth beugte knapp das Haupt und verließ den Saal, ohne seinem Vater auch nur einen Blick zuzuwerfen. Tarchon verharrte für einen kurzen Augenblick schweigend. Vor seinem inneren Auge sah er schon die Verwirklichung all dessen, was er sich immer gewünscht hatte, und seine Augen glänzten vor Stolz.

»Er wird ein guter König sein«, murmelte er schließlich leise vor sich hin. »Kein anderer könnte ein besserer König sein für meine Caitli und für mein Volk.«
»Du könntest noch immer einen eigenen Sohn bekommen«, gab Laris zu bedenken.
Mit einer knappen Geste wischte Tarchon den Einwand des Freundes beiseite.
»Wenn es so geschrieben steht ...« antwortete er ihm wenig überzeugt.

Larth stieß einen Seufzer der Erleichterung aus, nachdem er den Saal verlassen hatte. In dem mit schwarzen Steinen gepflasterten Hof warteten schon der Rat und der Adel von Tarchna darauf, daß der König die Türen für die tägliche Audienz öffnen ließ, und direkt hinter dem großen Eingangsportal warteten, wie jeden Tag, die Bittsteller, Künstler, Handwerker, Reisenden und Händler darauf, vom König empfangen zu werden. Dicht gedrängt standen sie vor der Giebelfront, und Larth schien es fast so, als ob die monströse und unerreichbare Schönheit der Chimäre sie in ihren Bann geschlagen hätte.
Eine Gruppe von Haruspizen aus dem Tempel von Tagete näherte sich in einer Prozession von außerhalb der Stadt, um dem König die Deutung weiterer Zeichen zu überbringen, denn seit dem Einschlag des Blitzes, dem zweiten nach der Geburt Caitlis, hatten der Palast und der Altar der Erdmutter Dia für sie und die Einwohner der Stadt eine ganz besondere Bedeutung erlangt.
Larth stieg den Palasthügel hinunter und folgte der Straße bis zum östlichen Stadttor, dann bog er auf die breite Hauptstraße ein, die zum Herzen der Stadt führte, und erreichte die königlichen Übungsstätten, wohin ihn der Waffenmeister des Königs hatte rufen lassen, um die Heilung und Beweglichkeit des Armes zu begutachten.
Larth hielt ihn schon wieder für einsatzbereit, aber Tefrie, der Waffenmeister, gehörte auch zu denen, die keinen Widerspruch duldeten und sich Respekt zu verschaffen wußten.
Er war schon über die Mitte seiner Jahre hinaus, aber noch immer im Vollbesitz seiner Kräfte. Aus seiner Obhut wurde keiner entlassen, der nicht in der Lage gewesen wäre, jede Art von Waffe, vom Speer bis zum Krummsäbel, zu handhaben. »Es ist noch zu früh, um mit den Übungen

zu beginnen«, war sein knappes Urteil, nachdem er die Wunde begutachtet und ihn einige Bewegungen hatte ausführen lassen, um die Spannkraft der Muskeln mit seinen geschmeidigen Fingern zu prüfen. Larth zögerte einen Moment, aber dann beugte er sich dem Urteil ohne Widerspruch. Über das Gesicht des Waffenmeisters huschte ein vages Lächeln.

»Du warst noch ein Junge, als du am Anfang des Sommers hier weggegangen bist, und als ein Mann bist du zurückgekehrt«, stellte er zufrieden fest.

»Warum meinst du das? Weil ich vom Feind verletzt worden bin?« fragte Larth verwundert.

»Nein, nicht deshalb. Aber du hast meine Entscheidung ohne Widerspruch akzeptiert.« Mit einer Bewegung des Kopfes wies er über die Balustrade hinweg auf die tieferliegende Arena, in der Jungen und Mädchen, nur spärlich bekleidet, gemeinsam im goldenen Einfall des Sonnenlichtes miteinander übten. »Schau sie dir an! Jeder von ihnen hätte darauf bestanden, es zumindest auszuprobieren.«

Larth überflog sie mit einem Blick. Er kannte sie alle, aber mit niemandem dort unten verband ihn eine wirkliche Freundschaft.

»Sei vorsichtig, Larth«, murmelte Tefrie, der seinen Gedanken gefolgt war. »Die Straße der Einsamkeit ist ein schwieriger Weg. Du wirst Freunde und Gefährten brauchen, die deinen Schatten mit dir teilen. Wer sonst sollte dir im Kampf die Seite decken, wer den Rücken in einem fremden Haus, und wer wird deinen Namen nennen, wenn du ihn eines Tages vor die Versammlung der Könige trägst?«

Larth hielt mit einem kleinen Lächeln dem festen und kühlen Blick des Waffenmeisters stand. »Hier jedenfalls sehe ich sie nicht«, antwortete er ihm ohne Überheblichkeit. »Gute Krieger und edle Hüter ihres Hauses – vielleicht. Aber mehr kann ich nicht sehen.«

»Vielleicht fällt dein Blick zu weit«, erwiderte ihm Tefrie, und Larth lief bei seinen Worten ein Schauer über den Rücken. Es war, als ob ein Schatten ihn gestreift hätte, ein Gedanke, der nicht greifbar werden wollte.

»Vielleicht ...«, murmelte er.

Die Sonne stand schon tief am Horizont, als er sich auf den Weg nach Hause machte. Am Himmel waren Wolken aufgezogen, und ein stürmischer, frischer Wind blies, der den herben Geruch von welken Kräutern mit sich brachte und das Ende des Sommers ankündigte.

Als er in seinem Haus ankam, hatten die Diener schon die Lampen angezündet. Sein Vater war noch im Palast des Königs, und seine beiden Brüder, Egene und Cneve, folgten dem Unterricht ihrer Lehrer.
Er lief ein wenig ziellos durch die Räume, und zum erstenmal erschien ihm sein Haus groß, leer und fremd. Dann begab er sich in das Schlafgemach im ersten Stock des Hauses, das er sich mit seinen Brüdern teilte. An die Fensteröffnung gelehnt, betrachtete er, in Gedanken versunken, wie in der Abenddämmerung die ersten Sterne zwischen den schnell vorübertreibenden Wolken aufgingen. Vielleicht entschieden sie im Palast gerade über seine Bestrafung, und vielleicht hatte der kampfeslustige Bruder des Königs von Ruma bereits seine Fallen gestellt, um seinem Bruder die Macht zu entreißen und dann gegen Tarchna zu ziehen ...
»Wenn es die Götter so entschieden haben ...«, hätte ihm der König geantwortet, wie immer.
Er unterbrach seine Gedankengänge und ging wieder in den ebenerdigen Teil des Hauses zurück. Die Tür zu dem großen Aufenthalts- und Schlafraum der Bediensteten war schon geschlossen, aber es waren noch Stimmen zu hören, aus denen er vor allem eine heraushörte: die helle, fröhliche Stimme eines jungen Mädchens, das er nicht kannte. Er trat ein, um einer der Frauen Anweisung zu erteilen, ihm das Bad zu bereiten, und schaute sich dabei um, ob er etwas über diese neue Stimme herausfinden konnte. Aber keine der im Raum anwesenden Frauen war ihm unbekannt.
Die älteste der Mägde hatte sich erhoben. Sie begleitete ihn in den Baderaum, und in kürzester Zeit war das Bad bereitet. Das Wasser rann, wie immer, warm an den Wänden der Wanne herunter, frische Tücher waren bereitgelegt, aber die Magd blieb noch, und da sie ihn schon seit seiner Kindheit versorgt hatte, wollte ihr Larth dieses Recht auch nicht streitig machen.
»Hast du sie gehört?« raunte sie ihm nun zu, während sie ihm dabei half, sich auszuziehen. Larth fuhr zusammen. »Wen meinst du?«
Die Magd lächelte. »Ihr Name ist Tyrò, und sie ist schon seit Mitte des Sommers bei uns. Demestone, der Händler, hat sie auf Kreta gekauft und dem König geschenkt, um damit seine Schuld abzutragen, wegen der Prophezeiung der edlen Caitli, die ihm das Leben gerettet hat, als seine Schiffe auf Grund liefen. Aber der König hat sie an deinen Vater,

unseren Fürsten, weitergeschenkt. Der König ist unserem Fürsten sehr wohlgesonnen, seine Traurigkeit bedrückt ihn, und die Weisen sagen, ein junges Mädchen ist die beste Medizin für ein altes Herz und ein leeres Bett.«

Larths Körper erstarrte unmerklich. Die alte Magd strich ihm über die Schultern und befühlte mit mütterlicher Fürsorge die Festigkeit der Muskeln und die Narbe, die seine Verletzung hinterlassen hatte.

»Sie ist sehr schön . . . Ein paar Jahre älter als du«, flüsterte sie ihm ins Ohr, »und sie weiß mehr Dinge, als du dir jemals zu erträumen gewagt hast.«

Larth trat einen Schritt zurück.

»Schick sie zu mir«, befahl er ihr barsch.

»Sicher werde ich sie zu dir schicken. Sie wird dir die Essenzen und die Öle für dein Bad bringen«, antwortete die Magd mit einem verschmitzten Lächeln und verließ den Baderaum.

Larth tauchte ins warme Wasser ein und schloß die Augen. Er mußte völlig verrückt geworden sein. Dieses Mädchen war ein Geschenk des Königs an seinen Vater, der mit ihr vielleicht sein Bett geteilt hatte. Und außerdem – was sollte er tun? Er wußte noch nicht einmal, was er mit ihr anfangen sollte! Im selben Augenblick legten sich zwei zarte weibliche Hände auf seinen Nacken. Sie strichen leicht an seinen Schultern entlang und tauchten dann ins Wasser ein, zuerst nur bis zur Hüfte und dann tiefer, immer tiefer. Er ließ es regungslos geschehen und schaute sie an. Im goldenen Lichtschein der Lampen kam Tyrò ihm so jung vor wie Caitli und nicht, wie die Magd gesagt hatte, ein paar Jahre älter als er. Ihr langes schwarzes Haar wurde auf der Stirn mit einem purpurfarbenen Band zusammengehalten, und ihre Augen waren wie zwei tiefe, dunkle Brunnen über der schmalen Nase. Der Körper war zierlich und fest, und ihre braune Haut hatte einen goldenen Schimmer.

Sie trug nur ein weißes Hüfttuch, ihre Brüste waren voll und die Brustwarzen karmesinrot bemalt und hart. Larth wartete nicht ab, bis er sein Bad beendet hatte. So, wie er war, stieg er aus der Wanne, nahm sie bei der Hand und streckte sie auf einem der Badetücher aus. Sicher, vielleicht war er jünger als sie, aber dafür überragte er sie um einiges, und das machte ihm ein wenig Mut. Doch als er ihr schließlich das Hüfttuch gelöst hatte, wurde er unsicher, und Angst überfiel ihn. Hastig und ungeschickt drang er in sie ein und bemerkte verwirrt, wie sie sich

zurückzog, gegen ihn auflehnte, um ihn dann aber zu umschlingen und an sich zu ziehen.
Etwas später lag Larth, auf den Ellbogen gestützt, neben ihr und betrachtete diesen Körper, den er soeben erkundet hatte, so völlig hingerissen, daß für einen Augenblick alle anderen Gedanken ausgeschaltet waren. »Tyrò ...«, rief er leise ihren Namen, und das Mädchen senkte die Augenlider, lächelte verführerisch und umschlang seine Hüften mit den Beinen.
»Was bedeutest du für meinen Vater?« murmelte er und gab damit seinen quälenden Gedanken Ausdruck.
»Für deinen Vater ist die Liebe nur eine kurze, heftige Woge, während sein Geist woanders weilt«, antwortete sie ihm. »Ich bedeute ihm gar nichts. Wenn ich nicht ein Geschenk des Königs wäre, hätte er mich schon längst verkauft.«
»Wie vielen Herren hast du schon gedient?« wollte Larth wissen, und Tyrò stieß nahe an seinem Ohr ein kleines Lachen aus. Dann griff sie in seine Haare und zog ihn an sich. »Willst du das wirklich wissen? Die Magd hat dich belogen, ich bin genauso alt wie du, und bisher hatte ich vier Herren, die viele alte und gierige Freunde hatten. Von ihnen habe ich viel gelernt.« Sie lachte wieder, und als Larth sie ein zweites Mal nahm, ließ es das Mädchen ohne Widerstand geschehen. Diesmal blieb Larth lange in ihr, so lange, daß es ihm schon fast wie eine Ewigkeit vorkam. »Warum bist du nicht Caitli?« flüsterte er ihr, von seinen Gefühlen überwältigt, ins Ohr. Aber Tyrò verstand seine Worte nicht.
Erst sehr viel später erinnerte Larth sich daran, sie wieder in die Unterkunft der Diener zurückzuschicken, und kehrte kurz darauf, nur in ein Badetuch gehüllt, in sein Schlafgemach zurück. Kaum hatte er den Raum betreten, entdeckte er vor der breiten Öffnung des Fensters die Gestalt seines Vaters, der auf ihn gewartet hatte. Der Raum war in tiefe Schatten getaucht, und nur eine einzige Lampe, neben seinem leeren Bett, verbreitete ein flackerndes Licht. Larth blieb regungslos auf der Schwelle stehen und ließ überrascht seinen Blick durch den Raum schweifen. Die Betten seiner Brüder waren nicht mehr da.
»Du bist nun ein Mann«, begrüßte ihn der Vater. »Es ist an der Zeit, daß du deinen eigenen Raum bewohnst, so wie es deinem Rang gebührt. Ich habe deinen Brüdern einen anderen Schlafraum zugewiesen,

und du wirst von nun an einen Diener haben, der vor deiner Tür schläft.«

Er kann unmöglich die ganze Zeit über hier auf mich gewartet haben, nur um mir das mitzuteilen, dachte Larth mit einem Blick durch die weite Öffnung des Fensters. In den dunklen Nachthimmel hatte sich bereits unmerklich das fahle, milchige Licht des Morgens gemischt. Es war kurz vor Sonnenaufgang. Laris seufzte und setzte sich müde auf eine der nahe stehenden Bänke.

Larth sah ihn an, und mit einem Schlag verschwanden seine Furcht und seine Schuldgefühle und machten einem schmerzlichen Gefühl Platz, einer Empfindung, die er nie zuvor gehabt hatte: Sein Vater war alt geworden, von einem Augenblick auf den anderen ein Fremder für ihn, und die ihm noch verbleibende Zeit würde nicht mehr ausreichen, um diesen fremden Mann kennenzulernen.

»Verzeih mir, wenn ich dich mit Tyrò beleidigt habe«, murmelte er. »Ich wußte, daß sie ein Geschenk des Königs an dich war.«

Doch Laris brachte ihn mit einer knappen Geste zum Schweigen. »Tyrò ziemt sich eher für das Bett eines jungen Mannes, wie du es bist, als für das meine. Sie langweilte sich mit mir. Hab keine Sorge, wir sind darüber beide erleichtert.«

»Ich danke dir. Aber du weißt auch, daß ich diese Nacht mit Caitli verbringen wollte und nicht mit Tyrò. Auch sie weiß das, und auch der König und Velvur wissen es.«

»Eine Sklavin für eine Königin. Ist es das, Larth, was dir die Ruhe raubt?«

Larth schwieg. Er hatte nicht geglaubt, daß ihm das so leicht anzumerken war.

»Der König hat deine Strafe entschieden. Deshalb habe ich auf dich gewartet«, fuhr Laris fort.

Larth schwieg noch immer, und der Vater schüttelte leicht resigniert den Kopf wie jemand, der, nachdem er mit aller Kraft eine Sache bekämpft hat, deren Vollzug nun hinnimmt, ohne sich weiter darüber äußern zu wollen.

»Velvur hat den König um Erlaubnis gebeten, dich für eine Zeitlang mit sich zu nehmen, und der König hat zugestimmt.«

»Wie lange?« Larths Stimme zitterte kaum merklich.

»Eine Jahreszeit ... vielleicht auch zwei oder drei, solange wie es nach

Velvurs Urteil für deine Ausbildung nötig ist. Ihr werdet in einer Woche abreisen, und bis dahin wirst du im Palast nicht mehr empfangen werden.«

»Ich werde ein Krieger sein und ein König, kein Hohepriester!« widersetzte sich Larth bitter.

»Ein König muß das alles sein. Nur so, wenn du Krieger und Hohepriester in einem bist, wirst du auch König sein«, erwiderte Laris ruhig.

Larth schwieg, und Laris erhob sich, um den Raum zu verlassen.

»Warum hat Velvur uns das angetan?« hielt Larth ihn zurück.

»Caitli fühlt sich noch nicht bereit dazu, das Bett mit dir zu teilen, und du bist noch nicht bereit, König zu sein. Warum Velvur dich mit sich nehmen will, mußt du ihn selbst fragen. Aber vergiß nicht, er sieht, was wir nicht sehen können, und erkennt in den Zeichen der Götter das verwobene Muster unseres Schicksals, das wir nicht ändern können.«

Larth setzte sich auf den Bettrand, und die Flamme in der Lampe loderte leicht auf.

Caitli ist sehr wohl bereit, mir das zu geben, was mir Tyrò gegeben hat, und noch viel mehr. Das hat mir ihr Mund gesagt, ihr Körper und ihr Herz. Warum tut Velvur uns das an? dachte Larth und vergaß dabei, daß es für ihn verboten war, bis zu seiner Abreise den Palast zu betreten, und er sie deshalb nicht mehr wiedersehen würde.

»Ich werde Tyrò für dich rufen lassen«, sagte sein Vater. »Du kannst sie bis zu deiner Abreise bei dir behalten. Aber vergiß nicht, bei deiner Rückkehr wirst du sie hier nicht mehr vorfinden, selbst wenn du nur eine Jahreszeit wegbleiben solltest. Obwohl sie ein Geschenk des Königs ist, werde ich sie sofort nach deiner Abreise verkaufen.« Dann verließ er den Raum. Doch Larth war ganz in seine Gedanken versunken und hatte ihm schon nicht mehr zugehört. Er behielt Tyrò bei sich und lernte von ihr Dinge, die er nicht einmal zu träumen gewagt hätte, ganz so wie es die Magd vorausgesagt hatte. Aber, so merkwürdig es ihm auch vorkam, nach seiner Abreise vergaß er sie sofort. Und wenn er sich in den vier langen Jahren, die Velvur ihn von Tarchna fernhielt, an die Liebe erinnerte, dann dachte er dabei nur an Caitli.

4.

Der Wind, der über das Meer in Richtung der Küstenstraße und den reichen Quartieren der Händler von Pyrgi, der stolzen Hafenstadt von Xaire, strich, schien die Klänge und Stimmen des Todes mit sich zu tragen. Der Himmel hatte sich bedeckt, und die Wolken, die über das Meer herübertrieben, versprachen Sturm.

Trotzdem zog die festliche Prozession vom Palast zum Tempel der Göttin Uni, und eine große Menschenmenge säumte den Zug, der von König Aucnus von Xaire und König Tarchon von Tarchna angeführt wurde. Der Re Supremo war mit seiner Königin gekommen, um der Göttin für die unerwartete Schwangerschaft Ramthas zu danken.

Für das Kind, das sie unter dem Herzen trug, hatten alle Haruspizen vorausgesagt, daß es männlichen Geschlechts sei, und König Tarchon war sich der Gunst der Götter sicher. Sogar Velvur war rechtzeitig zurückgekommen, um als Großer Trutnot der Prozession beizuwohnen, und hatte endlich auch Larth wieder mit nach Hause gebracht. Doch der große, schlanke junge Mann mit den undurchdringlichen Gesichtszügen an seiner Seite, dessen wachem Blick scheinbar nichts entging, erinnerte kaum noch an den Jungen, den alle noch im Gedächtnis hatten. Ein Mann mit knapp bemessenen Bewegungen, in sich verschlossen und wie umgeben von einer dunklen, machtvollen Aura, schien über den ungestümen und impulsiven Jungen die Oberhand gewonnen zu haben. Keiner der jungen Leute, die früher mit ihm zusammen gewesen waren, wagte es auch nur, sich ihm zu nähern, um ihn zu begrüßen.

Larth suchte mit seinem Blick Caitli, und ihre Augen trafen sich im selben Moment, in dem Caitli wieder dieses beklemmende Gefühl, das über das Meer zu kommen schien, in sich aufsteigen fühlte.

Sie erbleichte, als sie an ihm vorbeischritt, aber in der festlichen Prozession ging Caitli noch vor dem König, und so mußten sie sich auf diesen einen kurzen Blick beschränken. Die Musik der Flöten und die letzten Rufe der Menge übertönten nun das Raunen der Schatten, die drohend über das Meer kamen. Im Hafen hatten mehr als zwanzig Holkades, mit eingezogenen Segeln und Laderäumen randvoll mit Waren, festgemacht, die von weitem fast wie schwarze Unheilsvögel aussahen, die nur darauf zu warten schienen, sich auf ihre Beute zu stürzen.

Der Zug hatte nun den Vorhof des Heiligtums erreicht und verteilte sich um das große Becken für die rituellen Waschungen. Nur Velvur, König Tarchon und die Königin mit den beiden Töchtern schritten auf das Eingangsportal des Tempels zu, um das Opfer zu bringen, das Erstgeborene der Frühlingslämmer, das Thanaquil im Arm hielt. Das Mädchen schritt langsam und ganz versunken in die Aufgabe, die ihr anvertraut worden war, vor der Mutter her.

Sobald das Portal des Tempels sich hinter ihnen geschlossen hatte, umfing sie ein kaltes Schweigen. Nur die Flammen in den Feuerbecken, die den Weg bis zur Statue der Göttin Uni säumten, der Herrin über Geburt und Herdstätten, verbreiteten ein helles und warmes Licht. Aus dieser Entfernung schien die Statue wie umflort zu sein, aber mit jedem Schritt wurden ihre Umrisse klarer und deutlicher erkennbar.

Der Tempel war prunkvoll ausgestattet. Die Wände waren mit Blattgold überzogen, und auch die Lampen und die Krüge mit duftenden Ölen waren aus purem Gold. Schwere phönizische Teppiche bedeckten den Boden aus schwarzem Stein und verhüllten, purpurfarben und golddurchwirkt, den Portiko der Priesterinnen, der zu dem Teil des Tempels führte, in welchem die Männer ihre Gaben und ihren Samen der Göttin darbrachten.

Vielleicht ist es deshalb, dachte Caitli. Diese kalte Pracht ist aus dem Reichtum der Männer entstanden. Sie spricht von ihrer Macht und nicht von der Macht der Göttin und ihrer Gegenwart. Hier verbindet kein göttliches Band den Stein mit der Erde oder den Menschen mit dem Himmel. Ein leichter Schauer überlief sie. War es wirklich nur der Tempel, der ihr diese Gedanken eingab? Oder war es nicht vielmehr der Blick aus Larths Augen, der sich nach so langer Zeit, und nur so kurz, in die ihren gesenkt hatte? Diese tiefblauen, dunklen Augen, die für sie kein Geheimnis bargen, hatten sie in diesem kurzen Augenblick in Besitz genommen, als hätten sie es schon hundertmal getan. Und das Glück über diesen Besitz war von ihm ausgeströmt wie ein unbekannter Duft.

Caitli hielt den Atem an. Das Glücksgefühl, das sie dabei durchdrungen hatte, war nichts anderes als die Widerspiegelung eines starken Stromes der Macht gewesen. Die Zeremonie hatte begonnen. Thanaquil hatte das Lamm überreicht, und Caitli spürte, wie sich plötzlich wieder dieses beklemmende Angstgefühl in ihr ausbreitete. Larths Bild verschwand vor ihren Augen, und in der lodernden Flamme des Feuerbeckens, das ihr am nächsten stand, erschien plötzlich das Gesicht eines unbekannten, brüllenden Mannes, der ein blutiges Schwert in der Hand hielt.

Erschrocken wich Caitli einen Schritt zurück. Außer ihr schien niemand etwas gesehen oder gehört zu haben. Aber der Große Trutnot, der bis zu diesem Moment etwas abseits gestanden hatte, kam nun auf sie zu.

»Folge mir!« befahl er kurz und schritt ihr voran. Ohne noch einen weiteren Blick auf das Gesicht und das Schwert in der Flamme zu werfen, folgte ihm Caitli schweigend. Sie durchquerten einen Durchgang, der ein wenig abseits im Halbdunkel lag, und erreichten eines der Gemächer, die den Priesterinnen vorbehalten waren. Es war ein großer Raum, der ebenso prunkvoll ausgestattet war wie der Tempel. Ein Dutzend Clinai stand im Kreis um ein großes Feuerbecken angeordnet, in dem sonst duftende Kräuter und Öle verbrannt wurden. Jetzt jedoch brannte kein Feuer, und das Gemach war leer.

Caitli schaute sich um. Über die Clinai waren weiße Leinentücher gebreitet, und in kostbaren Pokalen auf bronzenen Feuerstellen, die wie der Schlund einer Chimäre geformt waren, stand gewürzter Wein bereit.

Sicher war sie die erste Frau, die nicht der Göttin geweiht war, die diesen Ort sah.

Velvur legte seine Insignien, den gebogenen Stab, den hohen, spitzen Hut und den kostbaren Mantel ab, die er als Großer Trutnot bei den Zeremonien immer trug. Dann betrachtete er sie eine Weile schweigend, um herauszufinden, wie sehr sie sich in den Jahren seiner Abwesenheit verändert hatte. Caitli war groß, schlank und geschmeidig wie ein Schilfhalm. Ihre Haut hatte einen goldenen Schimmer, und ihr Gesicht war vollkommen ebenmäßig unter der Flut der dunklen Haare, in die das Licht kupferfarbene Reflexe zauberte. Nichts an ihr erinnerte

an die sinnliche Weichheit der Königin, und die purpurfarben bestickte weiße Tunika unterstrich noch den Hauch von Entrücktheit, die ihr die Besonderheit ihres Wesens verlieh.
Sie ist wie eine Quelle, dachte Velvur. Eine lebendige Flamme göttlicher Macht ... Eine gut gehütete jedoch, ein Hort puren Kristalls. Larth wird die Zeichen erkennen müssen.
Dann deutete er ein kleines Lächeln an.
»Such hier nicht die Göttin, Caitli. Die Priesterinnen hier sind nichts anderes als heilige Huren, die sich mit dem freikaufen, was die Gaben an den Tempel ihnen übriglassen.«
»Warum dann also diese Pilgerreise?«
»Weil es oft die Gewohnheiten sind, die einem Ort eine Weihe zusprechen, die er eigentlich gar nicht besitzt. Vor langer Zeit, als Pyrgi noch nicht die Stadt war, die sie heute ist, ließen sich hier einige phönizische Händler nieder. Sie brachten ihre Göttin Ishtar mit und erkoren sie zu ihrer Beschützerin. Keiner wagt es, den Bereich eines Tempels zu entweihen, selbst die Piraten scheuen davor zurück. Diese Phönizier also haben hier den Handel begonnen, und wir haben ihn dann später weiter ausgedehnt. Ishtar aber ist keine andere als unsere Göttin Uni, die auf diese Weise auch zu unserer Beschützerin wurde. So ist auch uns dieser Ort heilig geworden.«
»Sicher, aber da mein Vater auch der Erste unter den Königen ist, hat ihn König Aucnus von Xaire überzeugt, diese Pilgerreise anzutreten. Er wollte ihn als seinen Gast begrüßen, um Tarchna und den Städtebund um Hilfe gegen die focesischen Piraten zu bitten, die seit Beginn des Frühlings schon acht seiner Schiffe zerstört haben«, stellte Caitli ruhig fest.
Velvur nickte zustimmend. Die Königin hatte sich noch nie mit Regierungsangelegenheiten beschäftigt, das konnte Tarchon von seiner schönen Erbin nicht behaupten. Dann führte er sie zu einem der Clinai, hieß sie sich niedersetzen und schaute ihr mit einem fast abwesenden Ausdruck fest in die Augen.
»Was hast du in der Flamme gesehen, Caitli?«
Seine Stimme hatte einen tiefen, einschläfernden Tonfall angenommen, ein gleichmäßiges, sanftes Murmeln, das die Gedanken und die Zunge löste. Er benutzte nur sehr selten und nur sehr ungern diese Fähigkeit, denn es widerstrebte ihm, den Willen eines anderen Wesens zu beein-

flussen. Zudem war ihm nur allzusehr bewußt, daß auf diese Weise im Gegenzug auch die Ängste und Nöte des anderen in ihn eindrangen. Nicht immer gelang es ihm, das zu ertragen, ohne dabei selbst Schaden zu nehmen. In den Jahren seiner Jugend hatte er oft darunter gelitten und hart bezahlt für diese Fähigkeit, die von denen, die ihre Schattenseite nicht kannten, so sehr beneidet wurde.

»Tod«, murmelte Caitli. »Tod, der vom Meer kommt.«

»Tod also . . . Auch ich habe es gespürt. Während der ganzen Dauer der Prozession lag etwas Unheimliches und Drohendes in der Luft. Tod, der vom Meer kommt! Ich werde König Aucnus warnen, daß er die Wachen und die Posten im Hafen verstärkt.«

Caitli antwortete nicht. In diesem leeren Raum, der mit der Zeremonie im Tempel so gar nichts zu tun hatte, fühlte sie sich plötzlich so beklommen, als wäre sie in einer Gruft eingeschlossen, und das Bedürfnis nach den luftigen Hügeln von Tarchna und der Heiterkeit und Ruhe ihres Palastes stieg in ihr auf.

Velvur streifte ihre Stirn leicht mit den Fingerspitzen und löste damit die Spannung. Dann sagte er, um sie zu zerstreuen: »Ich habe gehört, man sagt von dir, du seist inzwischen in der Heilkunde schon besser als dein Lehrmeister.«

»Wenn das so ist, dann ist es allein sein Verdienst«, antwortete ihm Caitli, und Velvur nickte. Er hatte seine Schülerin gut erzogen, hatte all sein Wissen und seine Bildung an sie weitergegeben, aber er hatte immer gewußt, daß sie ihn eines Tages überflügeln würde. Und dieser Zeitpunkt näherte sich nun mit großen Schritten. Anders als er brauchte Caitli nun nicht mehr zu fragen.

»Wollen wir von Larth sprechen? Willst du?« schlug der Große Trutnot ihr vor.

Caitli nickte, und ihr Blick verlor sich in der Ferne. Auch Larth würde heute abend auf einem dieser Clinai sein, um seinen Obolus an eine Hure zu entrichten. Er war es, der dem König am nächsten stand, und er würde ihn deshalb ganz sicher, zusammen mit den anderen Männern des Adels von Tarchna, bei dieser bedeutenden und heiligen Zeremonie begleiten.

Wie kann ich mich gegen etwas auflehnen, das nicht zu ändern ist? dachte sie, kann es denn sein, daß eine Hure, die sich auf diese Weise ein Stückchen Freiheit erkauft, glücklicher ist als ich?

»Larth hat in den vier zurückliegenden Jahren viel an sich gearbeitet, Caitli«, fuhr der Trutnot fort. »Sein Geist war schon immer sehr stark, und wir beide wissen das besser als jeder andere. Aber nun ist er gehärtet wie glühendes Eisen im Eiswasser. Er ist Krieger gewesen, Reisender, Eremit, Schüler und Lehrer. Er ist zwar noch jung an Jahren, aber nicht an Erfahrung, und das unterscheidet ihn von den Männern, die er führen wird. Doch seine Einsamkeit ist ein Abgrund, der ihn von allen trennt. Nur du allein kannst ihn überbrücken. In all diesen Jahren bist du immer an seiner Seite gewesen. Keines der Mädchen, die sein Bett mit ihm geteilt haben, hat ihm je etwas bedeutet und trug doch gleichzeitig immer deinen Namen. Du hast sein Schicksal an das deine gebunden, als du noch ein Kind warst. Nun habe ich dir einen wahren König zurückgebracht. Was aber sagst du mir über die, die seine Königin werden soll?«

»Ich werde ihn nach dem Bankett sehen. Wenn ich wirklich seine Königin werden sollte, dann wird es in dieser Nacht sein, und dann wirst du ihn hier nicht sehen.«

In ihrer Stimme klang tiefe Erregung mit, aber trotzdem war sie fest und nur unmerklich getrübt von einer Spur Verzweiflung, die die junge Frau mit zu Fäusten geballten Händen vor der Brust in sich verschlossen zu halten suchte.

»Du mußt auf die Zeichen hören, Caitli!« mahnte Velvur.

Ein bitteres Lächeln umspielte Caitlis Lippen. »Hab keine Angst«, antwortete sie ihm. »Oder hast du uns etwa nicht nur deshalb getrennt, weil du den Zeichen nicht mehr ausweichen konntest?«

Velvur nickte zerstreut und begann widerwillig, seine Insignien wieder anzulegen. Er trug nicht gerne die Symbole seiner hohepriesterlichen Würde, denn es schien ihm fast so, als würde er sich damit des Hochmuts schuldig machen. Der Hochmut aber entfernte ihn von der wahren Macht, ohne die auch diese Symbole ohne Bedeutung waren. Aber selbst wenn einige kluge Köpfe diesen Zusammenhang verstehen mochten, das einfache Volk brauchte diese sichtbaren Symbole, denn nur so konnten sie im Gedächtnis aller haftenbleiben.

Er seufzte. Diese beklemmende, dunkle Furcht begann nun auch von ihm Besitz zu ergreifen.

Gemeinsam kehrten sie in den Tempel zurück, wo die Zeremonie inzwischen beendet war. Die Priesterinnen hatten sich zurückgezogen, und die Diener waren dabei, die Reste des geopferten Lammes und die goldenen Pokale zu entfernen, in denen das Blut aufgefangen worden war. Draußen hatte ein stürmischer Wind die Wolken weggeblasen. Der Vorhof des Tempels lag jetzt im gleißenden Sonnenlicht da, und der Zug begann sich langsam wieder zu formieren, um in den Palast von König Aucnus zurückzukehren, begleitet von Musik und Ehreneskorte.

Der Abend war schon fortgeschritten, das Bankett hatte seinen Höhepunkt erreicht, und die Tänzerinnen vollzogen die uralten Bewegungen der Geburt des Frühlings. Der Saal im Palast von Aucnus erstrahlte im Licht unzähliger Fackeln und hallte wider vom Reden und Gelächter der Gäste. Bei Anbruch der Nacht war ein kurzer, erfrischender Regenschauer niedergegangen, und die feuchte Luft war mit den Gerüchen der Stadt gesättigt. Der Wind blies vom Meer. Larth nahm einen tiefen Atemzug. Er hatte das Bankett verlassen und schritt nun, in Gedanken versunken, auf eine der zum Meer abfallenden Terrassen zu. Velvur hatte ihm von dieser unsichtbaren Gefahr erzählt, die zwischen Meer und Land zu schweben schien, und Larth konnte sie mit derselben Leichtigkeit wahrnehmen, mit der er die Beute in der Falle witterte oder den Feind, der sich einem Versteck näherte. Doch Aucnus hatte die Warnung eher leicht genommen. Er hatte zwar die Wachposten am Meer verstärkt, aber die Stadtwache hatte er nicht in Alarm versetzt, um die Händler nicht aufzuschrecken, die sich gesorgt hätten um ihre Ware, und alle Adeligen seiner Stadt waren beim Bankett anwesend.
Aber selbst Larth mußte sich eingestehen, daß diese dunkle, düstere Bedrohung in diesem Moment der letzte seiner Gedanken war, denn Caitli war ihm gefolgt und an seine Seite getreten. Im goldenen Licht der Feuerbecken, die auf den abfallenden Stufen der Terrassen verteilt waren, betrachtete er den Umriß ihrer schlanken Gestalt. Dieser Umriß schien ihm kaum mehr zu sein als der Schatten, der für so lange Zeit in Form anderer Gesichter und anderer Körper an seiner Seite gewesen und das Bett mit ihm geteilt hatte.
»Vielleicht träume ich ja immer noch«, murmelte er mit einem kleinen Lächeln und blieb stehen. Auch Caitli blieb stehen.
»Wovon träumst du denn?« fragte sie leise.
»Von dir, Caitli. Von dir, die neben mir steht.«

Larth setzte sich auf die niedrige Mauer, die die obere Terrasse von der darunterliegenden trennte, und Caitli stellte sich neben ihn. Das Pech im Feuerbecken, das die Stufen beleuchtete, brannte mit einer hoch auflodernden Flamme, die leicht vom Wind gebeugt wurde. Eigentlich hätte an dieser Stelle eine Wache aufgestellt sein müssen, aber in diesem Moment waren ihre Gedanken woanders.
Caitli hatte ihre Hand auf seine Schulter gelegt, Larth legte die seine über ihre, und für einen kurzen Augenblick schien es Caitli so, als ob Himmel und Erde den Atem anhalten würden. Die Musik, die Stimmen und Geräusche des Banketts, die Stimmen des Meeres und der Angst, alles das hatte sich in ein Nichts aufgelöst.
Larth zog sie an sich, umschlang sie und hielt sie lange in seinen Armen. Caitli fühlte den kalten Opal auf ihrer Brust und die warmen Hände Larths, die ihr das Gewand abstreiften, seinen Mund auf ihren Augenlidern, auf ihren Lippen, der zu ihrer Schulter hinabglitt, und ein Schauer überlief ihre Haut.
In diesem Moment erbebte die Erde. Zuerst nur mit einer leichten Vibration, einer kaum spürbaren Erschütterung. Larth hielt sie noch immer in seinen Armen. Seine Lippen streiften nun über ihre Brust, und seine Hände glitten an ihrem Körper entlang über ihren Leib, um ihr das Hüfttuch zu lösen.
Da bebte die Erde zum zweitenmal, und dieses Mal mit dem langen, dumpfen Brüllen eines verletzten Tieres. Caitli stieß einen Schrei aus und stieß ihn von sich.
»Die Zeichen. Du mußt auf die Zeichen hören!«
So hatte Velvur gesagt, und mehr als der Trutnot es je ahnen konnte, hatte sie es immer selbst gewußt.
Mit dem Rücken dem dunklen Rauschen des Meeres zugewandt, kniete sie sich in den Sand, und ein heftiger Schmerz zerriß ihr das Herz. Warnschreie drangen aus der Stadt und dem Palast an ihr Ohr. Aber um sie herum schienen die Leere und Dunkelheit so vollständig, als wäre dieser Ort herausgehoben aus Raum und Zeit.
Larth hatte sich, gleichgültig den entfesselten Naturgewalten gegenüber, neben sie in den Sand gekniet, sich seiner selbst und ihrer sicher, und auch dem Schicksal gegenüber, das in diesem Moment so greifbar nah und so leicht bezwingbar erschien.
Nun beugte er sich über sie und streckte ihr seine Hand entgegen.

»Willst du meine Königin sein? Jetzt und hier, für die Erde, das Meer und für alle Ewigkeit?«

Nicht mehr als der Bruchteil eines Augenblicks, tief und dunkel wie ein Abgrund, trennte sie noch von Larth, und alles in ihr schrie nach ihm.

Doch Caitli richtete sich auf, berührte seine ausgestreckte Hand mit den Fingerspitzen und griff dann nach ihrem Gewand.

»Nein.« Ihre Stimme war nur ein Hauch in dieser Leere und Dunkelheit, und Larth erstarrte.

»Warum?« fragte er. »Du warst heute ebenso bereit dazu wie an dem Tag, an dem Velvur uns getrennt hat. Warum, Caitli, sag mir, warum!?«

Caitli sah ihn regungslos an.

»Hast du nicht die Stimme der Erde gehört, Larth? Hörst du nicht die Stimmen dieser Nacht? Aus dieser Nacht wird nichts geboren werden, nichts, das mit Freude und ohne Angst in Erinnerung bleiben wird. Die Zeichen, Larth, höre auf die Zeichen!«

Larth zog sich von ihr zurück und erhob sich. Nur zu gut kannte er diese Caitli, die jetzt zu ihm sprach. Verwandelt und von einer so fremden Schönheit, daß sie fast nicht mehr sie selbst zu sein schien ... Keiner kannte sie besser als er, und keiner würde sie jemals besser kennen!

Er half ihr aufzustehen, strich ihr das Gewand glatt und streifte mit seinem Mund ihre bebenden Lippen.

»Auch die Zeichen werden eines Tages vergessen sein, Caitli. Glaube mir, auch sie werden eines Tages vergessen sein«, murmelte er, und seine Gesichtszüge wurden hart.

»An diesem Tag, Larth, und erst an diesem Tag, werden wir wirklich ausgelöscht sein«, antwortete ihm Caitli. Dann ließ sie ihn alleine und kehrte zum Bankett zurück. Das Erdbeben hatte zwar den Tanz beendet, aber außer ein paar Steinbrocken, die aus den Gewölben gebrochen waren, hatte es keinen größeren Schaden angerichtet. Die kurzen Momente der Panik wurden schon überall wieder von fröhlichen Stimmen übertönt, fast so, als ob nichts geschehen wäre. Doch Caitli hielt sich, von Kummer erfüllt, abseits und nahm keinen Anteil am fröhlichen Treiben des Festes.

Etwas später beobachtete der Große Trutnot den Zug der Opfernden im

Tempel der Göttin Uni aus einer Nische heraus, in der er sich verborgen hatte. Die Nacht war schon weit fortgeschritten, und die Haruspizen hatten sich auf dem Vorhof des Tempels versammelt, der von den Flammen der Fackeln, die die Diener aus dem Palast von Aucnus trugen, taghell erleuchtet war.

So fiel es Velvur nicht schwer, die Gesichter all derer zu erkennen, die in den Tempel eintraten. Gleich unter den ersten entdeckte er, direkt hinter König Tarchon, Larth, der einen ruhigen, aber schmerzerfüllten Eindruck machte. Die Zeichen zu erkennen und sich ihnen zu beugen, heißt nicht das Leiden auszuschließen, dachte Velvur bei sich und verließ kurz darauf den Tempel. Er hatte dort nichts mehr zu suchen. Schon seit langer Zeit hatte er ein stilles Abkommen geschlossen mit der Herrin, die an diesem Ort verehrt wurde, und ihre Gebräuche quälten ihn nicht mehr. Im Gegenteil, er hatte längst Frieden mit sich geschlossen. Sein Verstand war klar, sein Geist befreit und von einer tiefen Ruhe erfüllt. Wenn er sich an die Zeiten erinnerte, in denen ihn die Leidenschaft überwältigt hatte, dann konnte er sie nur noch als einen Umweg betrachten auf dem Weg, der ihm vorbestimmt war. Von dem jungen Trutnot, der an den heiteren Gestaden des Sees Prile und in der strengen Disziplin des Tivrit aufgewachsen war, war nur noch ein Abglanz übriggeblieben. Er hatte Frieden mit sich geschlossen und hielt die Kräfte des Kosmos in seinen Händen.

»Doch alle unsere Kräfte werden uns nicht retten«, murmelte Velvur und spürte im selben Augenblick das erneute Beben der Erde, kaum daß er seinen Fuß auf den Vorhof des Tempels gesetzt hatte. Es war nur eine leichte Erschütterung, zusammen mit einem kaum wahrnehmbaren, weit entfernten Grollen.

Ein Nachtvogel flog mit hastigem Flügelschlag und angsterfülltem Schrei an ihm vorbei, und er dachte: Kann es sein, daß nun das Beben der Erde auch die Luft erfaßt hat? Dann verließ er den Tempelbezirk und schritt unerkannt die Hauptstraße entlang, die schweigend dalag, um auf seinem Weg den Stimmen der Steine und des Windes zu lauschen und ihnen ihre Wahrheit zu entlocken.

Doch die Nacht war voller Angst.

5.

Als Caitli im Morgengrauen die Augen öffnete, schien der Tod seine kalten Flügel ausgebreitet zu haben. Es war kurz vor Sonnenaufgang, und sie konnte ihn fast körperlich spüren. Er hatte einen Geruch, eine Form, eine Stimme, unsichtbar, und doch so gegenwärtig, daß Caitli das Gefühl hatte, nur die Hand ausstrecken zu müssen, um ihn berühren zu können. Ein eisiger Hauch, der das ganze Universum, das aufsteigende Licht und die Sonne zum Stillstand zu bringen schien, hatte sie gestreift.

Für einen Augenblick blieb sie regungslos liegen. Das kleine Gemach im Palast von Pyrgi, das sie mit ihrer Schwester Thanaquil als Gast bewohnte, war kalt und von einem grauen Dämmerlicht erfüllt, das durch den schmalen Säulengang drang, der den Palast in Richtung der zum Meer abfallenden Terrassen begrenzte. Nur die fast erloschene Glut in einem Feuerbecken warf noch einen schwachen Widerschein. Neben der Türöffnung, die von einem Vorhang bedeckt war, der sich im Wind blähte, schlief eine Magd. Es herrschte vollkommene Stille.

Caitli glitt aus dem Bett und näherte sich Thanaquil, die unruhig, mit angespanntem Gesichtsausdruck und fest geschlossenen Lippen, die wie zum Weinen verzogen waren, im Bett neben dem ihren schlief.

Caitli streifte ihre Stirn leicht mit den Fingerspitzen. Auch du, Schwester, dachte sie, auch du hast diese Gabe von den Göttern erhalten ... Aber mit dir wird sie sanfter sein, von dir wird sie weniger fordern.

Dann wandte sie sich dem Ausgang zu, stieg über die Magd weg und befand sich unter dem Säulengang. Von hier aus waren im ersten Licht des Tages nur undeutlich die Terrassen zu erkennen. Dahinter lag, in dichten Dunst gehüllt, das Meer. In Gedanken versunken ließ Caitli ihren Blick schweifen und sah plötzlich, wie schattenhafte Gestalten über die am tiefsten liegende Terrasse huschten. Kurz darauf tauchten auf einem der Durchgänge, die in Richtung der Innenhöfe führten, weitere Gestalten auf. Einige von ihnen schienen fast nackt zu sein, andere wiederum trugen kurze Mäntel und einen Brustschutz aus Leder.

Lautlos zog sie sich wieder ins Innere des Gemaches zurück, wo auch Thanaquil inzwischen wach geworden war und sich im Bett aufgesetzt hatte.

Caitli legte einen Finger an die Lippen, beugte sich dann zu der Magd hinunter und schüttelte sie.

»Steh auf! Bewaffnete Männer sind in den Palast eingedrungen. Du kennst die Gänge und Wege. Lauf und warne die Wachen des Königs!« flüsterte sie ihr zu.

Die Frau setzte sich erschrocken und schlaftrunken auf. Sie war klein und zierlich, und Caitli packte sie unter den Armen und zog sie hoch.

»Lauf!« befahl sie ihr noch einmal. Dann ging sie zu Thanaquil hinüber und zog sie vom Bett, während die Magd nach draußen huschte, um durch einen der Durchgänge den zentralen Flügel des Palastes zu erreichen. Caitli packte entschlossen Thanaquil an der Hand und folgte dann der Magd durch den Säulengang.

Sie waren noch nicht sehr weit gekommen, als ein durchdringender Schrei die Stille zerriß, der von den über dem Säulengang liegenden Terrassen kam. Die Magd blieb verängstigt stehen, aber Caitli packte die Schwester noch fester bei der Hand und zog sie zu einer schmalen Treppe, die vom Säulengang aus zu einer der oberen Terrassen des Palastflügels führte. Hier lagen die Gemächer, die König Aucnus für den Re Supremo und die Königin hatte herrichten lassen.

Dieser Schrei war von Ramtha gekommen.

Auf der letzten Stufe der Treppe angekommen, hielt Caitli für einen Augenblick inne. Die Terrasse war in ein fahles Licht getaucht und lag wie ausgestorben da. Nur der Wind trieb die Ginsterbüschel vor sich her, die noch kurz zuvor das Fest geschmückt hatten.

An der Palastmauer wehte einer der Vorhänge halb heruntergerissen nach draußen, und ein Röcheln unterbrach die Stille.

Mit dem freien Arm schob Caitli die Schwester hinter sich, überquerte dann die Terrasse und näherte sich dem Gemach. Auf der Schwelle angekommen sah sie die Königin. Sie lag auf dem Bett, mit dem Gesicht dem Licht zugewandt. Ihre Augen waren weit aufgerissen und starr, und über ihr lag mit seinem ganzen Gewicht ein Mann. Ein Streifen Blut rann von ihren Lippen und ein anderer aus der Seite, wo das Messer des Mannes sie getroffen hatte. Ramtha war tot, doch der Mann bewegte sich weiter wie rasend in ihr. Thanaquil schrie vor Entsetzen laut auf. Caitli schob sie noch weiter hinter sich, drückte sie in eine Ecke des Raumes und richtete sich dann auf der Schwelle hoch auf.

»So wie du jetzt von dieser Leiche Besitz ergreifst, wird der Tod von dir Besitz ergreifen, wo immer du auch sein magst!« Ihre Stimme hallte eisig in der Stille wider, und der Mann ließ jäh, mit einem fast verstörten Gesichtsausdruck, von Ramtha ab. Aber schon einen Augenblick später war er auf den Beinen, und ein kurzer Blick auf das Mädchen und die junge Frau genügten ihm, um sicher zu sein, daß dieser Tag sein Glückstag war. Die beiden waren eine lohnende Beute. Nachdem er sie selbst genossen hatte, würde er sie in jedem Hafen gut verkaufen können.

Mit einer flüchtigen Handbewegung, als wollte er Caitlis Worte wie ein lästiges Insekt verscheuchen, ging er langsam auf sie zu.

Caitli schob sich von der Tür weg und langsam an der Wand hinter dem Bett entlang. Nach ein paar Schritten stolperte sie über die Körper der Mägde ihrer Mutter, die mit durchgeschnittener Kehle auf dem Boden lagen, und erreichte schließlich die gegenüberliegende Wand. Hier führte eine Tür, die mit einem schweren, reich verzierten hölzernen Riegel verschlossen war, ins Innere des Palastes. Von dort waren noch keine Geräusche oder Warnrufe zu hören. »Flieh nur!« forderte sie der Mann höhnisch heraus und begann sich dann auf Thanaquil zuzubewegen, die sich atemlos und verängstigt in ihre Ecke drückte. »Ich werde inzwischen schon mal bei der Kleinen anfangen!«

Caitli tastete sich langsam vorwärts und fühlte plötzlich hinter sich die Waffen ihres Vaters, die an die Wand gelehnt waren: den königlichen Schild, das lange Ehrenschwert und den kurzen Krummsäbel mit dem kostbar bemalten Elfenbeingriff. Sie entschied sich für den Krummsäbel und ging dann ohne Zögern ihrem Angreifer mit erhobener Waffe entgegen, der so gezwungen war, sich nach ihr umzudrehen, um sie nicht aus den Augen zu verlieren. »Was willst du denn damit?« höhnte der Mann. Ohne den Blick von ihr zu wenden, streckte er eine Hand nach Thanaquil aus und riß ihr mit einem Ruck das Gewand herunter.

Caitli senkte ihren Blick tief in den seinen und murmelte im selben Tonfall, den Velvur bei ihr im Tempel angewendet hatte: »Du bist schon tot.«

Ihre Worte drangen wie Gift in ihren Gegner ein, lähmten seinen Atem und erfüllten ihn mit Angst und Schrecken. Mit einem Ruck stieß er Thanaquil von sich, und in diesem Augenblick erflammte die Klinge des erhobenen Säbels in den Strahlen der aufgehenden Sonne, die durch den zerrissenen Vorhang drangen. Geblendet bedeckte der Mann die Augen mit einer Hand, und im selben Moment stieß ihm Caitli den Säbel mit voller Kraft in die Brust. Diesen Stoß hatte ihr Tefrie, der Waffenmeister, beigebracht, mit beiden Händen am Griff, um die Körperkraft auszunutzen und mit aller Konzentration auf die Klinge, der auf diese Weise größte Kraft verliehen wurde.

Der Mann brüllte auf, bog sich in der Mitte zusammen und sackte tödlich getroffen zusammen. Caitli zog die Klinge heraus, packte Thanaquil an der Hand und zog sie hinter sich her auf die Terrasse hinaus, die noch immer verlassen dalag.

Aus dem Inneren des Palastes waren jetzt Schreie zu hören, und von den darunterliegenden Terrassen stieg Rauch auf. Etwas weiter weg waren im aufgehenden Licht der Sonne die Umrisse der Körper der ermordeten Wachen zu erkennen, die hinter den niedrigen Mauern der Terrassen und neben den Feuerbecken niedergestreckt worden waren.

Und in diesem Augenblick ertönten von der Stadt her endlich die schrillen Trompeten, und fast gleichzeitig war das Hufgetrappel der galoppierenden Pferde der Stadtwache zu hören.

Eine Schar von Männern rannte vom Meer her die unteren Terrassen herauf, und Caitli dachte: Sie werden nicht schnell genug hier sein. Sie werden zu spät kommen. Mit dem erhobenen Krummsäbel in der Hand stellte sie sich schützend vor Thanaquil.

Larth öffnete die Augen. Ein Gefühl, als ob ihn etwas gestreift hätte, hatte ihn geweckt. Aber vielleicht hatte er ja auch nur geträumt. In dem winzigen Gemach war die Luft heiß und stickig. Durch die halbgeöffneten Vorhänge konnte er in den saalartigen Raum sehen, in dem sie zuvor Wein getrunken und der Musik gelauscht hatten, bevor sie sich dann zum letzten Teil der Zeremonie zurückgezogen hatten.

Er setzte sich auf, und sein Blick fiel auf den Körper der Priesterin, die an seiner Seite schlief. Ihre hell gebleichten Haare lagen ausgebreitet um ihren Kopf, die Brustwarzen waren golden bemalt, und bis auf die Schatten, die das flackernde Licht der schon fast erloschenen Öllampen auf sie warf, war sie nackt. Sie war schön, so wie alle Priesterinnen der Göttin, und scheinbar alters- und namenlos. Kein Wort hatte Larth von ihr gehört, nur einen leisen Aufschrei, als er ihr seinen Samen als Opfer für die Göttin gegeben hatte. Ansonsten hatte sich der Ritus schweigend vollzogen. Larth wußte, daß auch der Schrei nur ein Ritual war, ein Ausdruck des Dankes, aber er hatte ihn trotzdem beruhigt und beschwichtigt.

Jetzt jedoch war seine Kehle trocken und sein Kopf schwer, seine Haut war mit Schweiß bedeckt, und ein Gefühl von Unruhe ließ ihm kalte Schauer über den Rücken laufen. Angst überfiel ihn.

»Aus dieser Nacht wird nichts geboren werden, nichts, an das man sich mit Freude und ohne Furcht erinnern könnte ...«, hatte Caitli gesagt.

Diese Worte schienen nun unvermittelt einen neuen Klang zu bekommen, der in Larths Geist immer und immer widerhallte, und plötzlich fühlte er Caitlis Gegenwart fast körperlich. Die junge Frau an seiner Seite bewegte sich unruhig im Traum.

Larth verließ das Bett, zog rasch seine Tebenna über und ging in den Saal zurück und von dort in den Tempel. Kaum war er dort angekommen, hörte er, wie jemand laut an das Hauptportal klopfte, durch dessen obere Ritze ein schwacher Lichtschimmer in den Tempelraum drang. Er schaute sich um und sah vor einem der Seitenportale einen Mann liegen, der zu Aucnus' Wache gehörte. Ein kurzes Schwert steckte in seinem Leib, und er lag mit dem Rücken zum Portal, das er mit letzter Kraft geschlossen haben mußte.

Larth ging zu ihm hinüber und kniete neben ihm nieder. Er war noch warm, und die Wunde hatte eben aufgehört zu bluten. Mit der Hand schloß er ihm die Augen.

Verzeih mir, wenn ich dir nicht die letzte Ehre erweise, dachte er und zog das Schwert aus der Wunde. Es würde zwar nicht sein eigenes sein, welches er, dem Brauch gemäß, im Palast zurückgelassen hatte, aber es war besser als gar nichts. Dann öffnete er das schmale Seitenportal und schlüpfte hinaus.

Einer der Diener des Königs Aucnus stand vor dem Hauptportal und versuchte noch immer, sich Gehör zu verschaffen. Er war es gewesen, der mit aller Kraft gegen das Portal geschlagen hatte.
Als ob plötzlich aus dem Nichts eine wilde Meute über sie hergefallen wäre, lagen überall auf dem großen Vorplatz die Leichen der nach den Feiern im Schlaf überraschten Diener verstreut. Nur in der Nähe zum Eingang des Vorhofes leistete noch ein kleiner Teil der Wache der beiden Könige Widerstand. Die Angreifer hatten sie umzingelt und zusammengetrieben, damit sie in der Stadt, in der alles noch ruhig war, keinen Alarm auslösen konnten.
Larth packte den Diener am Arm und zog ihn durch das Seitenportal ins Innere des Tempels. Der Mann hatte eine leichte Verletzung auf einer Gesichtshälfte, ein Schwertstreich, von dem sein Angreifer sicherlich gedacht hatte, er sei tödlich.
»Sie sind vom Meer gekommen, Herr«, stammelte er mit zitternden Knien und klammerte sich in Larths Tebenna fest. »Es war noch dunkel! Sie haben sich aus dem Nichts auf uns gestürzt . . . Wir . . . Wir schliefen noch alle!«
»Beruhige dich. Und jetzt lauf und alarmiere deinen König!«
»Ich bin nur ein Diener, Herr. Wie kann ich es wagen, in den heiligen Bezirk der Göttin einzutreten?«
»Weil ich es dir befehle!« herrschte ihn Larth ungeduldig an.
Der Mann wich einen Schritt zurück. Dann entschied er sich zu gehorchen, und Larth schlüpfte durch das Seitenportal wieder nach draußen. Die Morgendämmerung hatte sich in ein milchiges Licht verwandelt, in dem nun die Angreifer um die kleine Schar der noch kampffähigen Wachen klar zu erkennen waren. Es waren focesische Piraten. Viele von ihnen hatten sich bestimmt schon seit Tagen in der Stadt aufgehalten und sich unerkannt zwischen die Händler und die Menschenmenge gemischt, die gekommen war, um dem Re Supremo zu huldigen. Es dürfte für sie nicht allzu schwierig gewesen sein, den besten Weg für den Überfall herauszufinden, dachte Larth und verfluchte den Leichtsinn Aucnus' und auch seinen eigenen. Jetzt erinnerte er sich wieder daran, wie ihm aufgefallen war, daß die Wachen an den Feuerbecken der unteren Terrassen des Palastes gefehlt hatten. Die wenigen, die dort postiert waren, mußten als erste aus dem Weg geschafft worden sein.

Larth setzte sich in Bewegung. Immer auf Deckung bedacht, schlich er über den Vorhof und tauchte dann plötzlich und unverhofft hinter dem Rücken der Angreifer auf, die völlig überrascht waren. Sofort begann er, sich zu den Wachen durchzuschlagen und machte jeden nieder, der sich ihm in den Weg zum Ausgang des heiligen Tempelbezirkes stellte. Von seinem Angriff mitgerissen, begannen sich nun auch die Wachen zur Wehr zu setzen, und schon nach kurzer Zeit hatten sie die Piraten aus dem Vorhof des Tempels hinaus bis zum Strand hinunter getrieben.

Unversehens fand sich Larth im Sand wieder, über sich das Gesicht eines der Piraten. Der Mann war wesentlich älter als er und von sehr kräftiger Statur. Für einen Augenblick lag Larth wehrlos auf dem Rükken, und das Gewicht des Mannes, der das Schwert zum tödlichen Streich über seinen Kopf erhoben hatte, erdrückte ihn fast. Aber im letzten Moment gelang es ihm, sich zur Seite zu rollen. Das niedersausende Schwert streifte an ihm vorbei ins Leere, und im gleichen Moment richtete Larth sich auf und stieß seine eigene Waffe in die Brust des Piraten, der tödlich getroffen zusammensackte. Sofort war Larth wieder auf den Beinen und rannte in Richtung des Palastes, gefolgt von den Wachen.

Dort angekommen schickte er zwei von ihnen vorsichtshalber zum östlichen Tor, auf die andere Seite der Stadt, von wo aus die Straße vom Land her ins Innere der Stadt führte. Hier waren das Tor und die Mauern nur sehr schwer zu erobern, aber durch den Angriff vom Meer her war dieser Schutz nun fast wertlos geworden.

Zwei andere schickte er, um die Stadtwache zu alarmieren, und lief dann, in der Hoffnung, daß der Rest der Wachen der beiden Könige nicht schon ganz vernichtet war, mit dem ihm verbleibenden Häuflein von ungefähr zehn Männern auf den Palast zu.

Von den unteren Terrassen stieg Rauch auf, der von den immer heller werdenden Strahlen der aufgehenden Sonne durchdrungen wurde, und Kampfgeräusche, Schreie und Warnrufe übertönten die morgendliche Stille. Doch jetzt war endlich auch aus der Stadt der schrille Warnruf der Trompeten zu hören und kurz darauf das Galoppieren der Pferdehufe der Stadtwache.

Larth übersprang mit kurzen Sätzen die niedrigen Mauern der Terrassen, ohne sich darum zu bekümmern, ob die Männer der Wache ihm

folgten. Dann lief er ins Innere des Palastes, dessen Wege und Gänge er nicht kannte und der ihm, verglichen mit der strengen Schlichtheit des Palastes von Tarchna, übertrieben groß und protzig vorkam.
Auf seinem Weg stieß er auf die Leichen von ermordeten Dienern und die Spur einer Beute, die vielleicht in der Eile des Beutezuges zu schwer gewesen war. Goldene Pokale und Schmuckstücke lagen in einem der Gänge herum, und dahinter, auf der Schwelle eines der Gemächer lag, nackt in ihrem Blut und leise röchelnd, eine junge Magd.
Larth bog in den zum Meer gerichteten Säulengang ein, lief eine schmale Treppe hoch und befand sich nun auf einer der obersten Terrassen. Er ließ seinen Blick streifen und entdeckte in der gegenüberliegenden Ecke Caitli, die mit dem erhobenen Krummsäbel in der Hand schützend vor Thanaquil stand.
Sofort erhob er sein Schwert und wendete leicht den Kopf. Ein Blick ins Innere des angrenzenden Raumes genügte ihm, um zu begreifen, was passiert war, und er gab den Männern, die ihm gefolgt waren, ein Zeichen stehenzubleiben. »Durchsucht den ganzen Palast«, befahl er ihnen, »und erschlagt alle Piraten, die ihr greifen könnt!«
Langsam ließ Caitli die Waffe sinken. Für einen Augenblick blieb Larth noch regungslos stehen, dann lief er auf sie zu und nahm ihr den Krummsäbel aus der Hand. Er gehörte zu den Waffen des Königs und somit zu seinen heiligen Insignien. Nur für einen kurzen Moment hielt Larth ihn in der Hand, dann legte er ihn Caitli zu Füßen, in Anerkennung ihrer Rechte als Erbin.
Thanaquil begann zu schluchzen, und Caitli ging, um ihr einen der Umhänge Ramthas zu holen. Sie legte ihn um die Schultern der Schwester, drückte sie dann fest an sich und begann sie leise zu trösten. Larth drehte sich um und ging mit gezücktem Schwert auf den Treppenabsatz zu.
Von diesem Schmerz, den Caitli in ihren Armen zu umfangen und zu dämpfen suchte, war er ausgeschlossen. Doch er konnte die Töchter des Königs mit seinem Leben schützen.

Der Überfall auf Pyrgi fand sein Ende, als die berittene Stadtwache von der Hauptstraße zum Tempel her die Stadt mit einem Ring umgab, den die Piraten, nunmehr in der Stadt eingeschlossen, nicht mehr durchbrechen konnten.

Zusammengetrieben zwischen den Mauern der Stadt im Osten und im Süden, der Stadtwache im Norden und dem Meer im Westen und behindert von der schweren Beute, von der sie sich nicht hatten trennen wollen, wurden sie von den langen Lanzen und Schwertern der Wachen durchbohrt.
Die helle Mittagssonne sah keinen einzigen Piraten mehr in Pyrgi, nur noch die Wunden, die sie der Stadt geschlagen hatten, die Toten, die nun beweint, und die Verwundeten, die versorgt wurden. Der Tempel, der mit seinen Reichtümern das letzte und eigentliche Ziel des Überfalls gewesen war, war unberührt geblieben.
Sobald die Kämpfe beendet waren, stürmte der Hauptmann der Wache von König Aucnus mit seinen noch verbliebenen Männern zum Ankerplatz der focesischen Schiffe, die auf die Rückkehr der Piraten mit reicher Beute und Sklaven warteten. Aber als sie dort angekommen waren, mußten sie feststellen, daß die Besatzungen offensichtlich gewarnt worden waren und schon Segel gesetzt hatten. So konnten sie nur noch hilflos vom Ufer aus zuschauen, wie die Schiffe auf dem Meer davonsegelten.

Larth führte den Trauerzug an, der die sterblichen Überreste von Ramtha in ihren Palast in Tarchna überführte. Auf dem zweirädrigen Wagen, der von einem prächtigen, silberbestickten Tuch bedeckt war, lag aufgebahrt der Leichnam der Königin, in weißes Leinen gehüllt und mit dem Purpurmantel bedeckt. Mit vom Schmerz versteinerten Zügen folgte ihr König Tarchon auf dem Pferd.
Doch Tarchon war der Re Supremo, und als solcher mußte er seine Pflichten wahrnehmen. Ramtha war gerade erst in ihrer Gruft beigesetzt worden, als der Palast sich schon wieder der Zusammenkunft der Könige des Zwölfstädtebundes öffnen mußte, die Tarchon die Streitäxte mit der doppelten Klinge überbrachten, wie es die Regeln vorschrieben. Der Vergeltungsschlag gegen die Piraten stand bevor. Es würde Krieg geben auf dem Meer, und die Machtsymbole der Städte wurden dem Re Supremo zu Füßen gelegt, um das Bündnis zu erneuern und zu bekräftigen.
Die Rasna mußten sich verteidigen.
Kurz vor Beginn der Versammlung beobachtete Caitli vom *Gemach der Könige* aus ihren Vater, der in dem kleinen, versteckten Hof vor dem

Altar der Erdmutter Dia niederkniete. In sich versunken und ohne sie zu bemerken, strich er leicht mit den Fingerspitzen über den Stein des Altars, der vom Einschlag des Blitzes geschwärzt war, im Versuch, aus diesem heiligen Ort Kraft zu schöpfen. Aber auch hier fand er keinen Trost, zu viele Erinnerungen und Gefühle stürmten auf ihn ein.
Caitli näherte sich ihm leise und strich ihm sanft mit der Hand über den Kopf. An keinem anderen Ort hätte sie diese Geste gewagt, aber hier, in diesem Moment, begriff sie sich nicht als Tochter des Königs, sondern als Hohepriesterin des Palastes. Tarchon blickte kurz auf, ergriff dann ihre Hand und führte sie an seine Stirn. Auch er sah sie in diesem Augenblick nur als Hohepriesterin.
»Was soll ich tun?« murmelte er kaum hörbar, und seine Stimme erinnerte an die eines Kindes, das zum ersten Mal in seinem Leben nach Rat fragt, mit einer Verzweiflung, die stärker war als jeder Funke Hoffnung.
»Du mußt auf die Zeit vertrauen«, antwortete ihm Caitli, »und König sein für die, die dich gewählt haben.«
Tarchon hob den Kopf und schaute sich um. In diesen Tagen hatte er nur an sich und seinen Schmerz gedacht. Er hatte alles vergessen, was vorher für ihn wichtig gewesen war, und auch jetzt konnte er sich nur mit Mühe daran erinnern.
»Steh auf, mein König!« befahl ihm Caitli und beugte sich zu ihm hinunter, um ihm dabei behilflich zu sein. Tarchon erhob sich mühsam und lehnte sich an den Altar, der über und über von weißen, rosa und gelben Blüten des Asphodelus bedeckt war. Die Blume des Todes, deren Blüten sich nur im Wind öffneten, schmückte nun auch das leere Gemach der Königin und bedrückte sein Herz. Aber dieser schwere Druck, der bisher auf ihm gelastet und seine Sinne gefangengehalten hatte, begann sich nun langsam unter Caitlis Berührung zu lösen. Er stieß einen tiefen Seufzer aus.
»Hohepriesterin meines Hauses«, flüsterte er. »Suche ein Zeichen für mich. Ein Zeichen, das mir sagt, was die Zukunft für mich birgt.«
Caitli wandte ihren Blick vom Gesicht des Vaters ab. Bienen summten, zu früh für die Jahreszeit, in den zarten Blüten des Asphodelus und saugten den Nektar, und das Geißblatt an der Mauer des Palastes stand in voller Blüte. Sein süßer Duft erfüllte die Luft.
Caitli berührte den uralten Stein, und ein Gefühl von Freude durch-

strömte sie. Aber gleichzeitig hatte sie das Empfinden, daß dieses Gefühl nur für sie bestimmt war, für sie alleine. Im letzten Moment unterdrückte sie den Impuls, die Hand auszustrecken und mit den Fingerspitzen die Stirn des Königs zu streifen, denn etwas, das von ihm auszugehen schien, hatte sie verwirrt und dunkel umfangen, etwas, das tiefes Leiden mit sich bringen würde.

»Die jüngste deiner Dienerinnen, Vultha, ist im siebten Monat schwanger von dir. Sie wird dir bald einen Sohn gebären«, sagte sie statt dessen.

»Wird er leben?« murmelte der König.

»Ja, und seine Zeit wird bald kommen.«

Und wegen dieses Sohnes wirst du mich verlieren, und dieses Haus wird keinen König haben, dachte Caitli, aber der schwache Hoffnungsschimmer, den sie in den Augen des Vaters aufglimmen sah, hielt sie davor zurück, ihre Gedanken laut auszusprechen.

Tarchon preßte kurz die Lippen aufeinander und richtete sich dann voll auf. »Du wirst beim Empfang der Könige an meiner Seite sein«, befahl ihr der König und wandte sich zum Gehen, »denn du bist von heute an die Hohepriesterin eines Hauses, das keine Königin mehr hat.«

»Wenn es so geschrieben steht«, murmelte Caitli und folgte ihm.

Larth wartete geduldig, bis Marce Vibenna auch für ihn Zeit hatte. Marce Vibenna, aus dem Geschlecht der Vibenna von Velx, war gerade dabei, die Kommandanten, die seinem Kommando bei dem Vergeltungsschlag gegen die Piraten unterstehen würden, und die jungen Männer der Fürstenfamilien des Städtebundes, die seine Wache bilden sollten, auszuwählen.

Die zweiundzwanzig Kriegsschiffe mit den bedrohlichen Rammspornen aus Bronze am Bug lagen bestens ausgerüstet und zum Auslaufen bereit im Hafen. Die stolzen Schiffe waren an der Mole von Pyrgi festgemacht, direkt neben denen der Händler, die kamen und gingen. Auf der Mole wimmelte es nur so von Menschen. Da waren die Händler, dann die Handwerker, Sklaven, Seeleute und einfachen Soldaten, zu denen sich die Angehörigen der Fürstenhäuser gesellten, und die jungen Männer aus den vornehmsten Häusern des Zwölfstädtebundes, die zum ersten Mal von ihren Familien getrennt sein würden und für die es die erste Gelegenheit sein würde, dem Namen ihrer Familie Ehre zu machen. Er ist anders, er sollte hier nicht anstehen müssen, dachte Marce

Vibenna bei sich, als er Larth in der Reihe der wartenden jungen Männer entdeckte. Vibenna war ein großer und massiger Mann mit grauen Haaren und kühlen, wachen Augen. Der beste Kommandant, den die Rasna seit vielen Generationen hatten, und die Rasna waren seit undenklichen Zeiten die Herren des Meeres gewesen. Viel länger als es sich die Völker, die nun versuchten, ihnen diese Vormachtstellung streitig zu machen, überhaupt vorstellen konnten. Seine Ernennung hatte die Zustimmung aller zwölf Könige gefunden und auch die des Re Supremo, der sie bestätigt hatte.
»Du bist also Larth von Tarchna«, Vibennas Blick verriet nichts von dem, was er dachte, obwohl ihm gefiel, was er sah. Ein gutaussehender junger Mann, mit einem Auftreten, bei dem man sicher sein konnte, auf eine Herausforderung auch die entsprechende Antwort zu erhalten.
»Man hat mir gesagt, daß der Große Trutnot dich unterwiesen hat«, fuhr er dann fort und ließ den Satz in einer Weise offen, als ob er eine Anschuldigung oder dieser Umstand eine Schwäche wäre.
»Ja, ich habe den Großen Trutnot auf seinen Wegen begleitet«, war alles, was Larth ihm darauf antwortete, und Marce Vibenna mußte lächeln. Er irrte sich nie im Urteil über seine Männer, und dieser junge Mann würde ihn nicht enttäuschen.
»Ein Soldat kann nicht immer nur menschlich sein, und ein Mensch nicht immer nur weise. Ich denke, daß diese Wege wesentlich nützlicher für dich waren als alle weiteren Unterweisungen im Kampf.«
Larth empfand eine Antwort auf diese Feststellung als überflüssig, und Vibenna warf einen Blick auf die königliche Fibel, die seine mit schwarzen Spiralen bestickte Tebenna aus weißer Wolle zusammenhielt. Das Symbol des Königs von Tarchna war eine große Verpflichtung. »Diese da«, bemerkte er dann und zeigte auf die Fibel, »solltest du aber lieber ablegen. Da du nicht der Sohn des Königs bist, wird es deinen Gefährten nicht gefallen, einen Fürsten unter sich zu haben, der sich eines Symbols bedient, das nicht das seine ist.«
Larth verzog erstmals sein Gesicht zu einem kleinen, flüchtigen Lächeln und bedeckte die Fibel mit der Hand.
»Vielleicht werde ich das tun«, war alles, was er darauf antwortete, und Vibenna spürte die Faszination dieses Lächelns, das für sich alleine eindrucksvoller war als jede Drohung.

Er deutete zur Mole hin.
»Ich möchte dich zusammen mit meinem Sohn Caile, dem jungen Mastarna und den Besten aus Velx auf meinem Schiff haben. Mein Schiff wird in allen Manövern die Führung übernehmen. Nicht alle sind würdig, dafür auserwählt zu werden, das weißt du. Und da gibt es noch etwas, das du wissen solltest: Ich schätze den Kampfgeist, aber ich werde in keinem Moment Fehler dulden, sei es auch der windstillste Tag und das ruhigste Meer. Außerdem gibt es auf dem Meer keine Privilegien des Standes ... und auch keine Symbole.«
»Ich habe deine Worte gehört, Marce Vibenna. Aber auch Tarchna hat seine Kriegsschiffe entsandt, mit den Männern aus dem Hause des Königs und den Fürstenfamilien von Tarchna, die von Aivas angeführt werden.«
»Heißt das, du lehnst meinen Vorschlag ab?«
Larth hielt seinem Blick stand.
»Nein«, antwortete er dann.
Vibenna schwieg einen Augenblick. Sein erster Eindruck hatte sich in allem bestätigt.
»In der Taverne von Deste wirst du deine Gefährten aus den Fürstenhäusern und den vornehmen Familien des Städtebundes finden und den Rest der Schiffsbesatzung«, sagte er abschließend. »Heute abend werden die Riten der Fürbitte vollzogen werden, aber ich erwarte, daß eine Stunde vor Sonnenaufgang sich alle auf den Schiffen eingefunden haben. Du und Mastarna, dem ich denselben Auftrag erteilt habe, werdet mir dafür verantwortlich sein, daß keiner fehlt.«
Larth nickte zustimmend, beugte dann kurz das Haupt und wandte sich zum Gehen. Marce begleitete ihn bis zum Ausgang und blieb dann noch einen Moment stehen, um ihm nachzuschauen. Dieser junge Mann konnte gefährlich werden. Der Sonnenuntergang warf nur ein trübes Licht auf den Hafen und die Stadt. Die Luft war schwül und gesättigt von Essensgerüchen, dem Rauch der Feuer, würzigen Kräutern und dem Geruch der Fische, die in Weinblätter gehüllt unter heißen Steinen gegart wurden.
Die Haruspizen waren damit beschäftigt, die Zeichen zu lesen und die Riten für die Nacht vorzubereiten. Aber der Tempel der Göttin Dia würde auf seine Bitte hin verschlossen bleiben. Die Göttin würden sie erst wieder feiern, wenn oder, besser gesagt, falls sie zurückkommen

würden, und Marce Vibenna war nicht wenig überrascht, als er erfuhr, daß der Große Trutnot persönlich seine Bitte unterstützt hatte.

Larth betrat die überfüllte Taverne von Deste und zwängte sich zwischen den jungen Männern hindurch, die sich dort versammelt hatten, während ihre Diener das Verstauen des notwendigen Gepäcks überwachten und die Waffen herrichteten. Sein eigener Diener war schon vor ihm da gewesen und wartete nun, zusammen mit noch anderen, in einer Ecke der Taverne auf ihn. Später, wenn die Schiffe Segel gesetzt hätten, würden sie dann alle wieder in ihre eigenen Unterkünfte zurückkehren, und deshalb waren die meisten von ihnen auch fröhlich und guter Dinge und hielten sich für wesentlich glücklicher als ihre Herren.

Doch kaum, daß Larth seinen Fuß in die Taverne gesetzt hatte, erhob sich einer der jungen Männer aus dem Geschlecht derer von Sveana, hielt ihm einen mit Wein gefüllten Becher entgegen und rief spöttisch: »Leute, ein Hoch auf den König!«

Larth tat so, als hätte er nichts gehört. Er kannte diesen Mann nicht und hatte auch nicht das Bedürfnis, ihn kennenzulernen. Aber ein großer Teil der jungen Leute um ihn herum erhob sich nun ebenfalls und stimmte, vom Wein und der bevorstehenden Abreise berauscht, in seinen Ruf ein.

Sie sollten sich nicht selbst überlassen werden, dachte Larth. Sie sind übermütig und haben noch nie in ihrem Leben wirklich Angst gehabt.

»Heh, Tarquinier, ich meine dich! Das Recht, König zu sein, verdient man sich nicht im Bett, und deshalb hat dein Symbol auch keinen Wert!«

Larth blieb stehen. Doch jetzt war einer der jungen Männer aufgestanden, der bisher, ohne sich einzumischen, an einem der hinteren Tische gesessen hatte, und stellte sich zwischen ihn und seinen Herausforderer. Er war geschmeidig wie eine Katze, mit einer bronzefarbenen Lockenmähne auf dem Kopf und trug das Zeichen eines der Fürstenhäuser von Velx auf seiner Tebenna.

»Er ist betrunken. Kümmere dich nicht um ihn«, rief er Larth entgegen und drängte den anderen mit seinem ausgestreckten Arm zurück.

Larth fiel erst jetzt auf, daß keiner an den Tischen eine Hand für ihn gerührt hatte. Keiner, außer diesem jungen Mann, hatte sich an seine Seite gestellt. Er schaute ihn an und sagte: »Ich habe dich nicht um deine Hilfe gebeten.«

Ein flüchtiges Lächeln überflog das Gesicht seines Gegenübers. »Ich weiß. Aber ebenso gut weiß ich, daß der Kommandant Vibenna uns für alles, was heute abend hier passiert, hart bestrafen wird«, entgegnete er, und der Blick seiner hellen, grünen Augen war härter und drohender, als seine Haltung es vermuten ließ.

Mit einem Finger zeigte er auf den jungen Mann, der Larth provoziert hatte.

»Und auch du weißt das, Varxie, denn du bist schon einmal bestraft worden, seit wir hier auf den Aufbruch warten.« Dann wandte er sich wieder Larth zu. »Ich bin Mastarna von Velx, und ich lade dich ein, mit mir zu trinken.«

Larth nickte zustimmend. Ohne ihn zu beachten, ging er an dem jungen Adeligen von Sveana vorbei, doch Mastarna blieb aufmerksam an seiner Seite.

Da fielen Larth plötzlich wieder die Worte seines Waffenmeisters Tefrie ein: »Vielleicht fällt dein Blick zu weit . . .«

Er akzeptierte den Becher Wein, zu dem Mastarna ihn eingeladen hatte, aber sie tranken schweigend. Mastarna konnte warten, genauso wie er.

Larth sah Velvur nur noch einmal kurz vor der Abreise, während er mit Mastarna kontrollierte, ob auch alle Männer, die seinem Schiff zugewiesen worden waren, an Bord gingen. Der Große Trutnot hielt sich zuerst ein wenig abseits der Mole und beobachtete sie schweigend. In seinen Mantel in leuchtenden Farben gehüllt, erschien er Larth wie ein bunter Vogel.

Dann kam Velvur auf ihn zu und legte ihm eine Hand auf die Brust. »Vergiß nie, wer du bist, Larth, und vergiß niemals deine Träume.«

Larth drückte seine Hand, und ein Lächeln huschte über sein Gesicht. Vielleicht war es das erste Mal, daß Velvur zwischen ihnen aus den Tiefen seines Geistes das Gefühl hatte die Oberhand gewinnen lassen.

»Wirst du für mich über Caitli wachen?« fragte er ihn, und Velvur nickte knapp. Es schien ihm schon eine Ewigkeit her, daß Larth geglaubt hatte, auch eine Chimäre könnte man erreichen, wenn man es nur fest genug wollte, und die Beharrlichkeit, mit der er an diesem Glauben festhielt, verursachte ihm Schmerz. Er konnte nichts mehr für seinen Schützling tun, der sich nun ein weiteres Mal von dem Ort entfernte, dem er angehörte. Er konnte nichts anderes mehr tun, als abzuwarten und zu beobachten. Immer in der Hoffnung, daß seine Unterweisungen hilfreich wären.

»Ich werde über sie wachen«, versprach er also, ohne ihm zu sagen, daß es Caitli war, die über ihn wachte.

Kurz nach Sonnenaufgang machten die Schiffe von der Mole los und zogen mit geblähten Segeln in die Weite des Meeres hinaus.

Ein weiterer heißer Sommertag stand bevor.

6.

Caitli saß, zusammengekauert und in einen warmen Umhang aus Wolle gehüllt, vor der großen Feuerstelle im *Gemach der Könige* und blies in die Flammen.
Seit einiger Zeit war es für sie zur Gewohnheit geworden, Stunden in diesem Gemach zu verbringen, und keiner wunderte sich mehr darüber, wenn sie die Anweisung gab, in dem großen Kamin das Feuer anzuzünden, und sich dann dorthin zurückzog. Hier waren die Kräuter, die Salben, die chirurgischen Instrumente und die kostbaren Schriftrollen, die der Große Trutnot ihr anvertraut hatte. Aber vor allem war da ein Fluidum, ein machtvoller Strom, vor dem die gelegentlichen Besucher furchtsam zurückwichen. Niemand außer Caitli war in der Lage, dieser Kraft standzuhalten und sie zu beherrschen.
Und keiner übertrat ungerufen diese Schwelle, selbst der König nicht. Nur Thanaquil hatte jederzeit freien Zutritt, denn auch sie hatte teil an diesem Strom und fühlte sich davon angezogen. Auch heute war Thanaquil an ihrer Seite, und nur mit ihr, die lebhaft, aufmerksam und neugierig war, gelang es Caitli zu vergessen, daß die Schicksalsgöttin sie zur Hohepriesterin und nicht zur Königin bestimmt hatte. In dem Gemach war es immer noch kalt. Der Winter war erst spät gekommen, aber dafür um so strenger gewesen, und auch der Frühling war rauh. Auf dem Meer gab es immer noch Stürme.
Jetzt streckte sie eine Hand über der Flamme aus, die sich vor ihr zurückzuziehen schien, und für einen Moment entstand die Vision einer Welle.
»Wo ist Mastarna?« murmelte Thanaquil und schmiegte sich auf der Stufe zur Feuerstelle an sie.
»Warte, hab noch ein wenig Geduld, dann wirst du ihn sehen«, gab Caitli fast tonlos zurück, ohne sich von der Flamme abzuwenden. Die

Dämmerung kroch in den Raum und verdichtete sich in den Ecken. Thanaquil erschauerte leicht.
Schließlich flüsterte sie: »Sind sie in Gefahr?«
Auch Thanaquil hatte Zugang zu diesen magischen Kräften. Aber niemals würde sie sie so wie Caitli beherrschen, das wußte sie.
»Jetzt nicht mehr, die Gefahr ist vorüber. Sieh selbst!« Thanaquil neigte sich vor und sah, wie aus einem dunklen Flecken im Feuer, so groß wie der Opal auf seiner Brust, sich langsam der Schatten Larths formte, größer und größer wurde und dann die Form seines Gesichtes annahm. Seine Lippen bewegten sich.
Caitli ballte die Hand zur Faust, als wolle sie die Erscheinung darin einschließen, und befand sich für einige Augenblicke auf dem Flaggschiff Vibennas. Sie hörte das Stöhnen der Verwundeten, die gebrüllten Befehle und sah hinüber zu dem feindlichen Schiff, das vom Rammsporn aufgespießt und geentert war. Zwischen toten Rasnakriegern hindurch ging sie auf ihn zu und streifte ihn mit einer zärtlichen Geste, die ihn erschaudern ließ. Er war mit Blut besudelt, aber er war nicht verwundet, und auch Mastarna an seiner Seite, der noch immer sein blutiges Schwert in der Hand hielt, hatte keine Verletzungen davongetragen.
Thanaquil hatte sich schon gleich beim ersten Mal, als sein Gesicht im Feuer erschienen war, in ihn verliebt.
Seinetwegen hatte sie, obwohl sie schon fünfzehn Jahre alt war, zwei Bewerber um ihre Hand zurückgewiesen. König Tarchon war ihre Entscheidung nicht ganz ungelegen gekommen, denn Thanaquil war das Ebenbild Ramthas, und allein ihre Anwesenheit gab ihm Trost.
Jetzt sah sie mit glänzenden Augen ins Feuer, bis schließlich Caitli die Faust öffnete, mit ihrer Hand über die Flammen strich und das Bild in tausend sprühende Funken zerstob.
Thanaquil zog den Mantel fester um sich. »Wann werden sie zurückkommen?«
»Bald«, murmelte Caitli. Selbst der Stein um sie herum war nun so warm und lebendig, als hätte er mit derselben Erregung wie sie an dem Geschehen teilgenommen. Caitli stand auf und warf eine Handvoll Kräuter ins Feuer. Sie hatte das Gefüge von Raum und Zeit durchbrochen, und das erforderte ein Dankesopfer. So wie alles, was geschah, hatte auch dies seinen Preis.

Dann zog auch sie den Mantel enger um sich und schloß die Augen.
Sie waren nun schon viermal vier Jahreszeiten unterwegs. Vier lange Jahre, die Larth, der sich von allem Neuen angezogen fühlte, trotzdem kurz erschienen waren. Er war immer begierig darauf gewesen dazuzulernen, und wenn diese Zeit ihm viel genommen hatte, so hatte sie ihm doch auch manches gegeben.
Ein Krieg, der für alle schon viel zu lange dauerte und der nun seine Früchte zu tragen begann.
Verdorbene Früchte, dachte Caitli, so wie alle Kriege sie hervorbringen. Tod und Zerstörung und viel Ehre. Aber dies ist allein die Ehre der Männer. Die Erde wird davon ärmer und mit ihr auch die Menschen, die immer nur das zurückbekommen, was sie gegeben haben.
Sicher würde sie diese Gedanken nicht vor dem in Kürze wieder versammelten Rat der Könige des Zwölfstädtebundes äußern, zu dem sie jetzt immer öfter gerufen wurde, um die Zeichen zu deuten. Das Volk der Rasna war dabei, die Vorherrschaft auf ›seinem‹ Meer wieder zurückzuerobern, und die Könige, die um den Handel der Städte und die Zukunft ihrer Söhne besorgt waren, hätten davon nichts wissen wollen.
»Sie werden als Helden zurückkehren«, murmelte Caitli vor sich hin, und der Gedanke an den Tod erfüllte sie mit Traurigkeit, einem tiefen Gefühl von Trauer, das sie nur mit Velvur teilen konnte. Aber Velvur war weit weg. Er hatte sich auf Reisen begeben, um das Geheimnis der Blitze zu erforschen und den Nachwuchs der Priesterinnen und Priester im Heiligen Zentrum des Tivrit, auf der Insel Fumosa, zu unterweisen.
Schon gegen Ende des ersten Sommers waren die Rasna in diesem Krieg fast dem Untergang nahe gewesen, als die focesische Flotte, die mit den Griechen verbündet war, in einem Überraschungsangriff vor Cuma viele ihrer Schiffe zerstört hatte. Auf diese Weise hatten sie fast eine ganze Jahreszeit verloren, weil sie ihre Flotte wieder vervollständigen und die verlorenen Männer ersetzen mußten. Anschließend waren sie nach Karthago gesegelt, um das alte Bündnis zu erneuern. Danach waren sie wieder in ihre eigenen Gewässer zurückgekehrt und hatten den Seekrieg gegen die griechischen und focesischen Schiffe vor der Küste von Motya wieder aufgenommen.

Seit dieser Zeit dauerte der Krieg nun schon ohne Unterbrechung an, ausgenommen der von den Herbst- und Winterstürmen erzwungenen. Aber jetzt war die focesische Flotte stark angeschlagen, und der Sieg der Rasna würde nur noch eine Frage der Zeit sein. Die Männer würden, als Helden gefeiert, bald zurückkommen.

Caitli fuhr aus ihren Gedanken auf, als plötzlich, mit einem heftigen Schlag, die Tür aufsprang. Auch Thanaquil fuhr erschrocken zusammen. In dem Raum, der nur schwach von den Flammen in der Feuerstelle und dem flackernden Schein der Lampen im schmalen Bogengang erhellt wurde, der den antiken Teil des Palastes mit dem Hauptflügel verband, zeichnete sich der kleine Schatten eines Kindes ab. Caitli hob den Kopf und wandte sich dem kleinen Jungen zu, der in der Türöffnung stand.

»Es ist dir nicht erlaubt, in dieses Gemach zu kommen, Vul. Das ist dir mehr als einmal gesagt worden. Muß ich dich erst bestrafen, damit du dich daran erinnerst?«

»Du kannst mich nicht bestrafen«, die kleine Stimme war schrill vor Aufregung, »denn ich bin der Sohn des Königs!«

Thanaquil war inzwischen aufgesprungen. »Du unverschämter kleiner Kerl!« rief sie und ging drohend einen Schritt auf ihn zu.

Der Kleine machte erschrocken einen Satz rückwärts. Dann drehte er sich um und lief fort, gefolgt von einer der Mägde, die auf der Suche nach ihm hinter ihm aufgetaucht war, ohne daß sie es gewagt hätte, auch nur einen Blick ins Innere des Gemaches zu werfen.

»Ich kann diesen Jungen nicht ausstehen«, murmelte Thanaquil und schloß heftig die Tür hinter ihm.

Als sie sich wieder umdrehte, fuhr sie leicht zusammen. Das Feuer war von einem Moment auf den anderen erloschen. Caitli hatte die Feuerstelle verlassen, um die Lampen anzuzünden, und das Gemach war in das tiefe Dunkel der Nacht getaucht.

»Wieso hat er ausgerechnet uns beide ausgewählt?« murmelte Mastarna, den Blick auf die dunkle Linie der fernen Küste gerichtet, über der die fahle Sichel des Mondes hing, zu niedrig, um die Nacht zu erhellen.

»Wieso nicht?« sagte Larth, der neben ihm an der Reling des Schiffes lehnte, ohne den Blick zu wenden.

Mastarna schüttelte den Kopf. Vier Jahre an Larths Seite hatten ihm die Fähigkeit verschafft, ihn zu verstehen und ihm Freund zu sein. Das war keineswegs einfach gewesen, aber Mastarna war eigensinnig und zäh, und seine Bemühungen waren schließlich belohnt worden.

»Vibenna hat uns nicht mal genaue Anweisungen gegeben«, wandte er ein.

»Das heißt nicht, daß er deshalb weniger von uns erwartet«, antwortete Larth leise.

Mastarna drehte sich um und betrachtete nachdenklich das dunkle und leere Oberdeck des Flaggschiffes. Der Befehl zu absoluter Dunkelheit und Stille wurde strikt eingehalten. Von der vor ihnen liegenden Küste aus, von Alalia, dem nächsten Ziel der Flotte der Rasna, durfte ihre Gegenwart nicht einmal zu erahnen sein.

Aber gerade diese völlige Dunkelheit und Stille waren es, die ihn beunruhigten und bedrückten, denn sie verwandelten das Schiff in ein unheimliches, knarrendes Wesen voller böser Vorahnungen.

»Das ist alles nur Einbildung«, murmelte Larth. »Denk nicht weiter darüber nach.«

»Einbildung nennst du das?« erwiderte Mastarna leise, ohne sich noch weiter über die Fähigkeit Larths zu wundern, direkt auf seine Gedanken zu antworten. »Dasselbe hast du auch vor unserer ersten Schlacht vor Cuma gesagt, dabei hätten sie um ein Haar unsere ganze Flotte vernichtet.«

»Trotzdem sind wir beide noch hier, um darüber zu reden.« Larth lächelte.

Kopfschüttelnd setzte sich Mastarna auf eines der zusammengerollten Taue. Sicher war Larths Besonnenheit im Kampf wie auch während der langen Wartezeiten für die Männer sehr wichtig, die ihn als den Besten unter sich anerkannten und ihm gehorchten. Freunde hatte er allerdings keine. Die Männer folgten ihm zwar widerspruchslos in jeden Kampf, aber sollte er tödlich verwundet werden, dann wäre kaum noch einer da, um ihm beizustehen oder ihm die letzte Ehre zu erweisen. Für ihn selbst, Mastarna, galt das natürlich nicht. Respekt allein war jedoch zu wenig für einen, der, wie Marce Vibenna schon einige Male gesagt hatte, sich anschickte, eines Tages Re Supremo des Städtebundes zu werden.

Ein Boot näherte sich dem Schiff. Fast lautlos tauchten die beiden Män-

ner an den Riemen die Ruder ins Wasser, und ihre Umrisse auf dem nächtlichen Meer waren kaum mehr als zwei gespensterhafte Schatten. Mastarna erhob sich, und auch Larth löste sich von der Reling.
Aus dem Unterdeck tauchte die Gestalt Marce Vibennas auf, gefolgt von den Kommandanten der acht Schiffe, die schon das Flaggschiff erreicht hatten. Die letzten Monate hatten ihn zermürbt, und eine Verletzung, die nicht heilen wollte, hatte ihn geschwächt. Für einen Augenblick betrachtete er schweigend die beiden jungen Männer, dann murmelte er: »Morgen um diese Zeit wird unsere ganze Flotte hier sein, und sobald wir die focesischen Schiffe an der Reede brennen sehen, werden wir im Morgengrauen Alalia vom Hafen her angreifen.«
Larth nickte. Sie hatten schon mehrere Male den Angriffsplan durchgesprochen, und noch einmal darüber zu reden, erschien ihm vergeudete Zeit. Doch Vibenna war nie ganz zufrieden, für ihn konnte eine Sache nie sicher genug sein.
Marce Vibenna wandte sich nun an Mastarna. »Was ist, Mastarna? Du scheinst nicht besonders überzeugt zu sein.«
»Nein, das bin ich auch nicht. Denn im Gegensatz zu Larth halte ich eine Sache nicht schon alleine deshalb für gewonnen, weil ich mich entschlossen habe, sie zu tun. Ich denke lieber vorher darüber nach, was schiefgehen könnte, statt hinterher für meine Fehler mit dem Leben zu bezahlen.«
»Deine Vorsicht zusammen mit seiner Tollkühnheit sind mir ein wahrer Trost. Der eine wird niemals ein Feigling sein, sowenig wie der andere jemals sein Leben umsonst opfern wird«, antwortete Vibenna in einem Tonfall, der trotz des nötigen Ernstes eine leichte Ironie durchscheinen ließ. »Nun gut, ihr habt einen Tag und eine Nacht, um euch unter die Focesen zu mischen und ihre Schiffe in Brand zu setzen. Caile wird inzwischen die Fußtruppen im Süden Alalias an Land bringen und sich dort verborgen halten. Während die Focesen damit beschäftigt sein werden, das Feuer zu löschen, greift Caile dann mit seinen dreihundert Mann die Stadt vom Land aus an. In diesem Moment werden wir in den Hafen einsegeln. Bist du immer noch der Meinung, daß der Zeitraum, den du und Larth bei den Einwohnern von Alalia verbringen müßt, zu lang ist, Mastarna?«
Mastarna nickte. Der Tonfall Vibennas gefiel ihm nicht und auch nicht, daß die acht Kommandanten sich völlig aus der Unterhaltung heraus-

hielten. Jeder von ihnen hatte seine besten Männer für das Unternehmen vorgeschlagen. Folglich hielten sie sich nun mit ihrer Meinung zurück, um nicht als feige dazustehen, obwohl sie, wie er glaubte, eigentlich seinen Standpunkt hätten teilen müssen. Aber noch bevor er etwas sagen konnte, hatte ihn Larth schon in Richtung der Strickleiter geschoben, die die Matrosen inzwischen lautlos am Rumpf des Schiffes herabgelassen hatten.

Larth drehte sich noch einmal um, bevor auch er über die Reling stieg.

»Sei ganz beruhigt«, sagte er zu Vibenna, »die Schiffe werden in Flammen aufgehen und mit ihnen auch der Hafen von Alalia.«

»Klar!« stieß Mastarna zwischen den Zähnen hervor, während er sich an der Strickleiter nach unten hangelte. »Wenn es nötig ist, werden wir eben die Blitze zu Hilfe rufen.«

»Sicher werden wir das tun, wenn es nötig ist«, bestätigte Larth ungerührt und nahm an seiner Seite im Boot Platz.

Larth und Mastarna waren für ihr Unternehmen auf griechische Art gekleidet. Sie trugen ein kurzes Schwert und ein Messer und sprachen beide so gut Griechisch, daß es einem ungeschulten Ohr glaubhaft erscheinen konnte. Alles, was sie sonst noch bei sich trugen, war der kretische Bogen zusammen mit dem Köcher für die Pfeile. Keinerlei Insignien und keine Abzeichen verrieten ihre Herkunft, was bedeutete, daß sie der völligen Vergessenheit anheimfallen würden, falls sie bei diesem Unternehmen sterben sollten, bevor die Flotte der Rasna den Hafen von Alalia erreicht hatte. Das, und nicht der Tod an sich, war das wahre Ausmaß der möglichen, tragischen Folgen ihres Auftrages.

Den Opal hatte Larth allerdings nicht abgelegt, dessen orientalische Machart ihn nicht verraten würde und von dem er sich im übrigen sowieso niemals getrennt hätte.

Als er jetzt mit den Fingerspitzen darüberstrich, fiel ihm wieder die Furcht des Königs von Ruma ein und die von vielen Feinden nach ihm:

... ein Stein, der Unheil mit sich bringt. Er bringt den Tod.

Doch für Larth war er ein Zeichen magischer Kraft, ein Zeichen der Macht.

Das offene Meer war ruhig, nur leicht gekräuselt von einer sanften Brise, und das Wasser der Bucht von Alalia spiegelglatt. Von einem

Ring von Felsen und Klippen umgeben, war die schon von Natur aus sehr enge Durchfahrt erst vor kurzem zusätzlich mit einem Wellenbrecher aus großen Steinblöcken verengt worden. Die noch verbliebene Öffnung reichte jetzt gerade noch für ein Schiff aus und war auf diese Weise leicht zu kontrollieren. Kein feindliches Schiff oder Boot konnte unbeschadet den Durchgang passieren, und die angrenzende, zerklüftete und felsige Küste bot keinerlei Möglichkeit anzulegen.
Das dunkle Boot näherte sich lautlos und schemenhaft dem Wellenbrecher, und während Larth und Mastarna schon über die Steinblöcke hinaufkletterten, legte es genauso lautlos, wie es gekommen war, wieder ab.
Auf der Höhe des Wellenbrechers angekommen, schauten sich Larth und Mastarna um. Die Brandung schlug sanft gegen die Felsen und ließ die feuchte Nachtluft leise vibrieren. Im Hafen war alles ruhig. Am Ende von jedem der acht Anlegestege brannten die Feuer der Wachen, und dahinter war eine geschlossene Reihe niedriger Gebäude zu erkennen, die still und dunkel dalagen, mit Ausnahme von ein paar Hafenkneipen. Hinter dem Hafen stieg die Stadt mit ihren enggedrängten kleinen Steinhäusern an, und auf der Höhe des Hügels, von den Flammen eines Feuerbeckens beleuchtet, das vor dem Opferaltar aufgestellt war, waren die Umrisse eines Tempels zu erkennen.
»Holz!« stellte Mastarna zufrieden fest und strich mit der Hand über eine der Anlegestellen, nachdem sie auf den steinigen Strand hinuntergestiegen waren. Dann kroch er unter die Pfähle und bestätigte: »Die Anlegestege sind aus Holz gebaut, kein Fels, keine Steinblöcke. Sie werden lichterloh brennen.«
»Ja«, flüsterte Larth, »insgesamt sind es elf Schiffe, die hier festgemacht haben, und das größte davon ist eine Holkas. Sie scheint schwer beladen zu sein. Wir sollten versuchen herauszufinden, womit.«
»Du hast einen guten Blick«, raunte Mastarna, während er das große Schiff, das tief unter seiner normalen Wasserlinie lag, mit den Augen abschätzte. »Vielleicht ist es mit Eisenerz aus unseren Minen beladen.«
»Möglich, aber lieber wäre mir eine Ladung ihres Öls, das nach Massilia geht«, meinte Larth.
»Heißt das, du willst es als erstes in Brand stecken?«
»Ich denke noch darüber nach«, antwortete ihm Larth zerstreut.

Inzwischen waren sie auf der Mole angekommen und wandten sich nun einer der Hafenkneipen zu. Auf der Mole herrschte auch zu dieser späten Stunde noch reges Treiben. Männer umstanden in kleinen Gruppen die Würfelspiele, und ein Stück weiter priesen die Kuppler den kürzesten und billigsten Weg an, die Nacht in netter Gesellschaft zu verbringen.

Falls es im Hafen Wachen gab, dann hielten sie sich von diesem Treiben fern, denn auf der Mole selbst war kein einziger bewaffneter Mann zu sehen.

Schließlich betraten sie eine der Hafenkneipen, die zwar gut besucht war, aber so schlecht beleuchtet, daß man nur mit Mühe die Gäste erkennen konnte. Der Steinboden war mit Stroh bedeckt, das im Hintergrund des Raumes zu großen Haufen aufgeschüttet worden war. Das also war die nächtliche Unterkunft, die der Junge vor der Türschwelle den Vorübergehenden laut anpries.

Sie durchquerten den Raum und setzten sich an einen der freien Tische. Im Vorbeigehen hatte sich zwar der eine oder andere Gast nach ihnen umgedreht, aber das war nicht mehr als die übliche Neugier gewesen. Ansonsten hatte keiner ihrem Erscheinen besondere Beachtung geschenkt. Es waren noch andere Fremde da, und der kretische Bogen, den sie sichtbar bei sich trugen, wurde nur zur Jagd benutzt und war keine Kriegswaffe.

Es dauerte eine Weile, bis der Wirt sich schließlich dazu herabließ, sie zu bedienen.

»Wo kommt ihr her?« brummte er in einem holprigen Griechisch und stützte beide Hände auf den Tisch. »Ich hab euch hier noch nie gesehen.«

»Von den Hügeln unserer Heimat«, antwortete ihm Larth. »Aber mein Freund und ich haben in den letzten Monaten leider nur wenig Zeit füreinander gehabt.«

Der Wirt verzog das Gesicht zu einer Grimasse, die deutlich erkennen ließ, was er von den griechischen Gewohnheiten hielt, und gab sich mit dieser Erklärung zufrieden.

»Seid ihr von Kreta?« griff er das Gespräch etwas später wieder auf, während er den Wein und das auf dem Feuer geröstete Fladenbrot mit Oliven vor sie hinstellte.

»Aus Tirinto«, gab Larth trocken zurück, goß für Mastarna Wein ein, hob ihm den Becher entgegen und setzte ihn dann fast an seine Lippen. »Laß uns diese Nacht feiern, mein Freund«, sagte er, und Mastarna ergriff den Becher schweigend und mit gesenktem Blick.

Der Wirt war inzwischen wieder gegangen, und Mastarna nahm einen langen Schluck. Dann stellte er mit einem kleinen Lächeln den roh geformten Becher ab.

»So also fühlt man sich als Geliebter«, murmelte er. »Das war nicht schlecht. Aber das nächste Mal werde ich den Liebhaber spielen und du den Geliebten.«

Larth erwiderte sein Lächeln. »Kritisiere nie die Gewohnheiten der anderen, Mastarna, nur weil sie nicht die deinen sind. Es gab keine bessere Erklärung als diese, um unser spätes Erscheinen zu erklären. An der Anlegestelle gibt es nur zwei griechische Schiffe, und mit einem von den beiden müssen wir angekommen sein.«

»Sicher, du hast ja recht«, stimmte ihm Mastarna zu, und für einige Zeit aßen und tranken sie schweigend. Das Fladenbrot war ganz vorzüglich, genauso wie der Wein.

»Das ist unser Wein«, meinte Larth schließlich. »Aus Velzna würde ich sagen.«

»Ihr Geschmack scheint sich inzwischen durch die ständigen Raubzüge verfeinert zu haben«, war Mastarnas trockener Kommentar.

Ein halbes Dutzend Männer hatte unterdessen die Hafenkneipe betreten. Sie machten den Eindruck einer Wachpatrouille und trugen die Abzeichen des Königs von Alalia. Sie sprachen kurz mit dem Wirt, tranken ein paar Becher Wein und machten sich dann wieder ziemlich lustlos auf den Weg, als würden sie alles andere lieber tun als das. Einige Gäste hatten sich schon auf dem aufgeschütteten Stroh im Hintergrund der Kneipe ausgestreckt, aber keiner der Männer der Wachpatrouille hatte sich die Mühe gemacht, die beiden Fremden zu kontrollieren.

Mastarna schaute ihnen hinterher und meinte dann nachdenklich: »Weißt du, ich glaube, wenn jeder einzelne die wichtigen Entscheidungen seiner Stadt mitbestimmen könnte, dann würde er seine Aufgabe besser erledigen.«

»Wie meinst du das?« fragte Larth zerstreut.

»Versuch mal, darüber nachzudenken, Larth. Wir sind von Stand, aus fürstlichem Haus, zu dem Männer und Frauen gehören, die wir als unser Eigentum betrachten. Unsere Diener, Soldaten, Knechte, Handwerker, alle sind sie an uns gebunden. Sie sind nicht frei und haben keinen eigenen Besitz. Unsere Herrschaft ist absolut. Sie wird an die Erben weitergegeben, und der Re Supremo ist das Ergebnis eines Jahr für Jahr erneuerten Paktes zwischen den Städten des Bündnisses. Aber ich denke, daß ein König, der sich sein Reich wirklich verdient hat, ein besserer König wäre. Glaubst du nicht auch? Und wenn seine Untertanen ein Recht darauf hätten, auch ihre eigenen Ideen zu verwirklichen, dann würden sie diese auch verteidigen wollen und wären deshalb viel mehr dazu bereit, dafür zu kämpfen ...«

»König muß einer mit Leib und Seele sein, mein Freund. Ein König spricht mit den Göttern, und er muß immer bereit sein, sich für sein Volk zu opfern, wenn es nötig ist«, antwortete ihm Larth leise. »Die Ideen ändern sich so schnell wie der Wind, und deine Untertanen, die dich heute feiern, schneiden dir morgen die Kehle durch, wenn ihnen jemand mehr verspricht, als du ihnen gegeben hast.«

Mastarna nickte düster. »Und was machen wir jetzt?«

»Was machen wohl zwei Verliebte zu dieser späten Stunde, nachdem sie gegessen und getrunken haben? Sie suchen sich ein ruhiges Plätzchen!« scherzte Larth.

»Na, wunderbar«, murmelte Mastarna.

»Laß uns zum Tempel hinaufsteigen. Von dort oben haben wir einen guten Überblick und können feststellen, ob die Stadt zur Landseite hin mit Mauern umgeben ist. Dann kehren wir bei Tagesanbruch wieder hierher zurück und schauen uns die Lagerhäuser an«, schlug Larth vor.

Sie verließen die Taverne mit dem Versprechen an den Wirt, morgen wiederzukommen, der sich beeilte, ihren Verzehr auf der langen Schuldnerliste der beiden griechischen Schiffe im Hafen einzutragen, in Gedanken an sein Lagerhaus, das sich im Tausch dafür mit kostbarem Öl und bunt gefärbten Stoffen füllen würde.

Dann stiegen sie zum Tempel hinauf.

Der Mond war schon untergegangen, und der Wind hatte vom Meer her aufgefrischt. Die feuchtwarme Luft, die er mit sich brachte, schien sich immer mehr zu verdichten und mit einer Spannung aufzuladen, die sich bisher aber nur als ein kribbelndes, unangenehmes Gefühl auf der Haut bemerkbar machte.

Der Tempel war in seinen Umrissen quadratisch angelegt und nicht sehr groß, in seinen Ausmaßen keineswegs mit den großen Tempelanlagen von Pyrgi oder Tarchna zu vergleichen. Aber von seinem Vorhof aus konnten Larth und Mastarna alles überblicken. Die Stadt hatte keine Mauern. Es schien, daß den Focesen ein Angriff vom Land her genauso unwahrscheinlich vorkam wie eine Überwindung der Blockade am Eingang der Bucht. Der zum offenen Meer hin unregelmäßig abfallende Hügel, auf dessen Höhe sich der Tempel befand, war auf der der Stadt abgewandten Seite steil und felsenzerklüftet, aber nicht so unwegsam, daß sich nicht dreihundert ausgebildete Männer, wie die von Caile angeführten, lautlos hätten anschleichen können.
Die Eroberung des Königspalastes, der ihr erstes Angriffsziel sein würde und dessen Umrisse sich in der Dunkelheit direkt unterhalb des Tempels abzeichneten, würde also kein großes Problem darstellen.
Der Tempel allerdings würde unberührt bleiben. Larth war in diesem Punkt unnachgiebig gewesen, als der Plan auf dem Flaggschiff vorbereitet und besprochen worden war. Jetzt widmete er der Gottheit des Ortes, welche auch immer es sein mochte, einen flüchtigen Gedanken, bevor sie beide wieder zum Hafen hinunterstiegen.
Es war kurz vor Sonnenaufgang, und die Luft war inzwischen noch drückender und schwüler geworden. Der Himmel war mit dunklen Wolken verhangen, und die bleierne Oberfläche des Meeres schien wie von einer inneren, geheimen und lebendigen Kraft bewegt zu sein.
In ihre Mäntel gehüllt, erreichten sie die Lagerhäuser. Die Sklaven hatten schon mit dem Beladen der Schiffe an den beiden letzten Anlegestellen begonnen, und aus den Hafenkneipen drang der Geruch von geröstetem Fleisch.
Der Besitzer des Lagerhauses, aus dem die Schiffe beladen wurden, war ein Focese, klein von Statur, mit Stiernacken und breiten Schultern. Er war gerade erst angekommen und hielt Larth und Mastarna für eine Abordnung der beiden griechischen Schiffe.
»Mit dem Beladen der Schiffe werden wir heute noch fertig, aber das Wetter schlägt um. Es ist nicht ratsam, sich aufs Meer zu wagen. In ein paar Tagen vielleicht. Sicher, in ein, zwei Tagen hat sich der Sturm wieder gelegt, dann könnt ihr nach Norden segeln«, redete er beflissen auf sie ein.
»Du hast recht. Unsere Kapitäne sind zwar derselben Meinung, aber sie

wollen trotzdem die Ladung an Bord haben«, erwiderte ihm Larth und begann sich dann für die mit Öl und Wein gefüllten Pithoi zu interessieren.

Der Mann zwinkerte ihm kumpelhaft zu, als Zeichen seines Verständnisses dafür, daß gegen die unverbesserliche Sturheit derer, die eine Stufe höher auf der Kommandobrücke stehen, nichts zu machen war.

»Der Palast des Königs ist angenehm und bequem«, meinte er dann. »Glaubt mir, eure Kapitäne werden keine besondere Eile haben, ihn zu verlassen. Mit dem letzten Schiff sind ein Dutzend karthagische Sklaven angekommen, nicht älter als zwölf oder dreizehn Jahre. Und unser König ist alles andere als geizig.«

»Das glaube ich dir gerne. Nur schade, daß unsereins nie in diesen Genuß kommt«, antwortete Larth lachend. »Was hast du denn dort drüben?« fragte er dann und deutete auf einen Stapel Pithoi im Hintergrund des Lagerhauses, die kleiner waren als die anderen und so sorgfältig aufeinandergeschichtet, daß es so aussah, als wären sie nicht Teil der Ladung.

»Diese da hinten? Das ist fermentierter Wein, der eine mit Honig, der andere mit Pinienharz versetzt. Ein wahrer Nektar! Die reine Essenz des Weines, aber sie brennt dir wie Feuer im Leib. Willst du davon probieren?« fragte der Mann.

»Warum nicht?«

Larth folgte ihm gutgelaunt, während Mastarna zurückblieb und die im Hintergrund des Lagerhauses vor einer Holztür aufgestapelten Pithoi betrachtete.

Der Focese öffnete eine davon und goß zweifingerhoch eine leicht gelbliche, fast farblose Flüssigkeit in einen Becher. Der Geruch war ziemlich unangenehm, was darauf hinwies, daß die Destillation recht unbeholfen gewesen sein mußte. Der Traubenkamm war durch eine Stockpresse gedrückt und dann unter Zugabe von weiteren Trauben zur Fermentierung gebracht worden. Aber der Geschmack war nicht schlecht, nur sehr stark.

»Mindestens zwanzig von diesen Pithoi gehen auf das Schiff!« rief Larth scheinbar begeistert aus, sobald er einen Schluck davon gekostet hatte.

»Dafür habe ich aber keinen Auftrag«, gab der Focese ein wenig überrascht zurück.

»Mach dir keine Gedanken, überlaß das nur uns. Ich versichere dir, wir

werden ein gutes Geschäft daraus machen! Ach ja . . . Pack ruhig auch noch zehn von denen mit Pinienharz dazu. Es erinnert mich an meine heimatlichen Hügel!«
Der Focese drückte mit einer verständnisvollen Geste seinen Arm. »Heimweh?« murmelte er.
Larth fing den neugierigen Blick Mastarnas auf, der erleichtert darüber war, wie einfach er den Händler um den Finger gewickelt hatte. Aber der Focese gab dem Blick eine andere Bedeutung.
»Ein wenig«, seufzte Larth. »Aber, wie du siehst, bin ich wenigstens nicht ganz alleine. Wenn du die Pithoi gleich auf das Schiff verladen lassen könntest, dann würden wir an Ort und Stelle dafür sorgen, daß sie richtig verstaut werden und hätten nebenbei auch noch ein bißchen Zeit für uns.«
»Ich verstehe.« Der Focese nickte mit einem maliziösen Lächeln. »Geht nur, ich werde sie sofort verladen lassen. Aber anschließend fragt nach Xanthos, er vermietet Zimmer in der Kneipe gleich hinter dem Lagerhaus. Bei ihm könnt ihr euch für wenig vergnügen. Sagt ihm einfach, daß ich euch geschickt habe.«
Larth nickte zustimmend, und während Mastarna schon nach draußen ging, nahm ihn der Focese noch einen Augenblick beiseite und redete mit verhaltener Stimme auf ihn ein.
Kurz darauf schritt Larth einer kleinen Schar von Trägern voran auf das griechische Schiff. Auf dem Oberdeck herrschte ein ziemliches Durcheinander. Die Sklaven kamen und gingen, und nur wenige Griechen waren als Aufsicht auf dem Schiff zurückgeblieben.
Mastarna war an Land geblieben, um die Augen offenzuhalten. Larth gab sich als einer der vornehmen Griechen aus, die seit Jahren als Gäste des Königs im Palast von Alalia lebten, und wies dann die Sklaven an, die dreißig Pithoi auf dem Oberdeck zu verstauen. Er nahm den Dank der Seeleute entgegen, ohne sich lange aufzuhalten, weil er befürchtete, daß sie sich über seinen Akzent verwundern könnten, und verließ kurz darauf wieder das Schiff.
Inzwischen war heller Morgen, und Larth und Mastarna machten sich auf die Suche nach Xanthos, nachdem Mastarna sich von dem Händler noch ein Gefäß mit Fett und einen kleinen Krug Öl besorgt hatte.
»Für den Körper«, hatte er ihm erklärt und den Focesen mit glänzenden Augen zurückgelassen.

Das Zimmer bei Xanthos war klein und muffig, aber es hatte eine Fensteröffnung direkt zum Hafen hin und einen separaten Eingang über eine steile Steintreppe, die über die Dächer der darunterliegenden Häuser führte.

In der grauen Morgenluft breitete sich ein lichter Dunstschleier über das Meer. Auch der schärfste Blick hätte die Schiffe der Rasna nicht ausmachen können, selbst dann nicht, wenn sie am Horizont aufgetaucht wären.

»Und was passiert, wenn nun unser freundlicher Händler mit jemandem vom Schiff oder vom Palast über uns redet? Dann wird unser Spiel auffliegen«, meinte Mastarna, während er den Stoff des einzigen Strohsackes zerriß, um mit dem Stroh die Pfeile zu umwickeln.

»Keine Sorge, das wird er nicht tun«, beruhigte ihn Larth. »Ich habe ihn eingeladen, uns heute nacht hier zu besuchen, und deshalb wird er äußerst diskret sein. Schließlich ist er nur ein Händler.«

»Wie kannst du so sicher sein, daß er nicht aus Neugier versuchen wird, etwas über uns in Erfahrung zu bringen?« wandt Mastarna ein.

»Weil du ihn erobert hast, und er nicht riskieren wird, dich für etwas zu verlieren, das er heute nacht selbst herausfinden kann«, gab Larth lächelnd zurück.

Mastarna stieß einen unterdrückten Fluch aus. Schon seit langem hatte er es aufgegeben, sich über die Schnelligkeit zu wundern, mit der Larth die geheimen Wünsche der anderen zu seinem Vorteil nutzte.

»Sicher, du bist unschlagbar darin, zu verkaufen, was nicht dir gehört«, fügte er ernster als beabsichtigt hinzu.

»Hab keine Angst, so billig wird er nicht davonkommen«, antwortete ihm Larth mit der gleichen Ernsthaftigkeit, während er sorgfältig auf dem Tisch die sechs Pfeile einen neben den anderen legte. Keiner davon durfte sein Ziel verfehlen, und der erste würde diese kleine, kostbare Ladung in Brand stecken, die sie gerade auf dem Oberdeck des griechischen Schiffes verstaut hatten.

Danach würde das Gewitter ihnen zu Hilfe kommen, das mit einer geradezu nervenzerrüttenden Langsamkeit aufzog.

Mit den Fingerspitzen strich er über den Opal, der sich nun warm und pulsierend anfühlte, und für einen Augenblick fühlte Larth sich eins mit Erde, Himmel und dem aufziehenden Gewitter.

7.

Tiefe Dunkelheit lag über dem Hafen von Alalia, und die feuchte Luft vibrierte über einem bleiernen Meer. Die Lagerhäuser waren geschlossen, und die Hafenkneipen quollen von Menschen über. Da es nach Regen aussah, hatten sich alle von der Mole her in die Kneipen gedrängt, und die Sklaven waren schon frühzeitig am Abend in ihre Unterkünfte gebracht worden.

Mastarna stieg den Weg zum Tempel hinauf in der Hoffnung, sich dort kurz vor Sonnenaufgang mit Caile und seinen dreihundert Männern zu treffen. Larth hingegen hatte sich auf den Weg zum Hafen gemacht und bog nun in die kleine Gasse hinter dem Lagerhaus des focesischen Händlers ein, hinter dessen Holztor die restlichen Pithoi gestapelt waren.

Dort angekommen, legte er den Bogen und die vorbereiteten Pfeile neben sich und zog ein leeres Rohr unter seinem Mantel hervor, das er mit einer in Öl und Fett getauchten Lunte versehen hatte. Er bohrte sein Messer in eine der Ritzen des Holztores, erweiterte sie so gut es ging und schlug dann mit einem trockenen Schlag ein Loch in eine der Pithoi. Dann steckte er sein Messer wieder in den Gürtel, schob das Rohr durch das Loch, plazierte es vorsichtig und setzte die Lunte in Brand.

Larth wartete noch einen Moment ab und beobachtete, wie sich die Flamme durch das Rohr fraß und schließlich ins Innere des Lagerhauses schlug. Dann nahm er Bogen und Pfeile auf, hüllte sich in seinen Mantel und verließ das Gäßchen wieder. Ohne gesehen zu werden, erreichte er einen kleinen Felsenvorsprung hinter dem letzten Lagerhaus, direkt oberhalb der Mole, und richtete sich dort geduldig auf eine lange Wartezeit ein.

Der Alarm wurde in dem Moment ausgelöst, als die ersten Flammenzungen aus dem zur Mole hin gelegenen Haupttor des Lagerhauses schlugen und dichter, beißender Rauch aus dem Inneren drang. Im Nu liefen die Männer aus den Hafenkneipen nach draußen, und während einer von ihnen versuchte, das Tor einzuschlagen, kam der stiernackige focesische Händler keuchend und brüllend angerannt. Nur mit Mühe gelang es seinen Kumpanen, ihn davon abzuhalten, sich durch die dichte Flammenmauer zu stürzen, hinter der seine Ware verbrannte.

In diesem Moment, noch bevor die Männer Vorrichtungen treffen konnten, das Feuer einzudämmen, frischte der Wind auf, und gleich darauf zuckte der erste Blitz nieder. Er schlug ins Wasser, direkt hinter der letzten Anlegestelle ein, und für einen Augenblick erleuchtete sein gleißender Lichtstrahl die Bucht taghell. Fast gleichzeitig zerriß ein ohrenbetäubender Donnerschlag die Nacht.

Aus den Unterkünften der Sklaven kamen erschrockene Schreie, und die Flammen, die nun schon aus dem Dach des Lagerhauses schlugen, begannen an den angrenzenden Dächern und der ersten Häusergruppe zu lecken, die direkt hinter der kleinen Gasse den Hügel hinauf anstieg.

Larth schlug im Schutz seines Mantels Feuer aus dem Feuerstahl, streifte dann den Mantel ab und legte den ersten Pfeil auf. Genau in diesem Moment kam eine Schar Bewaffneter von der oberen Stadt her in den Hafen gerannt, und er entschloß sich, noch ein wenig abzuwarten.

Die Mole war jetzt von den lodernden Flammen so hell erleuchtet, daß die Schiffe an ihren Anlegestegen ein leichtes Ziel boten. Allen voran das ihm am nächsten liegende schöne, große, griechische Schiff, bereit zum Ablegen, mit seinen Laderäumen voller Öl und den Pithoi mit Aquavit ordentlich aufgestapelt auf dem Oberdeck.

Jetzt setzte Larth die Spitze des ersten Pfeiles in Brand, und in einer kurzen Windpause schoß er ihn von der straff gespannten Sehne. Er bohrte sich in eine der unteren Pithoi des Stapels auf dem Deck des griechischen Schiffes, der zweite, gleich darauf, in die zusammengerollten Segel des Hauptmastes, und der dritte traf wiederum eine der Pithoi, die jetzt hoch aufloderten.

In diesesm Moment spürte es Larth. Es war wie ein leichtes Kribbeln auf der Haut, eine Art von Spannung, als wollte es ihm den Atem verschlagen.

Der Blitz, dachte er, und zum ersten Mal in seinem Leben erschrak er davor, aus einer ihm unergründlichen Furcht heraus. Einen Moment später fuhr der Blitzstrahl auf die Hauptanlegestelle in der Mitte der Mole nieder, schlug in das Schiff ein, das daran festgemacht war, und zersplitterte den Hauptmast, der wie Stroh aufloderte. Die Luft erbebte vom Donnerschlag, und in wenigen Augenblicken trieb der Wind die Flammen auf das danebenliegende Schiff zu und hüllte es in eine Feuerwand ein.

Schnell schoß Larth noch die letzten Pfeile auf das Strohdach der am nächsten liegenden Hafenkneipe ab und warf dann den Bogen weg. Die Focesen versuchten nun endlich das Feuer einzudämmen, aber einige von ihnen hatten inzwischen sein Versteck entdeckt und kamen auf ihn zugerannt, um ihn zwischen sich und den Männern der Stadtwache in die Enge zu drängen.

Larth verzichtete darauf, den Felsvorsprung wieder herunterzusteigen und kletterte statt dessen weiter den Hügelrücken hinauf, der auf dieser Seite die Bucht umschloß. Die Focesen flehten um Regen, während ein drittes Schiff in Flammen aufging, und die Frauen in den schmalen Gassen kreischend ihre Kinder in Sicherheit brachten.

Es wird keinen Regen geben, dachte Larth und fühlte, wie die Erde unter ihm, der Wind und das Meer antworteten: *Es wird keinen Regen geben.*

Er war schon ein ganzes Stück vorangekommen, als er plötzlich auf einem Felsstück ausrutschte und der Länge nach hinschlug. Schattenhaft sah er, wie zwei oder drei der Männer, die ihm schneller als die anderen gefolgt waren, an ihm vorbeihuschten, ohne ihn zu bemerken. Aber ein vierter hatte ihn entdeckt. Drohend kam er auf ihn zu, während Larth versuchte, wieder auf die Beine zu kommen, und gleich darauf sauste ein Schwerthieb auf ihn nieder, der nur knapp an seinem linken Arm vorbeistrich. Mit einem Satz war Larth wieder auf den Beinen und über ihm, und noch bevor er die anderen hatte warnen können, war der Mann schon tot.

Einen Augenblick wartete Larth noch ab. Aber als alles ruhig blieb, stieg er ein Stück weiter den Bergrücken hinauf und verbarg sich dann im dichten Gestrüpp einer Steineiche, um Luft zu schöpfen. Von hier aus umgab der Widerschein der lodernden Flammen Alalia wie eine Aurora. Die Blitze folgten nun so schnell aufeinander, daß kaum einer vom

anderen zu unterscheiden war, und das dunkle Gewölbe der Nacht schien von einem einzigen gleißenden Licht und dem tönenden Widerhall des Donners erfüllt zu sein.
Nach einem langen Umweg erreichte Larth schließlich die Anhöhe des Tempels. Von dort aus konnte er endlich ganz den in ein Flammenmeer getauchten engen Ring des Hafens übersehen. Acht der elf Schiffe brannten, und alle einsatzfähigen Männer von Alalia waren damit beschäftigt zu retten, was zu retten war. Verzweifelt versuchten sie die Flammen einzudämmen, bevor sie auch auf die zweite Reihe der Häuser überschlagen konnten, die hinter der Mole den Hügel anstiegen. Aber sie konnten nicht viel ausrichten, denn der böige Wind blies stürmisch aus allen Richtungen und fachte das Feuer immer wieder an. Das Portal zum Tempel war geschlossen, und aus seinem Inneren war kein Laut zu hören. Larth dachte, daß dieser Gott sehr zornig auf ihn sein mußte, doch gleichzeitig spürte er, daß die Kraft, die ihm beistand, stärker war als die, die diese Steine bargen. Eine Kraft ohne Namen, das Raunen der Erde unter seinen Füßen und der Wind auf seiner Haut . . . Es war, als ob ein ganzes Universum sich an seiner Seite befände. »Wir sind bereit«, flüsterte Mastarna, der sich ihm leise genähert hatte, und Caile Vibenna, der nun hinter seinem Rücken auftauchte, begrüßte ihn schweigend mit einem freundschaftlichen Kopfnicken.
Ansonsten lag die Anhöhe wie ausgestorben da, und Larth war stolz auf diese Schar gut ausgebildeter Kämpfer, die wahrlich der Wache eines Königs würdig war.
»Wo sind die Männer?« fragte er leise.
»Sie sind alle hier und bereit. Wir sind auf dem Weg vom Schiff bis hierher auf kein einziges Hindernis gestoßen«, antwortete ihm Caile.
Larth drehte sich um und warf einen Blick auf den dunklen Palast des Königs, der sich direkt unter ihnen befand.
»Gehen wir!« sagte er knapp.
Als sie den Palast betraten, war es kurz vor Sonnenaufgang. Der Rauch der Brände, die sich fast über die ganze Stadt ausgebreitet hatten, verdüsterte das fahle Morgenlicht, das aus einem Himmel drang, der von dunklen, schnell dahintreibenden Wolken bedeckt war. Die Gewitterböen hatten sich zwar gelegt, doch der Wind blies jetzt heftig aus Osten und entfachte immer wieder die Flammen, die schon den ganzen Stadtteil um die Lagerhäuser herum zerstört hatten.

Der Palast selbst war ein rohbehauener Steinbau mit vielen aufeinanderfolgenden Räumen und mehreren neuen, erst vor kurzem errichteten Flügeln, ein deutliches Zeichen des neuen Reichtums, den die griechischen Verbündeten nach Alalia gebracht hatten.
Nur die Palastwache war zum Schutz des Königs zurückgeblieben, die gleich im ersten Ansturm überwältigt worden war, und Larth betrat nun als erster das Gemach des Königs, mit dem blutigen Schwert in der Hand und gefolgt von seinen Männern, die brennende Fackeln trugen.
Der Focese stand vor einer der großen Fensteröffnungen zur darunterliegenden Stadt und betrachtete regungslos das Werk des verheerenden Feuers und die Manöver des feindlichen Flaggschiffes, das unversehrt die Blockade der Bucht überwunden hatte und nun Krieger auf dem Wellenbrecher absetzte, um der brennenden Anlegestelle nicht zu nahe zu kommen.
Alalia konnte keinen Widerstand mehr leisten. Im Bett des Königs schluchzte ein junger Ephebe, der mit dem König die Nacht verbracht hatte und unbeachtet zurückgeblieben war, leise auf. Leichenblaß und starr lag er da, mit zusammengeballten Fäusten und in Erwartung des Todes.
Larth warf einen kurzen Blick auf ihn und hielt Mastarna und Caile zurück. Dann näherte er sich dem König und berührte seine Schulter leicht mit dem Schwert.
»Wenn du der König bist, dann erkläre ich dich zu meinem Gefangenen«, sprach er ihn auf griechisch an.
Der Focese wandt sich mit einem Lächeln nach ihm um, das wie erstarrt auf seinen Gesichtszügen lag. Er war schon in reifem Alter, mit der ledernen Haut eines Mannes, der sein Leben auf dem Meer verbracht hatte. Um den Hals trug er eine fein gearbeitete Kette aus getriebenem Gold, die ein Goldschmied der Rasna sicher nicht für ihn geschaffen hatte. Eine Weile ließ er seinen Blick auf Larth ruhen, ohne seiner Eskorte Beachtung zu schenken, die sich seinem Befehl gemäß ruhig und regungslos im Hintergrund hielt.
»Ich habe geträumt, daß ein König kommen würde, um meinen Thron zu verbrennen«, murmelte er schließlich. »Bist du ein König?«
Larth setzte ihm die Spitze seines Schwertes auf die Brust und riß ihm damit die Kette herunter, ohne ihn zu verletzen.
»Mehr als du, der du ein Dieb bist«, fuhr er ihn an. Mit der heftigen

Bewegung hatte der Opal, den er nun über der griechischen Tunika trug, für einen Augenblick das Licht der Fackeln aufgefangen und es mit einer lebendigen Flamme zurückgestrahlt.

Entsetzt wich der Focese einen Schritt zurück.

»Ja«, ich werde dein Gefangener sein, »wenn du den Flammen Einhalt gebietest, die meine Stadt zerstören«, stammelte er, ohne auf die Anschuldigung Larths einzugehen.

»Du bist auch so mein Gefangener, und die Flammen werden erst dann erlöschen, wenn die Götter es wollen«, schloß Larth und wandte sich dann um. »Ich vertraue ihn dir an, Caile. Hab gut acht auf ihn!«

Der Focese warf einen zerstreuten Blick auf seinen Epheben und folgte dann, von den Männern der Rasna flankiert, Caile.

»Verschwinde!« befahl Larth dem Knaben, der keinen Moment zögerte und in einem der Durchgänge verschwand, die sich irgendwo hinter dem Bett befinden mußten.

»Wir sollten aufpassen, daß wir nicht in eine Falle tappen«, murmelte Mastarna, der als einziger zurückgeblieben war, und begann sorgsam die Wände und die zahlreichen Kostbarkeiten zu überprüfen, die den Raum füllten und ihn dem eines Händlers ähnlicher machten als dem Gemach eines Königs. »Auch auf allzu treue Diener sollten wir achten.«

»Es gibt keine allzu treuen Diener«, erwiderte Larth trocken.

»Das glaubst du«, widersprach ihm Mastarna und lehnte sich neben ihn an die Fensteröffnung, von der aus Larth nun die Stadt und die Schiffe der Rasna beobachtete, die sich fächerförmig vor dem Wellenbrecher verteilt hatten.

Regen, dachte Larth, sonst wird uns von dieser Eroberung nur noch ein Haufen Asche übrigbleiben.

Wie eine Antwort auf seine Gedanken, war gleich darauf ein fernes Donnergrollen zu hören, und kurze Zeit später durchschlugen die ersten Tropfen die trockene Luft aus Feuer und Rauch. Mastarna schaute nachdenklich seinen Gefährten an. Auch er hatte diese Art leichtes Erbeben gespürt, das die Veränderung im Wesen der Dinge verriet, aber er zog es vor zu schweigen.

Statt dessen füllte er zwei Kelche mit geharztem Wein und reichte einen davon Larth, eine wahre Kostbarkeit, auf der die Umrisse der eingravierten Zeichnung mit Gold umrandet waren: ein Falke, der mit ausgebreiteten Flügeln über einem Berg schwebte.

Larth hob den Kelch und betrachtete dieses Bild, das er vor langer Zeit wie eine Erscheinung gesehen hatte und das er nun, auf diesem Kleinod eingraviert, wiedergefunden hatte.
Caitli, dachte er, und die Sehnsucht nach ihr wurde eins mit dem Wunsch nach Regen und dem, seine Gedanken zu betäuben.
Er kostete den Wein, der stark und gut war, und leerte den Kelch in einem Zug. Dann goß er sich wieder ein und murmelte mit leichter Ironie an Mastarna gewandt: »Siehst du? Jetzt habe ich es mir verdient, König zu werden!«
»Paß nur auf, dasselbe könnte ich auch von mir behaupten!« antwortete Mastarna lachend, sich der Wirkung seiner Worte durchaus bewußt.
»Ja«, murmelte Larth, plötzlich ernst geworden, »du hast recht. Keiner außer dir wird meinen Platz einnehmen.«
Für einen kurzen Augenblick umarmte er ihn schweigend, leerte den Kelch und warf ihn dann weit von sich. Die Gespenster der Vergangenheit waren gebannt und hatten sich nun hinter den Regen zurückgezogen, der inzwischen wie ein dichter Vorhang fiel.

Der Zug schlängelte sich auf dem kaum sichtbaren Pfad durch den *Heiligen Wald von Tinia*, und nur wenige Strahlen des leuchtenden Herbsttages durchdrangen das Blätterdach der hohen Bäume und den Halbschatten des dichten Unterholzes. Die Musikanten kündeten mit ihren langen Trompeten den Durchzug in regelmäßigen Abständen an, und selbst dieser stille und heilige Ort schien ihre triumphierende Botschaft in sich aufzunehmen und den Klang in tausend Echos wiederzugeben: im Rauschen der Blätter und im lautlosen Wispern von Stimmen, die ein Mysterium in sich zu bergen schienen, das der menschliche Geist nicht erfassen konnte.
Nur noch die Hälfte der jungen Adelsmänner von Tarchna, die vor vier Jahren ausgezogen waren, erlebte bald einen Tribut, den das Volk der Rasna schon seit langer Zeit nicht mehr gezollt hatte: den Tribut des Ruhmes und der Ehre an die siegreichen Helden des Krieges.
Acht Haruspizen schritten dem Zug voran und lasen aus jeder kleinsten Besonderheit des Pfades die Zeichen. Aber die eigentliche Zeremonie erwartete sie in Fanu Veltune: Spiele, die diesen Sieg feierten, unter der Teilnahme aller zwölf Könige des Städtebundes. Das Volk der Rasna ehrte seine Helden.

»Darin zumindest hatte Marce Vibenna recht«, dachte Larth, »doch selbst Dankesschulden werden mit der Zeit vergessen sein, wenn sie von Menschen beglichen werden müssen.«
Marce Vibenna hatte sich nur kurz in Alalia aufgehalten und war dann wegen seiner Verletzung, die auskuriert werden mußte, nach Velx zurückgekehrt. Von diesem Moment an war Larth der eigentliche Kommandant der eroberten Stadt gewesen, bis ein Fürst aus dem Hause Vibenna dazu bestimmt worden war, ihn abzulösen – zu seiner großen Erleichterung. Zu herrschen fiel ihm genauso leicht wie zu kämpfen, und er hatte sofort erkannt, daß es nicht viel bedurfte, um sich der Loyalität der Diener zu versichern, die in einem fremden Haus genauso wichtig war wie die der eigenen Wachen. Meist genügte schon eine bessere Behandlung, um sich ihrer zu vergewissern. Als einer der letzten war er zurückgekommen, gerade noch rechtzeitig, um an der Zeremonie in Fanu Veltune teilzunehmen. Deshalb war ihm auch keine Zeit mehr geblieben, vorher noch in Tarchna haltzumachen. Er hatte bisher weder seinen Vater und seine Brüder noch Caitli gesehen.
Wie lange ist das alles her, dachte Larth, als er versuchte, sich an die Biegungen des Pfades und an den Eingang zum Felsentunnel zu erinnern, der zur Schatteninsel in der Mitte des Sees führte. Heute weiß ich genauso wenig wie damals, was mich erwartet. Aber inzwischen habe ich gelernt, mich selbst zu belügen und kann den Tag genießen, ohne mich darum zu kümmern, was geschrieben steht.
Wenn der Große Trutnot ihn hätte hören können, hätte er ihm bestimmt wegen dieser ketzerischen Gedanken Vorwürfe gemacht. Aber wahrscheinlich hätte er nur den Kopf geschüttelt, im Vertrauen darauf, daß es für alles den richtigen Zeitpunkt und den richtigen Ort gab.
Larth lächelte vor sich hin. Die Ungeduld war eine schlechte Ratgeberin und die damit verbundene Furcht eine Schwäche, an die man sich trotz allem so angenehm verlieren konnte.
Der Zug der Krieger bog nun scharf ab, und genauso plötzlich, wie es Larth in Erinnerung hatte, wurden sie von dem Felsentunnel verschluckt. Mit den Augen des nunmehr Erwachsenen betrachtet, kam ihm der Durchgang jetzt sogar noch enger vor, und er spürte einen eisigen Hauch, der ihm unter seinem warmen Mantel bis zum Herzen drang und ihm ein völlig unbegründetes Angstgefühl verursachte.
Larth überraschte sich bei dem Gedanken, daß die Furcht vor dem Un-

sichtbaren einen Helden eigentlich unberührt lassen sollte. Und trotzdem ist es gerade sie, die selbst das noch bezwingt, was unbezwingbar scheint, dachte er.

Am Ausgang des Tunnels angekommen, fand er den Strand mit den schwarzen Kieselsteinen genauso vor wie damals, und während der Überfahrt auf dem ersten Boot des Hofes von Tarchna hielt er seinen Blick fest auf den Himmel gegen Westen geheftet, immer darauf gefaßt, daß sich das Zeichen von damals wiederholte.

Aber die Insel lag traumhaft vor ihnen in den goldenen und roten Farben des Spätherbstes, und der Berg der Göttin Turan glänzte in der Sonne wie das Diadem einer Königin. Die Gewässer des Sees waren tiefblau und spiegelglatt, und die Wölbung des Himmels darüber strahlend blau und wolkenlos.

Es gab keine Zeichen zu entdecken. Oder sollte etwa gerade in dieser majestätischen Vollkommenheit das Zeichen für die Zukunft verborgen liegen?

Willkommen zu Hause.

Wie ein leiser Hauch streifte ihn plötzlich dieser Gedanke und nahm seinen Geist gefangen. Mit der Handfläche bedeckte er den Opal auf seiner Brust, und das Gefühl von Wärme, das ihn bei dieser Berührung immer durchflutete, brachte sein Blut in Wallung. Er wurde erwartet. Seine Königin entsandte ihm einen Willkommensgruß, viel kostbarer und heiliger als alles andere und mit derselben sorglosen Heiterkeit wie damals, als sie noch Kinder waren. Der Opal schien auf seiner Brust zu pulsieren, und sein Herz zog sich vor Freude zusammen.

An der Anlegestelle warteten seine Verwandten auf ihn, Freunde der Familie und viele junge Männer, die wegen ihres damals noch zu jugendlichen Alters nicht an dem Kriegszug hatten teilnehmen können.

Seine Brüder Egene und Cneve waren die ersten, die sich in der Menge zu ihm durchkämpften. Egene war ein hübscher, ernster junger Mann geworden, mit helleren Haaren, aber einer dunkleren Hautfarbe als er. Cneve hingegen war kleiner und hatte von der Mutter die weichen Gesichtszüge geerbt und die braunen, lebhaften und fröhlichen Augen. Larth hatte in all den Jahren nur noch eine sehr vage Erinnerung an seine Mutter bewahrt, aber der Anblick Cneves rief sie ihm jetzt im Übermaß zurück. Liebevoll fuhr er ihm mit der Hand durch die Haare

und schloß ihn dann fest in die Arme, was Cneve, in einer Mischung aus Befangenheit und Scheu, nur widerstrebend über sich ergehen ließ.
»Wie geht es unserem Vater?« fragte Larth und schob sich die Tebenna über die Schulter zurück, um mehr Bewegungsfreiheit zu haben.
»Wieso fragst du nach unserem Vater, wenn du die Symbole des Königs trägst?« antwortete ihm Egene, mit einem Blick auf die Fibel mit dem Adler von Tarchna.
Egene hatte seine Worte in einem ernsten und nüchternen Tonfall ausgesprochen, ohne eine Spur von Feindseligkeit. Er ist wie Laris, ebenso düster und leidenschaftslos. Er wird nie den Mut haben, sein Schicksal herauszufordern, und sein Leben lang nur Luftschlösser bauen, dachte Larth und schaute ihn einen Moment lang schweigend an.
»Egene hat das nicht so gemeint«, schaltete Cneve sich jetzt ein, und Larth mußte lächeln.
»Er hat genau das gesagt, was er sagen wollte, Cneve. Aber laß es gut sein. Ich trage die Symbole, die mir gegeben wurden, mit der festen Überzeugung, daß die Symbole unseres Hauses durch euch Ehre erlangen werden.«
Egene beugte knapp das Haupt und nahm das Lob verlegen entgegen. Larth konnte ihm vom Gesicht ablesen, was er über seine diplomatische Antwort dachte, aber hier waren nicht die Zeit und nicht der Ort, um diese Angelegenheit zu klären.
»Unser Vater hat keinen Lebensmut mehr, Larth«, fuhr Cneve fort. »Aber es ist keine körperliche Krankheit. Er teilt das Leid und die Trauer des Königs, und das ist es, was ihn zermürbt.«
»Ist er hier in Fanu Veltune?«
»Natürlich!« erwiderte ihm Egene kühl. »Aber er ist an der Seite seines Königs. Sie erwarten dich. Alleine, und noch vor der Huldigung an die Helden und der Opferzeremonie.«
Larth schaute ihn an und fragte sich, ob sich hinter der kühlen Distanz des Bruders nicht auch eine Spur Neid verbarg. Aber jetzt drängte sich Mastarna zu ihm durch, und er sah mit Erleichterung, wie sich dessen bronzefarbener, in der Sonne aufleuchtender Lockenkopf durch die Menge näherte. Während all der Schlachten, die ganzen langen Jahre über, war Mastarna immer an seiner Seite gewesen, und er fühlte zum erstenmal ganz deutlich, wie sehr er sich an ihn gewöhnt hatte.
Er ist mein eigentlicher Bruder, dachte Larth, und gleichzeitig wurde

ihm bewußt, daß er immer noch vor diesem Gedanken zurückschreckte, der bedeutete, daß eine andere Person dort ihren Platz einnahm, wo bisher in seinen Gefühlen alleine Caitli regiert hatte.
Mastarna umarmte ihn zur Begrüßung und machte ihnen dann mit seiner gewohnten Geschicklichkeit den Weg frei. Kurz darauf hatten sie die Anlegestelle hinter sich gelassen und stiegen die Straße hinauf, die zum Amphitheater und zu den dahinterliegenden Pavillons der Könige führte.
Überall waren schon die Feuerbecken aufgestellt, die die Nacht der Spiele erleuchten sollten.
»So habe ich Fanu Veltune noch nie gesehen«, rief Mastarna aus, im Bemühen, ohne Fragen zu stellen, den Grund für das spürbare Unbehagen des Freundes herauszufinden.
Larth schaute sich um. Er war nur ein einziges Mal hier gewesen, als er noch ein Junge war, und damals hatte er viel zu wenig gesehen, als daß er nun irgendwelche Veränderungen hätte feststellen können. Sicher, dies hier war nicht die Zusammenkunft im Frühling, bei der der Re Supremo gewählt und die Wiedergeburt der Erde gefeiert wurde. Dieses hier war ein besonderes Fest, zu Ehren der Helden, die das Meer von den focesischen Invasoren befreit hatten. Deshalb war auch der Adel noch zahlreicher vertreten als sonst, und es würde viele Eheschließungen geben, die bei der Abreise verschoben worden waren und nun ihren Segen von der Göttin Turan erhalten sollten.
Die heitere Stimmung lud dazu ein, den langen Krieg zu vergessen. Trotzdem waren überall, am Ufer des Sees, an jedem Weg und den Ausgängen des Tunnels Wachen aufgestellt worden.
»Seit wann bist du hier?« fragte Larth.
»Seit drei Tagen. Und auf dem Weg hierher wäre die Truppe von Velx um ein Haar in einen Hinterhalt der Latiner geraten.«
»Deshalb also alle diese Wachen.«
»Nicht nur deshalb. Seit dem letzten Frühling überqueren die Latiner und Sabiner immer öfter den Tibrin. Sie überfallen unsere Transporte aus den Minen und verwüsten unsere Felder. Der König von Velx und der König von Vatluna wollen darum den Rat des Städtebundes einberufen, sobald die Ehrung der Helden vorbei ist«, erklärte Mastarna.
»Keiner der Könige wird in diesem Moment zu einem neuen Feldzug bereit sein«, sagte Larth zweifelnd.

»Nein«, stimmte ihm Mastarna zu, »und das könnte dazu führen, daß die eine oder andere Stadt es im Alleingang versuchen wird.«

»Du meinst Velx?« fragte Larth.

»Bis jetzt ist es nur Gerede«, antwortete Mastarna ihm ausweichend. Aber sie verstanden sich auch ohne viele Worte, und Larth hatte die Botschaft des Gefährten begriffen. Wenn Velx sich entschließen würde, den Feldzug alleine zu führen, ohne die Zustimmung und Unterstützung des Zwölfstädtebundes, dann würde das bedeuten, daß Tarchna der Führung des Bündnisses praktisch beraubt war, und das war etwas, was Larth nicht zulassen konnte und Mastarna vermeiden wollte.

Mastarna begleitete ihn bis an die Schwelle des Pavillons des Re Supremo.

Der Pavillon war aus kostbaren, auf Pfähle gespannten Tuchbahnen errichtet worden und fast so groß und ebenso reich ausgestattet wie der Saal für die Bankette im Palast von Tarchna. Die Fürsten und der Adel aus den verschiedensten Städten des Bündnisses hatten sich davor zusammengefunden oder hielten sich im Schatten der umliegenden Baumgruppen auf und genossen den sonnigen Tag und die festliche Atmosphäre. Die Frauen trugen lange Gewänder, die an den Säumen bemalt oder bestickt waren, und bei jeder kleinsten ihrer Bewegungen blitzte reicher Gold- und Silberschmuck in den Strahlen der Sonne auf. Eine Gruppe von Musikanten blies die Doppelflöte, und der Klang der Musik schwebte wie ein Zauber über der Menge.

Larth betrat den Pavillon, ohne sich ankündigen zu lassen, und war sich dabei der auf ihn gerichteten Blicke und der kaum verhohlenen Neugier voll bewußt. Er trug die Symbole des Königs!

Als ersten sah er seinen Vater. Die Zeichen der Resignation, von denen Cneve gesprochen hatte, schienen ihm jedoch dieselben zu sein, die auch schon vor der Abreise des Sohnes sein Gesicht verdüstert hatten. Der König war allerdings sehr gealtert. Er war dick geworden und saß schwerfällig etwas abseits des Königsthrons neben Velvur, der ihm irgendein Ereignis zu beschreiben schien.

Von allen dreien hob nur Velvur bei seinem Eintritt den Kopf und lächelte ihm zu, mit Augen, die so wach und lebhaft waren wie immer.

Larth verbeugte sich vor dem König, seinem Vater, und wandte sich dann an den Hohepriester.

»Ich habe weder vergessen, wer ich bin, noch habe ich meine Träume vergessen«, sagte er leise und ließ die leichte Berührung seiner Hand auf der Stirn zu. Eine Berührung, die die Unruhe des Geistes und die Angst des Herzens besänftigen konnte und die Larth als Junge oft mit einer gewissen Abneigung hingenommen hatte, denn er war immer davon überzeugt gewesen – und er war es auch jetzt noch –, daß auch der Schmerz ein Recht hatte, ihm anzugehören.
»Ich weiß«, antwortete ihm Velvur leise. »Auch du bist nie vergessen worden.«
»Wir sind sehr stolz auf dich«, sprach ihn nun der König an, »und darauf, daß du unsere Symbole trägst.«
Larth wandte sich ihm zu und antwortete in einem leicht gereizten Tonfall: »Das ehrt mich. Aber wenn ich sie auch weiterhin tragen soll, dann sollte es auch einen Grund dafür geben.«
»Ich wüßte nicht, warum du dich von ihnen trennen solltest, noch will ich es«, gab ihm Tarchon beschwichtigend zurück. »Die Schicksalsgöttin hat mein Haus gezeichnet, und weder du noch ich können das Herz einer Frau zwingen, die weiter sieht, als unsere Augen reichen. Du mußt Geduld haben.«
»Die habe ich, mein König, und ich habe sie immer noch. Denn du hast dem Jungen damals, als du ihn von Tarchna entferntest, einen guten Lehrmeister mitgegeben.«
Velvur nickte mit einem zerstreuten Lächeln, als ob er ganz von der Flötenmusik abgelenkt wäre, die von außen hereindrang.
Tarchon erhob sich nun mühsam, von Laris unterstützt, der ihm zu Hilfe eilte. Eines seiner Beine machte ihm Beschwerden. Es war dick angeschwollen, und um das Knie herum hatte sich ein bösartiger Tumor gebildet. Tarchon machte ein paar Schritte und stützte sich dann mit seinem ganzen Gewicht auf Larths Schulter.
»Mein junger Fürst«, murmelte er, »ich habe zwar einen Sohn bekommen, doch der kann meine Nachfolge nicht antreten, weil er nichts weiter ist als ein kleiner Bastard mit dunkler Haut und Augen wie zwei Schlitze. Er ist noch ein Kind, und mein gesunder Menschenverstand sagt mir, daß ich ihn aus dem Palast entfernen sollte. Er ist seinem Charakter nach ein Knecht, der Sohn einer Magd. Aber mein Herz ist schwach, und der Junge ist schlau, und jeden Tag verschiebe ich die Entscheidung. Aber du bist der erste unter den Fürsten von Tarchna und

mir am nächsten. Was auch immer geschehen mag, du wirst der nächste König sein.«

»König sein, ohne deine Erbin zu heiraten? Das würde bedeuten, daß sich der ganze Adel von Tarchna gegen mich erhebt«, erwiderte Larth und stützte ihn bis zum Thron.

»Du bist noch genauso widerspenstig wie als Kind«, knurrte Tarchon mit zusammengebissenen Zähnen.

»Larth hat recht«, mischte sich nun Velvur ein. »Er will den Thron nicht unrechtmäßig besteigen, und auch du willst das nicht.«

Tarchon versuchte sich ein wenig aufzurichten und sagte mit Nachdruck: »Die Götter haben ihre Wahl getroffen!«

»Dann werden die Götter gut daran tun, ihre Wahl auch zu bestätigen«, erwiderte Larth in Mißachtung der Etikette, die nach diesen Worten Schweigen gebot.

Tarchon ließ sich schwer auf den Thron fallen und überging Larths Bemerkung.

»Der König von Velx hat darum gebeten, die Überfälle der Latiner vor den Rat des Städtebündnisses zu bringen«, wechselte er das Thema. »Ihn werden sie zum nächsten Re Supremo wählen, wußtest du das?«

»Ja«, antwortete Larth.

»Sieh ihn dir an, Laris. Er ist gerade erst zurückgekommen und weiß mehr als ich, der ich die ganze Zeit in meinem Palast in Tarchna verbracht habe! Wie beurteilst du eine Allianz mit Velx, Larth?«

»Ich habe auf dem Flaggschiff von Marce Vibenna gekämpft und je nach Augenblick und Umstand Gehorsam geleistet oder Befehle erteilt. Ich achte den Mut von Velx.«

»Du hast mit Mühe gehorcht und mit Leichtigkeit kommandiert. Das jedenfalls sagt Marce Vibenna von dir. Aber er sagt auch, daß er dir das Kommando in Alalia nicht deshalb anvertraut hat, um damit Tarchna zu ehren, sondern nur dich ganz persönlich. Und das ist, so wie ich Marce Vibenna kenne, das höchste Lob. Außerdem erzählt man sich, daß du den Blitzen und dem Feuer gebietest und daß die focesische Stadt so lange gebrannt hat, bis du den Regen gerufen hast. Deshalb sagt man von dir auch, daß du nicht nur ein Kommandant, sondern auch ein Magier bist.«

»So, sagt man das von mir?« gab Larth zurück, ohne mit der Wimper zu zucken.

Tarchon schaute ihn schweigend an, dann mahnte er: »Du hast deinem König noch nicht geantwortet.«
»Du meinst wegen der Allianz mit Velx? Ich bin dafür, denn nur auf diese Weise kann sich Tarchna seine Macht im Städtebündnis erhalten«, antwortete Larth.
»Ja, die Macht...«, brummte Tarchon. »Du kannst jetzt gehen, aber denke daran, daß ich dich jederzeit rufen könnte, denn du wirst mein Nachfolger sein.«
Larth verbeugte sich knapp, und als er den Pavillon verließ, folgte Velvur ihm nach draußen.
»Es muß etwas Wahres dran sein an dem, was sie über dich sagen«, bemerkte der Trutnot leicht spöttisch und versperrte ihm fast den Weg.
Larth kannte ihn viel zu gut, um nicht zu wissen, daß er auf etwas ganz Bestimmtes hinaus wollte und daß sein Schweigen vor dem König kein Zeichen von Gleichgültigkeit gewesen war.
»Du wolltest mich an deiner Seite haben. Warum wunderst du dich nun, daß ich vielleicht mehr gelernt habe, als dir lieb ist?« antwortete Larth mit einem knappen Lächeln.
»Gelernt? Sicher, du hast viele Dinge gelernt, Larth, aber deine Magie ist eine andere Sache. Du und ich, wir wissen das«, antwortete ihm Velvur und strich mit den Fingerspitzen über den Opal auf seiner Brust. »Willst du mich nicht nach Caitli fragen?« forderte er ihn dann auf.
»Muß ich das? Caitli und ich sind nie wirklich getrennt gewesen, das weißt du genausogut wie ich.«
Velvur nickte und zog ihn in den Schatten einer Baumgruppe. Wieder fühlte Larth alle Blicke auf sich gerichtet. Man sprach über ihn, über seine Macht über das Feuer und die Blitze, und fragte sich insgeheim, was es damit wohl auf sich hatte. Der Große Trutnot blieb vor einem der alten Bäume stehen und strich mit der Hand über seinen Stamm, als wollte er ihn streicheln.
»Auch ich werde langsam alt«, murmelte er. »Und genauso wie dieser Baum hier höre ich nun eher das Flüstern der leichten Brisen als das Brüllen des Sturms. Kannst du ihre Stimmen hören, Larth?«
Larth ließ seinen Blick umherschweifen. Ein anhaltendes, gleichmäßiges Stimmengewirr umgab sie wie das Rauschen des Windes, der aus

den waldigen Niederungen aufstieg und über die Hügel fuhr. Aber es war ihm unmöglich, auch nur ein einziges Wort zu unterscheiden.
»Nein«, antwortete er.
»Sie fragen sich, wie lange es wohl noch dauern wird, bis du Re Supremo bist. Sie haben Angst davor, denn sie sind gewöhnt daran, sich in ihrem eigenen Glanz zu sonnen. Du aber bist jung, und der Schatten deiner Macht verdunkelt die Sonne.«
»Das kann auch alles nur Einbildung sein«, erwiderte Larth, der es müde war, sich wie ein Pfau zu spreizen.
»Vielleicht«, antwortete Velvur, »ich weiß es nicht. Sag du es mir.«
»Wann werde ich Caitli sehen können?« fragte Larth statt dessen.
»Morgen, wenn die ersten Sonnenstrahlen die Spitze des *Heiligen Berges von Tinia* berühren und der Phersu beginnt. Die beiden Töchter des Königs folgen heute nacht den heiligen Pfaden, für sie wird dies eine Nacht der Wache im Tempel der Göttin Turan auf dem Gipfel des Berges sein. Erinnerst du dich noch an die kleine Thanaquil?«
Larth nickte nur. Das kleine Mädchen mit den zerrissenen Kleidern fiel ihm wieder ein, das Caitli mit dem erhobenen Krummsäbel in der Hand verteidigt hatte. Ein kleines, unscheinbares und erschrockenes Wesen.
»Sie ist so schön wie ihre Mutter geworden, und auch sie weist alle Bewerber um ihre Hand zurück.«
»Warum erzählst du mir das?« fragte Larth.
Velvur zuckte mit den Achseln. »Weil ich, im Gegensatz zu dir, die Stimmen der leichten Brise höre, mein junger Fürst. Geh nun, ich will dich nicht länger aufhalten. Deine Gefährten verlangen nach dir.«
Mastarna kam mit einer Gruppe junger Männer auf ihn zu. Es war an der Zeit, sich in die Arena zu begeben und die Athleten zu bewundern, die an den Wettkämpfen zu ihren Ehren teilnehmen würden. Da war das Truiaspiel mit seinen Pferden und Reitern, der Weitsprung, der Wettlauf und der Kampf der Sklaven, der allerdings endete, sobald sich einer der beiden Gegner ergab, wobei dem Verlierer nichts Schlimmeres geschah, als dem Gelächter der Zuschauer preisgegeben zu werden.
Larth verabschiedete sich von Velvur und stieg dann, zusammen mit Mastarna und den anderen, zu den Übungsstätten und Unterkünften ins Innere des Berges hinab, wo die Kämpfer sich auf die Wettkämpfe

vorbereiteten. Natürliche Felsgrotten waren vor langer Zeit erweitert worden und hatten ursprünglich vielleicht den Eremiten als Unterkunft gedient oder den Hohepriestern der Erdmutter Dia. Jetzt aber waren in diesen Felsenhöhlen die Sklaven und auch die freien Kämpfer aus allen Städten des Zwölfstädtebundes untergebracht. Vor jeder der Unterkünfte blieben sie stehen, wetteten auf den einen oder anderen Athleten und sprachen mit den Betreuern oder Waffenmeistern, um sich über den Ruhm der alten Kämpen oder die Qualitäten der jungen Herausforderer zu informieren. Die Luft war schwer von Öl, Schweiß und Essensgerüchen, die sich mit den Ausdünstungen einer Unmenge von Wein und denen einer unterschwelligen Furcht vermischten. Hinter der letzten Gemeinschaftsunterkunft machte das Gewölbe einen Bogen und wurde dann niedriger. Die dahinterliegende Zelle war tief in den Felsen gehauen, aber der Boden aus schwarzem Stein war trocken. Nur das Gewölbe schwitzte kleine Wassertropfen aus, die im Licht der Fackeln, die vor dem Eisengitter brannten, wie Perlen schimmerten.

Sie mußten sich jetzt direkt unterhalb des Tempels des *Nagels der Zeit* befinden. An der Rückwand der Höhle sammelten Rinnen das Wasser und leiteten es in ein darunterliegendes Auffangbecken ab, von wo aus ein System von Ablaufrinnen und Kanälen das Wasser aufsammelte und es in die Waschbecken der Unterkünfte leitete.

Larth blieb vor dem Gitter stehen. Der Mann auf der anderen Seite war so jung wie er. Die helle Haut auf den Schultern und der nackten unbehaarten Brust war von der Sonne gerötet, und die langen, hellblonden Haare fielen ihm über Stirn und Nacken. Seine Handgelenke waren in Ketten gelegt, die ihm nur wenig Bewegungsfreiheit ließen. Als einziges Kleidungsstück trug er eine Art Umhang, den er um die Hüften geschlungen hatte.

Aber neben sich hatte er einen Krug mit Wein und einen Teller mit Fleisch stehen, das noch warm sein mußte und das er noch nicht angerührt hatte, weil er sie hatte kommen hören.

»Er ist uns von Felsina als Ehrengabe geschickt worden«, bemerkte Caile Vibenna, der neben ihn getreten war. »Er ist etwas ganz Besonderes. Morgen wird er auf den Phersu treffen.«

»Hat ihm schon jemand gesagt, was das bedeutet?« fragte Larth und brach damit das Schweigen, das den Worten Cailes gefolgt war. Der junge Mann hinter den Gittern wandte mit einer kaum merklichen Bewegung den Kopf nach ihnen um und hob den Blick. Keine Spur von Angst oder Ergebenheit lag darin, und seine blauen Augen waren so klar und ruhig wie das Wasser des Sees.

»Versteht er uns etwa?« fragte Caile erstaunt.

»Vielleicht«, murmelte Mastarna, leicht irritiert von der Anziehungskraft, die sich zwischen ihnen entwickelte. Auch die Gefährten hinter ihm schwiegen nun. Keiner von ihnen hätte es jemals gewagt, das Opfer zu verspotten.

Schließlich brach Larth das Schweigen.

»Befreie ihn von seinen Ketten«, befahl er dem Wachposten vor der Zelle. »Er wird sich morgen nicht verteidigen können, wenn er die Arme nicht bewegen kann.«

»Wie du befiehlst, edler Tarquinier«, murmelte der Mann und ging an ihnen vorbei, um die Zelle zu öffnen und den Befehl auszuführen.

Der junge Gefangene rührte sich nicht, selbst dann nicht, als seine Hände von den Ketten befreit waren. Aber etwas in ihm strömte eine tief verborgene Kraft aus. Er war geschmeidig, mit schmalen Händen und wohlgeformten, langen Fingern, vor allem aber hatte er eine besondere Art, den Kopf hoch aufgerichtet zu tragen, ohne sie eines Blickes zu würdigen.

»Diese Kelten sind unberechenbar«, murmelte Aule Vibenna. »Warum haben sie ausgerechnet ihn für den Phersu ausgewählt?«

»Sei still«, brachte ihn Mastarna zum Schweigen. »Selbst die Steine haben hier Ohren.«

Larth wandte dem Mann, der morgen das Opfer sein sollte, den Rücken zu. Mastarna hatte recht. Sogar die Steine schienen diese glühende Begeisterung zu teilen, die in der Luft lag und die sich sicher nicht nur deshalb abgekühlt hätte, weil dieser Mann, genauso wie er, den Tod nicht so ohne weiteres akzeptieren wollte.

8.

In dem großen Gewölbe, das direkt neben dem Tempel der Göttin Turan lag, hatten die Frauen die ganze Nacht über gelacht und gesungen. Hier war kein Mann zugelassen, keinerlei Gefahren drohten, und so war die Fröhlichkeit völlig ungezwungen und ausgelassen gewesen.

Die Priesterinnen des Tempels umsorgten ihre Gäste, die Königinnen und Fürstinnen des Zwölfstädtebundes, mit erlesener Eleganz. Caitli hatte Stunden mit der Herrin von Turan und ihren Schülerinnen verbracht, die in Poesie, Musik und den Schönen Künsten ausgebildet waren, und gemeinsam hatten sie die Wände des großen Saales bemalt, in dessen Mitte eine Quelle entsprang, die, blank wie ein Stück Himmel, in den schwarzen Basalt des Bodens gefaßt war.

Dies war das *Auge der Göttin*, ständig bewacht von einer der jungen Priesterinnen, die, in sich versunken, keinen Anteil am nächtlichen Bankett und dem fröhlichen Stimmengewirr nahm.

Thanaquil war schon den ganzen vorangegangenen Tag über aufgeregt wie ein Kind gewesen. Sie hatte das weiße, silberbestickte Gewand für den kommenden Tag vorbereitet und der Göttin Opfergaben gebracht, auf denen sie den Namen Mastarnas neben den ihren geschrieben hatte.

Genauso aufgeregt wie sie waren auch die jungen Mädchen gewesen, die ebenfalls die Nacht über gewacht hatten und am nächsten Tag heiraten sollten. Unter ihnen befanden sich die Tochter des Königs von Vatluna und die Töchter von Marce Vibenna, die nach Vei verheiratet wurden, um die Allianz zwischen den Familien zu stärken. Erst kurz vor Sonnenaufgang hatten sie sich zurückgezogen, um vor dem lang ersehnten Tag noch ein wenig auszuruhen.

Aber nach einer Stunde ruhigen und festen Schlafs erwachte Thanaquil plötzlich mit einem Ruck. Sie drehte sich auf den Rücken und starrte, noch schlaftrunken, auf die Decke aus schwarzem Basalt.

Die in den Felsen gehauenen Zellen der Gäste waren klein, aber kostbar ausgestattet, warm und bequem. Folglich hätte Thanaquil nicht sagen können, was sie geweckt hatte. Trotzdem war etwas Beunruhigendes zu ihr gedrungen, und was auch immer es sein mochte, es war noch da.

Caitlis Bett neben dem ihren war leer. Vom Schrecken an ein anderes Erwachen ergriffen, setzte Thanaquil sich auf, und die Erinnerung ließ ihr das Blut in den Adern gefrieren. Sie schaute sich um und sah Caitli, mit Tunika und Pupurmantel bekleidet, die offenen Haare nur leicht von einem goldenen Reifen gehalten, an der Türöffnung zur Zelle stehen.

»Wieso die königlichen Insignien?« fragte Thanaquil verwundert.

Das ›Auge der Göttin‹ hat sich getrübt... wisperten die geheimen Stimmen der Luft und des Felsens und erfüllten mit ihrem leisen, eindringlichen Raunen die Stille. Das also war es, was sie geweckt hatte! Thanaquil sprang aus dem Bett und griff nach ihrem Gewand.

Aber Caitli hielt sie zurück.

»Nein«, befahl sie ihr, ohne sich nach ihr umzudrehen. »Du bleibst hier.«

Thanaquil hielt mitten in der Bewegung inne. Sie kannte diesen Tonfall der Schwester und wußte, daß niemand ihr den Gehorsam verweigern konnte, wenn sie so sprach, nicht einmal der König.

Mit dem Gewand vor der Brust ließ Thanaquil sich wieder auf die Bettkante fallen, und Caitli verließ den Raum. Schweigend folgte sie der Magd, die sie gerufen hatte, bis in den Saal, wo die Herrin von Turan, sichtlich verängstigt, sie neben der Quelle erwartete.

Vor dem Wasser kniete eine der jungen Priesterinnen, die den letzten Turnus der Wache gehalten hatte. Sie hatte die Hände vors Gesicht geschlagen, schluchzte leise vor sich hin, und die alte Herrin von Turan strich ihr sanft über die Haare.

»Beruhige dich. Du hast keine Schuld«, sprach sie besänftigend auf sie ein. Sie war eine große, fast alterslose Frau, mit glatter, heller Haut und großen, wasserblauen Augen. Aber ihre seherischen Kräfte waren, verglichen mit denen von Caitli, nur ein fahler Schatten, der sie nun schwach und hilflos zurückließ.

Die Herrin von Turan wußte das nur zu gut und wandte sich jetzt Caitli zu, die stumm und abwartend dastand.

»Das *Auge der Göttin* hat sich getrübt. Seit langer Zeit ist das nicht geschehen«, erklärte sie und gab der jungen Priesterin ein Zeichen, sich zu entfernen und sie alleine zu lassen.
Ein fast unnatürliches Schweigen lastete auf dem Inneren des Tempels. Die ahnungslosen Gäste schliefen, und die Priesterinnen, die in einiger Entfernung einen Kreis um Caitli geschlossen hatten, schienen den Atem anzuhalten. Schon bald würde die Sonne über den Gipfeln der Berge aufgehen, aber hier drinnen stand die Zeit still, unbeweglich und fast bis zum Zerreißen gespannt.
Caitli spürte, wie die Spannung von ihr Besitz zu ergreifen begann. Langsam wandte sie sich der Quelle zu, deren Wasser dunkel geworden waren, und streckte beide Hände darüber aus, um die tiefen Schwingungen der Erde in sich aufzunehmen. Ein kalter Angstschauer überlief sie, und sie spürte, wie ihr Geist sich vor dem dunklen Abgrund zurückziehen wollte.
»Eine Fackel«, befahl sie kurz.
Eine der jungen Frauen beeilte sich, ihr eine Fackel aus einem der Bronzehalter an den Wänden zu bringen. Caitli kniete neben der Quelle nieder und hatte plötzlich das Gefühl, von einer tiefen, saugenden Kraft angezogen zu werden. Sie senkte die Fackel so tief hinunter, daß sie fast den Wasserspiegel berührte.
Und dann sah sie: Dies war der entscheidende Tag. Und alle kommenden Tage des Volkes der Rasna würden gezählt sein, für das, was an diesem einen Tag geschehen würde.
Sie sah das reiche Land und die blühenden Städte von feindlichen Heeren überschwemmt. Sie sah Tarchna, Vei, Xaire und Velx brennen und untergehen, die erschlagenen Menschen und die verwüstete Erde. Sie sah die zerstörten Dämme und Kanäle, die das Hochwasser zurückhielten, und endlose Sümpfe, die sich bis zu den Küsten ausbreiteten und nichts als Verlassenheit und Tod mit sich brachten. Sie sah die Städte bis auf die Grundmauern niedergerissen, damit sie für immer dem Vergessen anheimfallen würden. Und sie sah die Könige des Zwölfstädtebundes einer gegen den anderen kämpfen, sich den eindringenden Feinden beugen, und alles das, was einmal glanzvoll und voller Leben war, nichtiger werden als ein Schatten im Reich der Toten. *Aus uns wird eine Nation geboren werden. Die mächtigste aller schon vorgezeichneten Zeiten. Durch unsere Schuld und unseren Verdienst wird sie groß wer-*

den und sich wie ein Sturmwind über die uns bekannte Welt ausbreiten. Nie wird sie unsere Sprache sprechen und nie unseren Namen tragen. Ihr Ziel wird die Eroberung sein, die Macht und die Herrschaft, und sobald sie erstarkt sein wird, wird sie uns zerstören. Caitli hatte diese Worte nur sehr leise gesprochen, und trotzdem hatte ihre Stimme noch den letzten Winkel des Saales erreicht, um dann an den Wänden entlang in die Felsadern des Berges zu dringen und in einem Aufschrei voller Verzweiflung und Schmerz widerzuhallen, der für einen Augenblick die Träume der Schlafenden zerriß. Die alte Herrin von Turan hatte die Hände vors Gesicht geschlagen, und Caitli löschte nun, noch immer auf den Knien, die brennende Fackel in der Quelle, deren Wasser sich durch die Berührung leicht kräuselte.

»Der Große Trutnot bittet, eintreten zu dürfen«, zerriß plötzlich die Stimme eines der jungen Mädchen die atemlose Stille. Die alte Herrin von Turan zuckte zusammen. Auch für Velvur galten die strengen Regeln des Tempels, die keinem Mann Eintritt gewährten, aber nach kurzem Zögern gab sie voller Kummer ein Zeichen der Zustimmung. An diesem Tag, der gezeichnet war von so außergewöhnlichen Ereignissen, war auch die Ausnahme gestattet, einem Mann Zutritt zum Tempel zu gewähren.

Velvur blieb auf der Schwelle des Saales stehen, und obwohl er den Zeremonienmantel angelegt hatte, erschien seine Gestalt schemenhaft und unwirklich, wie ein Traum, im Licht der aufgehenden Sonne, das nun in breiten Dunststreifen in den Tempel einfiel, als wollte es die Angst vertreiben. Für einen langen Augenblick verharrte Velvur schweigend und in Betrachtung des Bildes versunken, das sich ihm bot.

»Ich war im Tempel *des Nagels der Zeit*«, sagte er dann, »und plötzlich empfand ich einen heftigen Schmerz. Ich fühlte tiefe Wunden bluten, und der Schmerz darüber brachte mich fast um den Verstand. Aber wie es geschrieben steht, so soll es sein.«

Caitli erhob sich. Das *Auge der Göttin* war nun wieder azurfarben und nur noch hier und da von dunklen Adern durchzogen, die die Sonne bald auslöschen würde. Sie war unversehrt durch Raum und Zeit gegangen, aber das, was sie gesehen hatte, ließ ihre Lippen erzittern, und noch immer hatte sie, in einer Geste hilfloser Verzweiflung, ihre Hände zu Fäusten geballt.

»Über das, was du gehört und gesehen hast, wirst du mit niemandem sprechen«, sagte sie leise an die Herrin von Turan gewandt. »Heute nicht und niemals, es sei denn, der Große Trutnot entscheidet anders darüber.«

Die Frau stimmte mit einer knappen Neigung des Kopfes zu. Sich der Autorität Velvurs beugen zu müssen, fiel ihr nicht leicht, aber sie hätte es auch niemals gewagt, sich dieser Entscheidung zu widersetzen.

Caitli wandte sich nun von der Quelle ab und ging auf den Großen Trutnot zu, der noch immer unbeweglich auf der Schwelle des Saales stand.

»Ich werde beim Opfer des Phersu anwesend sein«, war alles, was sie sagte, als sie an ihm vorbeischritt.

Velvur nickte, ihn beschlich das Gefühl, als wäre ihm ein Befehl erteilt worden, und er wäre nur deshalb hierhergekommen, um ihn entgegenzunehmen.

Wie ein Gewölbe, von einer üppigen Vegetation überwuchert, als wäre er eine Verlängerung der zahlreichen unterirdischen Grotten und Gänge, führte ein langer, gepflasterter Pfad aus dem Innern des Berges hinaus bis zum Amphitheater und endete vor einer Anzahl von offenen und nicht sehr tiefen Höhlen. Sie lagen unter dem Teil des Amphitheaters, wo der Adel und die Familien von geringerem Rang ihren Platz hatten, direkt gegenüber der Tribüne, die den Königen und ihren Angehörigen, dem Großen Trutnot und den fürstlichen Hohepriestern des Städtebundes vorbehalten war. Diese Höhlen waren ausschließlich den Athleten, Sklaven und den Priestern von Fanu Veltune zugänglich. Hier warteten die Athleten und Kämpfer auf ihren Auftritt, verfolgten die Spiele in der Arena und schätzten die Fehler und Stärken ihrer Kontrahenten ab, während die Stallknechte die Pferde aufzäumten und die Diener die Waffen, Öle und Ingredienzen bereithielten.

An diesem Morgen jedoch war das gewöhnlich fröhliche Treiben verhalten und wie erstarrt in Erwartung des Phersu. Solange das Opfer nicht vollzogen war, konnten die Spiele nicht beginnen, und das Stimmengewirr in den Höhlen und Unterkünften war gedämpfter als sonst.

Der Zug der Priester, dem die Musikanten mit den langen Trompeten voranschritten, folgte dem verborgenen Pfad, während das Amphitheater sich langsam füllte und die Könige ihre Plätze einnahmen.

Caitli, die Hohepriesterin und Erbin des Hauses des Re Supremo, folgte wie in Trance dem Großen Trutnot, der ihr voranschritt, und nahm die große Anzahl von Haruspizen an ihrer Seite nur undeutlich wahr. Als sie aus dem Schutz des Pfades ins Amphiteater hinaustraten, sah sie in die Strahlen der aufgehenden Sonne, die nun durch die breiten Öffnungen einfielen und die Thronsessel der Könige in Flammen zu setzen schienen. Doch die glänzenden Augen der Athleten und die Glücksbringer, die sie trugen, um das Schicksal günstig zu stimmen, und ihre erwartungsvolle Spannung ließen sie völlig gleichgültig.

Der Phersu stand schon neben einem der Ausgänge zur Arena. Er war ein großer, robuster Mann, mit breiten, wuchtigen Schultern und der dunklen Haut der Leute aus den Salinen. Er trug eine Tunika und einen kurzen, schwarzen Umhang, unter dessen Kapuze, die er tief über den Kopf gestülpt hatte, seine groben und ungeschlachten Gesichtszüge nur schemenhaft zu erkennen waren. An der Leine hielt er einen großen Wolfshund mit gebleckten Zähnen und glühenden Augen, der ebenfalls mit einem schwarzen Überwurf bedeckt war und dessen Wildheit nur durch die Kraft des Mannes gebändigt wurde.

Aber der Zug der Priester kümmerte sich weder um den Mann noch um den Hund. Der Phersu hatte keinen Namen, so wie das Opfer kein Gesicht hatte. Dem ersteren würde keine persönliche Ehre zuteil werden, weil er im Namen des Volkes der Rasna handelte, und der zweite war die Gabe an die Götter, um auszugleichen, was durch menschliche Hand genommen worden war.

Ein Schauer überlief Caitli in dem Augenblick, als sie die gegenüberliegende Seite der Arena erreicht hatte und die Wachen den Kreis öffneten, den sie um das Opfer geschlossen hatten: Der Mann war jung, mit der hellen Haut und den hellen Haaren der Völker des Nordens. Seine Gesichtszüge waren ebenmäßig und schön und seine Augen so blau wie der Himmel. Er war groß, schlank und sehnig, und sein Körper war unbehaart. Nur ein Hüfttuch bedeckte knapp seine Lenden.

Der Große Trutnot blieb vor ihm stehen, aber der junge Mann wandte seinen Blick von ihm ab und Caitli zu, so wach und eindringlich, als wollte er sich vor dem Kampf noch an etwas Schönes erinnern und diese Erscheinung für immer in seinem Herzen verschließen.

Velvur trat zur Seite, nahm die schwarze Kapuze, die einer der Haruspizen neben ihm bereithielt und die dem Ritus gemäß dem Opfer

übergestülpt wurde, und reichte sie an Caitli weiter, damit sie an seiner Stelle handelte. Einen Augenblick lang rührte sich Caitli nicht, fast so als ob sie sich weigern wollte, die Bewegung zu vollziehen, die den jungen, fremden Mann dem Tod ausliefern würde. Dann nahm sie die Kapuze entgegen und trat vor ihn hin. Mit den Fingerspitzen strich sie über seine Stirn und fühlte für einen Moment sein Wesen wie einen wilden, aber gebändigten Strom. Sie spürte seinen beweglichen und lebhaften Geist, hörte das Echo von ungesagten Worten und fing den Schatten eines leichten Lächelns auf den schönen Lippen ein.
Caitli murmelte die uralten Worte des Ritus, mit dem sie ihn der Erde weihte, und berührte ihn dabei leicht an Kehle und Brust. Dann hob sie die Kapuze hoch, stülpte sie ihm über den Kopf, und zwei Männer der Wache befestigten sie ihm auf der Schulter.
Jetzt war der junge Mann blind, und der schwere Stoff würde ihm bald die Luft nehmen.
»Man wird dich jetzt in die Arena führen«, murmelte Caitli und folgte damit den Worten des Ritus. »Dort werden dich der Phersu und sein Hund erwarten. Der erstere stellt symbolisch unser Volk und seine Schuld dar, der zweite die Kraft der Erde. Zusammen werden sie gegen dich sein. Aber die Erde ist gütig, und seit langer Zeit bringt unser Volk keine Menschenopfer mehr. Dir wird also ein Stock gegeben werden, und wenn du zu kämpfen verstehst und die Götter es wollen, dann kannst du gewinnen.«
»Welche Götter meinst du?« murmelte der junge Mann in der Sprache der Rasna. Seine Stimme klang dumpf unter der Kapuze und rauh durch die ungewohnte Aussprache.
Caitli ergriff ihn bei den Händen und führte ihn zu Velvur, damit dieser ihm den Stock überreichte, aber für einen Augenblick hielt sie seine Hände noch in den ihren, im Versuch, ihn das fühlen zu lassen, was sie selbst fühlte, und eine kosmische Kraft, die Macht der Götter, in ihn einfließen zu lassen, in welchem Namen auch immer der junge Fremde sie begreifen mochte.
»Namen sind nur das klägliche Bedürfnis der Menschen, das Unbegreifliche begreiflich zu machen, aber die Kraft des Universums ist eine«, antwortete sie ihm.
Der junge Mann strich an dem schweren Stock entlang und legte dann mit einem leichten Druck seine Hände über die ihren.

»Sag mir deinen Namen«, murmelte Caitli.
»Das Opfer hat keinen Namen«, mischte sich nun Velvur ein. »Axal«, antwortete der junge Mann. »Mein Name ist Axal.« Caitli trat beiseite. Nun war jede Minute kostbar für den Atem des Opfers. Die Wachen näherten sich und führten ihn in die Arena, während Velvur, Caitli und die Haruspizen sich zur anderen Seite des Amphitheaters begaben. Der untere Teil der Tribüne war für die fürstlichen Hohepriester bestimmt, wobei der erhöhte Platz in der Mitte dem Großen Trutnot vorbehalten war. Doch bevor Velvur seinen Platz einnahm, hielt er Caitli zurück und verwehrte ihr damit, neben Larth Platz zu nehmen, der auf sie wartete.
»Geh nicht«, flüsterte er ihr zu. Seine Gesichtszüge waren noch immer vom Schmerz gezeichnet, der ihn im Augenblick der Prophezeiung getroffen hatte. Trotzdem war in diesem Moment das Zentrum seiner Aufmerksamkeit Caitli, die, obwohl sie die königlichen Insignien trug, nun an seiner Seite blieb und somit in dieser Umgebung nicht mehr die Erbin des Königs war, sondern die seine. Indem er sie in diesem Kreis anerkannte, entzog Velvur sie dem König und befreite sie damit von ihrem Versprechen an Larth, obwohl das in diesem Augenblick niemandem bewußt wurde, am allerwenigsten Caitli.
Velvur seufzte leise auf und fühlte, wie ihn eine tiefe Traurigkeit überfiel.
Die Musikanten bliesen in ihre langen Trompeten, um die Sonne zu begrüßen, die nun schon so hoch am Himmel stand, daß sie den Gipfel des Berges Tinia beschien, und auf dieses Zeichen hin betrat der Phersu die Arena. Der Wolfshund jaulte auf und begann, heftig an der Leine zu zerren, während sich der Gefangene dem Klang der Trompete zuwandte und den Stock mit beiden Händen fest umschloß.
Über das Amphiteater hatte sich nun ein tiefes Schweigen gesenkt. Velvur ließ seinen Blick umherschweifen und wandte sich dann nach den Königen hinter sich um, im Bewußtsein, daß Larth, der neben Tarchon Platz genommen hatte, ihn beobachtete. Der Wolfshund war kaum noch zu bändigen, und diesmal hielt ihn der Phersu nicht mehr zurück. Er gab der Leine nach und stürzte sich dann, zusammen mit dem Hund, nach vorne, um ihn bei seiner Attacke zu begleiten.
Mit einem langen Satz sprang der Hund den Kelten an. Aber der mußte gelernt haben, mit Hunden umzugehen, denn obwohl er ihn nicht se-

hen konnte, drehte er sich mit einer schnellen Bewegung zur Seite und schützte mit Arm und Ellenbogen seine Kehle. Der Hund verbiß sich wütend in seinen Arm, aus dem sofort in Strömen das Blut floß, aber Axal ließ den Stock nicht sinken, im Gegenteil, er hob ihn hoch über den Kopf, benutzte ihn wie einen Knüppel und schlug so lange auf das Tier ein, bis es von ihm abließ. Für einen Moment blieb er regungslos stehen, und der blutende Arm, den er nicht mehr gebrauchen konnte, hing schlaff an seiner Seite herunter. Um ihn herum wirbelte eine Staubwolke.

Gemurmel ging durch die Reihen der Haruspizen. Caitli saß wie erstarrt da, und Velvur spürte, daß seine Macht gegen diese magische Kraft, die wie ein starker Strom zwischen diesen beiden floß, nichts ausrichten konnte. Caitli schien sie in ihre Regungslosigkeit eingeschlossen zu haben, und doch wußte Velvur genau, was die junge Frau dachte.

Der Mann der Prophezeiung. Der Mann, der von Westen kommt, wie alle bösen Omen.

Der Phersu, der den Hund für einen Augenblick zurückgezogen hatte, um ihm eine Atempause zu gönnen, ließ jetzt die Leine wieder locker und feuerte ihn an, doch das Tier scheute vor einem direkten Angriff zurück. Mit Blut besudelt und geschlagen, schien ihm nun eher Vorsicht angebracht zu sein.

Für einige lange Minuten beschränkte der Hund sich darauf, den Mann zu umschleichen, aber der Kelte konnte ihn spüren. Den Stock fest in der gesunden Hand und auf den Beinen immer noch sehr beweglich, versuchte er, sich nach ihm zu drehen.

»Er ist sehr geschickt«, murmelte Velvur. »Er läßt sich nicht von Angst und Panik überwältigen und benutzt den Stock, um das Tier einzuschüchtern und ihm den Mut zu nehmen.«

»Er will nicht sterben«, antwortete ihm Caitli. »Nicht auf diese Weise.«

»Es ist sein gutes Recht«, erwiderte der Trutnot, aber so leise, daß niemand außer ihr ihn hören konnte.

In diesem Moment sprang der Hund mit einem Satz nach vorne. Ein Aufschrei ging durch das Amphitheater, und unter der Wucht des Ansprungs fiel der junge Mann zu Boden. Doch mit einer blitzschnellen Bewegung des Stockes, die dem Zubiß des Hundes um ein Haar zuvorkam, gelang es ihm gerade noch, seine Kehle zu schützen. Mit einem trockenen Geräusch zersprang der Kiefer des Hundes auf dem harten Holz. Die Schmerzen und das Blut, das aus dem zerfetzten Arm des Mannes tropfte, machten das Tier jetzt rasend, aber der Kelte ließ nicht locker, und es gelang ihm, den Hund mit dem Stock zu erwürgen, obwohl ihm seine Krallen die Brust und den Rücken zerfleischten.

In der Arena war es totenstill geworden, und für einen langen Augenblick war nur das Keuchen des Mannes zu hören. Dann befreite sich der junge Mann von dem Kadaver und erhob sich mühsam mit Hilfe seines Stockes.

Der Phersu hatte sich einige Schritte zurückgezogen und die Leine fallengelassen, die jetzt zu nichts mehr nutze war. Er war zwar ein starker Mann, aber ein ausgebildeter Kämpfer war er nicht, und das Verenden des Wolfshundes hatte ihn verwirrt gemacht. Der Kelte, dessen Sinne durch die Blindheit geschärft waren, spürte die Furcht des Mannes ebenso, wie er den Hund bei seinen Angriffen gespürt hatte.

Er stieß einen wilden, rauhen Schrei aus, der typisch für sein Volk war, und erhob dann herausfordernd den Stock. Der Phersu stürzte ungeschickt und brüllend auf ihn zu, aber der Kelte wich zur Seite und schlug ihm mit aller Kraft den Stock so zwischen Schulter und Kopf, daß er ihm das Genick brach.

Röchelnd brach der Mann in die Knie. Dann rollte er zu Boden und blieb regungslos liegen.

Auch der Kelte, erschöpft und von dem Schwung seines eigenen Angriffs mitgerissen, fiel zu Boden. Den Stock noch immer fest in der Hand, blieb er auf den Knien liegen, und seine Brust hob und senkte sich heftig im Ringen nach Luft, das nun immer schwieriger wurde.

Noch lag ein lastendes Schweigen über der Arena, dann erhob sich ein Gemurmel wie das Summen eines aufgescheuchten Bienenschwarms.

Velvur stand auf und erhob beide Arme, um das Ende des Opferaktes anzuzeigen. Dann schaute er sich um und forschte in den Gesichtern in seiner Nähe und in denen weiter oben in der Arena, um den Re Supremo herum. Ihrem Gesichtsausdruck nach zu urteilen schienen Larth und seine Gefährten alles andere als enttäuscht darüber zu sein, wie der Kampf geendet hatte. Und wie die Haruspizen der Städte des Bundes, die sich entschieden hatten, sich nicht in einen neuen Krieg gegen die

Latiner und Sabiner hineinziehen zu lassen, die Weigerung des Opfers, den Tod zu akzeptieren, deuten würden, konnte er sich ausmalen. Aber auch diese Art, die Zeichen zum eigenen Vorteil zu deuten, zeigte an, daß sich die Zeiten zu wandeln begannen.
Wenn wir die Wahrheit weiter nach unserem eigenen Belieben beugen, dachte Velvur bitter, wird sie uns bald nicht mehr gehören.
Erneut hatte sich tiefes Schweigen über die Arena gebreitet. Zwei Männer der Wachen hoben den jungen Kelten auf und brachten ihn vor den Großen Trutnot. »Nehmt ihm die Kapuze ab«, war das erste, was Velvur ihnen befahl, und schon einen Augenblick später war Axal davon befreit. Er schloß, vom grellen Licht geblendet, für einen Moment die Augen, aber dann erkannte er die Menschenmenge in der Arena, unterschied die einzelnen Gesichter. Als er schließlich Caitli entdeckte, huschte ein kleines Lächeln über sein Gesicht. Ein Lächeln, das eine ganz offensichtliche Komplizenschaft enthüllte.
Er sollte vorsichtiger sein, dachte Velvur, aber sein Volk ist noch zu unkultiviert, und seine Gebräuche sind zu verschieden von den unseren.
Dann erhob er, dem Ritual gemäß, wieder die Arme und wandte sich Tarchon zu.
»Dieser junge Mann, der das Dankesopfer für unsere Helden sein sollte, die wir heute feiern, hat ihnen durch seinen Mut große Ehre gemacht. Sein Leben sei ihm deshalb geschenkt, und so wie es das Gesetz vorschreibt, wird er fortan Sklave des Re Supremo sein und ihm als Ehrengabe übereignet werden. Er wird also dem Hause Tarchna und seinem König angehören, solange ihm die Götter das lassen, was er sich heute erobert hat: sein Leben.«
Tarchon erhob sich, um die Huldigung des Kelten entgegenzunehmen, aber Axal wandte seinen Blick ab. Nur zu deutlich war ihm anzusehen, wie gleichgültig ihm sein neuer Herr war. Doch diesmal vermied er es, Caitli, die sich ebenfalls erhoben hatte, anzuschauen und ließ sich aus der Arena führen.
Caitli setzte sich wieder. Äußerlich gesehen, schien sie das Ereignis nicht sonderlich berührt zu haben, und Velvur bewunderte ihre Fähigkeit, Gefühle vollständig zu verbergen. Sie wäre wirklich eine vollkommene Königin geworden, dachte er, während die Diener die Arena säuberten, und die Vorbereitungen zu den Spielen begannen.

Velvur öffnete das Portal zum Tempel des *Nagels der Zeit*. »Komm herein«, murmelte er und machte einen Schritt beiseite, um Larth eintreten zu lassen. »Ich werde mich noch etwas länger hier aufhalten. Es gab da einige ... Wie soll ich sagen? Einige tiefe Störungen in der Ordnung der Dinge, die ich besser verstehen möchte. Ich danke dir also, daß du gekommen bist. Du weißt, der Tempel steht dir immer offen.«
Larth deutete mit einer knappen Bewegung des Kopfes hinter sich auf Mastarna, der mit ihm zusammen das Bankett, das die Ehrung der Helden abschloß, verlassen und ihn begleitet hatte. Beim Erscheinen Velvurs war er eine Stufe hinter ihn getreten, fast so, als wollte er sich nicht zwischen den Lehrer und seinen Schüler stellen.
Velvur, der ihn gar nicht bemerkt hatte, beugte sich nun ein wenig vor. »Das gilt natürlich auch für dich, Mastarna, komm nur herein. Wenn du Larth bis hierher begleitet hast, dann betrifft, was ihn betrifft, auch dich. Diesem Freundschaftsdienst kannst du dich nicht entziehen.«
»Hast du mich etwa erwartet?« fragte Larth, während er Velvur ins Innere folgte. Der Tempel war leer, nur schwach erleuchtet von den Flammen in den Feuerbecken im Hintergrund, an die sich Larth nur zu gut erinnerte, und durchzogen vom Geruch des Wermuts, den der Trutnot auf die Glut gestreut hatte.
»Natürlich habe ich dich erwartet. Du bist mein Schüler gewesen, glaubtest du etwa, ich kenne dich nicht?« antwortete ihm Velvur mit einem rätselhaften Lächeln.
»Niemand kennt einen anderen Menschen jemals ganz«, murmelte Larth und blieb vor dem Thron für die Königsweihe stehen. Er erinnerte sich noch in allen Einzelheiten an die Zeremonie, die ihn zum erstenmal hierher gebracht hatte. Fast so, als wäre es erst gestern gewesen, spürte er die Gegenwart Caitlis und ihren Körper, nur in Duft und Licht gekleidet, kaum einen Schritt von ihm entfernt, während sie zusammen den Nagel in die Wand schlugen, der das Jahr der Rasna bezeichnete. Damals hatte er zum erstenmal das Verlangen in sich aufsteigen fühlen, und auch jetzt brannte dieses stürmische Verlangen wieder wie Feuer in seinem Körper.
Velvur legte ihm eine Hand auf die Schulter.
»Es gibt Dinge, die auch ein König akzeptieren muß, Larth. Das, was geschrieben steht, kann uns weh tun, aber es wird uns zerstören, wenn wir versuchen, es zu verändern.«

»Verändern, was geschrieben steht?« Larth lächelte grimmig und behielt seine Antwort, die an diesem Ort eine Lästerung gewesen wäre, für sich. Daß der Große Trutnot nicht mit ihnen nach Tarchna zurückkehren würde, gefiel ihm nicht, denn trotz allem war Velvur noch immer das Band zwischen ihm und Caitli. In ihm konnten sie sich beide wiederfinden und so tun, als ob noch alles so wäre wie früher.

Gedankenverloren schritt Larth um den Thron. »Ich habe zwar eine liebevolle Schwester, aber eine Königin habe ich nicht«, murmelte er. »Was meinst du dazu, Mastarna? War es nicht gerade das, worüber wir so oft gesprochen haben, während wir darauf warteten zurückzukehren?«

»Eine Ehe kann auch aus Vernunftsgründen geschlossen werden«, versuchte der Freund einzuwenden.

Larth schüttelte den Kopf. »Das gilt nicht für Caitli.«

»Ich glaube, du täuschst dich in ihr«, erwiderte Mastarna. »Ich habe sie heute die ganze Zeit über beobachtet, und sie ist genauso, wie ich sie mir vorgestellt habe. Ihr Vater, der König, braucht ihr nur die Hochzeit zum Wohle Tarchnas zu befehlen, und sie wird ihm gehorchen. Es dürfte für dich nicht allzu schwer sein, diesen Befehl von jemandem zu erwirken, der dich schon als seinen Nachfolger auserkoren hat.«

»Und du, Velvur, was rätst du mir?« fragte Larth.

»Nur durch eine Heirat wirst du König sein, und König wirst du werden. Aber keiner kann wandeln, was Athrpa entschieden hat.« Die Stimme des Großen Trutnot war ruhig und fest.

»Das ist die Antwort des Hohepriesters«, erwiderte Larth bitter. »Ich hätte aber lieber die des Freundes gehört.«

Velvur öffnete die Arme in einer Geste der Resignation. Er konnte nicht mehr dazu sagen als das, was er schon gesagt hatte. Der Hofstaat der Könige würde sich sehr früh am nächsten Morgen auf den Heimweg nach Tarchna machen, die Wege waren vorgezeichnet, und das, was in Zukunft geschehen würde, zeichnete sich schon vor seinem geistigen Auge ab. Mit Sicherheit hatte die Wandlung im Wesen der Dinge schon begonnen. Der weiße Falke, der von Westen herabgestiegen war, hatte seine Flügel ausgebreitet, und sie alle befanden sich nun in ihrem Schatten. Aber die Ereignisse waren zu sehr ineinander verwoben, um sie klar erkennen zu können. Schon seit langem hatte er gelernt, es hinzunehmen, daß ihm die Fähigkeit, Zusammenhänge zu erkennen, ganz unabhängig von seinem Willen und seinen Wünschen gegeben war. Jetzt aber handelte es sich um Larth und Caitli. Er liebte sie beide, und deshalb fiel es ihm dieses Mal besonders schwer, den Dingen ihren Lauf zu lassen. Schließlich wandte er sich an Mastarna.

»Die Anfrage deines Königs um Waffenhilfe ist vom Rat des Zwölfstädtebundes abgewiesen worden. Wirst du trotzdem versuchen, anderweitig Hilfe zur Verteidigung gegen die Latiner zu bekommen?«

»Ja, vor allem die von Tarchna. Das ist kein großes Geheimnis«, antwortete ihm Mastarna. »Ich werde morgen mit dem Geleitzug meines Königs nach Velx zurückkehren, aber ich rechne damit, schon bald zusammen mit Aule und Caile Vibenna nach Tarchna zu kommen, um dort einen Pakt auszuhandeln.«

Ein kleines Lächeln huschte über Velvurs Gesicht. Thanaquil hatte schon der kurze Verlauf eines Tages genügt, um Mastarnas Herz zu erobern, auch wenn er sich dessen noch nicht bewußt war. Aber er ließ sich nichts anmerken.

»Sicher«, stimmte Velvur ihm zu, »du hast ganz recht. Auch ich habe mich vor dem Rat der Könige in diesem Sinne geäußert. Im Bündnis liegt unsere größte Stärke.«

»Was meintest du vorhin, als du von Störungen in der Ordnung der Dinge sprachst, die du gespürt hast?« mischte sich nun Larth wieder in die Unterhaltung ein.

»Es handelt sich um Ereignisse, die lange zurückliegen«, entgegnete ihm Velvur nachdenklich. »Jemand, der sehr viel besser als ich im Gefüge der Zeit sieht, hat einen Weg beschritten, den keiner von uns jemals in der Lage wäre zu gehen, und dem trotzdem alle von uns folgen werden. Ich weiß es nicht. Wie ich dir schon sagte, ist meine seherische Kraft dafür nicht stark genug, sie reicht nicht sehr weit.«

»Ist das, wovon du jetzt sprichst, bei Sonnenaufgang passiert?« fragte Larth.

Velvur nickte, und ihm wurde klar, daß auch Larth von dieser sengenden Welle erfaßt worden war, die Caitli im tiefen Brunnen von Zeit und Raum erweckt hatte. Und auch Larth war, wie er selbst, tief betroffen davon, denn das, was sie gehört hatten, war der Aufschrei ihres sterbenden Volkes gewesen.

9.

Schon in der Nacht hatte es zu regnen begonnen, und gegen Morgen war dann ein heftiger Wolkenbruch über der Insel und den Anlegestegen niedergegangen, der die Pavillons zerstört hatte, in denen die Diener damit beschäftigt waren, die Abreise vorzubereiten. Da aber das Wasser in die künstlichen Kanäle und von dort in die Auffangbecken abgeleitet wurde, waren keine größeren Schäden entstanden.

Kurz vor Tagesanbruch hatte es dann zwar zu regnen aufgehört, aber der Himmel war von niedrigen, dunklen Wolken verhangen, und ein stürmischer Wind peitschte das Wasser des Sees zu hohen Wellen auf, deren Kämme zu weißer Gischt versprühten. Trotz des widrigen Wetters hatten die meisten der Könige mit ihrem Gefolge bereits zum gegenüberliegenden Ufer übergesetzt, wo sich der jeweilige Hofstaat, zusammen mit den Athleten, Sklaven, Wachen und Dienern, die noch von der nächtlichen Arbeit durchweicht waren, nun zu Zügen formierte, die sich langsam in Bewegung setzten.

Als letzter der Könige hatte der Re Supremo mit seinem Gefolge den See überquert, und Larth erreichte nun die Spitze des Geleitzuges, direkt nachdem er den Felsentunnel durchquert hatte. König Tarchon, der wegen der quälenden Schmerzen im Knie nicht im Sattel sitzen konnte und deshalb schlecht gelaunt war, befand sich zusammen mit Laris im ersten der zweirädrigen Wagen.

Im zweiten Wagen, dem Larth sich jetzt seitlich näherte, befanden sich Caitli und Thanaquil. Der bestickte Vorhang war noch heruntergelassen, aber als er sich weiter vorbeugte, traf sein Blick auf das Lächeln Caitlis, die einen Finger an die Lippen legte und auf Thanaquil deutete, die zusammengerollt unter einer Decke in den Kissen lag und schlief.

»Sie scheint recht gerne zu schlafen«, murmelte Larth in einem leicht ironischen Tonfall.

»Die letzten Tage waren sehr aufregend für sie«, gab ihm Caitli zurück. »Sie hat sich ihren Schlaf verdient.«

»Und du?« fragte Larth.

Caitli erwiderte seinen Blick.

»Du weißt, daß ich daran gewöhnt bin zu wachen. Oder hast du vielleicht die vielen Nächte schon vergessen, die ich mit dir durchwacht habe? Seit der ersten Schlacht vor der Bucht von Cuma und danach in allen anderen Schlachten ... bis Alalia.«

Larth nickte. Caitli hatte ihre Stimme zu einem leisen Flüstern gesenkt, denn was sie sagte, war nur für ihn bestimmt. Aber sie hatte in einer Weise von dieser so ungewöhnlichen Einheit zwischen ihnen gesprochen, als wäre sie so normal wie alles andere oder nur ein Spiel zwischen ihnen, und nicht das, was sie wirklich bedeutete: das Wirken einer magischen Kraft, der kraftvolle Strom der eigentlichen Macht.

Larth schwieg, und Caitli nahm nach einer kurzen Weile das Gespräch wieder auf.

»Mein Vater ist sehr krank, Larth, und diese Reise hat ihn mehr erschöpft, als er es sich eingestehen möchte«, sagte sie leise, ohne noch weiter auf ihre vorangegangenen Worte einzugehen. »Selbst die Reise im Wagen ist viel zu beschwerlich für ihn. Deshalb sollten wir in ein paar Stunden irgendwo haltmachen, damit er sich ein wenig ausruhen kann.«

»Sobald wir aus dem Wald heraus sind. Vorher nicht!« entschied Larth.

Caitli neigte zustimmend den Kopf, und Larth wandte seinen Blick von ihr ab. Wie sollte er mit dieser Frau umgehen? Er hatte zu Velvur gesagt, daß sie nie wirklich getrennt gewesen waren, und das stimmte auch. Die Vertrautheit ihrer Kindheit war niemals zerstört worden. Also mußte der Abgrund, der sie trennte, in der Zukunft verborgen sein, und diese ungewisse Zukunft mußte es sein, die sie beide bedrückte.

Der König könnte ihr die Hochzeit befehlen, und sie würde gehorchen, hatte Mastarna ganz richtig gesagt. Aber zu welchem Preis? dachte Larth und bedeckte den Opal mit der ihm zur Gewohnheit gewordenen Geste. Er fühlte den Stein so warm und ermutigend wie immer. Man spricht mir zwar magische Kräfte zu, aber sie sind nicht wirklich mein eigen, und nur Velvur und Caitli wissen das. Könnte es sein, daß ich eines Tages die Kraft und die Macht, die ich von ihr beziehe, verliere? überlegte er.

Larth ließ den Wagen an sich vorbeiziehen und gesellte sich dann zu seinen Brüdern und den jungen Männern der königlichen Eskorte, die nicht an dem Kriegszug auf dem Meer teilgenommen hatten. Da war Tese, der sein Gefährte in Ruma gewesen war, sowie Kae Aivas, der nun der Erbe des Hauses von Tite Aivas war.

»Er ist sehr ehrgeizig«, hatte ihm Cneve anvertraut, »einer der beiden Anwärter, die Thanaquil zurückgewiesen hat. Er will König von Tarchna werden.«

»Thanaquil wird niemals Königin sein, solange es Caitli gibt«, hatte ihm Larth darauf geantwortet.

»Caitli wird auf ihr Erbe verzichten, so jedenfalls sagt man, mein Bruder. Caitli wird verzichten, um sich der Göttin Athrpa zu weihen, und Thanaquil wird die Erbin des Thrones sein«, hatte ihm Cneve erwidert.

»Du vergißt, daß der König noch einen unehelichen Sohn hat«, hatte Larth eingewendet.

»Das ist wahr. Aber er ist noch ein Kind, und lange bevor er eine Gefahr werden könnte, wird schon ein anderer König sein. Dazu kommt, daß der Adel ein Auge darauf haben und es nicht zulassen wird, daß ein Bastard den Thron von Tarchna besteigt.«

Die Worte des Bruders kamen ihm jetzt wieder in den Sinn, während er Kae Aivas beobachtete, der, ohne sich um den Rest des Zuges zu bekümmern, neben Egene ritt. Die beiden tauschten hin und wieder ein paar Worte miteinander aus. Es ist zu hoffen, daß sie nicht wissen, wie krank der König wirklich ist, dachte Larth. Aber Caitli war es, die den König pflegte, und deshalb würde dem Thron von Tarchna vorerst keinerlei Gefahr drohen.

Und der kleine Bastard ist wirklich noch viel zu jung, beruhigte sich Larth und drückte seinem Pferd die Fersen in die Weichen, um an die Spitze des Zuges zu reiten.

Sobald sich der Hochwald gelichtet und einem niedrigeren Baumbewuchs Platz gemacht hatte, fegte der Sturm mit aller Kraft über sie hinweg. Der morgendliche Himmel war so düster und grau wie das bleierne Licht eines trüben Wintertages, und die tief hängenden Wolken, die die Hügel und Felsabstürze entlang des alten Pfades in einen grauen Dunst hüllten, vermittelten das unterschwellige und bedrohliche Gefühl einer unmittelbaren Gefahr. Larth zügelte sein Pferd und befahl den Wachen, die zweirädrigen Wagen mit dem König und seinen Töchtern seitlich des Pfades zu eskortieren, bis sie schließlich einen Felsvorsprung erreichten, der Schutz bot. Sie waren schnell vorangekommen, und der Rest des Zuges, mit den Geschenken und Vorräten, den Dienern und Athleten, war zurückgefallen. Dies beunruhigte Larth sehr.

»Ich reite zurück«, rief er entschlossen Cneve zu und hatte sein Pferd schon gewendet, bevor der Bruder auch nur versuchen konnte, sich ihm anzuschließen.

Als er wieder in den Hochwald eintauchte, überfiel Larth eine merkwürdige Beklommenheit. Es war nicht Angst, eher das Grauen vor etwas, das diesen heiligen Ort entweihen und somit auch ihn verletzen könnte.

Hier drinnen war es stockfinster, und nur wenige einfallende Lichtstrahlen ließen die purpurfarbenen Blätter auf dem kaum erkennbaren Pfad aufleuchten. Undeutlich erkannte er zwischen den Baumstämmen einen Hirsch, der reglos und wie vor Angst erstarrt dastand.

Beunruhigt trieb er sein Pferd an und stieß schließlich, noch ein ganzes Stück weiter, auf den Rest des Geleitzuges. Er sah Tefrie und lenkte sein Pferd neben das seines alten Waffenmeisters, der es sich nicht hatte nehmen lassen, an den Feiern für die Helden teilzunehmen, die er ausgebildet hatte und noch immer als seine Schüler betrachtete. »Ich befürchte, daß uns Gefahr droht, mein Fürst«, murmelte Tefrie, sobald Larth an seiner Seite war, und ließ den Pfad nicht aus den Augen. »Wir sind ein Stück weiter zurück auf zwei Baumstämme gestoßen, die über dem Weg lagen und mußten anhalten, um sie wegzuräumen. Deshalb haben wir so viel Zeit verloren. Es schien zwar, als ob der Sturm sie gefällt hätte, aber trotzdem kam es mir ziemlich seltsam vor.«

»Waren Axtschläge zu sehen?« fragte Larth.

»Nein. Es sah wirklich aus, als ob der Wind sie umgeweht hätte, und die Stämme waren faul. Aber sie lagen mitten über dem Weg.«

»Der Pfad ist sehr schmal, so etwas kann leicht passieren«, meinte Larth nachdenklich.

»Das stimmt schon. Aber du bist umgekehrt ...«, gab Tefrie zurück und ließ damit durchblicken, daß ihm dies alleine genügte, um seine Ahnungen zu bestätigen. »Halte die Augen weiter offen«, antwortete ihm Larth und hielt dann sein Pferd zurück, bis die Diener und Athleten an ihm vorbeizogen, die die Karren zu Fuß begleiteten. Auf dem letzten der Karren saß der junge Kelte, der neue Sklave von König Tarchon.

Man hatte ihm den verletzten Arm in ein Stück Leinen eingebunden und mit einer Schlinge eng am Körper befestigt. Der andere Arm war am Rahmen des Karrens angebunden. Der Kelte saß regungslos, mit einem scheinbar zerstreuten Blick da, und eine halb zerrissene, alte Tebenna bedeckte ihm eben die Brust, die von den Angriffen des Hundes zerfleischt war.

Auch jetzt, genauso wie beim ersten Mal, als er ihn in der Zelle gesehen hatte, spürte er wieder seine Weigerung, das Schicksal einfach so hinzunehmen. Wortlos beugte sich Larth über den Hals seines Pferdes hinunter, um den Strick zu durchtrennen, der ihn an den Rahmen des Karrens band. In diesem Moment geschah der Angriff.

Ein Pfeil, der ihn eigentlich hätte tödlich treffen sollen, traf ihn von hinten in der Schulter, und sein Pferd machte erschrocken einen Satz zur Seite.

Die Diener stoben schreiend auseinander, während die Angreifer sich auf sie stürzten und ein Pfeilhagel auf die Athleten niederging, der die meisten von ihnen tödlich traf.

Doch Larth hielt nicht den Bruchteil einer Sekunde in seiner Bewegung inne. Er zügelte kurz sein Pferd und durchschnitt mit einem einzigen Schwung seines Schwertes den Strick. Dann warf er das Schwert dem Kelten zu, der es auffing und gleich darauf mit einem einzigen Satz vom Karren herunter war, gerade noch rechtzeitig, um Larth aufzufangen, der nun stürzte und zwischen die Hufe des Pferdes zu geraten drohte. Aber schon einen Augenblick später wirbelte der Kelte wieder herum, stieß das Schwert in die Brust eines der Angreifer und zog dann Larth an den Rand des Pfades. Die Angreifer hatten inzwischen alle Karren umgestürzt und kämpften noch mit Tefrie und den wenigen Männern der Wache, bevor sie eilig einen Teil der Beute zusammenrafften, die Pferde zusammentrieben und mit ihnen wieder im Wald verschwanden. Von da aus, wo der Kelte ihn niedergelegt hatte, war es Larth kaum möglich, etwas vom Verlauf des Kampfes mitzubekommen. Er konnte

sich kaum noch bewegen, und sie mußten ihn für tot gehalten haben. Das hatte ihm wohl das Leben gerettet. Aber das Feuer, von dem sie glaubten, er könnte ihm gebieten, wütete nun in Larths Körper, und er fühlte diesen Schmerz wie eine Art gerechten Ausgleich in sich brennen.
Er ballte die Hände zu Fäusten und zwang sich dazu, langsam den Kopf zu heben. Diese Stimmen hatte er schon einmal, vor langer Zeit, gehört. Damals wie jetzt war er verwundet gewesen und hatte geglaubt, sterben zu müssen. Aber dann hatte er gelacht über diese Feinde, die er mit der Unbefangenheit eines Jungen aufgesucht hatte. Jetzt jedoch war er beherrscht von der Vorstellung, sich dieses Volk früher oder später untertan zu machen.
Mühsam drehte er den Kopf. Nur eine Handbreit vor ihm starrten ihn die weitaufgerissenen, wäßrigen Augen eines Alten an, der von einem Säbelhieb erschlagen worden war, und der dunkle Schrecken seiner ausweglosen Flucht spiegelte sich noch in ihnen wider. Er erkannte den alten Diener, der ihn schon als Kind im sonnigen Innenhof des Königspalastes von Tarchna auf den Knien geschaukelt hatte. »Ich verspreche dir, mein alter Aras«, stieß er zwischen den Zähnen hervor, »ich verspreche dir: Eines Tages werden sie mir untertan sein!«
Plötzlich hatte sich wieder Stille ausgebreitet. Und in dieser Stille hörte er, wie Tefrie einem der wenigen Athleten, die noch unverwundet waren, zurief, er solle laufen und die Wachen des Königs herbeirufen. Mit dem letzten Rest seiner Kraft erhob er seine Stimme und schrie so laut er konnte: »Nein!«
Der Kelte und auch Tefrie kamen sofort auf ihn zugelaufen und knieten sich neben ihm nieder.
»Hier brauchen wir die Wachen des Königs nicht mehr!« sagte Larth mühsam. »Im Gegenteil, sie müssen sich sofort auf den Weg nach Tarchna machen. Noch wissen wir nicht, wie viele Latiner es gewesen sind und ob sie wirklich nur auf die Beute aus waren.«
Der Waffenmeister befühlte vorsichtig die Wunde auf seinem Rücken, aus der noch der Pfeil ragte, und warf dann dem Kelten neben ihm einen Blick zu.
»Wie du befiehlst, mein Fürst«, murmelte er und erhob sich. Auch die noch verbliebenen Athleten hatten sich inzwischen genähert, zwei von ihnen waren Ringer und der dritte ein junger Weitspringer. An ihn

wandte sich Tefrie: »Du hast den Befehl deines Fürsten gehört. Lauf also los und verliere keinen Augenblick!«
Der junge Mann rannte sofort los, während aus der Ferne ein dumpfes Donnergrollen zu hören war.
»Wir werden gleich damit beginnen, den am wenigsten beschädigten Karren zu reparieren«, murmelte Tefrie. »Mit dem werden wir dich dann nach Tarchna bringen. Aber zuerst müssen wir einen Unterschlupf finden und versuchen, den Pfeil herauszuziehen.«
»Eines nach dem anderen, Tefrie«, flüsterte Larth. Die Anstrengung hatte sein Gesicht mit feinen Schweißperlen bedeckt, und er unterdrückte nur mit Mühe einen Hustenanfall.
Auch der Kelte hatte sich jetzt wieder erhoben, und zusammen mit Tefrie und den noch verbliebenen Männern begannen sie, sich einen Weg durch das dichte Beerengestrüpp am Wegrand zu schlagen. Hinter einer Biegung des Pfades fanden sie schließlich einen Unterschlupf hinter einer Bodenerhebung, eine Art natürliche Grotte, die durch einen Erdrutsch entstanden war.
Der Kelte hatte unterdessen zwischen dem wenigen, das den Latinern entgangen war, einen Krug Wein und einige Decken gefunden, auf die sie Larth gebettet hatten. Nun setzte er sich auf eine der zusammengefalteten Decken neben ihn, legte das Schwert zwischen ihn und sich und schloß dann die Augen, um ein wenig Luft zu schöpfen. Tefrie und die zwei Ringkämpfer hatten in der Zwischenzeit schon damit begonnen, den Karren zu reparieren.
Larth nahm den Kelten nur undeutlich wahr, aber er konnte dessen Schmerz so heftig fühlen wie den eigenen. Fest grub er seine Hände in den feinen, schwarzen Sand des Grottenbodens und ballte sie zu Fäusten. Was hätte sie in dieser stummen Wache mehr vereinen können als die Weigerung, den Tod und ein vorbestimmtes Schicksal zu akzeptieren?
Ich habe mir diese Verweigerung inzwischen eingestanden, dachte Larth, aber daraus wird mir nichts Gutes erwachsen. Ein König ist auch Hohepriester für sein Volk und kann ihm nicht etwas auferlegen, an das er selbst nicht glaubt. König muß einer mit Leib und Seele sein. Ist er dazu nicht fähig, dann kann er auch nicht König sein. Mit großer Anstrengung hob er ein wenig den Kopf. Der Kelte saß immer noch regungslos neben ihm, und zwischen ihnen lag das blutbefleckte

Schwert. Ein heftiger Regenschauer ging über den hohen Felsblöcken nieder, aber der Boden blieb trocken.
»Warum hast du mir das Leben gerettet?« unterbrach Larth die Stille.
Die Antwort kam prompt, wenn auch ein wenig vom Akzent gefärbt.
»Weil du mir die Fesseln gelöst hast. Ich habe meine Schuld bezahlt.«
»Du sprichst also die Sprache der Rasna. Sogar besser als unsere karthagischen Verbündeten und die griechischen Händler, die schon seit vielen Jahren zu uns kommen.«
»Ich lerne leicht«, erwiderte ihm der Kelte.
»Sicher hast du auch einen Namen.«
»Axal.«
»Gut, Axal, ich habe ein Messer im Gürtel. Nimm es und versuch, mir diesen Pfeil herauszuschneiden«, forderte ihn Larth auf.
»Nein«, antwortete ihm der Kelte ruhig. »Dazu braucht man Feuer und jemanden, der dich festhält. Außerdem kann ich nur einen Arm benutzen. Warten wir, die Wunde blutet nicht.«
Larth lehnte eine Wange auf den Sand und versuchte Atem zu schöpfen. »Es ist nur, weil es so brennt«, murmelte er. Die Zeit entrann ihm jetzt. Ein Wassertropfen fiel auf seine Stirn, und ein weit entfernter Donner rollte vom Gipfel des Berges von Tinia bis in die Tiefen seines Heiligen Waldes herab.
»Du scheinst die Blitze nicht zu fürchten«, sagte er zu dem Kelten.
»Nur wenn sie mich zu Asche verbrennen«, erwiderte ihm Axal. »Und so leicht wird ihnen das nicht gelingen.«
Larth lächelte schwach.
»Geh und ruf Tefrie und hilf ihm dann dabei, diesen Pfeil zu entfernen. Er bringt mich noch um!« befahl er ihm. Aber statt einer Antwort sprang Axal mit einem Satz auf. »Still!« rief er, und noch bevor Larth sich über diesen Kommandoton aus dem Mund eines Sklaven verwundern konnte, hatte Axal schon mit dem Schwert in der Hand die Öffnung des Unterschlupfes erreicht.
Cneve, der jetzt in der Öffnung sichtbar wurde, wich mit ausgebreiteten Armen überrascht zurück.
»Wenn du ein Latiner wärst, dann wärst du jetzt schon tot, Bruder«, murmelte Larth. »Was willst du hier?«

Axal senkte das Schwert, und Cneve betrat den Unterschlupf, gefolgt von Caitli. Sie trug einen schweren Mantel, der ihr, vom Regen durchweicht, am Körper klebte, und die Haare hatte sie mit einem dunklen Schleier bedeckt, der von einem goldenen Reif gehalten wurde.
»Die Wache begleitet den König und sein Gefolge nach Tarchna«, erklärte Cneve. »Aber wir konnten dich hier unmöglich allein lassen. Ich, Tese und Kae Aivas werden mit vier weiteren Männern so lange hierbleiben, bis wir dich nach Tarchna bringen können.«
»Kae Aivas?« fragte Larth verwundert.
»Er will sich nur ins rechte Licht setzen, deine Rettung ist der letzte seiner Gedanken«, warf Caitli ein. »Cneve, bring mir ein wenig Holz für das Feuer und die Tasche, die auf meinem Pferd zurückgeblieben ist.«
»Das Holz wird naß sein«, gab Cneve zu bedenken und warf einen mißtrauischen Blick auf Axal, der noch immer mit dem Schwert in der Hand dastand.
»Bring es mir trotzdem«, befahl ihm Caitli. Dann kniete sie sich neben Larth nieder und strich mit den Fingerspitzen leicht über seine Stirn, eine Bewegung, die Larth so wohltuend wie einen Segen empfand.
»Du kannst nicht hierbleiben«, murmelte er.
»Warum nicht?« Caitli warf dem Kelten einen Blick zu. »Nur weil ich eine Frau bin?«
»Weil du eine Königin bist und in Sicherheit sein solltest«, erwiderte Larth.
»Das bin ich hier so gut wie überall. Rede nicht so viel, Larth«, mahnte sie ihn dann. »Du weißt, daß ich dir gleich sehr weh tun muß.«
Larth schwieg. Cneve kam mit einem Arm voll durchweichten Holzes und einer schweren Tasche zurück und ließ beides auf den Boden fallen.
»Schichte das Holz auf!« befahl er Axal.
»Schichte du es auf«, entgegnete ihm Caitli. »Danach geh und sage den Männern, daß sie sich einen trockenen Unterschlupf suchen sollen. Es wird die ganze Nacht über regnen, und die Latiner sind schon über alle Berge.«
Völlig verblüfft über ihre Antwort, tat Cneve wie ihm befohlen war, und in der Eile und Aufregung entschlüpften ihm einige Zweige. Der Feuerstahl war zwar trocken geblieben, aber die Äste waren völlig

durchnäßt, und nach zwei vergeblichen Versuchen, das Feuer anzuzünden, gab Cneve entnervt auf und reichte Caitli den Feuerstahl.
Caitli kniete sich vor dem kleinen Holzstoß nieder und entfachte den Zündfunken in ihrer hohlen Hand. Dann breitete sie mit einer Bewegung der Hand die Flamme über dem Holzstoß aus, und Cneve senkte verwirrt den Blick. »Wir werden noch mehr Holz brauchen. Dieses Feuer darf nicht ausgehen.«
»Ich werde gleich noch welches holen«, antwortete ihr Cneve völlig eingeschüchtert.
»Gut, aber vorher leg die Klinge deines Messers ins Feuer. Sie muß glühend werden.«
Dann beugte sie sich über ihre chirurgischen Instrumente, Leinenstreifen und Salben, die sie inzwischen auf einer Decke ausgebreitet hatte. In diesem Moment betrat Tefrie die Höhle und brachte ein irdenes Gefäß mit Wasser herein, das er draußen aufgestellt hatte, damit es sich mit Regenwasser füllte. Unentschlossen blieb er am Eingang der Grotte stehen. »Stell es neben das Feuer«, befahl ihm Caitli, ohne sich auch nur nach ihm umzudrehen.
Licht und Wärme hatten sich nun in der Grotte ausgebreitet, und Caitli wandte sich an Axal.
»Ich brauche deine Hilfe«, sagte sie zu ihm.
Axal hockte sich wortlos neben Larth auf die Fersen. Nicht Cneve und nicht Tefrie, dachte Larth. Trotzdem erschien es ihm ganz natürlich, daß sie für diese Aufgabe den Kelten zu Hilfe gerufen hatte.
Caitli hatte die Wunde jetzt freigelegt. Sie blutete kaum, aber um den Pfeil herum hatte sich eine schwärzliche Schwellung gebildet. Caitli bestrich sie mit einer Salbe. »Heb ihn ein wenig hoch und halte ihn so, daß er genug Luft bekommt«, befahl sie. Axal legte einen Arm um Larths Brust, zog ihn ein wenig hoch und preßte dann seinen Körper fest an den seinen.
Jetzt blitzte das scharfe Skalpell in Caitlis Hand auf, und Larth fühlte, wie der Kelte ihn kaum merklich fester an sich drückte. Eine stumme Geste, die ihm in jedem anderen Moment seltsam vorgekommen wäre, die er aber jetzt wie einen Trost empfand und mit Dankbarkeit akzeptierte. Dieser Mann hatte, so wie er, kämpfen gelernt und war trotzdem viel mehr als nur ein einfacher Krieger.
Er preßte die Lippen fest zusammen und hatte plötzlich das Gefühl, als

ob der Opal, der nun fest zwischen seiner und der Brust des Kelten eingepreßt war, aus Eis wäre. Dann drang die Schneide des Skalpells in das Fleisch und schnitt um den Kreis herum, den die Salbe bezeichnet hatte. Ein Strahl schwarzen, verdorbenen Blutes schoß heraus, und Larth bäumte sich auf, aber Axal hielt ihn. In einem einzigen Ansatz schnitt das Skalpell um die Pfeilspitze herum, und Caitli zog sie heraus. Jetzt strömte das Blut lebendig und rot aus der Wunde. Caitli bedeckte sie kurz mit der glühenden Klinge von Cneves Messer, bestrich sie dann mit Salbe und ließ sie offen.

»Legt ihn auf die Decken«, befahl sie und trat zur Seite, damit nun Tefrie Axal behilflich sein konnte. Gemeinsam legten sie Larth auf zwei Decken und hüllten ihn in eine weitere ein, ohne die Wunde zu berühren.

Larth feuchtete sich die Lippen an. Ein Gefühl von unendlicher Müdigkeit überkam ihn, aber er hatte keine Lust zu schlafen. Er versuchte, sich ein wenig aufzurichten, und Axal stützte ihn fest und sicher.

»Ich gehe noch Holz holen«, murmelte Tefrie und verschwand im strömenden Regen. Aber der Unterschlupf war wie durch ein Wunder trocken geblieben, und nur hin und wieder drangen ein paar Tropfen durch die Ritzen der Felsen. »Ich werde mal nachschauen, wo die anderen Männer untergekommen sind und wo sie die Wachen aufgestellt haben«, sagte Cneve und wollte dem Waffenmeister folgen. Aber Larth hielt ihn zurück. »Überlaß das Tefrie«, befahl er ihm, ohne die Augen zu öffnen.

»Aber der da kann jetzt nach draußen verschwinden«, gab Cneve zurück und zeigte auf Axal. Es störte ihn, daß es diesem Sklaven gestattet sein sollte, näher bei seinem Bruder und Caitli zu sein, als er es jemals gewesen war. »Nein«, antwortete ihm Caitli leise, aber in einem Tonfall, der keinen Zweifel daran ließ, daß dies ein Befehl war. »Auch er ist verletzt. Er bleibt hier.«

Tefrie war inzwischen wieder mit einem Arm voll Holz zurückgekommen, und Cneve folgte ihm in den Unterstand der Männer. Kae Aivas würde die bevorzugte Behandlung des fremden Sklaven mit Sicherheit nicht entgehen, und seine Zunge versprühte mehr Gift als die einer Schlange.

Axal hatte sich wieder mit dem Rücken an den Felsen gelehnt und zuckte leicht zusammen, als Caitli sich ihm nun näherte und seinen

Arm von dem provisorischen Verband befreite, den ihm der Waffenmeister angelegt hatte.
Dann strich sie mit der Hand über die tiefen Wunden und fühlte, wie ihn ein Zittern überlief. Axal senkte den Blick.
»Die Wunden müssen genäht werden. Ich werde dir wehtun müssen«, sagte sie leise.
»Das ist ein Schmerz, der vergeht«, erwiderte der Kelte, und Caitli sah den Schatten eines Lächelns, als die blauen Augen sich wieder auf sie richteten.
»Bist du wirklich eine Königin?« fragte er.
»Ich bin die Tochter eines Königs.«
Der Kelte lehnte den Kopf an den Felsen und ließ es schweigend zu, daß ihre Hände nun kundig seine Wunden versorgten.
»Und du?« murmelte Caitli.
»Ich bin der Sohn eines Königs«, Axal lächelte. »Aber dort, wo ich herkomme, gibt es keine Städte, nur kleine Ansiedlungen, und so klein wie sie, ist auch die Macht des Königs. Ihr hier würdet ihn nicht einmal König nennen. Aber wir ...«
Er unterbrach sich, und Caitli hob den Kopf. Sie hatte inzwischen den Schleier abgenommen, und das Feuer zauberte flammende Reflexe in ihr Haar.
»Ja ...?«
Axal wurde bewußt, daß er zum erstenmal, seit er gefangengenommen worden war, von seinem Volk gesprochen hatte. Er schüttelte den Kopf und schwieg.
»Ruhe dich jetzt aus«, murmelte Caitli und band den Arm wieder in sauberes Leinen ein, »und nimm dir eine Decke.«
»Und du?«
»Ich werde darüber wachen, daß das Feuer nicht erlischt.«
Der Kelte streckte sich an Larths Seite aus und schaute durch die Ritzen der Felsblöcke im Gewölbe der Höhle in den stürmischen Himmel. Larth war in eine Art wohlige Trägheit verfallen, und ein würziger Duft, der von den Kräutern kam, die Caitli ins Feuer geworfen hatte, erfüllte die Luft. Sie hatte noch kein Holz nachgelegt, und doch loderte die Flamme hoch auf und umgab sie mit einem warmen Licht.

10.

Larth erwachte von heftigen, brennenden Schmerzen in der Schulter. Nur mit Mühe öffnete er die Augen und sah in einen Sonnenstrahl, der durch einen Felsspalt in die Grotte einfiel, den schwarzen Sand aufschimmern ließ und den blonden Schopf des Kelten streifte, der ihm zulächelte. Das Feuer brannte nur noch schwach, und von draußen war das Geräusch von Hämmern und anderen Werkzeugen zu hören, mit denen die Männer den Karren reparierten. Larth strich mit der Hand über den Sand. Er war warm.

»Ich habe geschlafen«, murmelte Larth.

»Ja, die ganze Nacht durch und den halben Morgen. Die Sonne steht schon hoch am Himmel«, antwortete ihm Axal.

Larth stützte sich auf den Arm hoch und versuchte sich aufzusetzen. Es gelang ihm nur mit großer Mühe, aber diesmal rührte der Kelte sich nicht, um ihm zu helfen.

»Wo ist die Königin?« fragte Larth.

»Sie ist gegangen, um mit euren Göttern wegen der Toten zu reden, die immer noch hinter der Biegung auf dem Pfad liegen.«

Es stimmte, dem heiligen Ort war Gewalt angetan und den Toten noch nicht die letzte Ehre erwiesen worden.

Als Hohepriesterin hat Caitli die Pflicht, sich darum zu kümmern, aber als Königin hätte sie an meiner Seite bleiben müssen, dachte Larth und fühlte zwei Augen auf sich gerichtet, die ihm bis auf den Grund seiner Seele zu blicken schienen.

»Wer ist bei ihr?« fragte er den Kelten.

»Niemand. Ich habe gehört, wie sie deinem Bruder befohlen hat, hier zu bleiben.«

»Ehrt dein Volk auch die Toten?«

»Natürlich«, war die knappe und zurückhaltende Antwort Axals, und

Larth überlegte, daß er eigentlich viel zu wenig über andere Länder und andere Völker wußte, die vielleicht eine Gefahr, aber auch zum Vorteil für das Volk der Rasna sein konnten. Das würde er ändern müssen.
»Also gut, dann geh und wache über sie. Aber, egal was sie tut, unterbrich sie nicht. Und dann bring sie hierher zurück.«
Axals Blick war undurchdringlich geworden. »Ich könnte fliehen«, bemerkte er.
»Sicher könntest du das. Aber du wirst es nicht tun«, erwiderte ihm Larth.
Axal erhob sich mit einem kleinen Lächeln. »Nein, diesmal nicht.«
Larth reichte ihm sein Messer, aber Axal zögerte, es anzunehmen.
»Der Austausch einer Waffe ist bei meinem Volk ein heiliger Pakt, den man mit Blut besiegelt. Man vertraut sie keinem Fremden an«, sagte er leise.
»Ich habe dir schon mein Schwert anvertraut, also ist der Pakt schon vollzogen und besiegelt worden«, erwiderte ihm Larth.
Aber der Kelte beharrte: »Es ist ein schwieriger Pakt.«
»Wieso?« fragte Larth. »Das einzige, worum ich dich bitte, ist Treue und Gehorsam.«
»Ich kann dir weder das eine noch das andere versprechen, denn ich halte dich nicht für meinen Herren und mich selbst nicht für einen Sklaven«, antwortete Axal. »Meine Schuld dir gegenüber habe ich beglichen, und wenn ich auch noch meine letzten Verpflichtungen erfüllt habe, dann werde ich zu fliehen versuchen. Wenn du willst, kannst du mich gleich hier von deinen Leuten töten lassen. Aber wenn du mich bei dir behältst, mußt du wissen, daß ich auf die Möglichkeit zu einer Flucht nicht verzichten werde.«
»Ich werde das Risiko eingehen und dich behalten«, erwiderte ihm Larth. Er hielt noch immer das Messer in der ausgestreckten Hand, und Axal strich mit den Fingerspitzen über die Schneide und die schöne Einlegearbeit am Griff, den Adler von Tarchna mit ausgebreiteten Flügeln.
»Heute nacht wäre es einfach für mich gewesen, dir die Kehle durchzuschneiden und den Unterschlupf zu verlassen«, sagte er. »Ich sehe im Dunkeln fast ebensogut wie im Hellen und mache nicht mehr Geräusche als ein herunterfallendes Blatt. Aber deine Königin hat ein heiliges Feuer entzündet, und so sind wir miteinander verbunden. Keiner von

uns kann dieses Band zerreißen, nicht du, nicht ich und auch sie nicht. Frag deine Königin danach, wenn ich sie hierher zurückbringe.«
Larth nickte zustimmend. Er wußte genau, was der Kelte gespürt hatte: Caitlis Macht, ihre magische Kraft. Zu ihrem Schutz hatte sie die tiefsten und geheimsten Gefühle in ihnen geweckt. Aber damit war auch ein enges Band geknüpft worden, das sie wie ein Netz miteinander verband, das sie nur sehr schwer wieder würden lösen können.
»Ich werde dir die Treue halten, wie ich sie einem Freund gegenüber halten würde«, murmelte Axal. Dann nahm er das Messer entgegen, versteckte es zwischen dem verletzten Arm und seiner Brust und ging nach draußen.
Als er den Unterschlupf verlassen hatte, erhob sich Larth mühsam und begab sich zum Ausgang der Grotte. Es war ein warmer Tag. Die Sonne stand hoch am Himmel, und wie mit dem Pinsel hingemalte, azurblaue Streifen blitzten durch die herbstlichen Baumkronen. Überall zeugten noch schimmernde Pfützen und Rinnsale von dem gestrigen Wolkenbruch und den nächtlichen Regenfällen. Aber von Westen her trieb der Wind schon wieder dunkle Wolken herüber.
Tefrie und die beiden Athleten waren noch dabei, den Karren zu reparieren, der schon fast wieder hergerichtet war. Nur eines der Räder fehlte noch.
Doch Cneve stellte sich Axal in den Weg und versuchte ihn aufzuhalten.
»Laß ihn gehen, Cneve«, rief Larth ihm zu. »Ich habe ihm den Befehl erteilt.«
Der Junge drehte sich erstaunt um. Er hatte sich Axal mit dem ganzen Überschwang und dem Leichtsinn seiner Jahre entgegengestellt, ohne sich über die Gefahr im klaren zu sein, denn dem Kelten konnte es egal sein, wer sich ihm in den Weg stellte. Aber vor allem begriff er nicht, warum Larth ihm vertraute, trotzdem befolgte er ohne Widerspruch seinen Befehl.
Axal setzte seinen Weg fort, ohne sich weiter um ihn zu bekümmern, und Cneve lief zu Larth hinüber.
»Warum läßt du ihn gehen?« fragte er, ohne seinen Unwillen zu verbergen.
»Weil ich möchte, daß er Caitli hierher zurückbringt«, antwortete ihm Larth ruhig.

»Wir können ihm nicht vertrauen, Larth! Auch Kae sagt, daß er zu fliehen versuchen wird und sich vielleicht sogar an die Latiner verkauft.«

»So, sagt das Kae?«

Cneve schüttelte den Kopf.

»Ich verstehe dich nicht. Ich hatte Caitli angeboten, sie zu begleiten, aber sie wollte nicht. Sie hat gesagt, es drohe ihr keine Gefahr, und für das, was sie zu tun hätte, dürfe es keine Zuschauer geben. Vielleicht befinden sich Charun und Vanth noch dort, um die Toten ins Schattenreich zu begleiten. Was sollte ich also machen?« fragte Cneve völlig verwirrt und gekränkt.

»Nichts anderes als ihr zu gehorchen, Cneve. Komm, hilf mir, mich zu setzen«, forderte Larth ihn lächelnd auf. »Ja, hierhin, hier kann ich mich anlehnen.« Er legte ihm einen Arm um die Schultern und ließ sich von ihm helfen, sich auf die schon trockenen Steine in einen Flecken Sonne vor die Grotte zu setzen. Die Wärme tat ihm gut und linderte ein wenig die Schmerzen in seiner Schulter. Aber er hatte immer noch Schüttelfrost, und das Atmen fiel ihm schwer.

Auch Tese und Kae Aivas kamen nun auf sie zu, und Cneve kniete sich neben ihn. »Unser Vater hat mich schon beiseite geschoben, er hält nicht viel von mir. »Ich möchte nicht, daß du das auch noch tust.«

»Ich werde dich nicht beiseite schieben, Cneve. Das verspreche ich dir. Die Latiner werden sehr bald ihre Antwort von mir erhalten, und wenn du willst, kannst du dann an meiner Seite sein.«

Cneve drückte ihm fest die Hand. »Ich vertraue auf dein Versprechen. Und ich werde immer an deiner Seite sein.«

Kae Aivas und Tese waren nun herangekommen, und Kae rief: »Ich bin erleichtert, dich so vorzufinden, Larth. Wir haben für deine Genesung dem Tempel von Tagete eine Opfergabe versprochen.«

»Ich danke dir, Kae«, erwiderte ihm Larth. »Aber wenn der Karren heute noch fertig wird, dann sind wir bald in Tarchna, und du kannst dir deine Opfergabe sparen.«

»Er wird fertig werden, mein Fürst«, rief ihm Tefrie zu und bearbeitete voller Schwung das letzte noch fehlende Rad.

»Daß die Erbin des Großen Trutnot bei uns ist, gibt uns zwar allen Mut«, fuhr Kae Aivas fort, »aber es wäre unvorsichtig, eine weitere Nacht hier zu verbringen.«

»Unvorsichtig, für wen?« fragte Larth und strich mit den Fingerspitzen über den Opal auf seiner Brust. Kae Aivas zog sich einen Schritt zurück. Caitli als Erbin Velvurs zu nennen und nicht als die des Königs, war ziemlich verwegen, und er hätte es niemals gewagt, wenn er nicht geglaubt hätte, eine tödliche Müdigkeit auf Larths Gesichtszügen zu entdecken.
»Wirst du Velx' Antrag auf Unterstützung eines Angriffs gegen die Latiner unterstützen?« mischte sich nun Tese ein, der sich seine unbefangene Art zu reden bewahrt hatte.
»Du hast doch gehört, was ich meinem Bruder geantwortet habe, also weißt du, wie ich darüber denke. Warum fragst du noch?« antwortete ihm Larth.
»Weil ich an deiner Seite sein werde, wenn du gegen die Latiner ziehst«, erwiderte ihm Tese offen.
»Nur wenn der König damit einverstanden ist«, wies ihn Kae Aivas zurecht. »Denn nur der König kann entscheiden, wer für einen solchen Kriegszug bewaffnet wird.«
Larth schaute ihn an und dachte: Ich würde mir wünschen, diesem Adeligen aus meiner Stadt so vertrauen zu können, wie ich diesem fremden Sklaven vertraue, der mir das Leben gerettet hat.
»Schluß jetzt!« mischte sich nun Cneve ein. »Das Reden strengt ihn zu sehr an, seht ihr das nicht?«
Kae Aivas beugte knapp das Haupt und begab sich wieder ans eigene Feuer. Aber Tese blieb noch einen Augenblick stehen und schaute Larth besorgt an.
»Er wird beim Rat, den der König in dieser Angelegenheit zusammenrufen wird, mit seinem ganzen Haus gegen dich stimmen«, sagte er.
»Er ist nur einer von vielen«, erwiderte ihm Larth mit einem kleinen Lächeln.
Tese wandte verlegen den Kopf, betroffen von diesem Lächeln, das ihm tödlicher erschien als jede Drohung, und Larth kamen die Worte in den Sinn, die er während seiner Kindheit so oft aus dem Mund Tarchons gehört hatte: Einer genügt, um Zwist zu säen. Die Häuser des Adels müssen geschlossen hinter dem König stehen. Nur so kann die Stadt leben, wachsen und herrschen.
Sein Blick schweifte ab und folgte einer Schar von Mäusebussarden, die

plötzlich im Azurblau des Himmels über den steilen Felsblöcken der Grotte aufgetaucht waren. Mit einem leichten Flügelschlag zogen sie gegen Süden. Larth beschloß, den Zeichen keine Beachtung zu schenken.

Caitli blieb stehen. An dieser Stelle war der Pfad schattig und düster, und ein grauer Dunst stieg aus der feuchten Erde auf, die die Regengüsse der vergangenen Nacht durchweicht hatten, anders als hinter der Wegbiegung, wo die Sonne durch die hohen Bäume schien.
Dies hier war eine andere, eine gekränkte, blutige und stumme Welt.
Die Leichen der jungen Athleten, der Wachen und Diener lagen, vom Regen durchweicht, dort, wo sie gefallen waren, zusammen mit denen der getöteten Latiner. Die besudelte Erde hatte ihr Blut getrunken.
Caitli blieb einen Augenblick regungslos stehen und holte tief Atem. Alles war stumm, und sie fühlte um sich eine völlige Leere, die sie erschreckte, ein Nichts, als ob es in diesem ganzen Wald keine Spur von Leben mehr gäbe. Sie breitete die Arme weit aus, um die Schwingungen der Luft in sich aufzunehmen und den unsichtbaren Faden der Zeit einzufangen. Mit geschlossenen Augen sah sie den Geleitzug vor sich, der eilig voranzog, um aus dem dichten Hochwald herauszukommen und dem drohenden Unwetter zu entgehen. Sie sah Tefrie an der Spitze des Zuges, der den Dienern befahl, ihren Schritt zu beschleunigen. Sie sah den letzten Karren, an den Axal gefesselt war, seine blauen Augen, die im dichten Wald nach dem Feind suchten, und schließlich Larth, der sein Pferd anhielt, mit Tefrie sprach und sich dann, am Ende des Zuges, zu Axal hinabbeugte, um ihn von seinen Fesseln zu befreien. Als der erste Pfeil, der den Angriff eröffnete, Larth traf, öffnete sie wieder die Augen.
Der Wald tönte noch vom Echo eines Aufschreis wider, eines Schmerzensschreis, der nicht menschlich war und zwischen den hohen Bäumen entlangstrich, an den Schluchten, Furchen und Felsabstürzen entlang, um dann wie ein giftiger Hauch den Frevlern zu folgen, die den *Heiligen Wald von Tinia* entweiht hatten, um sie einen nach dem anderen in ihren Häusern und auf ihren Wegen einzuholen.
»Keine Rache«, murmelte Caitli fast tonlos, »keine Rache. Nur Reinigung!«

Dann erhob sie die Hände zum Himmel, um den unsichtbaren Faden der Zeit wieder aufzunehmen. Jetzt war das Unwetter hier, und sie nahm das vibrierende Zucken des Blitzes auf ihre Fingerspitzen und ließ ihn über den Karren und den Körpern einschlagen, die sie umgaben. Für einen Moment leuchtete der Blitzstrahl hell auf, dann fuhr er wie ein weißer, gleißender Strahl den Pfad entlang und äscherte alles, was nicht menschlich war, auf seinem Weg ein, um schließlich auf dem Körper eines Latiners zu erlöschen, der mit einer Lanze der Rasna in der Brust auf dem Rücken lag. Gleich darauf erschütterte ein tönender Donner die Erde bis in ihre Tiefen.

Als hätte sie plötzlich alle Kraft verlassen, wankte Caitli rückwärts. Axal, der wartend am Rande des Pfades gestanden hatte, fing sie auf, und sie ließ es geschehen. Sie spürte den Arm des Mannes um ihre Hüfte, seinen Körper gegen den ihren, und lehnte ihr Gesicht an seine Brust. Sie fühlte, wie er sie beschützend an sich zog, und gleichzeitig den Nachhall einer entfesselten, lebendigen Energie, die nun wie ein Irrlicht zurückstrahlte und wie Fieber auf ihrer Haut brannte. Axal beugte sich über sie und küßte sie auf den Mund. Wie einem lange erwarteten Geliebten gegenüber öffnete Caitli ihre Lippen, und ein Gefühl von Lust durchströmte ihren Körper, das stärker und heftiger war als jeder andere Gedanke.

Nur mit großer Anstrengung machte sich Caitli wieder von ihm los und schaute ihm in die Augen, die plötzlich ernst und hart geworden waren.

»Ich bin hier, um dich zurückzubringen«, sagte Axal, ohne sie noch einmal anzurühren.

»Wirst du erzählen, was du gesehen hast?«

»Nur wenn du es willst.«

Caitli wandte den Blick von ihm ab. »Glaubst du an das Schicksal, Axal?« fragte sie leise.

»Warum fragst du mich danach?«

»Weil du tausendmal fliehen kannst, aber immer wieder dort sein wirst, wo wir uns wiedertreffen.«

Axal lächelte und strich ihr mit einer zärtlichen und vertraulichen Geste übers Gesicht.

»Du weißt, daß ich das Schicksal nicht akzeptiere«, sagte er.

Caitli nickte. »Du wirst mein Zeuge sein für das, was du hier gesehen hast«, murmelte sie und machte sich auf den Weg zurück, ohne sich noch einmal nach ihm umzudrehen. Axal folgte ihr schweigend das kurze Stück den Pfad entlang. Kae Aivas, Cneve und Tefrie erwarteten sie schon besorgt vor der Wegebiegung. Sie hatten den Blitz niedergehen sehen, und der Donner war so stark gewesen, daß sie für einen Moment an ein Erdbeben geglaubt hatten. Aber sie wagten es nicht, Caitli anzusprechen, und dem Sklaven, der ihr folgte, stellten sie keine Fragen.

»Die Wachen aus Tarchna sind angekommen«, sagte schließlich Cneve, als sie sich dem Unterschlupf näherten, »und der Karren ist fertig«.

Caitli lächelte dem jungen Adeligen zu, der die Wachen kommandierte und schon auf sie gewartet hatte. Er machte einen etwas erschrockenen und verzagten Eindruck. Die eine Hälfte seiner Männer würde die Toten zurückbringen und die andere Hälfte sie und die anderen nach Tarchna zurückbegleiten.

»Der Wald ist gereinigt, hab keine Angst«, ermutigte sie ihn.

Der junge Mann beugte ein Knie und berührte den Saum ihres Gewandes, eine Ehrerbietung, die sonst nur dem Trutnot vorbehalten war. Caitli nahm sie wortlos entgegen, aber ihr Blick suchte Larth.

»Er ist schon auf dem Karren«, murmelte Cneve, »und ich glaube, er hat Fieber«.

Caitli eilte auf den Karren zu und kletterte hinauf. Tefrie hatte Axal mit auf sein Pferd genommen, und auch alle anderen waren für den Aufbruch bereit. Sorgfältig schloß sie die zerrissene Plane des Karrens, auf den Cneve die Tasche mit den Salben und Instrumenten gepackt hatte. Dann legte sie den Schleier wieder über die Haare und schmiegte sich an Larth, der auf den Decken lag. Seine Haut glühte, und seine Stirn war feucht von Schweiß. Es würde keine leichte Reise werden.

Sie streichelte ihm mit den Händen über den Rücken und fühlte, wie er bei dieser Berührung zusammenzuckte. »Mein armer großer König«, murmelte Caitli und strich ihm sanft mit den Fingerspitzen über die Stirn, um ihm Erleichterung zu verschaffen.

Hier, wo niemand sie sehen konnte, konnte sie endlich weinen.

Larth erwachte und hatte kaum noch eine Erinnerung an die Schmerzen der Rückreise. Die Bilder vermischten sich jetzt mit denen aus den

Jahren, die er auf dem Meer verbracht hatte, der Nacht in Alalia, als die Stadt brannte, und dem berauschenden Gefühl, als sie den Palast erobert und den König gefangengenommen hatten. War er vielleicht immer noch in diesem Palast?

Er öffnete die Augen, weil er das sichere Gefühl hatte, von jemandem neugierig beobachtet zu werden, und für einen Moment fühlte er nur das eigene Unwohlsein, zwar keine Schmerzen mehr, aber eine tiefe Erschöpfung.

Der Junge stand am Fuß des Bettes und starrte ihn an. Er hatte kleine dunkle Augen und schmale Lippen, trug eine Tunika aus feiner Wolle und Schuhe mit Bändern, die in bunten Farben bestickt waren. Ein kleiner Fürst hätte nicht besser gekleidet sein können als er.

Larth ließ seinen Blick schweifen. Der Raum war groß und mit vielen Teppichen ausgestattet. Auch die Wände waren mit schweren, bestickten Wandteppichen bedeckt, und in dem großen Kamin brannte ein Feuer. Seine Waffen standen ordentlich aufgereiht neben seinem Bett.

Sogar das Messer, dachte Larth, Axal ...

Die Tür hatte einen schweren, hölzernen Riegel. Aber es gab noch eine andere, die vielleicht auf einen Hof führte und aus hauchfeinem Alabaster in einem bronzenen Rahmen gearbeitet war. Dies mußte einer der Räume im neuen, südlichen Flügel des Palastes sein.

Es war ein schöner Raum, aber er war nicht das *Gemach der Könige*. Diese neuen Mauern hatten noch kein Gedächtnis. Nun fiel sein Blick wieder auf den Jungen, der ohne sich zu rühren dastand und ihn anstarrte. Larth setzte sich auf und lächelte ihm zu.

»Ich nehme an, es gibt einen guten Grund, daß du hier stehst und mich anschaust. Hast du nichts Besseres zu tun?« fragte er ihn, während er die Arme reckte, um festzustellen, ob der Schmerz, der ihm für so lange Zeit den Atem genommen hatte, wirklich ganz weg war.

»Ich brauche nichts zu tun«, antwortete ihm der Junge trotzig. »Ich bin der Sohn des Königs!«

Larth nickte, als ob ihn diese Feststellung beeindruckt hätte. »Gut, nehmen wir mal an, es stimmt, was du sagst. Aber selbst dann hast du immer noch nicht auf meine Frage geantwortet.«

Der Gesichtsausdruck des Kleinen wandelte sich um in offene Abneigung. Dort, wo vorher nur eine feindliche Neugier war, machte sich

jetzt offener Haß breit, und Larth wunderte sich, daß der Blick eines Kindes so haßerfüllt sein konnte.
»Sie sagen, du willst den Thron, der mir gehört«, rief der Junge, aber in seiner Stimme klang eine kleine Unsicherheit mit.
Larth blieb keine Zeit mehr, ihm zu antworten, denn jetzt wurde der Holzriegel zögernd beiseite geschoben. Eine Frau erschien in der Türöffnung und rief den Kleinen, der ihr aber keinerlei Beachtung schenkte.
»Deine Mutter ruft dich«, mahnte ihn Larth.
»Sie ist nur eine Magd«, gab der Kleine abfällig zurück, ohne sich zu rühren.
Larth machte der Frau ein Zeichen einzutreten. Sie war klein und dunkelhaarig, mit dunkler Haut, runden Hüften und einem üppigen, ausladenden Busen. Sie gehorchte nur zögernd, als ob sie furchtsam sei, aber Larth hatte schon vor langer Zeit gelernt, echte Furcht von der gespielten zu unterscheiden.
»Du nährst eine Schlange an deinem Busen, liebe Frau. Sei vorsichtig, denn du wirst die erste sein, die gebissen wird. Bring ihn jetzt weg«, befahl er ihr.
Der Junge wollte protestieren, aber die Frau verschloß ihm schnell den Mund mit der Hand. In diesem Moment erschien Hasti auf der Schwelle, die Arme in die Hüften gestemmt und sehr wütend.
»Du hast deine genauen Anweisungen bekommen, Vultha, und diese Anweisungen gelten auch für deinen Sohn!« rief sie. »Ihr habt euch im Küchentrakt aufzuhalten, es sei denn, der König ruft euch. Ich werde dich bestrafen müssen, wenn du weiterhin ungehorsam bist. Du hast den Fürsten Larth in seiner Ruhe gestört, das werde ich dir nicht durchgehen lassen.«
Larth gab Hasti ein Zeichen, sich zu beruhigen. Sie wiederzusehen, brachte ihm die schönen Tage seiner Kindheit zurück und berührte ihn mit einer leichten Schwermut. Hasti schickte Vultha und den Jungen weg und schloß dann die Tür hinter sich. »Hat der Junge dich belästigt, mein Fürst?« In ihren Augen lag noch dasselbe Lächeln wie früher, und ihre Stimme hatte denselben still ergebenen und geduldigen Tonfall.
»Nein, er hat mich nicht belästigt. Seit wann bin ich hier?«
»Seit zwei Tagen. Du hattest sehr hohes Fieber, aber Caitli meinte, daß alle schlechten Körpersäfte ausgeschieden sind und du nur noch ausru-

hen mußt. Sie und Thanaquil haben abwechselnd bei dir gewacht. Erinnerst du dich denn nicht daran?«
Larth schüttelte den Kopf. Hasti stand vor ihm und schaute ihn an wie eine besorgte Mutter, die noch etwas sagen wollte.
»Was gibt es noch, Hasti?« fragte er also.
Ein kleines Lächeln huschte über das Gesicht der Frau. »Dieser Palast wird immer größer, und hier zu leben kommt mir immer schwieriger vor. Jetzt sind die Ecken voller Schatten, und manchmal fürchte ich mich.«
»Du fürchtest dich im Hause deines Königs?«
Die Frau seufzte und suchte mit dem Blick verzweifelt nach einer Beschäftigung, um nicht so still dastehen und seinen fragenden Blick ertragen zu müssen.
»Die kleine Thanaquil ist sehr verliebt in einen jungen Mann aus Velx, den du sehr gut kennst. Aber das ist ein Geheimnis.«
»Warum erzählst du mir dann davon?«
»Weil gestern der edle Tite Aivas in den Palast gekommen ist und zum zweitenmal für seinen Enkel Kae um ihre Hand angehalten hat. Und der König hat nicht abgelehnt, er hat nur um Bedenkzeit gebeten. Deshalb ist meine Kleine jetzt ganz verzweifelt, und Caitli ist zornig, weil sie hinter dieser Beharrlichkeit eine andere Absicht vermutet.«
Hasti schwieg. Sie hatte das gesagt, was sie bedrückte, und um nichts auf der Welt hätte sie daran gezweifelt, daß es ihr Recht war, sich an ihn zu wenden.
»Schick jemanden los. Er soll meinen Bruder Cneve suchen und ihn hierherbringen«, befahl ihr Larth. »Ich muß ihm eine Botschaft anvertrauen, die er nach Velx bringen soll.« Hasti verbeugte sich und verließ gleich darauf den Raum. Für einen Moment blieb Larth noch im Bett. Hasti hatte sicher gute Gründe, besorgt zu sein. Sie war zu aufmerksam und scharfsichtig, als daß ihr die Gefahrenzeichen um den König herum entgehen könnten.
Er stand auf, wickelte sich eine Decke um die Hüften und ging zur Tür mit den Alabasterscheiben hinüber. Er schob den kostbaren Bronzeriegel beiseite und öffnete sie halb. Es regnete, und der Wind fegte über den Hof, der zu den Gemächern der Frauen führte. Dahinter lag der alte Flügel des Palastes mit dem Altar der Erdmutter Dia und dem *Gemach der Könige*, wo seine Erinnerungen waren und Caitli, seine Königin.

In diesem Moment überquerte Axal den Hof in Richtung des alten Flügels. Er trug eine schwere, schwarze Tebenna, und er war alleine.
Larth schloß die Tür. Tefrie hatte recht, dachte er, der Weg der Einsamkeit ist ein schwerer Weg.
Er kleidete sich schnell an, zog seine weiße Tebenna über und machte sich zu den Gemächern des Königs auf. Sie lagen zum Haupthof hin, der jetzt leer war und vom Regen gepeitscht. Die Buchstaben, die den Namen Tarchon bildeten, standen eine Handbreit unter Wasser, und das schien ihm kein gutes Zeichen zu sein. Etwas weiter hinten brachte ein Haruspize aus dem Tempel von Tagete das tägliche Opfer dar. Er befahl einer der Wachen vorm Eingang zu den Gemächern, ihn anzumelden, aber er wartete nicht ab, bis der Mann zurückkam, und trat ein.
Tarchon lag auf einem Clinai vor dem großen Kamin, in dem ein Feuer brannte. Er war alleine und in eine schwere, bestickte Decke gehüllt, die nur das kranke Bein freiließ. Das Knie war um das Doppelte seines normalen Umfangs angeschwollen, aber sonst waren keine äußeren Anzeichen seiner Krankheit zu bemerken.
Er machte ihm ein Zeichen näherzukommen. »Caitli hatte also recht, als sie meinte, du wärst schon bald wieder auf den Beinen«, murmelte er und musterte ihn mit einem prüfenden Blick. »Wie konnte das geschehen, mein junger Fürst? Auf diesem Pfad lauerte der Tod, und keiner hat es gewußt!«
»Manchmal geschehen auch Dinge, die nicht geschrieben stehen«, gab Larth zurück.
»Alles, was geschieht, steht auch geschrieben. Das weißt du so gut wie ich! Erinnerst du dich noch an Demestone, den Händler?«
»Natürlich.«
»Er ist gestern mit seinen Sklaven und seiner Ware hier angekommen, und noch immer führt ihn sein erster Weg zu mir, um mir für die Warnung Dank zu sagen, die ihm vor langer Zeit das Leben gerettet hat. Unser alter Händler, der keine Feinde hat, es sei denn, er vergißt zu bezahlen!« Tarchon lachte kurz auf, aber es war ein gezwungenes, angestrengtes Lachen.
Larth schwieg. Der König schien ihm zu sehr mit seinen eigenen Gedanken beschäftigt zu sein, als daß er den Kopf frei gehabt hätte für das, was er ihm sagen wollte. »Verzeih«, murmelte er also, »ich werde ein anderes Mal wiederkommen.«

»Bleib!« antwortete ihm Tarchon. »Glaubst du vielleicht, ich weiß nicht, warum du gekommen bist?«
Dann befahl er dem Diener, der im Hintergrund des Gemaches bereitstand, einen Stuhl für seinen Gast ans Feuer zu rücken und heißen, mit Wacholder und Honig aromatisierten Wein zu bringen.
Larth gehorchte und wartete, bis der Wein gereicht wurde. Er glänzte dunkel in den kostbaren Kelchen, aber Larth nahm nur einen kleinen Schluck.
»Ich bin erleichtert, daß du weißt, über was ich mit dir reden möchte, mein König«, sagte er dann. »Ich möchte deine Zustimmung dazu, eine Truppe Bewaffneter gegen Ruma zu führen. Ich brauche nur ungefähr dreihundert Männer, mehr nicht.«
»Mehr nicht, sagst du?« gab der König zurück. »Der Winter steht vor der Tür, und du willst dreihundert Männer bewaffnen und sie in den Kampf führen! Du rechnest wohl damit, daß auch Velx dreihundert Männer bereitstellt.«
»Mastarna wird sie hierherbringen, sobald er meine Nachricht erhalten hat«, stimmte Larth zu.
Tarchon nickte finster. »Es gab also schon eine geheime Absprache zwischen euch. Muß ich glauben, daß der Fürst von Tarchna lieber mit einer anderen Stadt gemeinsame Sache macht als mit der eigenen?«
»Es ist nur das Entgegenkommen eines Freundes einem Freund gegenüber. Ich kann nicht wissen, ob Mastarna von seinem König das erhalten hat, um was ich meinen König bitte. Aber ich habe keine Zweifel, daß es ihm gelungen ist.«
»Genauso wie du keine Zweifel hast, daß es *dir* gelingen wird, nehme ich an.« Tarchon senkte den Blick in seinen Weinpokal, der fast schon leer war. »Sicher, du bist eben ein Magier.«
Larth antwortete nicht, und Tarchon lächelte etwas wehmütig vor sich hin. Er gab sich gar keine Mühe, das Bedauern über die eigene verlorene Jugend zu verbergen, das ihm ins Gesicht geschrieben stand.
»Tive Aivas ist gekommen, um mich um Thanaquils Hand für seinen Enkel zu bitten. Ich nehme an, dir ist klar, warum er diese Heirat will.«
Larth nickte, und Tarchon biß sich auf die Lippen.
»Ich habe nicht ja gesagt, aber auch nicht nein. Aivas ist einer der

mächtigsten Männer meines Adels, und er hat viele um sich geschart. Mehr als dein Vater und ich vorausgesehen hatten. Deshalb wäre es nicht klug, sich ihn zum Feind zu machen, so wenig wie es klug wäre, wenn du dich jetzt von hier entferntest.«
»Wenn ich mich jetzt von hier entferne, dann nehme ich alle die jungen Männer der adeligen Familien mit, die du fürchtest. Und ich werde es in einer Weise tun, daß sich keiner der Ehre Tarchnas und dem Frieden der Toten wegen dieser Verpflichtung entziehen kann.«
Tarchon betrachtete ihn nachdenklich. »Bist du dir denn wirklich so sicher, was die Latiner anbetrifft?«
Mit einem kleinen Lächeln trat Larth vors Feuer, um sich zu wärmen, und der Opal schimmerte im Schein der Flamme, die kaum merklich erzitterte.
»Ich werde Ruma einnehmen«, murmelte er.
Tarchon nickte. »Wenn es so geschrieben steht«, sagte er leise.

11.

Der Schatten, der an der Mauer des Bogengangs der Loggia entlangstrich, schien kaum den Boden zu berühren. Die in regelmäßigen Abständen angebrachten, bronzenen Lampen in der Form eines Adlers im Flug warfen breite, gelblich flackernde Lichtflecken, die die dunkle Männergestalt sorgfältig vermied.

Es war tiefe Nacht, und alle schliefen. Der Regen, der schon seit Tagen anhielt, trommelte aufs Dach und fiel in breiten Rinnsalen von den abschüssigen Flächen.

An der Stelle, wo die Loggia zur Galerie abbog, an der die Gemächer des Königs lagen, zögerte die schattenhafte Gestalt für einen Moment. Hier war an der Wand das Basrelief einer antiken Schlacht in den Stein gehauen, und als der Mann mit dem Rücken daran entlangstrich, beschlich ihn plötzlich ein beunruhigendes Gefühl, das ihn in Alarm versetzte.

Das, was er im Begriff war zu tun, würde gut bezahlt sein, und er konnte sogar an eine gerechte Rache glauben. Aber auch die beste Rechtfertigung konnte nicht die Tatsache leugnen, daß die Ermordung eines Königs in seinem eigenen Palast ein ungeheuerliches Verbrechen war.

Er zögerte noch immer, und ein Schauer lief ihm über den Rücken. Die Wache hatte sich gerade auf den Gang durch die Höfe begeben. Die Zeit drängte, und er schlich vorsichtig weiter. Aber er wurde immer unsicherer, und das seltsame Gefühl befiel ihn, als würde eine ihm unbegreifliche, dunkle Macht ihn aufhalten.

Leise, immer darauf bedacht, nicht das geringste Geräusch zu machen, um nicht die Diener zu wecken, drückte er die schwere Tür auf, die zu den Gemächern führte, und befand sich in einem der ersten Räume. Bis auf einen Diener, der regungslos in einer Ecke schlief, war der Raum leer. Vorsichtig näherte er sich der zweiten Tür, und diesmal zog er das kurze Schwert unter dem Mantel hervor. Kalt und schwer lag es in seiner Hand.

Er öffnete die Tür und sah in den Raum dahinter. Im Hintergrund stand das Bett, von zwei schweren purpurfarbenen Vorhängen verdeckt, und Schränkchen aus Elfenbein und Silber füllten den Raum. An der Wand hingen die Waffen, das königliche Schwert und die zweischneidige Streitaxt, das Symbol der Macht Tarchnas.

Als sein Blick auf die Feuerstelle fiel, sah er, daß das Holz verbrannt war, trotzdem loderten die Flammen hell und hoch auf. Er erschauderte, und ein eisiges Gefühl beschlich ihn.

Mit kurzen Schritten ging er auf das große Bett zu und hob das Schwert. Aber im selben Augenblick wurde er ergriffen, jemand schlug ihn mit dem Gesicht gegen die Wand und riß seinen Arm so heftig zurück, daß er brach. Er schrie laut auf, aber der andere verstärkte noch seinen Druck. Dann packte er ihn unter den Achseln und zog ihn in ein drittes Gemach, drückte ihn auf die Knie und riß ihm die Kapuze vom Kopf. Vor ihm saß der König vor der Feuerstelle, und hinter ihm stand, hochaufgerichtet, die Hohepriesterin des Palastes.

Sofort schlug er die Augen nieder, damit sie nicht in seinen Gedanken lesen konnte, aber er wußte, daß er in eine Falle gegangen war. Ein Netz hatte sich über ihm zusammengezogen und drückte ihm die Luft ab. Nun verstand er das seltsame Gefühl, das sich seiner bemächtigt und ihn umgeben hatte und das die Mauern auszuströmen schienen. Die Hohepriesterin des Palastes hatte die Kraft der Steine gegen ihn erweckt.

Larth, der ihn im Schlafzimmer des Königs überwältigt hatte, packte ihn jetzt bei den Haaren und zwang ihn, den Kopf zu heben.

»Dieses Gesicht habe ich schon einmal gesehen«, stellte er überrascht fest.

»Sicher«, murmelte Tarchon, »er ist mit Demestone, dem Händler, und seinem Gefolge angekommen. Du hast ihn gestern gesehen, als ich sie im Palast empfangen habe.«

»Ist es Demestone, der dich geschickt hat? Rede!« herrschte ihn Larth an und verstärkte wieder den Druck.

Der Mann preßte mühsam ein paar unverständliche Worte zwischen den Zähnen hervor. Das Netz zog sich immer mehr um ihn zusammen und drohte, ihn zu ersticken.

»Er ist kein Grieche«, murmelte Larth. »Er ist ein Focese.«
»Er wird nicht reden«, mischte sich jetzt Caitli ein.
»Dafür hat er nicht genug Angst.«
»Noch nicht... bald wird er sie haben!« stieß Larth wütend hervor.
Tarchon drückte fest Caitlis Hand, die sie ihm auf die Schulter gelegt hatte. »Ich bin sehr müde. Morgen werden wir wissen, warum er gekommen ist, um den König von Tarchna zu ermorden. Ich muß mich jetzt ausruhen, und auch ihr, meine Kinder. Es ist schon spät.«
»Morgen werden wir vor allem wissen, in wessen Auftrag er es tun sollte«, sagte Larth grimmig, packte den Gefangenen und stellte ihn auf die Beine.
Die Wachen waren schon vor einiger Zeit in Alarm versetzt worden, mit dem Befehl, ihn in den Palast eindringen zu lassen. Jetzt nahmen sie ihn in ihre Obhut und brachten ihn weg. Larth blieb zurück, und Caitli gab den Dienern ein Zeichen, den König in sein Schlafgemach zu begleiten. Dann blieb sie noch ein wenig vor der Feuerstelle stehen. Sie hatte schon seit einiger Zeit gespürt, daß etwas Drohendes in der Luft lag, und dieses Gefühl hatte sich immer mehr verdichtet. Doch erst an diesem Abend hatte sie die Zeichen klar erkannt. Wenn sie nicht so zerstreut gewesen wäre, hätte sie es schon früher gewußt und hätte Larth nicht bitten müssen, mitten in der Nacht aufzustehen, sich zu bewaffnen und ihr in die Gemächer des Königs zu folgen.
Eine so überstürzte Handlung war ziemlich riskant und konnte leicht mißverstanden werden. Viele der Haruspizen von Tagete wohnten im Palast, und der Große Trutnot mißtraute zutiefst ihrem alten Hohepriester Flasi, einem Adeligen aus dem Hause Aivas, der sich mit großer Zähigkeit und Geduld diese angesehene Position erobert hatte. Caitli war sich sicher, daß Flasi Aivas nicht zögern würde, auch aus diesem Ereignis seinen Vorteil zu ziehen. Larth, der sie so gedankenversunken dastehen sah, trat lächelnd neben sie.
»Es ist ja nichts passiert«, tröstete er sie. »Der König hat seine Zustimmung für den Feldzug nach Ruma gegeben, und Mastarna wird nicht lange auf sich warten lassen. Dann kann Thanaquil zu weinen aufhören, und ich werde alle mit mir nehmen, die von irgendwelchen Machtgelüsten befallen sind.«
»Die Zeichen sagen, daß es ein Fremder sein wird, der Unheil über den

Palast bringt. Ein Fremder, der von Westen kommt«, entgegnete ihm Caitli.
»Der Palast ist voller Fremder. Demestone und alle seine Diener sind Fremde, und sie sind von Alalia, das im Westen liegt, hierhergesegelt.«
»Aber die Zeichen haben sich nicht geändert, sie sagen immer noch dasselbe.«
Caitli drehte sich dem Feuer zu, um ihre Gefühle zu verbergen. Larth bemerkte es zwar, aber er gab diesen Gefühlen einen anderen Namen und eine besondere Bedeutung.
Er nahm sie bei den Schultern und zog sie leicht zu sich, um sie zu ermutigen. »Wir werden herausfinden, wer die Hand des Focesen bewaffnet hat und was dahintersteckt. Ob es Rache war oder eine Verschwörung.«
»Verschwörung«, murmelte Caitli und fühlte den Schatten, den dieses Wort über den Palast von Tarchna brachte. Seit langen Zeiten hatten die Könige des Hauses von Tarchon kein ähnliches Ereignis befürchten müssen, und deshalb erschien es nun um so ungeheuerlicher.
»Werde ich deinen Schutz in Ruma haben?« fragte Larth.
»Warum fragst du mich danach?«
»Weil du meine Königin bist.«
Caitli lächelte und strich über den Opal.
»Natürlich«, murmelte sie.
Dann löste sie sich von ihm, und Larth schien, als ob sie es nur schweren Herzens tat. Zu viele ungesagte Worte lasteten zwischen ihnen.
Er befahl den Wachen, Caitli in ihr Gemach zu begleiten, und stieg dann zu den Zellen hinunter, wohin man den Gefangenen gebracht hatte. Der Zugang zu diesen unterirdischen Zellen befand sich im Dienstbotenhof. Ein steil abfallender Gang, in Tuffstein gehauen und sich ständig erweiternd, führte bis unter den alten Flügel des Palastes und teilte sich dann in viele Gänge auf, die zu engen düsteren Zellen führten. Davor, in der Mitte, befand sich der einzige größere Raum, der dem Verhör und der Bestrafung diente. Aber er wurde nur sehr selten benutzt. Der Überlieferung nach war dieses unterirdische Gewölbe früher, zu den Zeiten des ersten Tarchon, ein geheimer Kultort gewesen, oder auch ein Versteck. Aber jetzt war es nur noch ein dunkles Verlies, wo die Luft stickig war und voller übler Körperausdünstungen.

Larth blieb auf der Schwelle des großen Raumes in der Mitte stehen. Regenwasser tropfte mit einem monotonen Geräusch durch die durchweichte Erde und den Stein. Aber es wurde von einer Rinne aufgefangen, die in einen steingefaßten Brunnen führte.
Der Gefangene hing nackt, mit weitaufgerissenen Augen und schlaffen Gliedern zwischen den Ketten, an die man ihn gebunden hatte. Speichel stand ihm im Mundwinkel, und seine Beine waren noch naß vom Urin, den er während des Todeskampfes nicht hatte halten können. Laris in seiner Funktion als Zilath war schon da, und hinter ihm stand Flasi Aivas in Begleitung einer kleinen Gruppe von Haruspizen.
»Gift«, informierte ihn Laris knapp. »Vielleicht hat er es geschluckt, während sie ihn aus den Gemächern des Königs hierhergebracht haben oder als sie ihn auszogen.«
»Hat er noch etwas gesagt?« fragte Larth.
»Dazu hatte er keine Zeit mehr. Nur ein paar Worte in Focesisch, aber nicht einen einzigen Namen, nicht mal seinen eigenen.«
»Die Zeichen waren ganz klar«, mischte sich nun Flasi Aivas ein. »Ein Fremder, der von Westen kommt, wird Unheil über den Palast bringen. Die Zeichen sind seit vielen Tagen immer dieselben.«
»Seit der keltische Sklave nicht den Phersu geehrt hat«, raunte einer der Haruspizen hinter seinem Rücken, aber so laut, daß auch alle anderen es hören konnten.
»Genau, seit damals«, beeilte sich Flasi Aivas ihm zuzustimmen und wich dabei dem Blick von Larth aus. Flasi Aivas war ein hagerer Mann, nicht sehr groß, mit stechenden Augen, die tief in den Höhlen lagen, einer vorspringenden Nase und einem leicht ergrauten Spitzbart, und seine Machtgier war ebenso groß wie seine Fähigkeit, bei jedem Ereignis aufzutauchen, das ihm für seine Zwecke nützlich erschien.
Und nun sagte er dasselbe, was auch schon Caitli gesagt hatte.
»Dieser Focese ist aus Westen gekommen«, erwiderte ihm Larth. »Und wenn du wußtest, was die Zeichen sagten, dann wären wir gerne früher von dir gewarnt worden.«
»Die edle Caitli ist mir zuvorgekommen, wie immer. Da die Göttin sie erwählt hat, kann keiner sein wie sie«, antwortete ihm Flasi Aivas mit liebenswürdiger Stimme. Aber in seinen Worten lag fast greifbar ein eisiger Unterton. Laris faßte Larth am Arm und zog ihn mit sich zum Ausgang.

Schweigend überquerten sie den Dienstbotenhof und flüchteten sich dann vor dem Regen unter den Säulengang, der zum zentralen Flügel führte, und von dort aus in einen der offenen Räume, die zum Haupthof hin lagen. In der großen Feuerstelle verbreitete ein Feuer wohlige Wärme, und sie baten einen Diener, ihnen heißen Wein zu bringen. Dann setzten sie sich vor die Feuerstelle und verharrten eine Weile schweigend. Larth fiel es schwer zu denken, daß der Mann neben ihm immer noch über ihn bestimmen konnte, nur weil er sein Vater war. Er erinnerte sich an das letzte Mal, als sie wirklich miteinander gesprochen hatten. Es war die Nacht gewesen, in der die schöne Tyrò ihn zum Mann gemacht hatte. Damals fühlte er sich zum ersten Mal als Erwachsener, und sein Vater schien ihm ein alter Mann zu sein. Von diesem Mann, der da jetzt vor ihm saß, wußte er nichts, und das betrübte Larth. Es mußte doch noch etwas geben, das sie sich zu sagen hatten, bevor es zu spät war.

»Es ist merkwürdig«, begann Laris, als wäre er seinen Gedanken gefolgt, »es muß erst etwas so Schreckliches passieren wie der Versuch, den König zu ermorden, daß wir beide, du und ich, uns zusammenfinden, um miteinander zu reden.«

»Es tut mir leid. Aber du weißt, daß der König mir befohlen hat, im Palast zu wohnen«, versuchte Larth sich zu rechtfertigen.

»Ja, ich weiß.« Laris winkte müde ab. »Das ist es nicht, was ich meine. Die Zeiten sind schwierig, Larth. Schon beginnt der eine oder andere über die Krankheit des Königs zu reden, und dieser Flasi aus dem Hause Aivas würde alles tun, um den Enkel seines Bruders auf den Thron von Tarchna zu bringen.«

»Du meinst, er würde sogar einen Mord begehen?«

Laris hob eine Hand und gebot ihm zu schweigen.

»Du bist unvorsichtig, mein Sohn. Dieser Palast, der für dich immer wie ein Zuhause war, hat mehr feindliche Ohren und böse Zungen, als du denkst. Du solltest auf der Hut sein! Dein Ruhm als Krieger und als Magier weckt Neid, und so ist auch deine Allianz mit Velx eine Quelle des Mißtrauens.«

»Ja, das weiß ich. Schon seit ich Vibennas Vorschlag angenommen habe, mich auf seinem Schiff statt auf dem Schiff von Tarchna einzuschiffen. Aber es war das Flaggschiff, Vater, verstehst du? In jedem Hafen und in jeder Schlacht das erste.«

»Sicher, du liebst das Wagnis, und auch dein Kriegszug gegen Ruma ist ein solches«, erwiderte ihm Laris.

»Das mag sein. Aber gleichzeitig ist es auch eine Möglichkeit, die jungen Männer aus den Adelsfamilien mit mir zu nehmen und damit Tarchna und seinem König einen ruhigen Winter zu verschaffen«, sagte Larth und lächelte.

»Ich muß anerkennen, daß Velvur dir ein guter Lehrmeister gewesen ist«, sagte Laris.

Der Diener hatte inzwischen die zwei Pokale mit heißem Wein gebracht. Die feuchte Luft war erfüllt vom starken Duft der Gewürze, mit denen er vermischt worden war, und durch die Öffnung zum Hof, hinter dem Säulengang, sah man durch den dichten Regenschleier einen Streifen Himmel, der langsam heller wurde.

Laris nahm einen Schluck Wein und stellte dann nachdenklich den Pokal wieder ab. »Übrigens, über diesen Sklaven mit dem Namen Axal, den das Schicksal für dieses Haus bestimmt hat, ist bei mir vom Oberaufseher der Diener schon zweimal Beschwerde eingegangen«, nahm er das Gespräch wieder auf.

»Warum? Und warum ausgerechnet bei dir?« fragte Larth verwundert.

»Weil ich das höchste Richteramt ausübe. Er ist der Sklave, der sich nicht gebeugt und die Tradition gebrochen hat, weil er sich dem Phersu nicht unterwerfen wollte. Hast du Flasi Aivas gehört? Sollte er tatsächlich jemanden schützen müssen, dann wird es für ihn nicht schwierig sein, dem Kelten alle Schuld zuzuweisen.«

»Das mag sein, Vater. Aber warum die Beschwerde?«

»Weil er immer noch nicht gelernt hat zu gehorchen. Und außerdem ... Nun ja, er glaubt, was Besonderes zu sein.«

»Das ist er auch. Er hat mir das Leben gerettet!«

»Vergiß nicht, er ist ein Fremder«, gab Laris zu bedenken.

»Er ist ein Mann, der Wort hält. Und für mich reicht das aus«, erwiderte ihm Larth entschieden.

»Sicher, für einen König mag das gelten, aber nicht für einen Fürsten, der einen Thron erobern muß und sich besser um seinen eigenen Vorteil sorgen sollte.«

»Um seinen eigenen Vorteil?« Larth wunderte sich. »Noch nie habe ich dich die Gerechtigkeit gegen irgendeinen Vorteil eintauschen sehen, Vater.«

Laris schaute ihn mit einem undurchdringlichen Blick an. »Ich war gezwungen, die Beschwerde des Oberaufsehers entgegenzunehmen und mußte ihn bestrafen. Aber ich bin sicher, daß das nicht viel nutzen wird, und ich befürchte, daß er auf diese Weise nicht sehr lange überleben wird.«
»Ich werde die Sache dem König vortragen und den Kelten mit mir auf den Kriegszug gegen Ruma nehmen. War es das, was du mir sagen wolltest?«
Laris nickte zerstreut, seine Art zu sagen, daß es da noch etwas gab, worüber er am liebsten nicht geredet hätte. Larth wußte das und fragte deshalb: »Was noch, Vater?«
»Die edle Caitli hat seinen Arm gesund gepflegt und ihn deshalb ständig gesehen, mindestens einmal am Tag«, sagte er leise.
»Zwischen dem Opfer und der Person, die es dem Tod weiht, entsteht ein Band, das sich nur sehr langsam wieder löst. So lernt der eine den Tod zu akzeptieren, und der andere ist Mittler zwischen den Göttern und den Menschen«, erwiderte ihm Larth.
»Das ist wahr. Aber er hat den Tod nicht akzeptiert, er ist nicht tot. Ich sage es noch einmal, mein Sohn, der Palast ist inzwischen ein Ort geworden, dem du nicht mehr bedenkenlos trauen kannst. Alles hier kann sich gegen dich wenden.«
»Nein!« Larth erhob sich schroff und trat auf den Säulengang hinaus. Laris blieb in Gedanken versunken sitzen.
In diesem Moment öffnete sich das große Portal. Der Sonnenaufgang begann eben den noch immer von schweren Wolken verhangenen Himmel zu färben. Der Regen hatte sich in einen feinen, kalten Nieselregen verwandelt, und ein kleiner Zug verdeckter Wagen, begleitet von einer Handvoll Wachen, zog in den Hof ein.
Einen Augenblick später stand Velvur vor ihnen. Er sah müde und abgespannt aus.
»Ich bin also nicht der einzige, der diese Nacht durchwacht hat«, sagte er zur Begrüßung zu Larth, bevor er Laris hinter ihm entdeckte, der sich jetzt ebenfalls erhoben hatte und auf ihn zuging.
»Dem König geht es gut, aber der Mann, der ihn ermorden wollte, hat sich umgebracht«, informierte er Velvur, ohne ihn nach dem Grund seines plötzlichen Erscheinens zu fragen. »Wir wissen von ihm nur, daß er ein Focese ist und mit dem Gefolge von Demestone, den ich nachher

befragen werde, in den Palast gekommen ist. Willst du bei der Befragung anwesend sein, Großer Trutnot?«
»Sicher, nachdem ich den König gesehen habe«, erwiderte Velvur.
Laris verbeugte sich förmlich, und Velvur nahm Larth freundschaftlich unter den Arm und zog ihn beiseite.
»Ist alles gutgegangen?«
Larth schaute ihn an. »Warum fragst du mich dananch, wenn du es doch weißt?«
Velvur schüttelte den Kopf. »Die Stimmung in diesem Palast gefällt mir nicht. Wo ist Caitli?«
»In ihren Gemächern. Ohne sie, ich meine, wenn sie nicht gewesen wäre, dann wäre der König jetzt tot.«
Velvur nickte nachdenklich. »Dein Bruder Cneve wartet zusammen mit Mastarna vor dem nördlichen Tor darauf, daß es geöffnet wird. Mastarna hat viele Bewaffnete bei sich, und in diesem Moment wäre es nicht sehr klug, wenn sie in den Mauern des Palastes unterkämen. Man könnte an eine Verschwörung oder Schlimmeres denken. Deshalb rate ich dir, ihm entgegenzureiten und ihn zu bitten, seine Männer draußen ihr Lager aufschlagen zu lassen. Dann kannst du ihn, zusammen mit seinen Hauptleuten, hierher bringen.« Larth nickte, und der Große Trutnot wandte sich an Laris. »Begleite mich jetzt zum König. Aber bevor wir den Griechen befragen, will ich Caitli sehen. Und ich möchte, daß auch sie bei der Befragung anwesend ist.«
»Das ist gegen die Tradition. Gibt es dafür einen bestimmten Grund?« wollte Laris wissen.
»Oh, natürlich.« Velvur lächelte und schritt schon in Richtung des Hofes voran. »Wenn sie anwesend ist, wird dieser alte Gauner nicht einmal versuchen zu lügen.«

Larth hatte Velvurs Ratschlag befolgt und war sofort zum Nordtor geritten, vor dem Mastarna mit seinen Männern auf Einlaß wartete.
»Ich weiß, daß es unter Verbündeten nicht üblich ist, deinen Männern zuzumuten, ihr Lager hier aufzuschlagen, und noch dazu im Regen«, bat er ihn um Verständnis. »Aber in Anbetracht dessen, was heute in Tarchna passiert ist, scheint mir das die einzig mögliche Lösung zu sein.«
Mastarna nickte nachdenklich und warf einen Blick auf das Tor, das

offen geblieben war, nachdem Larth es passiert hatte. Ein Zeichen zumindest, daß sie doch noch Vertrauen zu ihm hatten. Dann wandte er sich mit einem kleinen Lächeln wieder Larth zu. Er kannte ihn inzwischen viel zu lange und zweifelte nicht an den guten Gründen für sein Handeln. »Du schaust wirklich fürchterlich aus«, war sein einziger Kommentar. Dann befahl er, ihm sein Pferd zu bringen, aber nicht die Waffen, und ließ Aule und Caile Vibenna zu sich rufen, die ihn begleiten sollten. Unter diesen Umständen wäre es unklug gewesen, die Stadt bewaffnet zu betreten und damit das Mißtrauen des feindlich gesinnten Adels von Tarchna noch mehr herauszufordern.

»Er ist im Heiligen Wald fast gestorben«, mischte sich nun Cneve ein, der zusammen mit Mastarna aus Velx zurückgekommen war und sich nun ebenfalls zu ihnen gesellt hatte.

»Einmal bin ich nicht an deiner Seite, und schon muß dir ein Sklave das Leben retten«, scherzte Mastarna feundschaftlich.

Larth zog es vor, nicht zu antworten.

»Hattest du Schwierigkeiten, deinen König zu überzeugen, dir die Männer für Ruma zu geben?« fragte er statt dessen.

»Frag mich lieber, ob es schwierig für mich war, ihre Anzahl auf dreihundert zu begrenzen. Und wie war es bei dir?«

»Ungefähr genauso.«

Cneve riß erstaunt die Augen auf, und Mastarna lachte.

»Er lügt besser als eine karthagische Hure, mein kleiner Cneve. Aber ich wette, keiner merkt es.«

Auch Larth verzog das Gesicht zu einem Lächeln, aber der Ausdruck seiner Augen blieb hart. Mit Mastarna an seiner Seite gab es nur wenige Dinge, die er nicht gewagt hätte. Kurze Zeit später passierten sie das nördliche Tor, nachdem Mastarna seinen Männern den Befehl erteilt hatte, das Lager für die Dauer von einigen Tagen vor den Toren der Stadt aufzuschlagen, und begaben sich sofort zum Palast. Aber der König hatte sich entschieden, niemanden zu empfangen. Erst am Abend, auf den Rat des Großen Trutnot hin, würde er eine Audienz für den Adel von Tarchna geben, um ihn zu beruhigen und über den mißlungenen Anschlag auf seine Person zu berichten.

Deshalb ließ der Große Trutnot, der, in Gegenwart von Caitli, immer noch mit dem Verhör des Griechen Demestone beschäftigt war, bei ihrer Ankunft Thanaquil rufen und vertraute ihr die Gäste an.

Thanaquil hatte für ihre Bewirtung gesorgt, und Cneve hatte sich um Aule und Caile Vibenna gekümmert. Nun leistete Thanaquil während der Dauer des einfachen Mahls Larth und Mastarna Gesellschaft. Sie trug eine Tunika aus feiner, weißer Wolle, die blau bestickt war, und darüber einen wollenen Überwurf, der von einer goldenen Fibel geschlossen wurde. Ihre offenen Haare wurden nur von einem schmalen, goldenen Reif gehalten, und es war ihr anzusehen, daß sie Mastarna erwartet hatte und genau wußte, wann er kommen würde und warum sie gerufen worden war.

Als sie die Mahlzeit beendet hatten, schickte Larth nach Axal und wandte sich dann wieder Mastarna zu.

»Ich habe für heute in den königlichen Übungsstätten alle jungen Männer der Adelsfamilien Tarchnas zusammenrufen lassen, aber ich kann dich leider nicht mitnehmen. Sie würden mir vorwerfen, in gewisser Weise die Interessen von Velx zu vertreten, das du repräsentierst.«

»Da hast du recht«, stimmte ihm Mastarna zerstreut zu. Aber seine Augen waren auf Thanaquil gerichtet, die sich auf dem Clinai ihm gegenüber ausgestreckt hatte, und in seinem Blick lag alles andere als Gleichgültigkeit. Der gewürzte Wein war gut, und auch das Essen war ihm vorzüglich erschienen. Sie hatten viel geredet und im Grunde alle Themen angeschnitten: die Latiner, Ruma, das zu regnerische Wetter, den Überfall auf dem Pfad im Heiligen Wald. Nur das Attentat auf den König hatten sie mit keinem Wort erwähnt.

Mastarna hatte erfreut festgestellt, daß Thanaquil geschickt der Unterhaltung gefolgt war, über alles so gut Bescheid wußte, um hin und wieder eine Bemerkung einfließen zu lassen, und daß sie eine sanfte Stimme hatte . . . eine wunderbar sanfte Stimme.

»Was ist los mit dir, mein Freund?« weckte ihn Larth aus seinen Träumen. »Man könnte fast glauben, du hast zuviel getrunken, dabei ist das dein erster Pokal.« Mastarna löste seinen Blick von den dunklen Augen des Mädchens und drehte sich dann nach Axal um, der auf der Schwelle erschienen war.

»Ich bin dir sehr dankbar«, wandte er sich an ihn, ohne sich darum zu bekümmern, daß man in der Öffentlichkeit einen Sklaven nicht begrüßte. »Du hast ein Leben gerettet, das mir sehr lieb und wertvoll ist.«

Axal schien der Geste keine Beachtung zu schenken, aber Thanaquil

schaute ihn erstaunt an. Larth erhob sich und schlug ihm mit der Hand auf die Schulter.
»Ich mache mich also auf den Weg, mein Freund. Aber ich werde versuchen, so bald wie möglich wieder zurück zu sein«, sagte er und schickte sich dann an, den Raum zu verlassen.
Mastarna fühlte sich etwas verlegen, aber er war ihm dankbar für die Zeit, die er ihm geschenkt hatte.
»Sicher«, murmelte er.
Als Larth den Hof betrat, nieselte es, und ein kalter, stürmischer Wind trieb dunkle Wolken nach Süden. Am Hauptportal des Palastes angekommen, stellte er fest, daß eine Wache von acht Männern auf ihn wartete, obwohl er gar nicht darum gebeten hatte.
Velvur, dachte er, oder der König selbst. Keiner sonst außer Laris und mir kann den Wachen Befehle erteilen, und mein Vater war es bestimmt nicht.
Axal schritt stumm hinter ihm. Es war das erste Mal, daß er die Möglichkeit hatte, den Palast zu verlassen und die Stadt zu sehen, und wie immer entging nichts seiner Aufmerksamkeit.
Über die breite Straße, die vom Palast hinunter zur Stadt führte, fegte der Wind, und viele Leute waren unterwegs, die zur Seite auswichen, um ihnen Platz zu machen. Dicke Rauchwolken stiegen aus den Werkstätten weiter unten auf, wo die Handwerker ihrer Arbeit nachgingen, und vom östlichen Tor her näherte sich eine mit Eisen beladene Wagenkolonne, die von den Schmelzstätten in den Metallbergen kam.
Eine reiche Stadt, mit gefüllten Kornspeichern und einem sicheren Hafen, eine Stadt, die sich dort unten in ihrem ganzen Glanz vor uns ausbreitet, dachte Larth und überlegte, ob der Kelte sich des ganzen Ausmaßes ihrer Kultur und ihres Reichtums bewußt war.
»Der Oberaufseher der Diener des Palastes hat sich über dich beschwert. Man hat mir gesagt, daß du bestraft worden bist«, sprach er ihn an und verlangsamte etwas seinen Schritt, so daß sie nun fast nebeneinander gingen. »Weißt du, wohin das führen kann?«
»Ich werde vorher fliehen«, murmelte der Kelte.
»Dazu besteht wenig Hoffnung«, entgegnete ihm Larth.
»Dann werde ich eben bei dem Versuch sterben«, erwiderte der Kelte leichthin, aber der entschlossene Ausdruck seiner Augen strafte seinen Ton Lügen.

»Du schuldest mir deine Treue als Freund, erinnerst du dich? Ich werde dich mit nach Ruma nehmen«, sagte Larth und dachte bei sich: und zwar bevor es Flasi Aivas gelingt, dir zu seinem Nutzen alle Schuld anzulasten. Ein Lächeln überflog Axals Gesicht. »Meine Schuld dir gegenüber habe ich bereits beglichen«, antwortete er in einem leicht herausfordernden Ton.

Kurze Zeit später erreichten sie die königlichen Übungsstätten, die schon überfüllt waren. Cneve war mit Mastarna und den beiden Vibenna im Palast geblieben, aber Egene war da und mit ihm alle jungen Männer aus den Adelshäusern von Tarchna, mit Kae Aivas an ihrer Spitze. Bei Larths Eintritt wurde das Stimmengewirr leiser und brach kurz danach völlig ab.

Tefrie kam ihm auf den Stufen, die zur Arena hinunterführten, entgegen. Als Waffenmeister stand ihm hier in den Übungsstätten das Hausrecht zu, und während der Spiele oder der Ausbildung war er es, der das letzte Wort hatte.

»Ich bin zwar nicht mehr jung, mein Fürst«, rief er, »aber ich habe mit meinen eigenen Augen die Schändung des *Heiligen Waldes von Tinia* gesehen. Und das gibt mir das Recht, dich darum zu bitten, mit dir kommen zu dürfen!«

Axal war hinter Larth stehengeblieben, und viele der jungen Männer fragten sich, warum das Schicksal ihn verschont hatte und er sich nun wie ein Keim des Unheils zwischen ihnen befand. Der Kelte seinerseits taxierte die Männer und überlegte, wie viele von ihnen es wohl wirklich mit Larth aufnehmen konnten. Er konnte keinen entdecken.

»Ich danke dir, mein alter Freund«, wandte Larth sich nun an Tefrie und legte ihm eine Hand auf die Schulter. »Dein Angebot ehrt mich. Du wirst an meiner Seite sein und dich um die Waffen kümmern.«

»Wenn es eine Prophezeiung ist, die dir bei diesem Kriegszug so viel Sicherheit gibt, dann sag es uns«, unterbrach plötzlich die schneidende Stimme von Kae Aivas die Stille. »Vielleicht hilft uns das, deine Begeisterung zu teilen.«

Jemand hinter ihm versuchte, etwas darauf zu erwidern, aber er wurde sofort zum Schweigen gebracht. Auch Egene setzte zum Reden an, aber noch bevor er auch nur ein Wort gesagt hatte, war Larth schon die letzten Stufen zur Arena hinunter und blieb vor dem jungen Aivas stehen.

»Brauchst du wirklich eine Prophezeiung, Kae? Hast du das wirklich nötig?«
Wie ein eisiger Wind fegte Larths Stimme durch die Reihen der Männer, und ein spürbares Unbehagen breitete sich in der Arena aus.
»Hör mir gut zu, Kae Aivas! Der künftige König von Tarchna wird auch König von Ruma sein«, fuhr Larth mit erhobener Stimme fort. »Und er wird Ruma nicht nur der eigenen Krone bringen, es wird auch ein Geschenk an das Städtebündnis der Rasna sein.« Dann faßte er Kae Aivas fest ins Auge und zwang ihn, den Blick zu senken. »Willst etwa ausgerechnet du es sein, der dabei fehlt, Kae?«
»Der künftige König, sagst du...« Kae brachte seinen Satz nicht zu Ende.
Larth bedeckte den Opal auf seiner Brust mit der Hand und ließ für einige Sekunden diese Geste ihre Wirkung tun. Kae Aivas würde sich jetzt nicht mehr zurückziehen können, selbst dann nicht, wenn er es gewollt hätte.
Kae ließ noch einen Moment verstreichen und murmelte dann, ohne den Blick zu heben: »Auf nach Ruma! Für unseren König. Morgen wirst du tausend Mann am südlichen Tor vorfinden.«
»Dreihundert, Kae. Mir reichen dreihundert, aber die müssen in zwei Tagen bewaffnet und ausgerüstet sein. Und ich werde es sein, der sie auswählt.«
Dann begann er die Reihen der Männer durchzugehen und traf dabei seine Wahl nach der Familienzugehörigkeit und nicht nach den Fähigkeiten der einzelnen. Aus jeder der adeligen Familien von Tarchna wählte er mindestens zwei Mitglieder aus, die in der Erbfolge an erster Stelle standen. Die letzten fünfzig allerdings wählte er, ohne auf Herkunft oder Erbfolge zu achten, und nahm nur diejenigen, von denen er wußte, daß sie gute Kämpfer waren. Jeder der ausgewählten Männer würde zwei Diener, einige Pferde, Waffen, Verpflegung und Decken mitbringen müssen. Aber der Adel von Tarchna war reich genug, um ohne zu darben eine kleine Streitmacht auszurüsten.
»Was hatte es denn mit dieser Prophezeiung auf sich, die du in den königlichen Übungsstätten gemacht hast?« fragte Velvur behutsam und gesellte sich zu Larth, der auf dem Weg zum Audienzsaal war, wo der König den Adel empfangen würde.
Larth lächelte. »Du, als mein Lehrmeister, müßtest das doch wissen«,

gab er mit einem leicht maliziösen Unterton zurück und genoß die kleine Respektlosigkeit. Aber der Große Trutnot schüttelte nur nachdenklich den Kopf. Unter dem Säulengang, der von unzähligen Lampen und Fackeln taghell erleuchtet war, liefen die Diener geschäftig hin und her, um die Gefäße mit Wein und Honig in den Saal zu bringen. Ein starker Duft nach Weihrauch und verbrannten Kräutern zeigte an, daß die Haruspizen soeben den Ritus zur Reinigung des Palastes vollzogen hatten, um weiteres Unheil abzuwenden. Auch Caitli hatte in der offiziellen Funktion der Hohepriesterin des Palastes daran teilgenommen, und Flasi Aives war mit Sicherheit darüber nicht sehr erfreut gewesen.

»Eine Prophezeiung«, sagte Velvur leise, »das ist etwas, für das man bezahlt, Larth. Etwas, das du aus der Zeit nimmst, die noch kommen wird, und es in die Zeit versetzt, in der du es aussprichst. Aber das Netz der Zeit ist aus einem seltsamen Muster gewebt, und alles, was du nimmst, fordert einen Ausgleich. Mit was hast du ausgeglichen, was du dir genommen hast, um Kae Aivas' Zunge zum Schweigen zu bringen?«

»Mit gar nichts. Vielleicht war es ja auch gar keine Prophezeiung, nur eine Vermutung, ein momentaner Vorteil... oder auch nur ein Wunsch«, erwiderte Larth.

Velvur seufzte. »Wünsche sind für einen Magier sehr gefährlich, denn sie trüben den klaren Verstand.«

»Für einen Magier mag das zutreffen, aber nicht für einen König. Denn gerade die Wünsche sind es, die ihn anspornen«, erwiderte Larth.

Sie waren nun auf der Schwelle zum Audienzsaal angekommen, und Velvur blieb stehen. Das Licht drang mit einem sanften Schimmer nach draußen, und es schien, als ob dieser Ort zum lebendigen Mittelpunkt des Palastes geworden wäre, wohin nun alle drängten, um den König zu sehen.

»Hast du beim Verhör des Griechen etwas herausfinden können?« fragte Larth.

»Nein. Er wußte nichts vom Vorhaben des Focesen. Er hatte ihn in Alalia auf sein Schiff genommen, weil er sich sehr gut mit Stoffen und Farben auskannte, auch mit Gemmen und Juwelen. Man hatte dem Händler gesagt, er hätte einen guten Ruf.«

»Meinst du, er war ehrlich?«

»Absolut ehrlich. Er ist viel zu geizig, um die Stadt aufs Spiel zu setzen, in der er die besten Geschäfte macht, und er denkt mit Schrecken daran, was wir ihm antun könnten. Weißt du, dieser Grieche hat Angst, und Angst ist die beste Voraussetzung für jede Art von Magie. Denk daran, wenn du in Ruma bist.«

Velvur schritt ihm voran, und Larth folgte dem Großen Trutnot in den langen, schmalen Saal. Im Hintergrund konnte er den Königsthron sehen, das Schwert und die zweischneidige Streitaxt, die für diese Gelegenheit aus den Gemächern des Königs hierher gebracht worden waren. Und schließlich sah er auch den König, der einen düsteren Eindruck machte, und Caitli, in einem purpurfarbenen, mit Gold bestickten Gewand wie eine lebendige Flamme an seiner Seite.

Die Gäste aus Velx, um die sich Thanaquil kümmerte, saßen weiter unten, auf der rechten Seite, und die Musikanten bliesen die Doppelflöte.

»Wenn du in Ruma bist«, sagte Velvur leise zu ihm, während sie durch den Saal schritten, »dann vergiß nicht, daß du zu diesem Thron gehörst.«

Larth folgte ihm schweigend bis zum König.

12.

Es mußte ein Rudel Wölfe sein, das am Ufer des Flusses entlangstrich. Marcius, aus der Familie der Hostilii, war während der Nacht von ihrem Geheul wach geworden, und im stillen hatte er das schlechte Wetter und die Sturheit des Königs verflucht, der ihm nicht einmal erlaubt hatte, wenigstens für eine Nacht seinen Wachposten zu verlassen.
Aber das merkwürdige Gefühl, das ihn jetzt geweckt hatte, war etwas anderes. Etwas, das ihm einen Schauer über den Rücken jagte. Um ihn herum herrschte eine so völlige Stille, als ob die Nacht, und mit ihr all ihre Kreaturen, plötzlich den Atem angehalten hätte.
Marcius stand auf und packte das kurze Schwert, das neben ihm lag. Seine Gefährten schliefen noch. In der langen und schmalen Hütte mit dem weit heruntergezogenen strohbedeckten Dach bestand das einfache Lager nur aus aufgeschüttetem Stroh, über das jeder seinen Mantel gebreitet hatte.
Vor der Hütte waren vier Wachen aufgestellt. Eine Einzäunung für die Pferde umgab den Wachposten, und unter einem Unterstand befanden sich ein Brunnen und eine Feuerstelle, in der das Feuer nie ausging, als Zeichen für Ruma, daß alles ruhig war.
Lautlos erreichte Marcius die Tür und schob den Riegel beiseite. Draußen herrschte völlige Dunkelheit, das tiefe Dunkel, das der Morgendämmerung vorangeht. Die Kälte war beißend, aber unter dem Schutzdach brannte das Feuer hell und lodernd, und daneben waren die schattenhaften Umrisse von ein paar Männern zu erkennen.
Marcius hüllte sich fest in seinen Mantel und war froh, daß dieser neu und warm genug war, um ihn vor der Kälte zu schützen. Dann ging er entschlossen auf den Unterstand zu. Es war gegen den Befehl, daß die Wachen sich beim Feuer aufhielten, und es war seine Sache, sie wieder auf ihre Posten zurückzuschicken.

Das beunruhigende Gefühl, das ihn geweckt hatte, hatte er schon fast vergessen, aber ganz plötzlich stieg es wieder in ihm auf, und er blieb unentschlossen stehen. Die Schatten unter dem Schutzdach rührten sich nicht.

Sein Magen krampfte sich vor Angst zusammen, und in diesem Moment hörte er einen erstickten Schrei, der aus der Hütte kam, und als er sich umdrehte, schien es ihm, als hätte er in der Türöffnung einen Lichtschein vorbeihuschen sehen. Aber um ihn herum blieb alles ruhig, und auch die Pferde gaben keinerlei Anzeichen von Unruhe.

So schnell er konnte, rannte er wieder zur Hütte zurück, aber hinter der Schwelle angekommen, stolperte er über ein Hindernis, und jemand packte ihn an der Schulter und schlug ihm ins Genick.

Eine Minute später, als der Schleier vor seinen Augen sich wieder zu lichten begann, fand er sich auf den Knien wieder. Ein paar Öllampen wurden gerade angezündet, und in ihrem Schein erkannte Marcius ungefähr ein Dutzend bewaffnete Männer, die in die Hütte eingedrungen waren. Sie waren ohne Rüstung und ohne Schild, hatten die Mäntel zurückgeschlagen und trugen nur eine Art Lederwams über den kurzen Tuniken und den hohen ledernen Beinbekleidungen. Alle seine Gefährten waren im Schlaf überrascht worden, und die meisten von ihnen standen nun, geknebelt und aneinandergefesselt, im hinteren Teil der Hütte. Nur einige wenige, die Widerstand geleistet hatten, lagen ohnmächtig oder tot auf dem Boden.

Fassungslos schaute er auf den jungen Mann, der mit dem Rücken zu ihm die Angreifer kommandierte. Er hatte einen rotbraunen Lockenkopf, einen sehnigen, schlanken Körper und war nicht viel größer als er.

»Wer bist du?!« brüllte er, so laut er konnte, in der Hoffnung, daß seine Stimme vielleicht doch noch Hilfe herbeirufen könnte. Der Mann drehte sich auf dem Absatz nach ihm um, gebot ihm mit der Hand zu schweigen und sprach ihn dann in latinischer Sprache an.

»Deine Gefährten sagen, daß der einzige, den wir töten mußten, euer Kommandant gewesen ist, und daß du der Enkel des Königs bist. Du bist noch ein Junge, also gehorche und verhalte dich ruhig. Vielleicht kannst du deinen Leuten nützlich sein.«

»Wieso sprichst du meine Sprache?« rief Marcius überrascht. Mastarna schüttelte leicht den Kopf. Er kannte sehr gut dieses Ungestüm, das in

der Stimme des Jungen lag und ihn bestimmt dazu verführen würde, irgend etwas Unbedachtes zu tun.
»Gehen wir«, befahl er seinen Männern, ohne ihn weiter zu beachten. »Bringt ihn nach draußen.«
»Ihr werdet uns alle umbringen müssen!« schrie Marcius und versuchte verzweifelt sich zu wehren, als zwei der Männer ihn packten. Mit einem Ruck drehte Mastarna sich nach ihm um und schlug ihm mit der Hand auf den Mund. Nicht sehr fest, aber fest genug, um ihn zum Schweigen zu bringen. »Sei vernünftig, wir werden dich und deine Gefährten nur dann töten, wenn wir keine andere Wahl haben«, herrschte er ihn an und befahl dann: »Knebelt ihn.«
Einen Augenblick später hatte Marcius einen Knebel aus Leder im Mund und wurde mit auf dem Rücken gefesselten Armen nach draußen getragen und über den Rücken eines Pferdes gelegt. Ohne seinen warmen Mantel, der ihm von der Schulter gerutscht war, fror er erbärmlich, und dort, wo ihn der Schlag Mastarnas getroffen hatte, brannte sein Gesicht wie Feuer.
Wer auch immer dieser Mann sein mag, er wird mir diese Erniedrigung eines Tages bezahlen, schwor sich Marcius wütend, während jemand die Zügel des Pferdes ergriff und ihn außerhalb der Einzäunung brachte. Das Dunkel war noch immer undurchdringlich und seine Lage unbequem und beschämend.
Warum haben die Pferde die Fremden nicht gehört? fragte er sich. Welche Magie besitzen sie, daß sie sich lautlos wie Schatten bewegen können, und was ist mit unseren Wachen und den anderen Posten entlang des Flusses geschehen? Er wurde immer beunruhigter, und ihm fiel ein, daß Ruma praktisch in der Gewalt der Angreifer sein mußte, wenn alle aufgestellten Wachposten in der gleichen Weise überrascht worden waren. Außerdem mußten die Männer der Wachablösung inzwischen auf dem Weg sein, und auch sie waren bestimmt in die Falle gegangen. Ruma, das geglaubt hatte, durch die Wachen geschützt zu sein, war schon vom Feind umzingelt.
Für einen Moment überkam ihn eine panische Angst, und er schloß die Augen. Sie bewegten sich in Richtung des Flusses, und die Hufe seines Pferdes, die tief in die sumpfige, mit hohen, rauhreifbedeckten Gräsern bewachsene Erde einsanken, bespritzten ihn mit Schlamm.
Auf einer kleinen Lichtung im dichten Buschwerk entlang des Ufers

hielten sie an. Von hier aus war ganz nah das Rauschen des Flusses zu hören, der durch die Regenfälle angeschwollen war. Noch andere Männer kamen herbei, aber auch sie trugen nur ein Lederwams statt einer Rüstung und darüber einen Mantel. Es waren nicht sehr viele, und sie bewegten sich in der Dunkelheit so stumm und lautlos, daß sie Marcius wie Gespenster vorkamen.

Irgend jemand versetzte ihm einen Stoß, und er fiel vom Pferd. Mühsam richtete er sich auf den Knien auf und sah sich aus den Augenwinkeln um. Schon bald würde es Tag werden, durch die dichten Baumkronen sickerte bereits die Morgendämmerung. Da ergriffen ihn zwei Hände bei den Haaren und zwangen ihn, den Kopf zu heben.

Und dann sah er ihn: Er kam vom Ufer des Flusses auf ihn zu, eingehüllt in einen schweren, weißen Mantel, der mit schwarzen Spiralen bestickt und mit einer goldenen Fibel geschlossen war. Sein ausgestreckter Arm, der nun den Männern bedeutete, ihn vom Knebel zu befreien, war am Handgelenk mit einem schweren goldenen Armband geschmückt, und Marcius war darüber fast genauso verwirrt wie über die Augen des Mannes.

Vom Knebel befreit, holte Marcius erst einmal tief Luft. »Wie heißt du?« fragte ihn der Mann in einem Latinisch, als ob er kein Fremder wäre. Der Mann mit dem Lockenkopf war nun ebenfalls hinzugekommen, aber Marcius beachtete ihn kaum, so sehr war er von diesen unerbittlichen Augen gefangengenommen.

»Mein Vater war der Sohn des Königs Tullus, aus dem Geschlecht der Hostilii. Er ist im Krieg gefallen, und sein Bruder Numa ist jetzt König. Mein Name ist Marcius«, antwortete er ihm mit fester Stimme.

»So bist du also der Neffe von Numa«, gab der Mann in einem Tonfall zurück, als ob er den König gut kennen würde.

Zu bestätigen, daß er der Neffe des Königs war, als wollte er einen Vorteil daraus ziehen, widerstrebte Marcius, aber er nickte trotzdem. Die Sonne war gerade über dem Horizont aufgegangen, und als der Mann nun den Mantel zurückschlug, hatte der Junge das Gefühl, als ob etwas auf seiner Brust wie ein dunkel loderndes Feuer aufflammte.

Und plötzlich erinnerte er sich wieder. Dasselbe hatte er schon einmal als Kind auf der Brust eines Zauberers der Rasna gesehen, den sie eine Nacht lang gefangengenommen und halbtot in das Haus des Königs gebracht hatten. Ihm fiel auch wieder ein, daß es ein Stein gewesen war,

den der König ihnen verboten hatte anzufassen, weil er den Tod brachte. Bei Sonnenaufgang war der Magier dann auf geheimnisvolle Weise verschwunden gewesen.
Marcius schluckte und fühlte, wie ihm ein unheimliches Gefühl den Atem abdrückte.
»Willst du wissen, was mit den anderen Wachposten passiert ist?« fragte ihn jetzt der Mann. »Keine Sorge, sie sind alle gefangengenommen worden, und dasselbe Los hat auch die Wachablösung ereilt.« Sein Blick schweifte ab, als ob er den Stimmen eines ungewöhnlich stillen Sonnenaufgangs dort hinter dem Rauschen des Flusses lauschte.
»Ja«, fuhr er dann fort, als ob es diese Stille gewesen wäre, die ihm die erwartete Bestätigung gegeben hatte, »wir haben sie gefangengenommen. Aber so wie du werden auch deine Gefährten nicht getötet werden, außer den wenigen, für die das Schicksal anders entschieden hat. Denn der Frieden ist schwierig, wenn die Seelen der Toten einen Ausgleich von ihrem Volk fordern.«
»Was willst du von mir?« fand Marcius den Mut, ihm zu antworten.
»Ich will, daß du zu deinem König zurückkehrst. Du wirst ihm sagen, daß der König von Tarchna und der König von Velx ihm ermöglichen, sich zu ergeben und Ruma unzerstört zu übergeben. Tut er das, wird seinem Volk und seiner Stadt nichts passieren, wir werden unsere Steinmetze und Baumeister hierherbringen, Meister des Wassers und des Ackerbaus, wir werden die Sümpfe in Kornfelder verwandeln, die Hütten in Paläste und aus Ruma eine richtige Stadt machen. Sollte er jedoch den Kampf wählen, werden wir ihn schlagen. Dann muß er mit Blut bezahlen, Blut, das an seinen Händen kleben wird.«
»Wie . . . wie ist dein Name?« murmelte Marcius.
»Ich bin ein Tarquinier, und mein Name ist Larth. Numa kennt mich, ich war schon einmal in seinem Haus. Sag ihm das und sag ihm auch, was du gesehen hast, und teile ihm meinen Vorschlag mit. Dann überbring mir seine Antwort. Ich werde bis Sonnenuntergang warten.«
»Du bist ein Magier der Rasna!« rief Marcius.
Larth zog sich mit einem kleinen Lächeln zurück, das die Härte seines Blickes und die Drohung, die darin lag, nicht milderte.
»Vielleicht . . .«, antwortete er und befahl dann: »Bindet ihn los und gebt ihm sein Pferd zurück.«
Plötzlich frei, blieb Marcius für einen Moment regungslos auf den

Knien, bis der Mann mit dem Lockenkopf ihn unter den Armen packte und auf die Beine stellte.
»Sitz auf!« befahl er, half ihm aufs Pferd und legte ihm die Zügel in die Hand. Der Junge ergriff sie, und schon einen Augenblick später war er im dichten Buschwerk hinter der Lichtung verschwunden.
»Die Brücke über den Fluß macht mir Sorgen«, murmelte Mastarna, während er ihm nachschaute. »Unsere Männer und unsere Waffen und Schilde sind noch auf der anderen Seite, und die Strömung ist viel zu stark.«
»Die Brücke wird halten«, beruhigte ihn Larth. »Und du wirst sehen, es wird alles rechtzeitig hier sein. Die Wachposten sind allerdings deine Sache. Sie müssen niedergebrannt werden, sobald der Junge wieder zurückkommt und uns mitteilt, daß sie den Kampf gewählt haben.«
»Glaubst du, das wird die Antwort sein?« fragte Mastarna ein wenig überrascht.
»Was würdest du denn tun?« erwiderte Larth und stieg aufs Pferd. Er hatte den größten Teil seiner Truppe unter dem Kommando von Kae Aivas und Cneve auf der anderen Seite des Flusses zurückgelassen, während die Vibenna sich um die Brücke aus Flößen kümmerten. Aber so beruhigt wie er war, was Mastarna anbetraf, der mit seinen Männern die Wachposten und die Deckung der linken Flanke auf dem Schlachtfeld übernehmen würde, so beruhigt wäre er gerne gewesen, was seine eigenen Truppen anbetraf.
»In jedem Fall wirst du immer das kleinere Übel für die Stadt wählen«, versuchte Mastarna seine Befürchtungen zu zerstreuen, und Larth lächelte flüchtig. Dann ritt er Richtung Ufer davon. Die Sonne begann nun langsam den Rauhreif aufzulösen, und ein leichter blauer Dunstschleier hing in der Luft.

Marcius saß neben dem Feuer, das in der hohen Feuerstelle brannte, die aus großen Steinblöcken um einen zentralen, runden Stein errichtet worden war. Eine Feuerstelle aus Stein, so alt wie das Leben selbst in diesen Hügeln und seit Menschengedenken immer im Haus des Königs.
Im ganzen Raum standen die Ratgeber des Königs. Alle hatten sie regungslos und in völligem Schweigen dem Bericht von Marcius gelauscht und den Worten, die ihm der Fürst der Rasna aufgetragen hatte.

Und alle erinnerten sich an den Magier, der in Gestalt eines Jungen hier in diesem Raum eine Nacht verbracht hatte, bevor er verschwunden war und ein Unwetter mit Wolkenbruch, Blitz und Donner hinterlassen hatte.
Ancus, aus dem Geschlecht der Hostilii, war der erste, der seine Sprache wiederfand. Mit dem Zeigefinger wies er auf den König und schleuderte ihm vorwurfsvoll entgegen: »Ich wollte ihn damals töten, aber du hast es verhindert!«
Numa hob langsam den Kopf und betrachtete einen Augenblick lang die Gesichter seiner Männer und das seines Neffen, der gerade aufgerichtet und blaß, aber ruhig dasaß. Es war das erste Mal, daß er im Rat der Erwachsenen saß. Der Junge hielt sich gut. Der König war stolz auf ihn und dachte, daß er ihm das sagen sollte, bevor es vielleicht zu spät war.
»Wenn ich es zugelassen hätte, dann wären die, die jetzt unsere besten jungen Männer sind, vielleicht schon lange tot. Nein, Ancus, es ist jetzt nicht der Augenblick, über das zu reden, was in jener Nacht vorgefallen ist«, antwortete er ihm und wandte sich dann an Marcius. »Bist du ganz sicher, daß du seine Bedingungen genau wiedergegeben hast?« fragte er.
»Ja, denn er spricht unsere Sprache, als wäre er einer von uns«, erwiderte ihm Marcius.
»Natürlich«, murmelte der König. »Wie einer von uns! Können wir sein Angebot, diese Stadt groß zu machen, zurückweisen?«
»Das müssen wir!« rief erregt Ancus. »Es sei denn, du willst zu ihm gehen und ihm die Füße küssen.«
»Alles hat seinen Preis, mein Bruder, und auch die Rasna haben den ihren. Aber solange wir ihn nicht kennen, können wir ihnen auch nichts zum Tausch anbieten«, erwiderte ihm der König.
»Wir haben es nicht nötig, Tauschgeschäfte zu machen. Wir haben eine Stadt, die sich schon über drei Hügel ausbreitet, wir haben Vieh, Pferde, Dienstboten und können einer Belagerung standhalten«, fuhr Ancus wütend auf.
»Aber unsere Häuser sind aus Holz und Stroh. Sie werden sie in einer Nacht niederbrennen. Hast du nicht gehört, was diese Griechen über Alalia erzählt haben?« wandte der König ein.
»Die Rasna beherrschen das Meer, aber hier sind wir auf dem Land, und

wir haben tausend tüchtige Männer, die zu kämpfen wissen. Sie stehen mit dem Rücken zu einem Fluß, der Hochwasser führt, und Marcius hat gesagt, daß er nur wenige Soldaten gesehen hat. Das bedeutet, daß ihr Heer noch auf der anderen Seite des Flusses ist. Bei der starken Strömung werden ihn nur wenige bis morgen überquert haben, und die meisten werden vom Strom abgetrieben werden. Gib mir die Männer, die ich brauche, und morgen bei Sonnenaufgang werden wir sie niedermachen«, rief Ancus.
»Vielleicht könnten wir die Sabiner um Hilfe bitten«, schlug einer aus dem Rat der Alten vor.
»Die Sabiner von Quirinalis sind schon auf unserer Seite, und die von Fidenae warten nur darauf, daß unsere Stadt zerstört wird, um sich dann wie die Geier auf die Ruinen zu stürzen. Nein! Wir können auf niemanden außer auf uns selbst zählen!«
»Das ist richtig!, stimmte der König ihm beschwichtigend zu. Das Alter, von dem man sagte, daß es mit der Zeit die aufbrausenden Seiten des Charakters milderte, hatte Ancus nicht verändert. Er führte nun die Truppen der Latiner an und hatte Frau und Kinder, aber er hatte immer noch nicht gelernt nachzudenken, bevor er den Mund aufmachte.
»Morgen bei Sonnenaufgang willst du sie also niedermachen, hast du gesagt?« fragte Numa noch einmal nachdenklich.
»Genau das habe ich gesagt!« gab Ancus in einem Tonfall zurück, als wollte er hinzufügen: Mit oder ohne deine Erlaubnis. Aber im letzten Moment hielt er sich zurück, weil er wußte, daß es nur die Angreifer begünstigen würde, wenn er sich in diesem Moment dem König widersetzte.
Numa wandte sich nun ohne ein weiteres Wort seinem Neffen zu, und sein ernstes Gesicht zeigte keine Gefühlsregung.
»Du hast gehört, was gesagt wurde, Marcius. Kehre also zu dem Fürsten der Rasna zurück und sage ihm, daß er unsere Stadt nur zu unserem Preis haben kann.«
Marcius versetzte es einen Stich, und sein Magen zog sich in einem plötzlichen Angstgefühl zusammen. Der König schickte ihn zum Feind zurück! Wie sein eigener Sohn war er in seinem Haus aufgewachsen, und trotzdem opferte er ihn jetzt, ohne zu zögern und ohne ein einziges klärendes Wort. Für einen Augenblick fühlte er sich völlig verlassen und alleine. Dann murmelte er: »Ich werde mich sofort auf den Weg machen«, und machte Anstalten zu gehen.

Doch Ancus hielt ihn zurück.
»Nein«, entschied er. »Er hat dir bis Sonnenuntergang Zeit gegeben, und erst dann wird er seine Antwort bekommen. Wir geben ihm nicht mehr Zeit sich vorzubereiten, als er uns gegeben hat.«
Marcius schaute zum König hinüber, der knapp nickte, so als ob das jetzt alles nicht mehr so wichtig wäre.
»Bei Sonnenuntergang also«, war alles, was er sagte.

Eine Schar von acht Adlern zog von Norden her über den Himmel den bewaldeten Hügeln zu, während die Sonne sich langsam dem Horizont zuneigte.
Gerade noch rechtzeitig war Larth, der ihnen gedankenverloren nachschaute, vor die provisorische, aber warme und trockene Hütte aus Zweigen und Schilfgras getreten, in der er sich ein wenig ausgeruht hatte. Axal, der vor der Hütte stand, wandte sich nach ihm um.
»Es ist ein gutes Zeichen«, sagte er.
»Auch für dein Volk?« fragte Larth.
Der Kelte nickte. Er hatte über Larths Schlaf gewacht und stand nun, eingehüllt in die schwarze Tebenna, das Schwert an seiner Seite, wie einer seiner Hauptleute neben ihm. Larth konnte gut verstehen, daß den adeligen jungen Männern seiner Truppe diese Vertrautheit äußerst merkwürdig erschien.
In diesem Augenblick näherte sich Cneve mit dem jungen Latiner, dem Neffen des Königs. Der Junge ritt stolz auf einem edlen, schwarzen Pferd, vielleicht mit der Absicht, die Rasna mit der Großzügigkeit zu beeindrucken, mit der sie es wie ein Geschenk anboten. Mit einer gespielten Selbstsicherheit sprang der Junge vom Pferd und blieb vor Larth stehen, ohne es sich jedoch verkneifen zu können, dem Kelten an seiner Seite aus den Augenwinkeln einen heimlichen Blick zuzuwerfen. So helle Haare und eine so helle Haut hatte er in seinem Leben noch nie gesehen.
»Der König hat sich für den Kampf entschieden«, erklärte er und senkte seinen Blick, damit der Tarquinier in seinen Augen nicht die Angst lesen konnte. Er war auf das Schlimmste gefaßt, aber Larth nickte nur, als ob das, was er ihm gesagt hatte, bedeutungslos wäre.
»Komm mit!« sagte er ohne jeden weiteren Kommentar, zog seinen Mantel um sich und ging ihm in Richtung des Ufers voran. Axal und

Cneve folgten ihnen. Im Umkreis der provisorischen Unterkunft befanden sich nicht mehr als zwanzig Männer, und Marcius sah mit Bedauern, wie sein Pferd weggeführt wurde.
Es war kalt, ein leichter Nebel hing zwischen den Bäumen und Büschen, und das Rauschen des Stromes schwoll in der aufkommenden Dämmerung immer mehr an.
Marcius kam der Weg sehr lang vor. Er überlegte, daß sie sich eigentlich schon längst in den Sümpfen befinden mußten, und die Vorstellung, daß die Angreifer, in Unkenntnis der Gefahr, sicherlich bald im Morast und dem Fließsand am Ufer des Flusses enden würden, tröstete ihn. Aber als sie aus dem Buschwerk heraustraten, bemerkte der Junge, daß sie sich genau an der Stelle des Ufers befanden, die am festesten und sichersten war. Der Fluß war von Nebelschwaden verhüllt, und an den Ufern brannten abgeschirmte Feuer.
In der aufkommenden Dunkelheit war ein schwankender Steg zu erkennen, der den Fluß überspannte und der von einer langen Reihe von Männern überquert wurde, von denen jeder ein beladenes Pferd am Zügel führte. Mensch und Tier setzten ihre Schritte in einem gleichmäßigen und sicheren Takt, und das Ende der Reihe war nicht abzusehen.
»Hast du so etwas schon jemals gesehen?« wandte sich Larth an Marcius, während er abschätzte, wie lange die Männer noch brauchen würden, um diese Seite des Ufers zu erreichen und danach die Gefangenen zum anderen Ufer zu bringen. Aber der Junge war viel zu verblüfft, um ihm zu antworten.
»Natürlich nicht«, sagte Larth. »Weißt du, dies hier ist die beste Stelle, um eine Brücke zu bauen. Die Ufer liegen nahe beieinander, der Untergrund ist fest und der Strom gebändigt durch die Biegung dort unten, die die Strömung mildert. Hier werden wir die erste Brücke von Ruma bauen.«
»Und was ist das?« murmelte Marcius, wider seinen Willen fasziniert, und deutete mit der Hand auf den schwankenden Steg.
»Das ist nicht für die Dauer bestimmt«, antwortete ihm Larth. »Es sind Flöße mit einem glatten Boden, die mit Tauen zusammengebunden sind. Es ist eine Art Brücke, die an einem Morgen gebaut und in einer Stunde wieder abgebaut ist.« Dann wandte er sich nach den Wachen um. »Genug jetzt«, befahl er, »bringt ihn zusammen mit den anderen Gefangenen weg.«

»Gestatte mir, zu meinen Leuten zurückzukehren und mit ihnen zu kämpfen!« bat ihn Marcius fast flehentlich, aber mit fester Stimme.
Doch Larth schüttelte den Kopf. Er verstand den Jungen gut. Er war ehrlich und mutig, und vielleicht war der Tag nicht mehr fern, an dem er ihn dafür belohnen konnte. Aber jetzt war er gezwungen, seinen Plan zu verfolgen. »Du bist der Neffe des Königs, und du bist mein Gast«, beschied er ihn deshalb knapp und wandte sich dann anderen Dingen zu.
Es war schon fast dunkel, als Marcius, mit den Händen auf dem Rücken gefesselt, den schwankenden Steg überquerte. Auf der anderen Seite angekommen, fand er die Wachen und alle seine Gefährten, die bei Sonnenaufgang gefangengenommen worden waren, gefesselt vor, bewacht von Männern, die keine andere Sprache als die ihre verstanden, was jede Art von Verständigung ausschloß.
Mit seinem Herzen war Marcius noch immer im Haus des Königs, aber als er sich in der Dunkelheit umdrehte, um einen Blick auf den rauschenden Fluß zu werfen, konnte er nicht anders, als über dieses Wunder zu staunen. Eine Brücke über den Fluß, wie konnte so etwas möglich sein?

Die zwanzig Wachposten, die die Stadt umgaben, hatte Mastarna noch vor Sonnenaufgang in Brand setzen lassen. Bis dahin hatten seine Leute, die in zwei Schichten Wache hielten, sie als Unterkunft und zum Ausruhen benutzt. Als schließlich der Morgen dämmerte, waren die Latiner über die Hügel heruntergekommen. Nur weniger als ein Drittel von ihnen war beritten, die anderen waren zu Fuß und mit Schwertern und Lanzen bewaffnet. Da völlige Windstille herrschte, hing der Rauch tief über den Bränden und schirmte so die Truppen von Tarchna ab, die an der rechten Flanke von den Sümpfen und dichtem Buschwerk geschützt waren.
Larth hatte für den Kampf ganz klare Befehle erteilt.
»Nehmt die Anführer gefangen und versucht, die Kapitulation zu erreichen. Vermeidet ein Massaker und macht so viele Gefangene wie möglich!« lautete sein Befehl, und er hatte hinzugefügt: »Der Frieden ist schwer zu erreichen, wenn ein Volk zu viele Tote zu beklagen hat, und eine Eroberung kann nur dann schnelle Früchte tragen, wenn die Eroberten sie kaum als solche empfinden.«

Der Sonnenaufgang begann den mit grauen Wolken verhangenen Himmel leuchtend rot zu färben, als Larth sein Pferd in Trab setzte. Er hatte inzwischen seine Rüstung angelegt, und auf dem runden Schild prangte der Adler von Tarchna. Der Kopfschutz ließ nur die Augen und die Lippen frei.

»Denkt daran«, murmelte er noch einmal, »so viele Gefangene wie möglich zu machen!«

Die erste Reihe seiner Berittenen stürmte vorwärts, vom aufziehenden Morgennebel verdeckt, und traf auf die Reihen der Latiner, noch bevor diese sie überhaupt hatten kommen sehen. Gleich darauf umzingelte die zweite Reihe Berittener die Bewaffneten zu Fuß, drängte sie in kleine Gruppen ab und verwickelte sie in einzelne Scharmützel.

Nun griffen auch Mastarnas Reiter von der linken Flanke her an, schnitten den Latinern den Rückzug zur Stadt ab und drängten sie in Richtung der Sümpfe.

Die Schlacht wäre noch kürzer gewesen, wenn die Rasna gekämpft hätten, um zu töten. Der Befehl, Gefangene zu machen indessen, zwang sie zu kleinen Einzelgefechten, die aber trotzdem noch etwa hundert Tote auf dem Schlachtfeld zurückließen. Der größere Teil von ihnen waren Rasna, und dazu kamen gut fünfhundert Verletzte, die meisten von ihnen Latiner.

Als Ancus und auch noch der letzte seiner Anführer gefangengenommen worden waren, wurden sie, mit den Händen auf dem Rücken gefesselt, auf ihren Pferden vorgeführt, und der Widerstand der Latiner brach bei ihrem Anblick in sich zusammen. Ein paar kleinere Gruppen hatten sich durch das dichte Buschwerk in Richtung der Sümpfe geflüchtet, aber Larth befahl, sie nicht zu verfolgen. Es hätte wenig genutzt, weitere Männer für eine Handvoll Versprengte zu verlieren, die sowieso wieder auftauchen würden. Aber er gab den Befehl, die Wachposten an der Brücke und die Wachen der Gefangenen am anderen Ufer zu verstärken.

Die Sonne stand jetzt schon hoch, aber ihre Strahlen durchdrangen nur fahl einen milchigen Himmel, und ein stürmischer Nordwind war aufgekommen, der die Asche der nächtlichen Brände zu einem staubigen Vorhang aufwirbelte. Larth übergab das Kommando an Caile Vibenna und an Kae Aivas, der sich in der Schlacht glänzend gehalten und bewiesen hatte, daß er bedingungslos einem Befehl folgen konnte. Dann ritt er mit hundert Mann aus Tarchna und Velx den Hügel zum Haus des Königs hinauf. Ihnen voran schritten Musikanten mit Trompeten, denen zu Fuß und gefesselt Ancus und der junge Marcius folgten. Es war an der Zeit, daß ein Volk von Barbaren und Dieben sich langsam daran gewöhnte, den Dingen ihre wahre Bedeutung beizumessen und somit auch begreifen lernte, die Menschen und Ereignisse auf eine andere Art und Weise zu sehen.

Mastarna, der an seiner linken Seite ritt, schaute besorgt hinter sich, um die Geschlossenheit der Reiterschar zu kontrollieren, die ihnen folgte. Ein Angriff der Latiner wäre zwar aussichtslos gewesen und deshalb unwahrscheinlich, aber Larth hatte nicht die Antwort der Haruspizen am Ende der Schlacht abgewartet, und es war auch nicht der übliche Ritus zelebriert worden, was viele von seinen Adeligen, die er zu seiner Begleitung ausgewählt hatte, beunruhigte. Andererseits hatte Larth strenge Befehle erteilt: Keine Frau durfte angerührt und in kein Haus durfte eingedrungen werden. Kein Tempel durfte entweiht, und es durfte auch nicht geplündert werden. Er hatte sogar damit gedroht, jeden eigenhändig zu töten, der die Tollkühnheit besitzen sollte, sich diesem Befehl zu widersetzen, und keiner hatte auch nur einen Augenblick am Ernst dieser Drohung und der Entschlossenheit, sie auch in die Tat umzusetzen, gezweifelt.

»Noch bevor sie beginnen, uns als ihre Feinde zu hassen, müssen sie uns für ihre Freunde halten«, sagte er jetzt zu Mastarna und ließ seinen Blick über die Menge von alten Männern, Knaben und Knechten schweifen, die sich auf dem Platz vor dem Haus des Königs versammelt hatten.

Numa blickte ihm mit undurchdringlichem Blick von der Schwelle seines Hauses entgegen.

Er war noch immer der stämmige Mann mit den harten Gesichtszügen, einem Hirten ähnlicher als einem König. Aber er bot ihm die Stirn. Aufrecht stand er da und senkte selbst dann nicht seinen Blick, als er den Bruder und den Neffen als Gefangene entdeckte.

Larth stieg als einziger vom Pferd ab und ging mit den Zügeln in der Hand auf ihn zu. Er war auch der einzige von seinen Leuten, der die Rüstung abgelegt und gegen eine kurze, schwarze, mit Gold bestickte Tunika eingetauscht hatte. Darüber trug er die zurückgeschlagene, weiße Tebenna, und der Blick des Königs wurde sofort von dem Opal auf seiner Brust angezogen. Ohne ein Wort zu sagen, näherte sich ihm Larth und umarmte ihn, fast ohne ihn zu berühren, aber so, daß er die Wärme des Steines fühlen konnte.

»Das Blut deiner Toten möge nicht an meinen Händen kleben, so wie das Blut meiner Toten nicht an den deinen kleben soll«, sagte er zu ihm. »Ich betrete dein Haus wie ein Gast.«

Seine einfachen, freundlichen Worte und seine Geste ließen Numa für einen Augenblick erstarren, aber dann verstand er: Der Sieger gab dem Besiegten die Möglichkeit, die Niederlage ohne Demütigung zu akzeptieren. Dies machte ihn für einen Moment sprachlos, und die Augen, die unerbittlich auf ihn gerichtet waren und ihm die Wahl und das Gewicht für die Zukunft überließen, durchdrangen ihn wie die Spitze eines Schwertes.

Aber gleich darauf hatte er sich wieder gefaßt. Mit einer fast freundschaftlichen Geste drückte er Larths Arm und erwiderte ihm: »Tritt ein, Tarquinier, du sollst mir willkommen sein.«

Larth drehte sich halb um und gab seinen Männern ein Zeichen abzusteigen. Dann überließ er mit einem kurzen, einverständigen Blick die Zügel seines Pferdes Axal und betrat, gefolgt von Mastarna, Aule Vibenna, Cneve und vier seiner älteren Kommandanten das Haus des Königs.

Bei seinem Eintritt fiel Larth auf, daß der Hauptraum des Hauses ihm viel kleiner vorkam, als er ihn in Erinnerung hatte. Ein flüchtiges Lächeln erhellte sein Gesicht; natürlich, seine Erinnerung war die eines Jungen. Trotzdem entdeckte er sofort eine Reihe von Gegenständen, die diesen Raum damals noch nicht geschmückt hatten. Da waren jetzt Schilde an den Wänden, Bronzeteller, Kriegsbeile und Lanzen aus den Waffenschmieden der Rasna und ein großer, getriebener korinthischer Schild, der selbst dem Palast von Tarchna Ehre gemacht hätte.

»Das sind alles Geschenke von Freunden«, versicherte Numa, der seinem Blick gefolgt war.

»Was den korinthischen Schild anbetrifft, so will ich dir glauben, König Numa«, bemerkte Larth mit Ironie in der Stimme und nahm ihm gegenüber neben dem Feuer Platz. Der Rat der Alten hatte im Hintergrund des Raumes einen Kreis um sie geschlossen, mit dem offensichtlichen Bestreben, so wenig wie möglich auf sich aufmerksam zu machen.

»Glaubst du mir, so will ich auch dir glauben«, war Numas kluge Antwort auf seine Bemerkung.
In hölzernen Bechern wurde nun Wein gebracht, der für die Zungen der Rasna zu sauer war. Nur der Becher des Königs war aus einfacher schmuckloser Bronze.
»Mein junger Neffe hat mir berichtet, daß du uns dabei helfen willst, unsere Stadt groß zu machen«, begann Numa nun das Gespräch. »Er sagt, du willst deine Meister kommen lassen, um unsere Sümpfe trokkenzulegen und die Erde fruchtbar zu machen, und daß du Paläste bauen willst, wo jetzt nur Hütten stehen. Was aber wird der Preis für diese Freundschaft sein, Tarquinier?«
»Kann Freundschaft einen Preis haben?« erwiderte Larth und befahl dann Cneve, Ancus und den jungen Marcius hereinzubringen. Seine Bewegung, die diesen Befehl begleitet hatte, ließ den Opal im Schein des Feuers aufglimmen, und es war, als ob sich ein Schatten um ihn ausgebreitet hätte. Numa bewegte sich unbehaglich auf seinem Sitz.
Doch schon einen Augenblick später standen die beiden Gefangenen vor ihnen, und Cneve nahm ihnen die Fesseln ab.
»Als Zeichen meiner Freundschaft werde ich dir deinen Bruder und deinen Neffen zurückgeben«, sagte Larth. »Ich habe allerdings keine guten Erinnerungen an deinen Bruder, und deshalb wirst du mir auch für alles, was er gegen uns unternehmen sollte, verantwortlich sein. Doch er hat Mut und einen wachen Geist, und unsere Meister werden ihm alles beibringen, was er von ihnen lernen will. Dasselbe gilt auch für alle anderen jungen Männer, die du zu diesem Zweck zu uns schikken wirst. Dies ist ein Teil des Preises. Dafür werden wir deine Frauen, deine Häuser und deine Götter unberührt lassen. Aber ihr werdet keine Waffen in die Hand nehmen, solange diese Freundschaft zwischen uns nicht gefestigt ist, und wann das sein wird, werden wir entscheiden.«
»Was du da vorschlägst, ist sehr schwierig, Tarquinier«, murmelte Numa, »denn wir befinden uns in einem offenen Krieg gegen die Sabiner von Fidenae. Sie stehlen unser Vieh und unsere Pferde, machen Beutezüge, und dabei morden sie und brennen unsere Dörfer nieder. Aber wenn du uns helfen willst, dann werden wir diese Nichtigkeit dir überlassen.«

Larth nickte knapp. »Gut, wir werden dich von diesen räuberischen Horden befreien. Aber du wirst uns sagen, wie wir dabei vorgehen sollen.«
Die Augen des Königs leuchteten für einen Moment bei der Vorstellung auf, sich zweier Feinde gleichzeitig entledigen zu können.
»Tötet sie!«, antwortete er ihm. »Und die Frauen und Kinder bringt hierher, als Knechte und Mägde.«
Der Tarquinier lächelte undurchdringlich, mit Augen dunkler als der Stein auf seiner Brust, der dem Feuer die Glut zu rauben schien.
»Nun gut, wenn es das ist, was du willst«, sagte er abschließend, und der König hatte das Gefühl, als ob er mit diesen Worten das Urteil über ihn und sein Volk gefällt hätte.

13.

»Alles hat seinen Preis. Um was du bittest, was du erhältst und was du nimmst.«

Larth stieß sein Messer in den Nacken des prachtvollen Widders, der für das Opfer ausgewählt worden war, und trat dann beiseite, damit auch seine Männer an dem Dankesopfer teilhaben konnten.

Der kalte Tag neigte sich dem Ende entgegen. Der Sonnenuntergang entflammte die Wolkengebirge eines fernen Unwetters am westlichen Horizont, das in den Bergen Schnee bringen würde.

Entlang des Flusses, an den bewaldeten Hängen und auf der Anhöhe des Hügels war der größte Teil der Hütten von Fidenae niedergebrannt – die Ruinen rauchten noch. Fast alle Männer waren getötet worden, einschließlich des Dorfoberhauptes und allen männlichen Mitgliedern seines Hauses. Die Frauen, Dienstboten und Kinder von Fidenae waren in einem der Pferche, gemeinsam mit dem Vieh, zusammengetrieben worden, um später nach Ruma geführt zu werden.

Larth hatte dem Oberhaupt des Dorfes dieselbe Möglichkeit zur Unterwerfung angeboten wie auch Numa. Aber als er sich geweigert hatte, wie es vorauszusehen war, hatte Larth ihn im Namen des Königs der Latiner zum Tode verurteilt, und im Namen des Königs der Latiner war Fidenae zerstört worden.

Fidanae war nur eine kleine Ansiedlung, von keinen Mauern umgeben, aber reich an Schätzen, die aus den Beutezügen der Sabiner stammten.

Diesmal hatte Larth seine Soldaten nicht zurückgehalten. Er hatte für diesen Kriegszug zweihundert Männer mit sich geführt, zu gleichen Hälften aus Tarchna und Velx, und im Wissen, daß Numa sich damit erhoffte, gleichzeitig von einem alten Feind als auch von den Besetzern befreit zu werden. Aber ebenso klar war ihm auch gewesen, daß er dem latinischen König eine Lehre erteilen mußte.

Nach der Strafaktion gegen Fidenae würde sich das Volk von Ruma hüten zu glauben, es mit einem schwachen Besetzer zu tun zu haben. Deshalb hatte er auch darauf bestanden, den jungen Marcius und Ancus bei diesem Kriegszug dabei zu haben. Sie sollten kämpfen, Zeugen werden und letztlich die Verantwortung übernehmen. Das Blut, das für Ruma geopfert wurde, klebt an den Händen seines Königs, dachte Larth, als er kurze Zeit später die Opferstelle verließ. Die Lagerfeuer entlang des Flusses waren inzwischen angezündet worden, die Wachen waren aufgestellt und die Hauptleute wachsam. Aber für alle anderen würde dies eine Nacht des Feierns werden. Die Beute war reich und sollte diesmal, auch das hatte Larth zugestanden, geteilt werden, einschließlich der Frauen, der Dienstboten und der erbeuteten Tiere.
Mastarna gesellte sich schweigend an seine Seite, und gemeinsam schritten sie auf das Haus des Dorfoberhauptes zu, das nicht niedergebrannt worden war, weil es ihnen als Unterkunft dienen sollte. Hier würden sie den Teil des Sieges vollziehen, der als der heiligste galt.
»Werden wir heute nacht zurückkehren?« fragte Mastarna.
»Nein. Erst morgen bei Tagesanbruch, wenn die Männer so zufrieden sind, daß sie mir in jede Schlacht folgen würden«, antwortete ihm Larth.
Mastarna nickte nachdenklich und ließ den Blick über die Feuer entlang des Flusses schweifen. Gedämpftes Gelächter und Geschrei klangen zu ihnen herüber. Die Männer feierten den Sieg, und der Geruch von geröstetem Fleisch begann sich in der Luft auszubreiten, aber aus den Pferchen war auch das Weinen der Kinder zu hören.
Als sie vor dem Haus des Dorfoberhauptes angekommen waren, blieb Larth stehen. Auf der Schwelle saß Axal in seine Tebenna gehüllt. Es war ihm nicht erlaubt einzutreten, und er hatte auch nicht das Recht, an den Feuern der Soldaten zu sitzen und an ihrer Beute teilzuhaben. Deshalb saß er abseits und alleine da, und Larth ergriff diese Einsamkeit, als würde er seine eigene Zukunft sehen.
»Axal wird diese Nacht mit uns verbringen«, sagte er entschlossen. Aber Mastarna schüttelte den Kopf und hielt ihn für einen Augenblick zurück.
»Tu das nicht. Das ist keine gute Idee«, warnte er ihn.
»Warum nicht?« fragte Larth. »Ich habe es Ancus gestattet, obwohl ich weiß, daß er es kaum erwarten kann, mich zu töten, genauso wie dem

jungen Marcius, obwohl er geschworen hat, sich an dir zu rächen. Die beiden werden mit uns die Speisen teilen, die Beute und die Frauen, um mit uns gemeinsam den Göttern für den Sieg zu danken. Warum also nicht Axal, der an meiner Seite gekämpft hat und mit seinem Schild und seinem Körper mehr als einen der Schläge abgefangen hat, die für mich bestimmt waren? Dieser Sieg ist auch seiner!«

»Axal ist ein Sklave, Larth«, erwiderte Mastarna. »Er ist der Sklave, der sich dem Phersu verweigert hat, und er könnte der Schatten sein, der sich über Tarchna senkt, so wie es die Haruspizen in den Zeichen vorausgesehen haben. Du selbst hast mir gesagt, daß auch Caitli diese Zeichen gesehen hat.«

»Caitli ist eine Frau, und als Frau hat sie ihre eigenen Ansichten darüber, wie die Männer einen Sieg ehren. Das, was heute nacht hier geschieht, ist ausschließlich unsere eigene Angelegenheit«, wehrte Larth den Einwand ab.

»Darüber zu schweigen, wird dir wenig nützen. Thanaquil hat mir verraten, daß dich Caitli, wann immer sie will, hören und sogar sehen kann. Du weißt das ganz genau.«

»Ja, das weiß ich«, stimmte ihm Larth zu und bedeckte den Opal mit der Hand. »Sogar viel besser, als du denkst.« Dann legte er ihm einen Arm um die Schulter, schob ihn so bis zur Schwelle und blieb vor Axal stehen.

»Komm!« forderte er den Kelten auf, und Axal erhob sich wortlos. Larth schien es, als ob er ein weiteres Mal seine Herausforderung annehmen würde. Eine Herausforderung jedoch, die sie zu Komplizen einer ganz anderen Art von Eroberung machte als der, die es heute zu feiern galt. Sobald sie die Schwelle übertreten hatten, kam ihnen Cneve, erregt von der Schlacht und dem reichlich genossenen Wein, entgegen.

»Wir warten auf den König!« rief er zur Begrüßung, und die Kommandanten von Tarchna und Velx taten es ihm gleich. Sie gehörten alle zu den Männern, die Larth nicht nach ihrer Familienzugehörigkeit, sondern nach ihren Fähigkeiten als gute Kämpfer ausgewählt hatte und die schon seine Gefährten auf dem Meer gewesen waren. Fast alle anderen Angehörigen des Adels von Tarchna hingegen hatte er in Ruma zurückgelassen, um zu vermeiden, daß sie sich gegen ihn zusammentaten.

Auch Mastarna, gefolgt von Axal, hatte nun hinter ihm den Raum betreten. Kaum daß der Kelte sichtbar wurde, zeigte Pelgi, einer der älteren Kommandanten, mit dem Finger auf ihn und rief: »Was hat denn der hier zu suchen? Er ist ein Sklave! Jeder hier hätte das Recht, sich seiner zu bedienen. Nur will keiner von uns es riskieren, dich zu beleidigen.«
Larth schritt ein paar Stufen zu dem erhöhten Teil des Raumes hinauf, neben die Feuerstelle, der Platz, der dem Oberhaupt des Dorfes und seinem Rat vorbehalten gewesen war. Dann gab er Axal ein Zeichen, ihm zu folgen, und drehte sich zu den Anwesenden um.
»Ich trage die Insignien des Königs von Tarchna, und dieser Mann ist sein Sklave«, sagte er mit erhobener Stimme und wies dabei auf Axal. »Für ihn hat er sich an unserer Seite geschlagen, und keiner von euch wird die Hand gegen das Eigentum des Königs erheben, es sei denn, er wagt es, den König zu beleidigen, und ist dafür auch bereit, die Konsequenzen zu tragen.«
Schweigen folgte seinen Worten. Dann hob Cneve erneut den bis zum Rand gefüllten Becher Wein.
»Auf den König!« rief er, aber keiner war sich mehr sicher, ob diese Huldigung nun dem alten König galt, der weit weg war, oder Larth.
Nun hob auch Mastarna den Becher.
»Auf den König!« rief auch er, und die anderen taten es ihm nach, im Bewußtsein, daß Velx sich nicht gegen Tarchna stellte, was die soeben gemachte, neue Eroberung anbetraf. Zumindest solange Tarchna die Führung im Städtebund hatte, würde es keinen Machtkampf zwischen den beiden Städten des Bündnisses geben.
»Bringt nun die Speisen!« befahl Larth und nahm damit die Huldigung an, die ihm als Erstem unter ihnen gegolten hatte.
Es gab Wein und Speisen in Hülle und Fülle, und die Flammen in der Feuerstelle schlugen hoch. Sie verbreiteten eine knisternde, wohlige Wärme, und schon kurze Zeit später saßen alle fröhlich beisammen. Die unter ihnen, die ein komödiantisches Talent besaßen, begannen nun, zum Vergnügen der anderen zu singen und kleine Satiren zum besten zu geben, und sogar die beiden Latiner gaben, vom Wein und dem Fest berauscht, ihre anfängliche Zurückhaltung auf.
Dann wurden die Frauen aus der Sippe des sabinischen Dorfoberhauptes

gebracht: die Ehefrau, die Töchter, die Schwestern, Verwandten und Dienerinnen. In den Pferchen waren nur die alten Frauen und die noch zu jungen Mädchen zurückgeblieben. Larth, dem das Recht, als erster zu wählen, zufiel, wählte eine junge Frau mit üppigen Formen aus, die eine Tunika aus grober Wolle trug. Ihr Haar war mit farbigen Wollfäden durchflochten, und ihr stolzer Blick erinnerte an gewisse Mädchen aus Karthago. Er würde sie nach nichts fragen, weder nach ihrer Stellung im Haus noch nach ihrem Verwandtschaftsgrad mit dem toten Dorfoberhaupt und auch nicht nach ihrem Namen. Sie konnte die Ehefrau sein oder auch die letzte seiner Dienerinnen, für diese Nacht würde sie nur ein Teil der Beute sein.

Er nahm sie bei der Hand und führte sie zur Feuerstelle, wo Axal zurückgeblieben war, um die Heuhaufen aufzuschütten. Ihre Tebennas hatte er als Decken darübergebreitet, und Mastarna hatte sich schon vor ihm dorthin zurückgezogen. Nun begannen auch die anderen, zwischen Gelächter und Scherzen, die Frauen auszuwählen, und aus den Augenwinkeln beobachtete Larth, welche Wahl Cneve getroffen hatte. Ihm schien, daß sein Bruder seine Sache gut gemacht und offensichtlich auch keine Probleme hatte, die von ihm Erwählte mit dem jungen Marcius zu teilen.

Schließlich wandte er sich, mit der jungen Frau an der Hand, Axal zu. »Ist sie nach deinem Geschmack?« fragte er. Der Kelte nickte zerstreut. Er machte einen vollkommen nüchternen Eindruck, oder vielleicht hatte der Wein bei ihm auch keine Wirkung gezeigt. Larth fragte sich, ob das, was er ihm anbot, bei seinem Volk vielleicht als Beleidigung galt, oder ob er gekränkt war über die Art, wie er ihn kommandierte, obwohl er der Sklave des Königs war.

»Du kannst bleiben oder gehen«, bot er ihm an. »Es steht dir frei zu wählen, was dir lieber ist.«

»Ich habe schon gewählt«, gab der Kelte zurück und leerte seinen Becher Wein in einem Zug.

Larth führte die junge Frau zu den aufgeschütteten Heuhaufen, und sie ließ sich starr und mit zusammengepreßten Lippen auf das Lager drükken. Dann schaute sie, einem nach dem anderen, die drei Männer an ihrer Seite an, und als Axal ihr seine Hand auf den Leib legte, zuckte sie leicht zurück. Larth strich ihr mit der sanften Berührung des Trutnot über die Stirn. »Hab keine Angst«, sagte er zu ihr und dann zu Axal:

»Sie ist keine Jungfrau mehr, sie weiß zu genießen. Zieh du sie aus, mein Freund.«

Als seine Hände begannen, sich über ihren Körper zu bewegen, schloß das Mädchen die Augen, und plötzlich verschwanden wie durch Zauberei die Stimmen aus dem übrigen Raum, und sie vergaß alles um sich herum.

Da gab es nichts mehr, nicht einmal mehr den Gedanken an die Trauer und den Schmerz für die Menschen, die sie geliebt und verloren hatte. Sie fühlte nur noch das Leben, das durch ihre Adern pulsierte, das Blut, das heiß in ihr aufstieg, und die Harmonie dieser jungen Männer, die sie berührten und sie zum Instrument eines Ritus machten, der besitzergreifend war, sie aber auch gleichzeitig miteinander vereinte. Es war, als würde sie von etwas erfaßt, das sie nicht ganz begreifen konnte, etwas, das wie ein Feuer in ihr brannte und sie scheinbar lebendiger Teil der Erde, der Luft und des ganzen Universums werden ließ. Als würde durch sie der Tod, der diesen ganzen, unendlich langen Tag regiert hatte, sein Grauen verlieren für einen Samen, der sich miteinander vermischend in sie eindrang, um einem neuen Leben Ursprung zu geben.

Sie schrie laut auf und klammerte sich gleichzeitig an diese Körper, überwältigt von einem Gefühl, als ob das ganze Universum in sie einströmte und jeden anderen Wunsch vergessen ließ.

Die Nacht floß langsam dahin, und das Haus des toten Dorfoberhauptes war von Stöhnen und Seufzern erfüllt, die sich hier und dort in Schluchzen auflösten. Ein beißender, penetranter Geruch erfüllte den Raum, und dann folgte, im letzten Aufflackern des Feuers, ein tiefer Schlaf.

Larth wachte kurz nach Sonnenaufgang auf, weil irgend jemand sich bewegt hatte. Mastarna fehlte, aber Axal und das Mädchen lagen schlafend neben ihm.

Er erhob sich, band sich einen der Mäntel um die Hüfte und legte einen anderen über die beiden Schlafenden. Dann verließ er den Raum. Vor dem Haus angekommen, atmete er tief durch und genoß die kalte Morgenluft, die auf seiner Haut prickelte.

Mastarna kam ihm mit einem Krug voll eiskaltem Wasser entgegen, und Larth schüttete es sich über den Kopf.

»Das war eine schöne Nacht, mein Freund«, sagte Mastarna. »Die beste seit langer Zeit.«

Larth nickte. In dieser Nacht war er wirklich König gewesen, mit Axal und Mastarna ebenbürtig an seiner Seite. Der Tod hatte sich geschlagen geben müssen, weil sie gemeinsam stärker gewesen waren. Trotzdem verursachte ihm der Gedanke an diese Gemeinsamkeit ein leichtes Unbehagen, wie eine Schwäche, die er sich nicht hätte gestatten dürfen. Aber es war nur ein flüchtiger Schatten, der an diesem Morgen seine Lebensfreude kaum trübte.
An diesem Morgen gehörte ihm die ganze Welt.

Der Monat Velchitua zog sich träge hin und hatte zu allem Überfluß auch noch die ersten Insektenwolken mit sich gebracht, die nun in einem Streifen Sonne tanzten, der durch den Säulengang der Loggia drang.
Velvur wartete, daß Larth, der aus Ruma zurückgekehrt war und nun dem König Bericht erstattet hatte, die Gemächer des Königs verließ.
»Du hast also Kae Aivas dort unten gelassen. Also hast du vollstes Vertrauen in ihn?« sprach er Larth an, sobald dieser die Tür hinter sich geschlossen hatte.
»Nein«, erwiderte ihm Larth, »ich vertraue ihm nicht. Aber in Ruma untersteht er, was immer er auch tut, meiner Macht, und die Vibenna sind stark genug, ihm, wenn nötig, Einhalt zu gebieten. Außerdem läßt ihn Cneve nicht einen Moment aus den Augen. Ich weiß, was er tut und was er denkt. Besser, als wenn er hier wäre.«
»Aber er könnte sich mit deinen Feinden oder denen des Königs Numa verbünden und versuchen, dich zu stürzen«, wandte Velvur ein.
»Das ist es, worauf ich warte«, entgegnete ihm Larth.
Velvur nickte düster. Es gab vieles, das ihm Sorgen bereitete, nicht zuletzt Larth. Er kostete zwar seinen Triumph aus, aber er tat es mit Vorsicht, immer bereit, als erster zuzuschlagen, sollte jemand den Plan fassen, ihn anzugreifen. Es war genauso einfach, ihm zuzujubeln, wie ihn zu fürchten.
Der Gesundheitszustand des Königs hatte sich nicht gebessert, aber auch nicht besonders verschlechtert in diesen Wintermonaten, die sie damit verbracht hatten, auf Nachricht aus dem eroberten Land am Ufer des Tibrin zu warten. Die Totenehrung und die Aussöhnungsriten hatten stattgefunden, und oft waren Abordnungen der anderen Städte

des Bündnisses zu König Tarchon gekommen, die nun längst nicht mehr so ablehnend waren, was die Eroberung Rumas anbetraf.
»Flasi Aivas versucht dir zu schaden, wo er kann«, nahm Velvur das Gespräch wieder auf. »Spürst du nicht seinen Atem im Nacken? Allerdings kann er nicht leugnen, daß die Einnahme Rumas dein Verdienst ist, und er kann nichts gegen dich unternehmen, weil du den Adel von Tarchna mit einbezogen hast. Du hast damals bei der Wahl der Männer, die du mitgenommen hast, eine gute Wahl getroffen.«
»Bist du wegen Aivas hier in Tarchna geblieben, Großer Trutnot?«
»Dein Vater und ich haben über den König und seine Töchter wachen müssen. Hat denn der König mit dir noch nicht über Thanaquil gesprochen?«
»Wieso über Thanaquil?« fragte Larth erstaunt.
Velvur wiegte sorgenvoll den Kopf.
»Sie wird heiraten müssen, Larth. So oder so.«
Larth antwortete nicht, und Velvur fühlte, wie der Krieger sich seinen Worten widersetzte, genauso heftig wie damals, als er noch ein Kind war.
»Wann wirst du nach Ruma zurückkehren?« Velvur wechselte das Thema und schritt neben ihm bis zu einem Flecken Sonne in der Loggia.
»Nach den Feierlichkeiten in Fanu Veltune. Wenn die restlichen Städte des Bündnisses damit einverstanden sind, dann können sie Handwerker, Lehrmeister, Heilkundige und Baumeister nach Ruma schicken, denn für Tarchna und Velx alleine wird es schon bald zuviel werden.«
»Nein«, warf Velvur ein, »das ist es nicht. Du willst Re Supremo werden, und deshalb fragst du nicht, sondern du gibst den anderen Städten des Bündnisses die Erlaubnis, sich am Aufbau von Ruma zu beteiligen. Auf diese Weise wird es leicht für dich sein, gewählt zu werden, weil sie dir alle verpflichtet sind. Aber sei vorsichtig, Larth, kleine Happen machen großen Appetit, und den Latinern kannst du nicht vertrauen, denn sie werden sich nehmen, was sie brauchen, ohne dir je ihr Herz zu schenken.«
»Würdest du denn dein Herz einem Eroberer schenken?« fragte Larth.
»Wie kann ich das wissen? Wir sind niemals erobert worden«, gab der Trutnot ihm lächelnd zurück. »Noch nicht«, hätte er hinzufügen wol-

len, in Erinnerung an die Prophezeiung, die Caitli im *Auge der Göttin* in Fanu Veltune gesehen hatte. Aber er schwieg. Es gab nichts, was er gegen diese kommenden Ereignisse, die nun ihren Anfang nahmen, hätte unternehmen können.

Er seufzte und ließ Larth im Glauben, es sei wegen anderer Sorgen.

»Der keltische Sklave ist übrigens ein junger Mann von vielen Talenten«, fuhr er fort. »Mit seiner Hilfe bin ich dabei, einen Plan der westlichen Länder hinter dem hohen Gebirge zu zeichnen, und ich habe auch begonnen, seine Sprache zu erlernen. Er hat ein gutes Gedächtnis und einen messerscharfen Verstand. Wäre er ein Fürst der Rasna, dann gäbe es nur zwei Möglichkeiten: Entweder er wäre dein Rivale oder der treueste Freund an deiner Seite. In beiden Fällen wäre er es bis in den Tod.«

Larth lächelte flüchtig. Er wußte, daß es Velvurs Art war, ihn auf diese Weise darüber auszufragen, wie viele Regeln er gebrochen hatte, als er einen Sklaven an der heiligen Siegesfeier in Fidenae hatte teilnehmen lassen. Aber er tat so, als hätte er es nicht bemerkt.

»Man hat mir gesagt, daß der König ihn dir für die ganze Zeit deiner Arbeit zugestanden hat«, antwortete er statt dessen. »Ich bin darüber erleichtert, denn bei dir ist er in Sicherheit. Die anderen Sklaven und Dienstboten sind ihm nicht besonders wohlgesonnen.«

»Wie könnten sie auch? Du behandelst ihn nicht wie einen Sklaven oder Dienstboten, und er ist auch keiner«, war Velvurs Antwort.

Laris und einige andere Adelige, die wegen der täglichen Regierungsgeschäfte in die Gemächer des Königs unterwegs waren, kamen auf sie zu, gefolgt von den Haruspizen, mit Flasi Aivas an der Spitze, die das Öl und das Feuer für die Zeremonie brachten, die sie täglich als Fürbitte für die Gesundheit des Königs zelebrierten. Larth ließ sich gerne ablenken.

»Ich muß jetzt gehen«, wandte er sich an Velvur. »Laris muß eine Angelegenheit wegen einer Eigentumsvermessung vortragen, und der König hat mich gebeten, dabei anwesend zu sein. Willst du nicht auch mitkommen?«

Aber Velvur schüttelte den Kopf.

»Wenn der König mich nötig hätte, dann wüßte ich das, und außerdem habe ich nicht vor, Aivas die Zeremonie zu verderben. Meine Gegenwart bringt ihn immer völlig durcheinander, und ein Hohepriester von

Tagete, der sich ständig beim Ritual verhaspelt, ist kein sehr erfreuliches Schauspiel.«

Larth lächelte, und Velvur verließ die Loggia durch den Säulengang, der zum alten Flügel und von dort zum *Gemach der Könige* führte.

Innerhalb der dicken Palastmauern war es immer noch ziemlich kalt. Velvur fröstelte, und deshalb wählte er den ersten Durchgang, der nach draußen führte, und bog dann hinter dem Hof, der zum Flügel der Frauen gehörte, in Richtung des kleinen, versteckten Hofes ein, wo der Altar der Erdmutter Dia stand, zu dem sich das *Gemach der Könige* öffnete. So konnte er ein wenig die Sonne genießen, und er atmete tief die leichte Brise ein, die nach feuchter Erde und frischen Kräutern roch.

Die zarten Knospen des Geißblatts krönten die geschwärzten Steine des Altars, und Velvur verharrte einen Augenblick schweigend davor. Er hatte schon die Hand ausgestreckt, um ihn zu berühren, da hielt ihn ein Gefühl davon ab. Plötzlich kam er sich wie ein Eindringling vor, den unendlich vielfältigen Erscheinungsformen des Daseins gegenüber auf einen Schlag blind, und er fühlte sich alt und unglücklich. Aber das, was ihm da passierte, war ihm nicht neu. Es geschah immer dann, wenn die verborgene Kraft, die einem heiligen Ort innewohnte, ihn aus irgendeinem Grund heraus nicht teilhaben lassen wollte.

Als er noch sehr jung gewesen war, hatte er mit Zorn auf diesen Ausschluß reagiert. Aber die Jahre hatten ihn gelehrt, sich abseits zu halten. Da war Caitlis Stimme, die aus dem *Gemach der Könige* zu ihm drang. Und sie war so sanft und weich, wie er sie niemals zuvor gehört hatte.

Vorsichtig näherte er sich und sah, daß Caitli damit beschäftigt war, an seinem Werk – der Karte der westlichen Länder jenseits des hohen Gebirges – zu arbeiten. Velvur fiel ein, daß er Larth gegenüber seltsamerweise verschwiegen hatte, daß er nicht alleine diese Karte erstellte, sondern daß Caitli es war, die die Linien übertrug und die Beschriftung vornahm.

Sie saß auf einer kleinen Bank am Schreibpult, und Axal saß neben ihr. Ihre Köpfe berührten sich fast, so tief beugten sie sich gemeinsam über die Karte vor ihnen. Der Kelte bestand darauf, eine Linie zu verändern, die einen Fluß darstellte, und Caitli versuchte, den richtigen Verlauf der Flußschleife mit blauer Farbe einzutragen. Beide waren so in ihre Arbeit vertieft, daß sie alles um sich herum vergessen hatten.

Ein Sonnenstrahl fiel auf den Kèrnos vor ihnen und ließ die blaue Farbe aufleuchten, und plötzlich sah Velvur vor seinem geistigen Auge den Blick von zwei anderen Augen, die sie neugierig beobachteten. Er war nicht mehr blind, und das tief unglückliche Gefühl, das ihn noch kurz zuvor erfüllt hatte, wich nun einer Schwermut. Ohne sich auch nur umzudrehen, sah er den Knaben vor sich, der zusammengekauert auf der niedrigen Mauer hockte, die die Türöffnung zum Hof hin abgrenzte. Leise zog er sich zurück. Dann näherte er sich ihm von hinten und legte ihm eine Hand auf den Kopf.

Vul fuhr mit einem Ruck herum, und vor Schreck brachte er keinen Ton heraus. Velvur lächelte ihm zu.

»Ein Kind muß die Zeit nutzen, um zu lernen, Vul. Der König hat deine Unterweisung angeordnet. Müßtest du jetzt also nicht bei deinen Lehrmeistern sein?«

Vul wußte nicht, was er darauf antworten sollte, und fand es sehr mutig, der Stimme des Großen Trutnot sein Schweigen entgegenzusetzen.

»Komm«, sagte Velvur und nahm ihn bei der Hand, »ich werde mich persönlich darum kümmern, daß man besser auf deine Unterweisung achtet.«

Als Velvur mit Vul an der Türöffnung vorbeiging und den kleinen Hof verließ, fuhr Caitli leicht zusammen. In dem Fläschchen mit blauer Farbe hatten ihr kurz zwei Augen entgegengeblickt, deren Reflex nun schwächer wurde, und ein leichter, kühler Lufthauch, der durch die Tür gekommen war, hatte sie beide gestreift.

Caitli legte den feinen Pinsel beiseite und lehnte sich zurück.

»Der Große Trutnot war hier«, murmelte sie.

Axal hob leicht den Kopf, ohne den Blick von der Karte zu wenden. Hier, auf dieser Rolle eingefangen, schien ihm sein Land jetzt noch ferner zu sein, auf Linien und farbige Markierungen reduziert, die zwar alle richtig eingetragen waren, aber trotzdem so ganz anders als die Bilder seiner Erinnerung, die sich nun schon mit den Eintragungen in der Karte zu vermischen begannen.

»Hilf mir«, sagte er und lehnte sich nun ebenfalls zurück. »Du mußt mir helfen zu fliehen.«

Caitli erstarrte. Am liebsten hätte sie die Existenz dieser Worte geleugnet, aber einmal ausgesprochen, konnten sie nun nicht mehr zurückgenommen werden.

Axal war für sie ein offenes Buch. Sie erinnerte sich, wie er zum ersten Mal in das *Gemach der Könige* eingetreten war, entschlossen, vorsichtig und immer auf der Hut, sich gegen jede Magie, welche auch immer es sein mochte, zu verteidigen. Aber Velvur hatte ihm gegenüber seine Fähigkeiten als Trutnot nicht benutzt. Er wollte ihn nicht beeinflussen und hatte es einfach ihm selbst überlassen, ob er seiner Bitte, mit seiner Hilfe eine Karte seiner Heimat zu zeichnen, nachkommen wollte. Nach einer Weile hatte er ihn dann einfühlsam dazu gebracht, zuerst von seinem Land und seinem Volk zu reden und schließlich auch von sich selbst. Aber Velvur wußte auch, daß letztlich sie es war, die sein Heimweh in sich aufnahm. Und Caitli hatte sich in diesem Heimweh, in diesem Schmerz, den der Kelte wie eine Schwäche in sich verborgen hielt, schon verloren, noch bevor es ihr überhaupt bewußt geworden war.

Sie war verliebt. Und die Luft, die Sonne, die Zeit und alles um sie herum schien sich verändert und einen anderen Geschmack bekommen zu haben.

Sie waren sich nahe, ohne sich zu berühren, aber in Gedanken so miteinander vereint, daß Caitli sich manchmal sogar dabei überraschte, Ereignisse und Bräuche, von der er ihr erzählt hatte, für ihre eigene Erinnerung zu halten.

Aber Axal glaubte nicht an ein vorbestimmtes Schicksal. Er nahm für sich in Anspruch, selbst zu wählen, und da Caitli verliebt war, versuchte auch sie, das Rad des Schicksals zu ignorieren. Sie wünschte sich, für ihre Liebe kämpfen zu können, mit der Bereitschaft, auch noch das letzte Band zu zerreißen, das sie an dieses vorbestimmte Schicksal knüpfte, selbst wenn es sie das Leben gekostet hätte. Aber dafür reichte ihre Macht nicht aus, und was auch immer sie fühlte oder tat, konnte nicht dieses Wissen auslöschen, das sie in sich trug und das sie quälte.

»Du willst also aus Tarchna fliehen?« murmelte sie.

»Ich muß. Und ich muß es *jetzt* tun«, antwortete Axal leise.

Caitli strich ihm mit der Hand übers Gesicht.

»Sie werden dich umbringen, Axal. Wenn sie dich fangen, werden sie dich zum Tode verurteilen. So lautet das Gesetz, und keine Macht auf der Welt wird daran etwas ändern können.«

»Für mein Volk ist das Leben im Jenseits eine Welt des ewigen Frühlings, ohne Kälte. Es ist eine bessere Welt, und selbst ein qualvolles

Sterben ändert nichts daran. Ich habe keine Angst vor dem Tod. Meine Angst ist viel mehr, nicht mein eigenes Leben leben zu können, sondern eines, das von anderen bestimmt wird.«

Er nahm ihre Hände und führte sie an seine Lippen. »Ich liebe und begehre dich. Das alleine würde schon genügen, mich zum Tode zu verurteilen, denn du bist die Tochter des Königs und seine Erbin. Und hier, genauso wie bei meinem Volk, gibt es Grenzen, die man nicht überschreiten kann.«

Caitli schaute ihn an und dachte: Aber es ist nicht nur das. Es ist auch wegen Larth, den du ebenso liebst wie mich. Du willst ihn nicht verraten, und du hast keine andere Möglichkeit, es ihm zu beweisen.

Dann entzog sie ihm ihre Hände und erhob sich.

»Gut, ich werde dir helfen«, sagte sie leise und fühlte noch im selben Moment, daß ihre Worte das Netz der Zeit, das schon geknüpft war, nicht berührten.

Trotzdem fuhr sie fort: »Sobald es dunkel ist, werde ich dir den Durchschlupf zum Heiligen Wald der Göttin Athrpa zeigen. Von dort aus gehst du immer an den Außenmauern des Palastes entlang bis zu dem Punkt, wo sie an die Stadtmauer grenzen, die im Westen an einem tiefen Taleinschnitt entlangführt. Ich werde dir einen Proviantsack mitgeben, und ich werde dir die Haare schwarz färben. Aber hüte dich davor, daß sie naß werden, denn wenn die Farbe ausläuft, werden sie dich erkennen, und du wirst verloren sein. Zu viele haben dich in Fanu Veltune gesehen und an der Seite Larths. Sie wissen, daß du zu diesem Palast gehörst.«

»Ich werde mich nicht lebendig einfangen lassen«, murmelte Axal. Dann wandte er sich wieder wortlos der Karte zu.

Es war schon spät in der Nacht. Ein heftiger Wind fegte mit leisem Heulen durch die Säulengänge des Palastes und brachte die Lampen zum Schwingen.

Im schützenden Dunkel vor dem Altar der Erdmutter Dia zog Axal Caitli an sich und hielt sie so fest, als wolle er sie nie wieder loslassen.

»Vergiß mich nicht«, flüsterte er ihr ins Ohr.

Caitli schmiegte sich fest an ihn, um ihm wenigstens die Wärme ihres Körpers mitzugeben. Aber alles an diesem Ort schrie ihr die Nutzlosigkeit seines Unterfangens entgegen. »Deine Götter werden dich begleiten«, flüsterte sie ihm schließlich zu und löste sich von ihm. Sie hatte ihm den Weg erklärt, den Durchschlupf in den Mauern des Palastes, um den Heiligen Wald zu erreichen, und die tiefste Stelle in der westlichen Stadtmauer, am Rande des Waldes, den er auf keinen Fall betreten durfte. Denn keinem war es erlaubt, den Wald der Göttin Athrpa bei Nacht zu betreten.

Ich aber werde es tun, und zwar schon sehr bald, dachte Caitli, und diese Sicherheit, die ihr in diesem Augenblick fast überheblich vorkam, tat ihr weh.

Axal schlüpfte geschmeidig durch den Durchschlupf, den Caitli ihm gezeigt hatte. Es war ein breiter Spalt, den der Blitz verursacht hatte, als er in den ersten Baum gleich hinter der Mauer eingeschlagen war: in den heiligen Baum der Göttin Athrpa.

Der Blitz hatte den Baum in zwei Hälften gespalten, aber wie durch ein Wunder war er immer noch lebendig und vom zarten Grün knospender Blätter bedeckt. Die großen Steinquader, die beim Einschlag des Blitzes aus der Mauer herausgebrochen waren, waren liegengeblieben und bildeten nun, bedeckt mit Moos und Schlingpflanzen, fast eine Treppe.

Axal schlich an der Außenmauer des Palastes entlang und gelangte dann, so wie es Caitli ihm beschrieben hatte, zur Stadtmauer, die an dieser Stelle durch einen engen Durchgang von der Palastmauer getrennt war. Hier war es stockfinster, es gab keine Pflanzen mehr, nur noch Steine und Geröll. An dieser Stelle, der höchsten Erhebung des Hügels von Tarchna, verlief die Stadtmauer am Rande eines wilden und waldigen Tales.

Axal warf sich den Proviantsack über die Schulter und kletterte dann an der Stadtmauer hoch, die hier sehr niedrig war. Dann ließ er sich auf der anderen Seite hinunterfallen und tauchte in das dichte Unterholz ein, immer mit dem Blick auf die Sterne gerichtet, die zwischen den noch fast kahlen Zweigen der Brombeer- und Haselnußbüsche hindurchschienen.

Teils kletterte er, teils rutschte er den steilen Abhang hinunter, und als er schließlich in der Talsohle angekommen war, blieb er stehen und drehte sich nach der Stadt um. Von Tarchna war nicht mehr viel zu sehen außer dem Umriß der Mauern und einem hellen Lichtschein am Himmel, über den der Wind die Wolken trieb.

Er wandte sich ab und machte sich auf den Weg durchs Tal. Von hier aus konnte er die breite Straße sehen, die vom östlichen Stadttor aus nach Velx führte. Er beschloß, ihr zu folgen, immer im Schutz des Waldes, in dem er sich fast lautlos bewegte und schneller war als jeder andere. In dieser Nacht, dem darauffolgenden Tag und der folgenden Nacht gelang es ihm auch, seinem Vorsatz treu zu bleiben. Auf der Straße waren sehr viele Menschen unterwegs, aber der Wald war dicht, und es genügten ihm nur wenige Stunden, um auszuruhen. Meistens schlief er nachts, wenn es im Wald so finster war, daß selbst er den Weg nicht mehr finden konnte, weil der Himmel sich mit einer dichten Wolkendecke überzogen hatte und, aus einer Laune des Frühlings heraus, ein eisiger Wind blies.

Am dritten Tag verbrachte er dann den größten Teil des Tages in einer felsigen Schlucht, denn es hatte zu regnen begonnen. Erst am späten Nachmittag wagte er es, seinen Unterschlupf zu verlassen. Der Regen hatte aufgehört, aber die Luft war feucht und kalt, und gegen Abend schließlich erreichte er eine Stelle im Wald, die gerodet worden war, um Platz für Weiden zu schaffen. Hier war die Vegetation weniger dicht, und am Rand der Rodung befand sich eine Hütte mit einem tief heruntergezogenen Dach, das mit Stroh und Lehm bedeckt war. Ein kalter Nieselregen hatte wieder eingesetzt. Er näherte sich vorsichtig der Hütte und stieß die Tür auf. Bis auf einen Rest Heu war sie leer.

Hier verbarg er sich, gerade noch rechtzeitig, um nicht naß zu werden. Er zog seine feuchte Tebenna aus, die er, um die Haare zu schützen, bis über den Kopf hochgezogen hatte, und schüttete ein wenig Heu in der hintersten und dunkelsten Ecke auf. Bisher hatte er fast noch nichts vom Proviant angerührt, den Caitli ihm eingepackt hatte: Fladenbrot, getrocknetes Fleisch und Feigen in Honig. Aber jetzt aß er etwas davon, rollte sich dann auf dem Heu zusammen und schlief ein.

Der Klang von Stimmen weckte ihn jäh. Einige Männer hatten die Hütte betreten, während andere noch damit beschäftigt waren, die Pferde unter dem vorspringenden Dach anzubinden. Der Regen rauschte jetzt so laut, daß er teilweise sogar die Stimmen der Männer übertönte.

Ein eisiger Schrecken durchfuhr Axal. Er erstarrte. Soweit er abschätzen konnte, waren es insgesamt ungefähr zwanzig Männer, Soldaten, die von Tarchna nach Velx unterwegs waren.

Sie waren gerade damit beschäftigt, ihre mitgebrachten Lampen anzuzünden, als Axal sich von einem Moment auf den anderen entschied. Mit einem Satz sprang er aus seinem Versteck hervor und rannte laut brüllend zwischen ihnen hindurch. Die Männer waren völlig überrascht, und bevor sie sich versehen hatten, war er schon draußen und warf sich auf den nächstbesten Mann, der sein Pferd noch am Zügel hielt. Er schlug ihn nieder, sprang auf und drückte dem Pferd die Knie in die Weichen.

Aber in diesem Augenblick traf ihn die Lanze von einem der umherstehenden Männer an der Schulter. Axal verlor das Gleichgewicht, das Pferd bäumte sich auf, und einer schlug ihm auf die Fesseln, so daß es stürzte und Axal unter sich begrub. Sofort wurde er von mehreren Armen gepackt, die ihn unter dem Gewicht des Tieres hervorrissen und ihn ins Innere der Hütte zerrten, wo inzwischen die Lampen angezündet worden waren. Dort warfen sie ihn auf den Steinfußboden. Einer von ihnen beugte sich zu ihm herunter und fuhr ihm durch die Haare. Die Farbe, die der Regen aufgelöst hatte, blieb zwischen seinen Fingern haften. Also packten sie ihn unter den Armen, zerrten ihn wieder nach draußen und tauchten dort seinen Kopf in einer Tränke unter, in der sich das Regenwasser gesammelt hatte. Sie drückten ihn lange unter Wasser, aber Axal leistete keinen Widerstand, im Gegenteil, er ließ alle Luft aus seinen Lungen entweichen. Doch der Hauptmann der Schar erkannte schnell seine Absicht und befahl, seinen Kopf herauszuziehen, noch bevor es ihm gelungen war, sich zu ertränken.

Dann brachten sie ihn wieder in die Hütte zurück und warfen ihn dort auf den Boden. Die Luft, die zu seinem Bedauern nun wieder in seine Lungen zurückkehrte, verursachte Axal einen starken Brechreiz, und keuchend lag er mit geschlossenen Augen da. Einer der Männer fesselte ihm die Arme auf den Rücken, einer brachte eine Lampe, und ein anderer legte ihm eine Kette um den Hals, zog ihn daran hoch und versetzte ihm einen Schlag, damit er die Augen öffnete. Da schließlich erkannten sie ihn.

»Sieh mal einer an, der Sklave des Phersu!« rief der Hauptmann überrascht. »Unser Nachtlager hier aufzuschlagen, war wirklich eine ganz ausgezeichnete Idee. Der König wird uns diese Gefangennahme reich belohnen.«

»Sei vorsichtig, er ist ein Dämon«, antwortete ihm einer seiner Männer. »Das jedenfalls sagen sie im Palast von ihm. Ein Dämon, der Unheil bringt. Vielleicht ist er an der Krankheit des Königs schuld.«

»Ein Dämon, der mit uns jedenfalls das Dach nicht teilen wird, hab keine Sorge. Zieht ihn aus und bindet ihn an den Pfahl für die Pferde. Aber rührt ihn nicht an, er ist der Sklave des Königs, und wir dürfen uns nicht an ihm vergreifen.«

Die Soldaten packten Axal wieder, brachten ihn nach draußen und zwangen ihn auf die Knie. Dann banden sie ihn mit ausgebreiteten Armen so fest, daß die Muskeln bis zum Zerreißen gespannt waren und die Kette ihm bis aufs Blut in den Hals schnitt. Bevor sie gingen, rissen sie ihm noch die Tunika herunter und ließen ihn dann nackt im eisigen Regen zurück.

14.

Larth blieb auf der letzten Stufe der Treppe stehen, die hinunter zu den Zellen führte. Der große Raum in der Mitte, Ausgangspunkt des unterirdischen Labyrinths, war von Fackeln erleuchtet, die an den Mauern angebracht waren, und die hoch lodernden Flammen in den beiden Feuerbecken wurden immer wieder von einem geheimnisvollen Luftzug zerrissen. Nicht weit von einem der Feuerbecken war Axal mit ausgebreiteten Armen an die Wand gefesselt. Bis auf ein zerrissenes Hüfttuch war er nackt, und auf seinem Körper, der von kleinen Wunden übersät und mit eingetrocknetem Schlamm bedeckt war, glänzte rot der Widerschein des Feuers. Er konnte sich nicht auf den Beinen halten, und deshalb hatten sich die Ketten tief in seine Handgelenke eingeschnitten, von denen das Blut in kleinen Rinnsalen über seine Arme tropfte.
Der Kelte hatte den Kopf vom Feuerbecken abgewandt, dessen Gluthauch ihm sicher schmerzhaft auf der Haut brannte, und sie hatten ihm die Haare abgeschnitten. Jetzt gingen sie ihm nur noch bis zum Kinn und fielen, vom Schlamm verklebt, aber wieder blond, wirr in seine Stirn. Zwischen den halbgeschlossenen Lidern blickten seine Augen starr und wie erloschen, und sein Blick belebte sich auch nicht, als Larth zu ihm trat.
»Warum gerade jetzt?« fragte Larth ihn bitter, und in seinem Tonfall klang mit, was er hätte hinzufügen wollen: »Und warum ausgerechnet du, mein Freund, dem ich vertraut und den ich so nötig habe?«
Axal schluckte mühsam und wandte den Kopf.
»Wegzugehen war die einzige Möglichkeit, um das abzuwenden, was deine Königin für uns vorausgesehen hat. Ich habe dir meine Freundschaft versprochen, und es gab keine andere Möglichkeit, sie dir zu beweisen, Tarquinier«, flüsterte er heiser, und ein kleines, herausforderndes Lächeln überflog sein Gesicht. »Deshalb ist es besser, du läßt

mich töten. Oder töte du mich, mein Freund, so wie es bei meinem Volk Brauch ist.«
»Ich soll dich töten?« fragte Larth ungläubig.
»Ja«, erwiderte ihm der Kelte, »bei uns erweist man diese Ehre dem Waffenbruder, der einem näher ist als der eigene. Wenn du verwundet bist, ist die sichere Hand des Freundes besser als die Folter des Feindes.«
Larth legte ihm einen Arm um die Schulter und stützte ihn, um den Zug der Ketten auf die geschwollenen Handgelenke zu mildern. Axal ließ es geschehen, und Larth spürte, wie sein erschöpfter Körper zitterte.
»Nein«, murmelte er. »Da ist ein Netz geknüpft worden, und wir waren zu dritt... Du mußt an meiner Seite bleiben.«
Axal schaute ihn mit einem traurigen, fast verzweifelten Blick an. »Was ist mit deiner Königin?« murmelte er schließlich.
»War sie es, die dir zur Flucht verholfen hat?« fragte Larth.
»Von mir wird das keiner hören«, erwiderte ihm Axal, und Larth nickte. Er zweifelte nicht an dem Kelten und auch nicht daran, daß seine Lippen niemals den Namen Caitlis nennen würden, was auch immer sie anwenden würden, um ihn zum Reden zu bringen. Dann ließ er ihn langsam wieder los und empfand wie einen Stich den Schmerz, sobald die Ketten wieder in die offenen Wunden in seinem Handgelenk einschnitten.
»Entweder der König wird dich mir überlassen, oder ich werde zurückkommen und dich töten. Das verspreche ich dir«, sagte er.
Axal schloß die Augen, ohne ihm zu antworten, und Larth verließ das unterirdische Gewölbe. Dann machte er sich auf den Weg zu den Gemächern des Königs, ohne sich darum zu kümmern, daß niemand außer Velvur dort unangemeldet eintreten durfte.
Ohne ihnen Beachtung zu schenken, passierte er die Wachen und die Diener im Vorzimmer, erreichte das Privatgemach des Königs und blieb auf der Schwelle stehen. Tarchon hatte sich gerade mit Hilfe eines Dieners angekleidet und erholte sich nun von der Anstrengung auf einem Clinai. Das schmerzende Bein hatte er hochgelegt, um sich ein bißchen Erleichterung zu verschaffen. Überrascht vom plötzlichen Eintreten Larths, hob er den Kopf und schickte dann mit einer knappen Geste den Diener aus dem Raum.

»Tarchna muß von einem mächtigen Feind bedroht sein, wenn du hier einfach so hereinplatzt!« bemerkte der König ein wenig sarkastisch, sobald sie alleine waren, und Larth mußte lächeln.
»Du weißt, warum ich hier bin, mein König.«
»Ich bin kein Hellseher, aber deine Angewohnheit, die Regeln zu mißachten, kenne ich leider nur zu gut. Es ist eine schlechte und äußerst gefährliche Angewohnheit«, erwiderte ihm der König. Larth antwortete nicht, und Tarchon wurde allmählich ungeduldig.
»Also, was ist los? Der Rat erwartet mich, und ich habe nicht die Absicht, deinetwegen alles durcheinanderzubringen. Was willst du von mir?« forderte er ihn auf.
»Den Kelten«, antwortete ihm Larth knapp.
»Der Sklave des Phersu kann nicht verkauft werden, das weißt du, und *diese* Regel kannst selbst du nicht ändern.«
»Dann schenk ihn mir«, beharrte Larth kühl.
Für endlose Sekunden betrachtete ihn der König finster.
»An Tollkühnheit mangelt es dir wahrhaftig nicht. Und was hast du dir vorgestellt, mir im Tausch dafür zu geben?«
»Ich habe dir erst vor kurzem ein Land erobert.«
»Ein Land von Barbaren und Dieben. Das waren deine eigenen Worte, erinnerst du dich?«
»Eines Tages wird dieses Land groß sein, und es wird den Tarquiniern gehören«, antwortete ihm Larth.
Der König machte mühsam Anstalten, sich zu erheben, aber Larth kam ihm nicht zu Hilfe. Tarchon hatte ihn nicht darum gebeten und war auch nicht der Mann, der sich helfen ließ. Nach ein paar vergeblichen Versuchen blieb der König schließlich dort, wo er war, und beschränkte sich darauf, das geschwollene, steife Bein zu verlagern.
»Weißt du, was sich die Stimmen im Palast erzählen?« nahm er dann das Gespräch wieder auf.
»Welche Stimmen meinst du? Könnte es sein, daß sie auch einen Namen haben?« fragte Larth.
»Ja, du hast recht. Es ist vor allem Vul, mein kleiner Bastard mit den Schlitzaugen und der schnellen Zunge, der die Gewohnheit hat, sich überall einzumischen«, entgegnete ihm der König mürrisch.
»Ich hatte inzwischen das Vergnügen, ihn kennenzulernen«, nickte Larth.

»Jedenfalls erzählt er überall herum, daß die Erbin des Königs ihre Zeit mit einem Sklaven verbringt, und da Vul noch ein Kind ist, glaubt man, daß entweder die reine Unschuld oder die Götter selbst aus ihm sprechen. Ich bin sicher, daß schon bald jemand zu beweisen versucht, daß Caitli es war, die ihm bei der Flucht geholfen hat. Also werden sie entweder diesen Sklaven zum Reden bringen, oder es wird ihnen gelingen, auf eine andere Art Beweise zu erbringen. Und dann werde ich meine Tochter aus dem Palast jagen müssen!«
»Das wird nicht geschehen«, erwiderte ihm Larth mit fester Stimme. »Dieser Sklave wird niemals reden, denn entweder du schenkst ihn mir, oder ich werde ihn töten. In beiden Fällen wird Caitlis Name nicht fallen.«
»Du würdest ihn wirklich töten?« fragte der König und schaute ihn überrascht an. Aber Larth antwortete ihm nicht, und Tarchon nickte vor sich hin. »Ja, du würdest es tun«, stellte er fest. »Für Caitli würdest du es tun. Er ist ein Dienstbote, Larth, ein Sklave, kannst du es wirklich zulassen, daß er es wagt, seinen Blick zu ihr zu erheben?« Aber Larth schwieg immer noch, und nach einer Weile schüttelte Tarchon mißmutig den Kopf.
»Bereite dich auf die Hochzeit vor, mein Sohn. Wenn nicht mit Caitli, dann mit ihrer Schwester. Eine der beiden muß dir den rechtmäßigen Titel des Erben bringen, bevor es zu spät ist. Und jetzt geh und rufe Velvur und Flasi Aivas herein, die bestimmt schon vor der Tür warten.«
Larth gehorchte und fand tatsächlich Velvur und den Haruspize von Tagete vor, die, zusammen mit den anderen Mitgliedern des Rates, in der Loggia warteten. Larth bat den Großen Trutnot und Flasi Aivas herein, ohne sich um die Neugier der anderen zu bekümmern, und blieb dann regungslos neben der Tür stehen.
»Mein junger Fürst hat einen Wunsch geäußert, der jedoch eures Rates bedarf«, begann Tarchon das Gespräch.
Flasi Aivas verbeugte sich knapp. »Ich freue mich mit dem Fürsten Larth über seine Eroberung und auch über die Ehre, die dank ihm Kae Aivas seinem Haus macht«, rief er aus und begleitete seine Worte mit einem verbindlichen Lächeln.
»Ich bin sicher, daß Kae der Aufgabe, die er übernommen hat, voll gewachsen ist«, antwortete ihm Larth. »Ich kenne ihn.«

Während er sprach, hatte er zu Velvur hinübergeblickt. Wußte der Große Trutnot schon vom Fluchtversuch des Kelten? Vielleicht waren Caitli und Thanaquil deshalb einen Tag nach seiner Flucht nach Fanu Veltune abgreist. Der Rückzug in das Heiligtum der Göttin Turan, so früh vor der jährlichen Zusammenkunft, bekam dadurch den Anschein, als ob sie vom Palast von Tarchna entfernt werden sollten. Vielleicht wollte Caitli Axal nicht sterben sehen, ging ihm durch den Kopf, und als sich seine Augen wieder mit denen von Velvur trafen, sprach für einen Moment eine so schmerzliche Hilflosigkeit aus dem Blick seines alten Lehrmeisters, wie er es niemals zuvor gesehen hatte.
»Was ist das Problem?« wandte sich jetzt der Große Trutnot ruhig und gelassen an den König.
»Das Problem ist der Kelte«, antwortete ihm der König. »Und die Frage ist, ob dieser Sklave nun sterben soll oder unserem Fürsten als Geschenk übergeben werden kann.«
»Das ist also deine Frage an uns«, murmelte Aivas mit schlecht verhohlenem Staunen.
»Ja, das ist meine Frage an euch«, gab ihm Tarchon zurück. »Und diesmal will ich keine Voraussagen, sondern nur euren Rat.«
»Sie sind die Früchte des ersteren«, beeilte sich der Haruspize ihm zu antworten, »und was das anbetrifft, ist der Große Trutnot sicher der reichere von uns beiden.«
»Ich schätze die Klugheit des Haruspizen von Tagete, der mir als erstem das Wort überläßt«, gab Velvur zurück und wandte sich dann an den König. »Das Schicksal dieses jungen Fremden ist in die Hände eines Tarquiniers gelegt, jedoch nicht in die deinen, König Tarchon«, sagte er. »Befreie dich also von ihm, aber vergieße nicht das Blut, das die Erde der Rasna verweigert hat.«
Aivas Gesicht hatte bei diesen Worten ein Lächeln überflogen, und nun strich er sich über den wohlgepflegten Bart.
»Du hast recht, der Sklave des Phersu ist etwas ganz Besonderes«, stimmte er Velvur zu. »Das Gesetz von Tarchna für die geflüchteten Sklaven kann auf ihn nicht angewandt werden. Deshalb habe auch ich keinen Einwand, daß er weiterverschenkt wird, aber erst nach einer Bestrafung, die ein Exempel für die anderen statuiert.«
Tarchon hob eine Hand und gebot Schweigen.
»So soll es sein! Der Sklave wird noch heute vor Sonnenuntergang

bestraft und dann wieder in seine Zelle zurückgebracht werden. Wenn wir aus Fanu Veltune wieder zurück sind, wird er dir gehören, Larth. Und was von diesem Augenblick an mit ihm passiert, ist dann nur noch von deiner Entscheidung abhängig.«

Larth verbeugte sich knapp. Dann verließ er den Raum, und Velvur folgte ihm schweigend.

»Wieso war Flasi Aivas mit deinem Vorschlag sofort einverstanden?« fragte Larth, sobald sich die Tür hinter ihnen geschlossen hatte. »Es wäre doch sehr einfach für ihn gewesen, seinen Tod zu fordern und ihm die Schuld für alles anzulasten, was im Palast passiert ist. Außerdem hätte er sich sogar seiner bedienen können, um Caitli, die er fürchtet, aus dem Palast verbannen zu lassen.«

»Das stimmt«, erwiderte ihm Velvur. »Aber Aivas ist nicht blind und weiß, daß du, außer Mastarna, der kein Tarquinier ist, keine Freunde hast und keine andere Liebe, außer Caitli, die nicht deine Königin ist, sondern die Hohepriesterin des Palastes. Er weiß auch, daß du dir diesen Sklaven zum Freund erkoren hast und dein Kampf um sein Leben für jeden ersichtlich ist. Also hast du endlich eine Schwäche . . . Sei auf der Hut, Larth, denn du kannst sicher sein, daß Aivas diese Schwäche früher oder später ausnutzen wird.«

»Und du, wie denkst du darüber?« fragte Larth.

Velvur schwieg und dachte bei sich: Ich werde weiter den Fäden eines schon geknüpften Netzes folgen. Mehr kann ich nicht tun.

Der Schmerz hatte eine tiefe Furche zwischen seine Augen gegraben. Wie ein Opfer an einen Gott, der kein Mitleid kennt, lag er ausgestreckt auf den nackten schwarzen Steinen der Zelle, und die weiße Haut seines Rückens war mit tiefen, blutigen Striemen überzogen. Aber noch stärker als die körperliche Qual war sein Gefühl einer unendlichen Verlassenheit.

Trotzdem hielt Axal dem Blick Larths ohne mit der Wimper zu zucken stand. Daß er nun ihm gehörte und nicht mehr dem König, war ihm noch nicht ins Bewußtsein gedrungen. Seine Flucht war mißlungen, und seinem Waffengefährten, nicht seinem Herrn, warf er das qualvolle Leben vor, das ihm nun mit dem keuchenden Atem des Schmerzes zwischen den Lippen zu zerrinnen schien.

Larth strich ihm sanft über die Schultern, und Axal stöhnte auf. An

dieser Stelle waren die Wunden so tief, daß das rohe Fleisch sichtbar wurde. Der ihn gepeitscht hatte, hatte mit Freude zugeschlagen, aber Larth hatte jeden einzelnen der Schläge gezählt, und eines Tages würde der Mann dafür bezahlen.
Larth schaute zu Velvur auf, der ihm gegenüberstand, und es war ihm egal, was er in diesem Moment von ihm dachte. »Kannst du etwas machen?« fragte er.
Der Große Trutnot machte ein kaum merkliches Zeichen der Zustimmung. Er hatte Axal schon einen Heiltrank, vermischt mit Wein und Honig gegeben, der ihn wieder ein wenig zu Kräften hatte kommen lassen, und er würde ihn auch bis zur endgültigen Heilung pflegen. Der Priester hatte viel schwächere als den Kelten wieder ins Leben zurückgerufen. Er wußte genau, wie der Wille, sich dem Tod zu widersetzen, zu wecken war, den Axal glaubte schon in sich erstickt zu haben und ohne den jede Pflege sinnlos war.
»Keine Sorge, Larth«, sagte er also. »Mich halten meine Studien hier zurück, genauso wie ein plötzliches Unwohlsein Flasi Aivas daran hindert, den Palast zu verlassen. Das jährliche Fest in Fanu Veltune wird also ohne uns stattfinden müssen. So werde ich über deinen Sklaven wachen und dafür sorgen können, daß er bis zu deiner Rückkehr wieder auf die Beine kommt.«
Larth kannte diesen leicht spöttischen Unterton in seiner Stimme noch aus der Zeit, in der er mit ihm auf Reisen gewesen war. Seine Studien waren vielleicht weniger ein Vorwand als das Unwohlsein von Flasi Aivas, der es als Ausrede gebrauchte, um im Palast zu bleiben, während der König, seine Töchter und sein Nachfolger abwesend waren. Aber es war die besondere Art Velvurs, die Dinge so auszusprechen, daß man nie genau wußte, wie er sie wirklich meinte.
Der Trutnot schickte sich nun an, ihn nach draußen zu begleiten. Der Geleitzug für die Abreise nach Fanu Veltune stand schon bereit. Es war ein warmer, fast heiterer Tag, mit einem leichten Wolkenschleier über den östlichen Hügeln. Im *Heiligen Wald von Tinia* würde schon alles knospen. Larth spürte, wie ihn der Gedanke an Fanu Veltune leicht erregte. Dort erwartete ihn der wahre Kampf, ein wesentlich härterer als der, den er am Fuß der Hügel von Ruma ausgefochten hatte.
Er würde sich Sevre von Velx stellen müssen, der versuchen würde, Mastarnas Anteil an der Eroberung einzufordern und der als der neue

Re Supremo einen großen Einfluß auf die anderen Könige des Städtebündnisses hatte, die jedem Pakt zögernd gegenüberstanden.
Und dann würde Caitli da sein, die er nach dem Warum fragen mußte.
Velvur begleitete ihn bis an die Spitze des Geleitzuges. Aivas hatte sich in seine Gemächer zurückgezogen, wo die Haruspizen des Konvents von Tagete ihre Unterkünfte hatten, wenn sie sich im Palast aufhielten. Die übliche Prozession erwartete sie, um sie bis hinter das Osttor zu begleiten, und die Glöckchen schwangen auf den hohen, gebogenen Stäben im Zeichen guter Wünsche für die Reise.
Larth stieg auf sein Pferd und ritt neben den zweirädrigen Wagen mit den königlichen Insignien aus Purpur und Gold. Aber die Vorhänge waren fest geschlossen, und er konnte weder den König noch Laris sehen, der ihn begleitete. Gleich darauf ritt sein Bruder Egene an seine Seite. Es paßte ihm nicht besonders, Teil des Ehrengeleites zu sein, aber es war ihm befohlen worden, und so gehorchte er. Er nickte ihm kurz zu, und Larth merkte, daß er ihm nichts zu sagen hatte. Schweigend schlug er also die weiße Tebenna auf die Schulter zurück, beugte zum Abschied kurz das Haupt vor dem Großen Trutnot, gab das Zeichen zum Aufbruch, und der Zug setzte sich in Bewegung.

Thanaquil kauerte in Gedanken versunken vor dem Feuer. Aus dem angrenzenden Gewölbesaal auf dem Gipfel des Berges der Göttin Turan waren immer noch Stimmen und leiser, von Flötenmusik begleiteter Gesang zu hören. Aber es war schon spät in der Nacht, und fast alle Gäste und auch der größte Teil der Hohepriesterinnen hatten sich zurückgezogen. Hier, in dem kleinen Raum, gab es außer den Flammen in den Feuerbecken kein Licht.
Aber diese Flammen hatten für Thanaquil weder Stimme noch Gesicht. Sie hob den Kopf und schaute Caitli an. »Warum kann ich nicht im Feuer sehen, was geschehen wird?«
»Du wirst es nur manchmal sehen können und meistens dann, wenn du es nicht möchtest«, antwortete ihr Caitli und hing dann wieder schweigend ihren düsteren Gedanken nach. Liebevoll betrachtete sie die Schwester: Sie war schön und verliebt, und sie hätte es verdient, daß der Reichtum und die Fülle ihrer von der Natur verliehenen Gaben voll erstrahlten, bevor sie verblühten.

Über die Flamme hinweg streckte sie ihr die Hand entgegen, und Thanaquil ergriff sie.
»Versprich mir, daß du mir gehorchen wirst, Thanaquil«, sagte Caitli zu ihr.
Das Mädchen nickte ernst. »Du weißt doch, daß ich dir immer gehorcht habe.«
»Das ist kein Versprechen.« Caitli lächelte, und Thanaquil hielt den Atem an.
»Warum willst du ein Versprechen?« murmelte sie.
»Weil du Larth heiraten mußt und du Königin von Tarchna sein wirst.«
Thanaquil versuchte ihre Hand zurückzuziehen, aber Caitli hielt sie immer noch fest.
»Ich liebe Mastarna, und er liebt mich auch!«
»Du mußt Geduld haben, Thanaquil«, versuchte Caitli sie zu beruhigen. »Glaube mir, der Tag wird kommen, an dem du mit Mastarna zusammensein wirst, und dann werdet ihr noch viele glückliche, gemeinsame Jahre vor euch haben.«
»Aber Larth will mich nicht!« gab ihr Thanaquil verzweifelt zurück. »Er liebt nur dich, alle wissen das!«
Es war ihre letzte Hoffnung, und sie klammerte sich daran wie an einen dünnen Faden, den der Sturm zu zerreißen drohte.
»Larth liebt mich nur deshalb, weil er sich gar nicht vorstellen kann, ohne mich zu leben«, entgegnete ihr Caitli und ließ ihre Hand los. »Aber mehr als alles andere liebt er sein Schicksal, das ihn dazu bestimmt hat, König zu sein. Er ist mit der Heirat einverstanden. Schon morgen wirst du während der Spiele deinen Platz auf der Tribüne neben ihm einnehmen, und du solltest eine wirkliche Königin sein.«
»Aber ich habe meinen und Mastarnas Namen in diesem Tempel hier dem Schoß der Göttin anvertraut«, antwortete ihr Thanaquil. »Und das, was hier verbunden wird, kann keiner lösen.«
»Ich weiß.« Caitli nickte bekümmert.
»Und du?... Was wirst du tun?« murmelte Thanaquil.
»Ich werde morgen Veltune verlassen, gleich nach Sonnenaufgang. Der Große Trutnot hat mir einen Kurier geschickt. Er braucht mich so schnell wie möglich im Palast.«
»Aber wie kannst du so etwas tun? Morgen beginnen die Spiele und die

Bankette, die Artisten von Samos werden auftreten, und Mastarna und Larth werden in diesem Jahr am Truiaspiel teilnehmen, und ...«
Sie unterbrach sich jäh, weil ihr plötzlich bewußt wurde, daß alles ganz anders sein würde, als sie es sich vorgestellt hatte. Ihr Bild an der Seite von Larth erschien von einem Moment auf den anderen mit aller Deutlichkeit vor ihren Augen, während das neben Mastarna schon zu einer zärtlichen Erinnerung, einer geheimen und unerfüllten Sehnsucht zu verblassen begann.
Sie drehte den Kopf beiseite und preßte die Lippen fest aufeinander, um nicht in Tränen auszubrechen.
»Velvur hat mir mitteilen lassen, daß der kleine Vul in einen tiefen Schlaf gefallen ist, aus dem er nicht mehr aufwacht«, erklärte ihr Caitli. »Und seine Mutter Vultha versucht Hasti dafür die Schuld anzulasten. Vultha ist ein Geschöpf von Flasi Aivas, und ich kann unsere Hasti nicht alleine lassen. Wenn Velvur nach mir geschickt hat, dann muß es dafür gute Gründe geben.«
Thanaquil nickte, aber eigentlich war ihr in diesem Moment dieser kleine Intrigant mit den bösen Augen genauso egal wie die treue Hasti.
»Larth macht mir angst«, murmelte sie. »Wirst du ... Wirst du mir nahe sein?«
»Ich werde dir immer nahe sein, solange du mit ihm zusammen bist. Du weißt, kleine Schwester, was ich damit meine.«
Caitli zog sie tröstend in ihre Arme, und Thanaquil ließ ihren Tränen freien Lauf. Schweigend schmiegten sie sich aneinander, und für einige Zeit vergaßen sie alles um sich herum.

Caitli verließ das Heiligtum der Göttin Turan noch in der Dunkelheit. Am Anlegesteg wartete schon eine Eskorte auf sie. Heute morgen würde die Zeremonie des *Nagels der Zeit* stattfinden, aber die Könige und der Adel befanden sich noch immer auf dem Bankett, befaßt mit endlosen Gesprächen, die alle mit der üblichen Feststellung endeten, daß nicht immer, was für das Bündnis gut war, auch für jede einzelne der zwölf Städte galt.
Ein leichter Windhauch fuhr über die noch dunkle Wasserfläche des Sees, und am östlichen Horizont wurde langsam ein schmaler Lichtstreifen sichtbar. Caitli zog sich fröstelnd den warmen Mantel enger um

die Schultern und bestieg das Boot. Die Männer schoben es ins Wasser und setzten dann schweigend über.
Am anderen Ufer angekommen, brannten die Feuer vor den Hütten der Knechte und Soldaten, und ein leichter Rauchschleier, der jeden Laut zu dämpfen schien, hing über den Dächern aus Stroh und Schilf. Die Insel im See war noch in Dunkelheit gehüllt, aber über dem Wasser schimmerte der erste Widerschein des Morgenrots.
In seine Tebenna gehüllt, müde und ernst, erwartete sie am Landesteg Mastarna. Er half ihr aus dem Boot und schritt dann neben ihr her, während die Eskorte sich beeilte, die Pferde zu zäumen und den geschlossenen zweirädrigen Wagen vorzubereiten.
»Sie sind noch alle im Bankettsaal, und ich habe Larth alleine gelassen, um hierherzukommen«, sagte Mastarna und hielt sie leicht zurück. »Warum wolltest du, daß ich komme?«
Caitli blieb stehen. »Wegen Thanaquil. Sie hat dich schon geliebt, Mastarna, bevor sie dich richtig kannte. Weißt du das?«
»Ja«, entgegnete ihr Mastarna. »Sie hat es mir erzählt. Aber damals war sie noch fast ein Kind, und ich glaube, es war für sie eher wie ein Spiel.«
Caitli schüttelte den Kopf.
»Nein, sie war kein Kind mehr, und es war auch kein Spiel. Ihr seid schon viel länger miteinander verbunden, als du glaubst. Hast du ihren Gürtel gelöst, Mastarna?«
Der junge Mann schüttelte den Kopf. Die Soldaten brachten die Pferde, und der erste Sonnenstrahl fiel auf den Gipfel des Berges der Göttin Turan und die zerklüfteten Felsen neben dem Tempel.
»Nein«, sagte er, »ich war Gast im Palast von Tarchna und konnte dem König die Kränkung nicht antun, seine Tochter zu berühren, obwohl wir es uns beide sehr gewünscht haben. Ich liebe Thanaquil und möchte sie zur Frau. Aber ich weiß nicht, ob König Tarchon damit einverstanden sein wird, denn ich bin kein Tarquinier und auch nicht der Erbe eines Königshauses.«
Caitli ging auf den zweirädrigen Wagen zu, und Mastarna folgte ihr.
»Ich weiß, daß ihr euch liebt«, sagte sie. »Aber Thanaquil wird schon sehr bald Larth heiraten, und ich wollte nicht, daß du es von anderen erfährst. Du wirst sehr stark sein müssen.«

Mastarna blieb abrupt stehen. Er fühlte eine starke Zuneigung zu Caitli, die allerdings nicht ganz frei war von Furcht. Sie war die Frau, von der ihm Larth oft und lange erzählt hatte, und doch war sie gleichzeitig so fern und unberührbar wie eine Göttin. Der Weg zur Macht bringt Leiden mit sich, dachte er. Aber Larth wird niemals auf diese Macht verzichten, egal, wieviel Leid und Schmerz er schafft. Mein armer Freund.

»Wirst du zu warten wissen?« fragte Caitli leise und ergriff seine Hände. Mastarna spürte, wie ihn eine wohltuende Wärme durchflutete und ihm den Druck nahm, der ihm die Kehle zuschnürte.

»Du meinst, das ist alles, was ich tun kann? Warten?« murmelte er.

»Ja«, bestätigte Caitli, »warten und an Larths Seite bleiben. Du bist mehr als ein Bruder für ihn, und du darfst ihn nicht verlassen.«

Mastarna nickte knapp. Die Sonne war inzwischen aufgegangen, und der Hauptmann der Eskorte hatte sich ihnen in respektvollem Abstand genähert, um anzuzeigen, daß der Wagen und die Männer nun bereitstanden. Der mit schwarzem Sand bedeckte Strand lag zwar noch im schützenden Dunkel, aber der See war schon vom Morgenlicht überflutet, und die Insel schimmerte im Azurblau wie ein kostbarer Edelstein.

Vom Tempel des *Nagels der Zeit* trug der Wind den Klang der Trompeten herüber, die die Geburt eines neuen Tages ankündigten, der Tag, an dem Sevre von Velx als neuer Re Supremo bestätigt würde.

Lange wird es nicht mehr dauern, dachte Caitli, dann werden sie Larth zum Re Supremo ausrufen.

Mastarna begleitete sie zum Wagen und half ihr einzusteigen. Ohne ein weiteres Wort schloß Caitli die dunklen Vorhänge, und der kleine Begleitzug setzte sich in Bewegung.

Mastarna kehrte zum Boot zurück. Das Bankett würde nun beendet sein, und Larth hatte sein plötzliches Verschwinden inzwischen sicher bemerkt.

Er mußte eine glaubhafte Erklärung dafür erfinden, und das würde die erste Lüge zwischen ihnen sein.

Die Wachen hatten Axal bis zum *Gemach der Könige* begleitet, dann hatte Velvur sie zurückgeschickt, und der Kelte hatte sich auf die Stufen vor der breiten Türöffnung zum versteckten Innenhof gesetzt. Velvurs Pflege hatte ihm wieder seine Lebenskraft zurückgegeben, und die tiefen Wunden hatten sich in rosa Narben auf dem Rücken und an den Armen verwandelt. Aber seither hatte er mit niemandem mehr ein Wort gesprochen, als hätte er die Sprache der Rasna plötzlich verlernt.

Velvur hatte ihn dort auf den Stufen sitzen lassen und so getan, als hätte er seine Gegenwart nicht bemerkt. Dann war er gegangen, um Caitli zu begrüßen, aber er hatte ihr weder erlaubt, Vul zu sehen noch Hasti zu sprechen. Statt dessen hatte er ihm befohlen, sich in den Heiligen Wald der Göttin Athrpa zurückzuziehen. Schon immer war es so gewesen, daß die Einsiedelei im Herzen des Waldes die Hohepriesterin des Palastes beherbergte, wenn dem Palast Gefahr drohte. Und somit war dies nun auch Caitlis Platz, so lange, bis die Zeichen sich geändert hatten.

Caitli hatte wortlos seinen Befehl entgegengenommen. Velvur seinerseits hätte sie gerne nach Larth gefragt und ob die Heirat mit Thanaquil nun vereinbart worden war. Aber dies war nicht der richtige Moment dafür.

Schießlich war er ins *Gemach der Könige* zurückgekehrt und hatte den Dienern befohlen, dafür zu sorgen, daß Axal gebadet und neu eingekleidet wurde. Als sie ihn wieder zurückgebracht hatten, hatte er ihn, ohne ihm Anweisungen zu geben, einfach eine Weile stehenlassen.

Nun senkte sich allmählich die Nacht herab, und eine laue Brise bewegte die üppigen Ranken des blühenden Geißblatts um den Altar der Erdmutter Dia.

Velvur hantierte mit einer Öllampe auf seinem Arbeitsplatz herum, zündete sie an und wandte sich dann endlich Axal zu. Eine Zeitlang betrachtete er ihn forschend.

Er hatte sich nicht getäuscht. Der Kelte stand neben dem Arbeitspult und strich mit den Fingerspitzen über die Karte seiner Heimat, an der die Arbeit nun unterbrochen war. Alles an ihm strahlte wieder Lebenswillen aus, der wie ein heißer, überschäumender Strom in ihn zurückgekehrt zu sein schien.

»Wenn ich mich nicht irre, ist die heutige Nacht für dein Volk eine ganz besondere Nacht«, bemerkte Velvur wie beiläufig.

Axal blickte von der Karte auf, und sein Blick traf auf den Velvurs, der ihn freundlich ansah und in dessen Augen sich der Lichtschein der Lampe spiegelte.

»Beltane«, fuhr Velvur fort, »wenn ich mich recht erinnere, dann nennt ihr diese Nacht Beltane.«

Axal nickte. Caitli hatte sich damals eifrig Notizen gemacht, als er ihr über die Bräuche seines Volkes berichtet hatte, und über Beltane hatte sie notiert: Eine ganz besondere Nacht, in der die Herden auf ihre Weideplätze getrieben werden und die Fruchtbarkeit der Erde gefeiert wird. Die Nacht, in der die Feuer entzündet werden und jeder sich mit jedem vereinigt, der dazu bereit ist, im Namen der erregenden Erneuerung der Erde und des Blutes.

»Auch für uns wird diese Nacht heute eine besondere Nacht sein. Die Zeichen sagen, daß zwei Monde am Himmel stehen werden, und das ist eine sehr seltene Voraussage. Komm!« forderte Velvur ihn auf und ging ihm auf den Hof voraus. Axal folgte ihm nach draußen. Die Nacht war hell, und der Wind hatte aufgefrischt, aber der Mond war noch nicht aufgegangen. Velvur gab Axal ein Zeichen, ihm bis zum Rand des Hofes zu folgen, der zum Wald hin mit einer Mauer begrenzt war.

»Der Wald der Göttin Athrpa ist für uns der heiligste Ort von allen. Unsere Überlieferungen sagen, daß hier Tagete eine Furche gezogen hat, um die Mauern des Palastes zu gründen, und daß er es war, der den Baum der Göttin gepflanzt hat.«

»Der Baum, der vom Blitz gespalten ist?« fragte Axal.

Velvur schmunzelte.

»Also hast du doch nicht unsere Sprache verlernt.«

Axal antwortete nicht, und Velvur stieg durch das Loch in der Mauer. Dann blieb er stehen und wartete, bis Axal ihm gefolgt war.

»Genau dieser Baum«, fuhr er fort. »Der Blitz hat ihn im selben Moment getroffen, in dem Caitli geboren wurde. Weißt du, es gab da einen Augenblick während ihrer Geburt, in dem ich in der einen Hand ihr Leben hielt und in der anderen den Blitz. Aber noch nicht einmal in diesem Moment habe ich mich frei gefühlt, selbst zu wählen. Meine einzige Freiheit war, das vorgezeichnete Schicksal zu erkennen und ihm zu folgen.«

Axal hörte ihm zwar zu, aber sein Blick hatte sich in der Dichte des Waldes verloren, wo von ferne der flackernde Schein eines Feuers zu erkennen war.

Velvur blieb am Saum des Waldes stehen, und ein leichter Schauer überlief ihn. Der Wind brauste in den hohen Bäumen, und der Himmel war nun mit Sternen bedeckt, die zum Greifen nahe schienen.
»Wenn es dir gelingt, den Wald zu durchqueren, dann feiere deine Nacht von Beltane, Axal«, murmelte der Trutnot.
»Ist das eine Herausforderung?« fragte Axal mit einem Lächeln.
Auch Velvur lächelte. »Vielleicht«, erwiderte er.
Dann drehte er ihm den Rücken zu und ging durch den Spalt in der Mauer wieder in den Hof zurück. Der Altar der Erdmutter Dia lag im Dunkeln, und der Duft des Geißblatts war so stark wie das süßeste Liebeselixier. Velvur überlief ein leichter Schauer, und er blieb neben dem Altar stehen, um einen Blick in das *Gemach der Könige* zu werfen. Selbst die Flamme seiner Lampe, die er auf dem Tisch zurückgelassen hatte, erzitterte leise.

15.

Im dichten Unterholz des Waldes war nicht die Spur eines Weges zu erkennen, aber Axal orientierte sich an den Pfaden des Rotwildes und sogar jetzt, im Dunkeln, fand er mit Leichtigkeit seinen Weg zwischen den Brombeerbüschen, dem wilden Wein und den verschlungenen Efeuranken. Er fühlte sich wie neugeboren, und das Blut pulsierte heftig in seinen Adern. Dieses noch so weit entfernte, flackernde und doch so machtvolle Feuer zwischen den vom Wind gepeitschten Bäumen zog ihn magisch an.

Die Einsiedelei der Göttin Athrpa, in eine Tuffsteinwand an der höchstgelegenen Stelle des Waldes gehauen, war sogar noch älter als die alten Mauern des Palastes und dessen unterirdisches Labyrinth. Sie bestand nur aus einem einzigen, nicht sehr großen Raum, der sich nach Osten hin zum Wald öffnete.

Und sie war erfüllt von einer magischen, göttlichen Kraft. Axal blieb auf der Schwelle stehen und schaute wie gebannt auf das Feuer, das in einem großen Bronzebecken brannte. Die Flammen loderten hoch auf, züngelten im Wind und leckten an den Chimären, die die runden Griffe an den Seiten bildeten.

Caitli kauerte nur wenige Schritte von ihm entfernt vor dem Feuer, aber er übertrat nicht den magischen Kreis dieses Lichtes. Jetzt hob sie den Kopf und schaute ihn an. Für jeden anderen wäre sie wie die Erscheinung einer Göttin gewesen, aber nicht für ihn. Für ihn war sie die Gefährtin des Feuers von Beltane. Keine Königin, nicht die geliebte Frau des einzigen Mannes, mit dem er den heiligen Pakt auf der Schneide des Schwertes geschlossen hatte, und auch nicht die Hohepriesterin, die weit in die Zeit hinaus sah und den Blitzen gebot.

Nur eine Frau.

Caitli ließ mit einer leichten Bewegung die Tunika von den Schultern gleiten. Nur mit dem Hüfttuch bekleidet, auf den Knien und mit nackten Brüsten, glänzend von duftendem Öl, bot sie sich zart und makellos den Blicken des Mannes. Jetzt übertrat Axal die Schwelle und kniete sich neben ihr nieder. Sanft strich er mit den Händen über ihren Körper und ergriff lustvoll das ihm Angebotene. Einen Augenblick später war Caitlis Hüfttuch gelöst und Axal über ihr. Ihre Haut pulsierte auf der seinen, und in einem Atemzug, mit derselben Furcht und Leidenschaft, übertrug sich sein Fieber. Eine Welle von Feuer und Wind ging über sie hinweg. Axal hielt seine Begierde nicht länger zurück, und zum ersten Mal drang er, mit dem sanften Ungestüm eines Frühlingsgewitters, in sie ein.

Das Feuer im Bronzebecken brannte bis zum Sonnenaufgang. Immer wieder hatten sie sich geliebt, und im Licht des neuen Tages war Axal wieder über ihr. Doch dieses Mal mit einem sanfteren Begehren, und Caitli spürte in diesem Samen, der sie erfüllte, den Anfang eines neuen und geheimen Lebens in sich aufkeimen.

Lange hielt sie Axal in ihren Armen, und am liebsten hätte sie sich nie mehr von ihm gelöst. Sanft strich sie mit ihren Händen über seinen Rücken, der von Narben gezeichnet war.

»Eine Tochter, Axal«, flüsterte sie ihm ins Ohr. »Wir werden eine Tochter haben.«

Der Kelte richtete sich auf, zog sie zu sich hoch und küßte sie. Er war noch immer in ihr, und überrascht stieß sie einen Schrei der Lust aus.

»Die Kinder von Beltane sind Kinder der Götter«, sagte er leise, und Caitli schloß ihre Arme um ihn, als wollte sie ihn für immer darin bergen und schützen.

Der Große Trutnot stieg zur Einsiedelei der Göttin Athrpa hinauf, als die Sonne schon fast im Zenit stand. Er folgte dem Pfad, der an der Palastmauer und dann am Waldrand entlang zur Einsiedelei führte. Ein schmaler, gepflasterter Pfad, der für alle anderen verboten war. Ein wenig außer Atem erreichte er die Anhöhe und blieb einen Moment gedankenversunken stehen, um der Göttin seine Ehre zu erweisen. Dann wandte er sich der Einsiedelei zu und sah direkt davor das Feuer aus dürren Ästen, auf dem ein Hase briet. Ein Teppich war auf dem Gras ausgebreitet, und daneben standen zwei halbgeleerte Pokale mit Wein und Honig.

Er lächelte und ging dann auf die beiden zu, die ihn nun ebenfalls bemerkt hatten.
»Du mußt nun wieder in den Palast zurückkehren«, wandte er sich an den Kelten. »Schlüpfe durch den Spalt in der Mauer und warte im *Gemach der Könige* auf mich. Dort bleibst du, bis ich komme, was auch immer geschehen mag.« Dann wandte er sich Caitli zu. »Auch für dich ist es an der Zeit, wieder in den Palast zurückzukehren. Du wirst Worte finden müssen für die Krankheit, die den kleinen Vul befallen hat.«
Ein Schatten verdüsterte Caitlis Gesicht so offensichtlich, daß Velvur sich für einen Augenblick fast schuldig fühlte. Trotzdem erhob sie sich und verschwand ohne ein Wort in der Einsiedelei, um wieder die ihrem Rang gemäßen Gewänder anzulegen.
Auch Axal hatte sich erhoben und ergriff nun einen Stock, um das Gestell zu zerschlagen, auf dem der Hase röstete, und das Feuer auszuschlagen. Die Worte Velvurs hatten ihm wieder bewußtgemacht, daß er nur ein Sklave war, und ihn an die Machtverhältnisse außerhalb dieses Waldes erinnert.
»Wir haben die Nacht von Beltane gefeiert, und auch deine Göttin«, sagte Axal, während er auf das Feuer einschlug. »Bist du nun zufrieden?«
In seinem fast anmaßenden Ton schwang Bitterkeit und ein so tiefer Schmerz mit, daß Velvur ihm beruhigend die Hand auf die Schulter legte.
»Zwei Universen haben sich heute nacht miteinander vereint«, erwiderte er ihm. »Ihr habt diese Nacht beide genossen, und das Glück, nach den Sternen greifen zu dürfen, ist sehr rar, Axal.«
Der Kelte schwieg. Jetzt, wo die Magie der Nacht von Beltane sein Blut nicht mehr erhitzte und sein Geist wieder klar war, blieb ihm nur noch die Liebe und die Erinnerung an diesen Besitz. Er machte sich keine Illusionen und fühlte sich auch nicht schuldig wegen dieser Nacht und dem Ritus, der seinem Volk heilig war. Trotzdem würde es nicht leicht sein, dem Blick Larths standzuhalten.
»Du willst uns also wirklich trennen, jetzt, wo du uns vereint hast?« murmelte er.
»Nicht ich bin es, der vereint und trennt. Geh jetzt, Axal, und achte darauf, daß dich niemand sieht«, entgegnete ihm Velvur.
Axal war schon im Wald verschwunden, noch bevor Caitli wieder er-

schien. Als sie aus der Einsiedelei heraustrat, bekleidet mit der weißen, mit Purpur und Gold bestickten Tunika, hatte sich Velvur in einen kleinen Flecken Sonne gesetzt, der ihm die Knochen wärmte, glücklich, daß auch er ein wenig von der Freude genießen konnte, die noch immer diesen Ort erfüllte.

»Ich bin bereit«, murmelte Caitli, und Velvur bewunderte ihre Gefaßtheit und den Gesichtsausdruck, der nichts von ihren Gefühlen verriet. Du wärst wirklich eine große Königin gewesen, dachte er und folgte ihr auf dem Pfad zur Stadt wie ein Knecht.

Der Pfad führte an der Mauer entlang, hinter der die Küchenhöfe und der Gästeflügel lagen, und von dort aus zum Portal des neuen Flügels, das von der Chimäre gekrönt war. Vor dem Portal hatte sich wegen des außergewöhnlichen Ereignisses von zwei Monden am Himmel eine große Menschenmenge gesammelt, und die Furcht vor dem, was die Hohepriesterin während ihrer Wache im Wald der Göttin Athrpa darin gesehen haben könnte, war von den Gesichtern abzulesen.

Flasi Aivas kam ihnen, gefolgt von zwei Dutzend Haruspizen, entgegen. Sie waren mit kostbaren farbigen Tuniken bekleidet, und sie trugen die Spitzhüte und hohen, gebogenen Stäbe für die großen Zeremonien. Mit ihnen verglichen sah der Große Trutnot fast unscheinbar aus, aber gerade deshalb schien er eine magische Ausstrahlung zu haben, eine Aura tiefer Vertrautheit mit der göttlichen Macht, die keiner Symbole bedurfte.

Flasi Aivas beugte tief das Knie vor Caitli.

»Der Himmel war heute nacht ein Spiegel außergewöhnlicher Ereignisse, edle Caitli«, rief er aus. »Zwei Monde sind am Himmel erschienen. Der eine so rot wie Blut und der andere wie ein goldener Lichthof, eine schimmernde Krone. Wir fürchten diese Zeichen. Vielleicht, edle Caitli, solltest du dich dem geheimen Bund, der schon im Moment deiner Geburt mit der Göttin geschlossen wurde, nicht mehr widersetzen und ihrem Ruf folgen.«

Caitli stand hochaufgerichtet vor ihm und schaute ihn lange reglos an, so lange, daß Aivas sich von ihrem eisigen Blick wie gebannt und durchbohrt fühlte.

Dann erhob sie ihre Stimme: »In dieser Nacht der zwei Monde bin ich im Schoß der Göttin geheiligt worden, Haruspize von Tagete. Ich bin nicht mehr die Erbin des Thrones von Tarchon.«

Nun fiel Aivas vor ihr auf die Knie, und alle anderen taten es ihm nach. Dann beugte er sich nieder und küßte den Saum ihres Gewandes.
»Ich ehre dich, meine Herrin, im Namen der Göttin, die den Knoten unseres Daseins löst. Von heute an werde ich bei jedem Sonnenaufgang für dich opfern, bis die Jahreszeiten die Blätter des Heiligen Baumes färben«, rief er aus.
Als er sich wieder erhoben hatte, strich Caitli ihm kurz mit den Fingerspitzen über die Stirn und fühlte den Haß des Mannes so stark, daß es ihr fast den Atem nahm.
»Ich nehme dein Opfer an, Aivas«, antwortete sie ihm jedoch mit ruhiger Stimme. »Die Göttin wird dir, was du ihr gibst, in gleichem Maße vergelten.«
Sie fühlte, wie Aivas unter dieser einfachen, uralten Formel zusammenzuckte, die wie ein Spiegel die eigenen Taten und Wünsche zurückwarf.
Dann schritt sie an ihm vorbei.
Velvur begleitete sie zum Bett des kleinen Vul, der in einem kleinen Raum des nördlichen Flügels lag und an dessen Seite eine Magd wachte.
Caitli blieb einen Moment auf der Schwelle stehen. Der Raum war abgedunkelt und die Luft gesättigt von Rauch und Kräutern, die auf einem Feuerbecken verbrannt worden waren, das zu nahe am Bett stand. Der Junge bewegte sich unruhig im Schlaf.
»Ich habe Hasti befragt«, flüsterte ihr der Trutnot zu.
»Sie hat dem Jungen ein Heilmittel verabreicht, um ihm Linderung zu verschaffen. Vielleicht war die Dosis zu stark, obwohl es dieselbe war, die sie schon seit vielen Jahren auch den anderen kranken Kindern im Palast gibt, und noch nie ist etwas passiert.«
»Vielleicht hat jemand noch etwas hineingetan, bevor ihm Hasti das Mittel verabreicht hat. Aber vielleicht ist auch etwas ganz anderes der Grund für seinen Zustand«, gab ihm Caitli leise zurück und befahl dann der Magd, das Feuerbecken vom Bett zu entfernen und Licht und Luft in den Raum zu lassen.
Auch Flasi Aivas hatte inzwischen das Zimmer betreten, gefolgt von Vultha, die sich zwar jammernd die Haare raufte, aber ansonsten einen wachsamen Eindruck machte. Flasi Aivas hatte schon seine Verdächtigungen geäußert und dabei sogar unterstellt, daß Hasti möglicherweise

die Befehle des Fürsten Larth befolgt hätte, der sich auf diese Weise unauffällig eines möglichen Erben entledigen wollte. Offen hatte zwar niemand seinen Worten Glauben geschenkt, aber einmal gesagt, war es unmöglich, diese Worte aus der Welt zu schaffen.

Caitli befahl der Magd, die Bettdecke zu entfernen, und ein Blick auf den schmächtigen Körper des Jungen genügte ihr, um zu verstehen, was geschehen war. Die erst vor kurzem entstandenen Wunden waren nicht verheilt.

Caitli hob den Blick und traf auf den von Flasi Aivas. »Es war der König, der befohlen hat, daß der Junge kastriert wird«, beeilte er sich zu erklären. »Ich selber habe die Ausführung überwacht. Aber der Kleine hat sich von einer der Fesseln befreit und das Seziermesser hat tiefer geschnitten, als es eigentlich nötig war.«

»Aus welchem Grund hat der König so etwas befohlen?« fragte Caitli leise.

»Er will einerseits nicht auf seine Gesellschaft verzichten, andererseits möchte er aber nicht, daß er eines Tages einen Schatten über den Thron von Tarchna wirft«, antwortete ihr Velvur.

Caitli legte ihre Hand auf die Wange des Jungen. Er hatte immer noch leichtes Fieber, das aber vor allem von der Überhitzung des Raumes und dem Rauch der Feuerstelle herrührte.

Sie strich ihm leicht mit den Fingerspitzen über die Stirn, und, unfähig ihr noch weiteren Widerstand entgegenzusetzen, riß Vul weit die Augen auf. Sofort legten sich seine Hände über die Wunden, und er schaute sie verstört und voller Abneigung an.

Er ist ein intriganter, kleiner Bastard, dachte Caitli, aber trotzdem fühlte sie Mitleid in sich aufsteigen.

Seinetwegen wird dieser Palast keinen König haben... Und auch du wirst diesen Palast verlassen, flüsterten die Stimmen. *Es war eine Nacht wunderbarer Vorzeichen... Du bist im Schoß der Göttin geheiligt worden. Zwei Monde waren am Himmel, und der goldene Mond krönte den blutfarbenen...* Caitli lauschte den Stimmen und spürte ihr Gewicht schwer auf sich lasten. Diese Nacht, die sie mit Axal vereinigt hatte, weihte sie einer Zukunft, die sie noch nicht genau vor sich sah. Doch sie fühlte, daß sie die ursprünglichsten Kräfte des Universums gleichermaßen in sich einschließen würde: die Liebe und den Tod.

Bemüht, ihre Erregung über diese plötzlich so klare Erkenntnis zu ver-

bergen, wandte sich Caitli an Vuls Mutter. »Dein Sohn hat uns etwas vorgemacht, Vultha. Er hatte zwar hohes Fieber, aber den langen Schlaf hat er nur vorgetäuscht. Wahrscheinlich wollte er sich an der armen Hasti rächen, die er verabscheut, aber sie hat ihm nur ein Mittel gegeben, um den körperlichen Schmerz der Kastration zu lindern. Vielleicht aber wollte er sich vor allem an dir rächen, denn er haßt dich, weil er weiß, daß du kein Erbarmen mit ihm hast und vor nichts zurückschrekken würdest, um im Bett des Königs zu bleiben. Ist es nicht so, Vultha?«
Die Frau senkte den Blick und wagte es nicht, ihr zu antworten. Caitli schaute zu Flasi Aivas hinüber.
»Ich bin sicher, Haruspize von Tagete, daß es dir jetzt nicht mehr schwerfallen wird, ihn zu heilen.«
Dann verließ sie den Raum, gefolgt vom Großen Trutnot. *Seinetwegen wird der Palast keinen König haben . . .*
Die Stimmen strichen an den Steinen der Loggia entlang, drangen in jeden Spalt, und Caitli versuchte, sie aus ihrem Geist zu verbannen.
Als sie den Durchgang zum ältesten Teil des Palastes betraten, schien die Sonne durch den hinteren Teil des Säulenganges und tauchte die Schwelle zum *Gemach der Könige* in ein gleißendes Licht.

Tese schlüpfte in den dunklen Durchgang zwischen den beiden Häusern, der ihm Schutz bot, und blieb einen Moment stehen. Ein heftiger, aber warmer Wind blies ihm die durchdringenden Gerüche der Stallungen auf der anderen Seite des geschlossenen Hofes in die Nase. In irgendeinem Pferch mußten Schweine sein.
Einige Knechte schliefen in einer Ecke unter dem überhängenden Dach eines Schuppens. Tese vermied sie sorgsam und strich eng an der Hauswand entlang. Bald würden alle diese Behausungen aus Schilf, gepreßtem Stroh und Holzstämmen niedergerissen werden, um richtigen Häusern Platz zu machen. Tese war sich der Wichtigkeit seiner Aufgabe bewußt: Es galt, diesem verwahrlosten Zustand ein Ende zu machen und dem Ort ein anständiges Aussehen zu verleihen, breite und gerade Straßen zu ziehen . . . Kurzum, es galt, eine richtige Stadt zu bauen, so wie Larth es gesagt hatte.
Tese hatte klugen Gebrauch davon gemacht, daß er damals der Gefährte

des jungen Larth bei seinem Streifzug nach Ruma gewesen war. Er war im Ansehen des Adels von Tarchna gestiegen, und nun, nach der Eroberung Rumas, war er ein festes Bindeglied geworden zwischen dem Ort, den täglichen Ereignissen und dem Mann, der hier bestimmte.
So fühlte sich Tese jetzt mit seinem ganzen Leben an Ruma und an Larth gebunden.
Mit Cneve teilte er sich die Aufgabe, Kae Aivas im Auge zu behalten. Aber er begnügte sich nicht damit und studierte gleichzeitig die Beschaffenheit der Erde auf den Hügeln und in den Sümpfen und fertigte sogar Zeichnungen an, auf denen die Schönheit Rumas schon der einer Stadt der Rasna würdig war.
Jetzt allerdings mußte er wieder seiner eigentlichen Aufgabe nachgehen, denn vor kurzem war Kae Aivas alleine und ohne Eskorte in das Haus von Ancus eingetreten. Kae hatte zwei Stunden vor Sonnenuntergang einen Kurier empfangen, der aus Tarchna gekommen war, und er hatte weder mit Cneve noch mit dem jungen Vibenna darüber reden wollen. Was mag wohl dahinterstecken? dachte Tese und schlich am Haus entlang. Vorsichtig blickte er um die Ecke. Es waren keine Wachen aufgestellt, nur ein Knecht, der eigentlich hätte wachen sollen, schlief zusammengesunken auf seiner Bank neben dem Eingang.
Tese schlüpfte unter den Portikus, und als erstes drang die harte Stimme von Kae Aivas an sein Ohr.
»Jetzt ist die Zeit gekommen, etwas zu unternehmen. Die Erbin des Thrones von Tarchna hat sich zurückgezogen. Verstehst du, was das bedeutet, Latiner?«
»Eine Frau als Erbin des Thrones! Es ist also wahr, was die Griechen von euch sagen. Alles, was ihr könnt, macht ihr im Bett!« antwortete ihm Ancus.
Nach der höhnischen Antwort des Latiners herrschte für einen Augenblick Schweigen, und Tese nutzte die Zeit, um sich noch näher anzuschleichen und in einen dunklen Winkel zu schlüpfen, von wo aus er durch eine Art Fensteröffnung in den Raum sehen konnte. Obwohl es schon spät war, brannte das Feuer noch hoch. Davor saßen sich die beiden Männer gegenüber. Sie waren alleine.
»Du solltest nichts auf das Gerede der Griechen geben, Latiner, sie sind nur neidisch«, ergriff nun wieder Kae das Wort. »Du wirst sehen, mit der Zeit wirst auch du deinen Spaß an unseren Bräuchen und unseren

Frauen finden. Wir können weder die einen noch die anderen ändern, dafür sind sie zu stark. Das einzige, was wir zu unseren Gunsten beeinflussen können, sind die Voraussagen der Haruspizen. Aber ich glaube, es ist nicht das, worüber wir reden sollten, meinst du nicht auch?«
Ancus stand auf und ging ein paar Schritte, dann drehte er sich nach Kae Aivas um und faßte ihn fest ins Auge. »Wenn ich dich richtig verstanden habe, dann willst du also den Tarquinier für mich in eine Falle locken?«
»Genau das habe ich gesagt«, bestätigte Kae.
»Und wenn er tot ist, dann wirst du die Erbin heiraten und König sein. Nun gut, aber wo ist der Vorteil für Ruma, wenn du an seine Stelle trittst?«
»Für Ruma wird sich nicht viel verändern. Es wird auch weiterhin einen eigenen König haben, aber mit mir wird er nicht mehr Numa heißen«, erklärte Kae Aivas.
Er wollte fortfahren, aber Ancus unterbrach ihn. »Es fällt mir schwer, jemandem zu glauben, der mit dem Feind paktiert, um den eigenen König zu verraten«, warf er fast verächtlich hin.
Kae Aivas hob eine Hand, als hätte er Angst vor diesen harten Worten und wollte sie weit von sich weisen.
»O nein, ich verrate nicht meinen König, denn mein König ist Tarchon!« gab er zurück. »Ich kämpfe nur gegen einen Mann, der nicht mehr Rechte hat als ich, diesen Thron zu besteigen. Wir sind zusammen aufgewachsen, und er hat sich nicht mehr Verdienste erworben als ich. Aber du bist noch viel zu barbarisch, um solche Dinge zu verstehen. Ich will deine Antwort, Ancus, und ich will sie jetzt.«
Der Latiner nickte nachdenklich. »Ich habe ihn kämpfen sehen, und ich sage dir, daß wir ihn hinterrücks überraschen müssen, ohne seinen Freund und ohne seinen Sklaven, die ihn nie ungedeckt lassen. Wenn du ihn mir alleine an einen Ort bringst, den ich dir noch sagen werde, und wenn es dir egal ist, wie er stirbt, dann wirst du ihn bald tot vor dir sehen.«
»Das ist das einzige, was zählt«, murmelte Kae Aivas und streckte dem Latiner seine Hand entgegen. Aber Ancus tat so, als bemerkte er es nicht.
»Und was ist mit Larths Macht?« fragte er. »Deine Leute sagen, daß dieser Mann ein Magier ist. Wieso fürchtest du dich nicht vor ihm?«

Sein Tonfall war ziemlich unverschämt, aber Aivas zuckte nicht mit der Wimper.
»Ich weiß, wie man diese Macht im Zaum hält, und es gibt auch schon jemanden, der sich darum kümmert. Das sollte deine letzte Sorge sein. Du solltest dich lieber um seine Leute hier kümmern, die ihm treu ergeben sind. Vor allem Tese und die Vibenna von Velx, die sich dein Haus teilen werden, sobald dein Bruder, der König, sich deiner entledigt haben wird ... Als letzten Akt seiner Unterwerfung unter unsere Herrschaft.«
Ancus verharrte einen Moment schweigend und überlegte, inwieweit die Drohung der Wirklichkeit entsprach. »Unsere Herrschaft, Kae Aivas, das wird in Zukunft deine und meine bedeuten. Vergiß das nicht!«
»Geh jetzt. Es ist noch nicht an der Zeit, daß ich dich als Gast in meinem Haus empfange.«
Tese zog sich vorsichtig noch ein Stück weiter zurück, aber plötzlich spürte er, wie er von hinten gepackt wurde. Jemand schlug ihm in den Nacken und drückte ihm dann mit dem Arm die Luft ab. Verzweifelt rang er nach Luft und versuchte vergeblich, sich aus dem Würgegriff zu befreien. Er wurde ins Haus gezogen, und Ancus befahl, ihn vor die Feuerstelle zu bringen. Der Mann, der ihn hielt, zwang ihn in die Knie, mit dem Gesicht den Flammen zugewandt.
»Sieh mal einer an, einer von Larths Getreuen, um die ich mich kümmern soll!« rief Ancus. »Was sagst du dazu, Rasna? Er hat zuviel gehört und gesehen. Aber wenn ich ihn jetzt töte, mit wie vielen meiner Männer werde ich dann dafür bezahlen müssen?«
Tese hob den Blick zu dem Gefährten seiner Kindheit und dem Freund seiner Jugend. In einem Augenblick zog die Vergangenheit an ihm vorüber und der lange, heiße Sommer, den sie in den Unterkünften der Metallschmelzer verbracht hatten. Zeiten wie diese, als das ganze Leben noch vor ihnen lag und es so leicht schien, es zu erobern, hatten sie nie mehr miteinander verbracht. Larth hatte sie damals als seine Gefährten ausgewählt, und in gewisser Weise war es ihm so vorgekommen, als hätte er dadurch auch ihr Leben miteinander verknüpft; mit einem festen Knoten, der für die Ewigkeit bestimmt war.
Auch in Kae Aivas' Augen schienen für einen Moment dieselben Erinnerungen aufzuflackern, aber sofort wurde sein Blick wieder hart.

»Bring ihn um!« sagte er knapp und wandte sich ab. »Um den Rest werde ich mich kümmern.«
Der Mann, der ihn immer noch im Würgegriff hielt, ließ ihn los und griff nach dem kurzen Schwert, das er an der Seite trug. Tese blieb auf den Knien liegen und rang nach Luft. »Die Macht Larths wird dich verbrennen, Kae«, brachte er schließlich mit keuchender Stimme hervor. »Denn alles, was ich weiß, werde ich dem Feuer anvertrauen!«
»Bring ihn um!« befahl Kae Aivas noch einmal.
Der Latiner hob das Schwert und schlug es ihm mit voller Kraft in den Nacken. Für den Bruchteil eines Augenblicks fühlte Tese das Bewußtsein des Todes in sich aufsteigen, als wäre es das Schicksal eines anderen und nicht das seine. Mit letzter Kraft richtete er seinen Blick auf die hoch auflodernden Flammen und ließ sein ganzes Sein von ihrer Hitze umhüllen und verschlingen.
Es wird jemanden geben, der in diesem Feuer liest, war sein letzter Gedanke, und Larth wird gerettet sein!
Dann stürzte er mit dem Gesicht voran in die Glut, die in einem sprühenden Funkenregen zerstob.
»Zieh ihn heraus!« befahl Kae Aivas.
»Tu, was er sagt, Anio«, bestätigte Ancus, »und bring ihn vor das Haus des Königs. Aber paß auf, daß dich keiner sieht.«
Der Mann gehorchte. Er löschte die Flammen, die schon begannen, an den Haaren und an der Tebenna Teses zu lecken, dann packte er den Körper an den Füßen, streifte ihm die angebrannte Tebenna ab und zog ihn nach draußen. Kae Aivas ergriff die Tebenna und schlug damit die Glut in der Feuerstelle bis zum letzten Funken aus. Gleich darauf war der Raum in tiefes Dunkel getaucht, das nur noch spärlich von einer Öllampe erhellt wurde.
»Du hast also Angst vor seiner Macht«, murmelte Ancus, und ein spöttisches Lächeln umspielte seine Lippen, während der Rasna den Raum verließ, ohne sich noch einmal umzudrehen.

Bei Sonnenaufgang fand Cneve den Leichnam Teses vor dem Haus des Königs. Mit dem kurzen Schwert noch im Nacken und dem vom Feuer verbrannten Gesicht lag er in einer Wasserpfütze.
Für einen Augenblick blieb Cneve wie erstarrt stehen. Dann schickte er einen seiner Diener, um den König der Latiner zu holen, und sandte

seine Wache zum *Hügel der Eichen*, wo die Vibenna mit den Truppen von Velx ihr Lager aufgeschlagen hatten.
Wieder alleine beugte er sich zu dem Toten hinunter und strich mit den Fingerspitzen über sein Gesicht: Es war kalt und steif.
Als er sich wieder aufrichtete, traf er auf den fassungslosen Blick von König Numa. Sein Leben lang hatte der König gekämpft, getötet und verwüstet, und er wußte besser als Cneve, was dieser Mord für sein Volk bedeutete. Plötzlich fühlte sich Cneve viel zu jung für die Bürde einer Verantwortung, die ihm wie ein Stein auf dem Herzen lastete.
»Ein Kurier!« befahl er den umstehenden Dienern und versuchte, seiner Stimme einen sicheren Klang zu geben. »Es soll sofort ein Kurier nach Tarchna reiten. Solange mein Bruder nicht hier ist, wird nichts entschieden werden. Und jetzt erweist diesem Leichnam die letzte Ehre. Wascht ihn und bahrt ihn auf!« Er wollte gehen, aber Numa hielt ihn zurück und legte ihm eine Hand auf die Brust.
»Sei vorsichtig, mein junger Fürst«, flüsterte er ihm ins Ohr. »Es gibt hier Kräfte, die ich nicht kontrollieren kann.«
»Also wird dein Haus das erste sein, das zerstört wird, König Numa«, gab Cneve bitter zurück und wandte sich dann dem Kurier zu, der schon wartend bereitstand.
Kurze Zeit später kamen auch die Vibenna über den breiten Pfad herauf, der zu der Ansiedlung führte, gefolgt von einer Hundertschaft berittener und bewaffneter Männer, die sich sofort in kleinen Gruppen um die Häuser verteilten, aus denen hier und dort aufgeregte Stimmen zu hören waren. Aber sie drangen nicht in die Häuser ein.
Als Cneve wieder zu Numa hinüberschaute, schien es ihm, als ob in seinen Augen eine gewisse Genugtuung aufblitzte, geradeso, als ob der König in gewisser Weise mit der Kette der Ereignisse, die der Mord hervorgerufen hatte, zufrieden wäre und bereit, seinen Vorteil daraus zu ziehen.

Der Regen fiel seit Stunden, und der Tibrin war über die Ufer getreten. Die tiefe Dunkelheit hatte selbst die Feuer der Wachposten auf der anderen Seite des Flusses verschluckt, die wieder errichtet und zusätzlich mit schützenden Mauern umgeben worden waren, und auch die Arbeiten auf beiden Seiten des Ufers für die erste Brücke waren nicht zu erkennen. Bisher war diese Brücke zwar immer noch zusammengefügt aus Flößen, aber die Latiner hatten ihr schon den Namen Sublicio, die Erhabene, gegeben. Es war eine Nacht, die man am besten im Trockenen vor einem freundlichen Feuer verbrachte. Aber der einzige Grund, der Mastarna dazu gebracht hatte, sich trotzdem auf den Weg zu machen, befand sich direkt vor ihm. Und Larth machte nicht den Eindruck, als hätte er die Absicht, guten Ratschlägen zu folgen.

Mastarna ritt an seine Seite, zügelte die Ungeduld seines Pferdes und beugte sich dann zu ihm hinüber. »Der Strom ist zu stark und das Risiko zu groß, den Fluß durch eine Furt zu überqueren. Glaubst du wirklich, daß sich das lohnt?«

»Das Risiko werden sie mir teuer bezahlen«, antwortete ihm Larth und drehte sich halb im Sattel um. »Was meinst du, Axal? Können wir es schaffen?«

Der Kelte trieb sein Pferd an seine Seite und witterte, dem Tosen des dunklen Stromes zugewandt, einen Moment in den Wind.

»Überqueren wir den Fluß«, sagte er dann. »Aber wir brauchen ein Tau.«

»Und was ist, wenn ihr drüben ankommt?« gab Mastarna zu bedenken. »Die Wachposten am anderen Ufer sind in Alarm versetzt. Unsere Leute könnten euch irrtümlich töten, noch bevor sie euch erkannt haben!«

»Unsere Leute werden uns gar nicht sehen«, erwiderte Larth. »Mach es so, wie ich es dir gesagt habe, mein Freund. Schlag hier in der Nähe dein Lager auf, und in der Morgendämmerung passierst du mit deinen Männern die Brücke und reitest zum Haus des Königs hinauf. Ich werde dann schon da sein. Es ist an der Zeit, daß diese Latiner lernen, sich vor dem Unsichtbaren zu fürchten.«

Mastarna nickte düster und gab den Männern den Befehl abzusteigen. Er hatte nur eine knappe Hundertschaft mitgebracht, da die Zeit nicht ausgereicht hatte, mehr Männer zu bewaffnen.

Der Kurier hatte sie auf dem Rückweg von Fanu Veltune erreicht. Larth hatte den König bis zu seinem Palast eskortiert. Dann hatte er Laris die Aufgabe übertragen, die Baumeister und Handwerker für die erste Abordnung nach Ruma zusammenzustellen und war gleich darauf zusammen mit Axal aufgebrochen. Mastarna war ihm schon mit den Männern vorausgeritten, die er unter den jungen Adeligen der Eskorten der Könige des Zwölfstädtebundes ausgesucht hatte. Sie alle gehörten

zu denen, die eher bereit waren, eine schon eroberte Stadt zu besetzen als zu kämpfen.
Nachdem ein Tau herbeigeschafft worden war, erteilte Mastarna den Befehl, einen Lagerplatz zu suchen, und folgte dann den beiden zum Ufer des Flusses. Axal hatte sich ein Ende des Taus schon um die Hüfte gebunden, und Larth war gerade dabei, dasselbe zu tun.
»Wenn einer von euch fortgerissen wird, wird der andere sich nicht mehr befreien können«, gab Mastarna zu bedenken.
»Nein«, erwiderte ihm Axal: »In meiner Heimat gibt es Flüsse, die dreimal breiter und noch viel wilder sind als dieser hier. Wenn wir sie nicht auf Baumstämmen überqueren können, dann machen wir es auf diese Art. Die Pferde werden uns unterstützen und wir uns gegenseitig. Das sind vier Kräfte gegen eine.«
Larth lächelte und schlug Mastarna freundschaftlich auf die Schulter.
»Sei unbesorgt, Mastarna, nicht der Fluß ist unser Feind«, beruhigte er ihn und folgte dann dem Kelten, der inzwischen den Pferden einen ledergeflochtenen Riemen um den Bauch gebunden hatte. An ihm befestigte er nun das Tau, das sie beide verband, kontrollierte noch einmal die Knoten und hielt dann einen Moment inne.
»Nimm dein Messer in die Hand«, sagte er zu Larth. »Wenn eines der Pferde untergehen sollte, oder wenn ich zu weit abgetrieben werde, dann mußt du das Tau durchtrennen und versuchen, alleine durchzukommen.«
»Dasselbe gilt auch für dich«, war Larths Antwort.
Axal strich kurz mit der Hand über den Griff seines Messers, einem Geschenk Larths, auf dem der Adler, das Symbol von Tarchna, eingraviert war. »Sicher«, antwortete er mit einem kleinen Lächeln. Dann sprang er aufs Pferd und trieb es mit fest angezogenen Zügeln ins Wasser.
Larth, der ebenfalls sein Pferd bestiegen hatte, wartete, bis das Tau sich locker spannte, und tat es ihm nach. Einen Augenblick später waren sie mitten in der Strömung, in Richtung der nur in dunklen Umrissen erkennbaren Insel in der Mitte des Flusses. Die Pferde trieben schwimmend leicht ab, und das Tau spannte sich straff. Aber das Zusammenwirken der Kräfte kam ihnen zu Hilfe, und schon kurze Zeit später hatte Axal mit seinem Pferd das schmale, steinige Ufer der Insel erreicht und gleich darauf auch Larth.

Da plötzlich erbebte die Nacht von einem dumpfen Donnergrollen, das lange nachhallte. Es schien eher aus den Tiefen der Erde als vom Himmel zu kommen, denn weder ein Wetterleuchten noch ein Blitz war ihm vorangegangen.
»Mir scheint, deine Götter lieben deine tollkühnen Taten nicht«, rief ihm Axal durch das Tosen des Flusses zu und trieb sein Pferd wieder ins Wasser. Larth preßte als Antwort darauf entschlossen seine Knie fest an den Leib des Pferdes und folgte ihm.
Diesmal spannte sich das Tau fast bis zum Zerreißen. Ein Strudel erfaßte den Kelten und riß ihn ein Stück mit sich fort. Larth spornte sein Pferd an. Das Tier schnaubte, hob den Kopf über den Strom und bog, in der verzweifelten Anstrengung, Boden unter die Hufe zu bekommen, den Rücken durch.
Durch die plötzliche Bewegung überrascht, wurde Larth aus dem Sattel gerissen, und dann war nur noch Wasser, Rauschen und Dunkelheit um ihn.

16.

Das Tau schnitt Larth fast unerträglich in den Brustkorb, aber es hielt ihn, und ein paar Augenblicke später tauchte er wieder an der Oberfläche auf. Es gelang ihm, den Lederriemen zu ergreifen, der um den Leib des Tieres geschlungen war, und er zog sich wieder aufs Pferd. Doch das Pferd trieb jetzt seitwärts ab, und wieder spannte sich das Tau bedenklich. Der Kelte schien kurz davor zu sein, im Wasser zu versinken, aber der Schein trog, denn er hielt sich seitlich am Hals seines Pferdes fest. Auf diese Weise drückte sein Gewicht nicht auf den Rücken des Tieres, dem es so gelang, aus dem Strudel herauszuschwimmen. Schon bald darauf hatte es mit seinen Hufen Halt auf dem steinigen Grund nahe des Ufers gefunden, und ein paar Augenblicke später war auch Axal am Ufer. Sofort befreite er sich vom Tau und spornte sein Pferd zum Ziehen an. Kurz darauf ergriff Larth seine ausgestreckte Hand, zog sich ebenfalls ans Ufer, befreite sich vom Tau, und dann standen beide atemlos im strömenden Regen.

»Die Art und Weise, wie ihr bei euch Flüsse überquert, ist nicht gerade die einfachste«, brachte Larth schließlich keuchend hervor und tastete nach den Striemen, die das Tau auf seinem Brustkorb hinterlassen hatte.

»Das habe ich nie behauptet«, erwiderte Axal und versuchte den Schmerz, den ihm die Narben auf seinem Rücken bereiteten, hinter einem Lächeln zu verbergen.

»Bist du immer noch überzeugt, daß ich dich als Freund verraten habe, als ich mich weigerte, dich zu töten?« Larths Frage war unvermittelt gekommen. Axal löste sich von ihm, ging zu den Pferden hinüber und ergriff sie am Zügel.

»Der Tod ist für mein Volk nicht das schlimmste aller Übel, Larth. Und selbst wenn du mich eines Tages töten solltest, wird deine Hand immer noch die Hand eines Freundes sein«, antwortete er ihm und reichte ihm die Zügel. Dann schwang er sich in den Sattel, aber Larth zögerte noch einen Moment. Gedankenversunken strich er über den Hals seines Pferdes, das sich jetzt wieder beruhigt hatte. Schnell aufeinanderfolgende Bilder gingen ihm durch den Kopf, aber sie waren zu flüchtig, als daß er sie hätte festhalten und erkennen können.

»Vor vielen Jahren hat mir einmal jemand gesagt, daß ich Gefährten brauche, die meinen Schatten mit mir teilen«, murmelte er. »Damals sah ich niemanden. Aber heute muß ich den Göttern danken, daß sie dich auf meinen Weg gebracht haben, nachdem sie mir schon Mastarna gegeben hatten.«

Axal nickte. »Unsere Götter sind zwar nicht dieselben, aber ich hoffe, sie wissen, was sie tun.«

Larth mußte lachen. Der Kelte, sei es wegen der Schwierigkeiten der Sprache oder von Natur aus, sagte oft in aller Unschuld die frevelhaftesten Dinge.

Sie setzten sich in Bewegung und ritten auf demselben Pfad den Hügel hoch, den Larth schon als Junge genommen hatte. Sie mußten einen Wachposten der Rasna umgehen, und schließlich banden sie die Pferde im hohen, dichten Buschwerk fest und gingen den Rest des Weges zu Fuß. In der völligen Dunkelheit ging der Kelte voran, und Larth folgte ihm zerstreut. Ihn quälten düstere Gedanken. Er hatte Tarchna und den Palast verlassen, ohne mit Velvur und Caitli gesprochen zu haben. Alles, was ihm von Fanu Veltune geblieben war, außer dem politischen Sieg, war die Gegenwart Thanaquils an seiner Seite, die bedrückende Last der bevorstehenden Hochzeit und eine gewisse Traurigkeit Mastarnas. Eine Traurigkeit, für die Larth die Verantwortung schwer auf sich lasten fühlte.

Und dann war da die Nacht mit den zwei Monden gewesen. In dieser seltsamen Nacht voller Magie waren die Priesterinnen der Göttin Turan bis zum See hinuntergestiegen und siebenmal ins Wasser eingetaucht. Die Herrin von Turan hatte verkündet, daß dieser Ritus die Vereinigung von zwei Universen darstellte und ein Sinnbild für dasselbe Antlitz von Liebe und Tod war.

Ihre Worte waren durch die Reihen der Menge gegangen, die Spiele, Bankette und Diskussionen verlassen hatte, um an diesem Ritus teilzunehmen. Aber mehr hatte die Herrin von Turan nicht sagen können oder sagen wollen, und so hatte jeder seine eigenen Schlüsse daraus gezogen und weiter dieses Phänomen beobachtet, bis es langsam zu verblassen begann, um schließlich ganz zu verschwinden und einen einzigen, silbern schimmernden Mond zurückzulassen, der hinter den Bergen verschwand.

In diesem Moment blieb Axal stehen. »Wir sind bei den Häusern angekommen«, flüsterte er und zeigte auf den Lichtschein einer Laterne, der im dichten Regen und dem vom Wind gepeitschten Buschwerk kaum zu erkennen war.

Larth nickte und gab ihm ein Zeichen weiterzugehen. Cneve hatte bei Luceres, einem der alten Ratgeber Numas, Quartier bezogen, dessen Haus sich neben dem des Königs befand. Und Larth selbst hatte Kae Aivas die Anweisung erteilt, ebenfalls sein Quartier hier aufzuschlagen, damit Cneve und Tese ihn besser im Auge behalten konnten.

Aber jetzt war Tese tot, hinterrücks ermordet.

Der Hang war nun nicht mehr so steil, und die dichte Vegetation begann sich zu lichten. Axal deutete auf einen Pfad, der zu den Pferchen hinter den Häusern führte und von dort aus zu den Ställen und den Unterkünften der Knechte und Mägde.

Der erste Teil des Pfades war derselbe, der Larth als Junge zu dem Stall des Königs geführt hatte, aber dann entdeckten sie eine Abzweigung, die direkt zum Haus von Luceres führte. Vorsichtig schlichen sie sich an und betraten dann das Haus durch die Gesindestube, die merkwürdigerweise leer war. Aus dem Nebenraum drang ein schwacher Lichtschimmer, und als sie sich näherten, sahen sie, auf einem Tisch aufgebahrt, den Leichnam Teses. Ein durchdringender Verwesungsgeruch lag in der Luft, obwohl aus der Glut in den dreifüßigen Feuerbecken aus Bronze, die die Rasna mit nach Ruma gebracht hatten und von denen nun zwei neben dem Leichnam aufgestellt waren, der starke Duft von Kräutern aufstieg.

Larth gab Axal ein Zeichen, die Tür zu bewachen, und ging auf den Leichnam zu. Das Gesicht Teses war unbedeckt, stark aufgetrieben und fast schwarz verbrannt. Sein Körper war in eine schwarze Tebenna gehüllt. Larth strich ihm mit den Fingerspitzen über die Stirn. Tese hatte ihm immer Gehorsam geleistet. Es war zwar eher der blinde Gehorsam einem Befehlshaber gegenüber gewesen als das stille Einverständnis zwischen Freunden, aber er hatte sein Leben für ihn gegeben. Und nur das zählte.

»Was hättest du mir wohl sagen können?« dachte Larth und bedeckte mit der Hand den Opal auf seiner Brust. Wie einen glühenden Lufthauch spürte er ihn bis in seine Fingerspitzen pulsieren.
»Larth!« Cneve war hinter ihm erschienen. Larth drehte sich nach ihm um, legte einen Finger an die Lippen, um ihm Schweigen zu bedeuten, und zog ihn dann mit sich.
»Wo kommst du her? Und wie? Unsere Soldaten sind überall an den Wegen und an der Brücke verteilt! Warum haben sie keinen Alarm ausgelöst?« bestürmte ihn Cneve mit leiser Stimme, sobald sie draußen angekommen waren.
»Wir haben sie umgangen. Ich habe mit Axal den Fluß überquert, und dann haben wir uns durch das dichte Buschwerk geschlagen. Es ist an der Zeit, daß Numa etwas nachdenklicher wird. Was ist mit Tese passiert?«
Cneve zuckte mit den Schultern. »Ich weiß es nicht. Wir haben seinen Leichnam vor dem Haus des Königs gefunden, mit einem latinischen Schwert im Rücken. Tese verfolgte Kae Aivas wie ein Schatten. Was soll ich dir sagen? An diesem Abend hatte sich Kae als erster zurückgezogen, und gleich darauf ging auch Tese. Ich habe ihn nicht mehr lebend gesehen.«
Larth antwortete nicht, und Cneve fuhr fort: »Es tut mir leid, Larth. Vielleicht gab es da Dinge, die wir nicht richtig erkannt haben, und wir haben Fehler gemacht.«
Larth legte ihm tröstend einen Arm um die Schulter. Der Schmerz und die Gewissensbisse in der Stimme des Bruders taten ihm nicht weniger weh als der Anblick des Todes im verbrannten Gesicht von Tese.
»Beruhige dich. Ich werde jetzt zu Numa gehen, aber du läßt dich nicht blicken, bevor Mastarna, der mit seinen Männern hierher unterwegs ist, vor dem Haus des Königs erscheint. Axal wird bei dir bleiben«, wies er ihn an und wandte sich zum Gehen.
»Was hast du vor?« hielt ihn Cneve zurück. »Der König schläft zwar alleine, aber in seinem Haus wohnen Marcius und mindestens ein Dutzend Männer seiner Wache, alles Mitglieder seiner Familie.«
»Keine Angst, Cneve. Der König wird nicht die Zeit haben, sie zu rufen. Wer befindet sich sonst noch in diesem Haus hier?«
»Außer mir niemand. Ich habe alle Latiner, die in den Häusern neben dem des Königs wohnten, ausquartiert und an ihrer Stelle unsere

Hauptleute postiert. In dem Haus auf der anderen Seite des Platzes befinden sich jetzt die Vibenna, und auch Kae habe ich dort untergebracht, unter dem Vorwand, daß ich es nicht verantworten könne, wenn auch ihm etwas zustoße. Hier, im Hause von Luceres, bin nur ich allein zurückgeblieben.«

Larth lächelte.

»Das hast du gut gemacht, mein Bruder. Mir scheint, du lernst die Kunst des Befehlens sehr schnell. Auf jeden Fall müssen wir den Leichnam Teses heute noch verbrennen. Dann müssen wir die Feuerstelle und alle Feuerbecken hier im Haus mit Schwefel füllen und das Haus versiegeln und ausräuchern, bevor die verseuchte Luft das ganze Dorf ansteckt. Aber jetzt bring mir eine trockene Tebenna.«

Cneve beeilte sich zu gehorchen und brachte ihm eine seiner eigenen, die er zurückgelassen hatte, als er nach Tarchna zurückgekehrt war. Sie war schwarz, und die goldene Fibel, die sie schloß, trug die Symbole des Königs von Tarchna. Larth tauschte noch einen kurzen Blick mit Axal, der wachsam auf der Schwelle stand, und verschwand dann im Durchgang zwischen den beiden Häusern.

Ein grobbehauener Säulengang führte an den Frauengemächern vorbei zum Küchentrakt, und von hier aus schlüpfte er in das Haus des Königs. Alles lag im Dunkeln. Ein schmaler Gang brachte ihn in den zentralen Teil des Hauses zu einer steilen, kurzen Holztreppe, die zum Schlafraum des Königs führte. Vor seiner Tür schlief ein Diener, aber er war noch zu jung, um einen leichten Schlaf zu haben. Trotzdem strich ihm Larth eine daumengroße Portion schwarzer Paste auf die Lippen, die ihm einen tiefen Schlaf voller Träume bescheren würde. Sofort leckte sich der Junge im Schlaf mit der Zunge über die Lippen, und Larth stieg über ihn, verschwand im Schlafraum des Königs und schloß die Tür hinter sich. Einen Augenblick später spürte Numa, wie ihm jemand die Spitze eines Schwertes an die Kehle setzte.

Noch schlaftrunken versuchte er sich mit einer Handbewegung davon zu befreien, aber dann begriff er, daß das kein Traum war. Er öffnete die Augen und erstarrte. Nur zwei Öllampen erhellten das Zimmer, und so unterschied er anfangs nur einen dunklen Schatten, der sich über ihn beugte, und das vage Funkeln der goldenen Fibel mit dem Symbol des Adlers mit den ausgebreiteten Flügeln.

»Du bist ein König, der sein Wort nicht hält, Numa. Es ist dir gesagt

worden: *Rührt keine Waffen an!*« hörte er eine ihm wohlbekannte Stimme.
»Tarquinier!« entfuhr es Numa unterdrückt. Aber statt einer Antwort glomm der Opal im Schein der Lampen auf, und die Flammen flackerten, als ob ein Lufthauch aus dem Nichts sie gestreift hätte.
Vor Entsetzen preßte Numa sich so fest auf sein Strohlager, daß das Stroh knisterte. Aber selbst dieses Geräusch erschien ihm plötzlich feindlich im eisigen Schweigen, das von der Figur Larths ausging. Eine Kälte, die bis in die Schwertspitze an seiner Kehle zu strömen schien und ihm den Atem nahm. Schweißperlen tropften ihm von der Stirn, doch er rührte sich nicht und senkte auch nicht seinen Blick.
»Du kannst mich nicht für einen Mord verantwortlich machen, an dem ich keine Schuld trage!« Er versuchte seiner Stimme einen festen Klang zu geben. »Du bist der König. Ein König trägt alle Schuld seines Volkes, und er ist es auch, der dafür bezahlt. Wußtest du das etwa nicht?« kam die eisige Antwort.
»Deine Tebenna ist trocken, und ich habe keine Männer den Weg heraufkommen hören und auch keinen Alarm gehört. Wer bist du? Ein Geist?« stammelte Numa.
»Du hast meinen Namen genannt, also weißt du, wer ich bin. Und ab heute weißt du auch, daß ich dich erreichen kann, wann und wo auch immer und daß du als erster bezahlen wirst.«
»Willst du mich töten?« murmelte Numa.
»Ich brauche dich nicht zu töten. Ich brauche deinen Körper nicht, weil ich die Macht über deinen Geist besitze. Vergiß das nie, Numa.«
Numa wandte seinen Blick von ihm ab und öffnete den Mund, um nach seinen Wachen zu rufen. Aber die Stimme versagte ihm, als hätte sie sich an der eisigen Kälte der Schwertspitze gebrochen, die noch immer seine Kehle berührte.
Inzwischen hatte sich ein leichter Rauch aus einer der beiden Öllampen erhoben, der einen süßen, starken Duft verbreitete. Einen Duft, den Numa nicht kannte und der ihn erschlaffen ließ. Ihm war, als löste sich ein Teil seines Bewußtseins plötzlich von ihm, schwerelos und ohne Angst, nicht mehr ihm selbst zugehörig und vergleichbar dem Klang einer Stimme, die ohne irgendeine Bedeutung oder Erinnerung in der Luft hing.
Er schloß die Augen. Eine heftige Übelkeit stieg in ihm auf, und er mußte sich erbrechen. »Der Tag wird kommen, Tarquinier, an dem auch

du Angst vor deinen eigenen Schatten haben wirst«, stieß er zwischen den Zähnen hervor. »Und dann wird jemand da sein, der sich ohne Gewissen deines Geistes bemächtigt, so wie du dich des meinen bemächtigt hast!«
»Deine Götter erlauben dir, schon jetzt das zu erfahren, was du mir voraussagst, Numa«, erwiderte ihm Larth und drückte die Flamme der Lampe aus, in die er griechisches Opium getan hatte, eine rare Substanz, deren Rauch es leichter machte, das Bewußtsein anderer zu beeinflussen. Dann ging er auf die einzige Fensteröffnung im Raum zu und hob mit der Spitze seines Schwertes die geflochtene Matte hoch, die sie bedeckte. Im Osten erhellte bereits ein blasser Lichtstreifen den Horizont, und die frische, regengesättigte Morgenluft drang ins Innere des Raumes und vertrieb den Rauch.
»Erhebe dich jetzt!« forderte er Numa auf. »Die Soldaten der Rasna werden gleich da sein. Willst du sie etwa besudelt empfangen?«
»Gib mir vorher wieder den Teil von mir zurück, den du dir genommen hast!« erwiderte ihm Numa.
Larth lächelte und steckte das Schwert wieder an die Seite. »Kannst du ihn hier irgendwo sehen?«
Numa ließ seinen Blick durch den Raum schweifen. Nur noch in einer der Lampen brannte eine Flamme, aber schon so niedrig, daß sie kaum noch die Schatten der Nacht vertrieb. Draußen indessen brach ein neuer Tag an, und das fahle Morgengrauen unterschied sich in nichts von dem, was jedem anderen Sonnenaufgang vorangegangen war, den Numa in diesem Raum erlebt hatte.
»Nein«, gestand er.
»Siehst du? Ich kann ihn dir nicht zurückgeben, und das sollte in Zukunft das Maß deiner Vorsicht sein. Ich werde dich nicht darum bitten, mir den auszuliefern, der Tese ermordet hat, und werde auch keinen deiner Männer töten, um seinen Tod zu sühnen. Du hast ihn mit dem Teil von dir bezahlt, der jetzt mir gehört. Und wenn noch andere von uns ermordet werden sollten, dann wirst du immer wieder in derselben Weise bezahlen, so lange, bis es dich deinen Kopf gekostet hat, der dann nicht mehr in der Lage sein wird, einen klaren Gedanken zu fassen.«
Mit einem kleinen Lächeln ließ er seine Drohung auf den König wirken. Dann öffnete er die Tür und rüttelte den Diener wach.
»Hilf deinem König. Wasche ihn und kleide ihn an!« befahl er ihm.

Der Junge schreckte verschlafen aus seinen Träumen auf und schaute ihn mit großen Augen an. Dann erhob er sich langsam, und Larth schob ihn in den Schlafraum des Königs. Kurz darauf verließ Numa den Raum, gestützt von dem Jungen. Larth zog sich zurück, und als Numa die schmale Treppe hinunterstieg, kam ihm Marcius, gefolgt von zwei Wachen entgegen, um ihn zu holen.

Inzwischen war Mastarna mit seinen Männern angekommen, und auch die Vibenna, Kae Aivas und Cneve hatten ihre Unterkünfte verlassen und standen nun, zusammen mit den Kommandanten und dem Rest der Truppen der Rasna, die in Ruma verblieben waren, auf dem Platz vor dem Haus des Königs.

Mastarna war noch nicht vom Pferd abgestiegen. Er hatte Larth und Axal bisher noch nirgendwo entdecken können, und die Augen des Königs, der soeben unter die Tür seines Hauses getreten war, waren geweitet und seine Lippen violett gefärbt. Er sah aus, als würde er unter Krämpfen leiden. In Erwartung des Schlimmsten waren alle erregt und angespannt, und Mastarna begegnete den wachsamen und harten Augen von Ancus, der nun hinter dem König aufgetaucht war und eine Ruhe zur Schau trug, die er bei weitem nicht empfand.

»Ich grüße dich, König Numa«, wandte sich Mastarna an den König und zügelte sein Pferd, das unruhig tänzelte. Besorgt fragte er sich, ob und wann wohl Larth wieder auftauchen würde und wieviel des Planes, den sie miteinander in allen Einzelheiten besprochen hatten, nun ihm anheimfallen würde.

»Ich heiße dich wie einen Freund willkommen«, murmelte Numa.

»Ein Freund bricht nicht den Pakt. Der Tarquinier hatte dir gesagt: *Rührt keine Waffen an!*« erwiderte ihm Mastarna. Der König machte ein paar unsichere Schritte in das immer heller werdende Tageslicht hinaus, und ein Raunen ging durch die Reihen seiner Männer, die ihn umgaben. Mit einem Schlag schien er alt und schwerfällig geworden zu sein. Mühsam versuchte er den Kopf zu heben, aber das Licht blendete ihn, und er ließ ihn wieder sinken. Nur sein Blick schweifte unruhig umher, als suchte er etwas, das die anderen nicht sehen konnten.

»Ach ja...« murmelte er verstört vor sich hin. »Der Tarquinier...«

»Wir sind nicht grausam, Numa, aber der Geist des Toten erfordert eine Sühne«, fuhr Mastarna fort. »Keine Rache, denn sie ist wie ein Haus, das auf Sand gebaut ist und bei der kleinsten Erschütterung in sich zusammenfällt. Deshalb will der Tarquinier dein Volk schonen. Aber ihr müßt alle eure Waffen abgeben, und wenn auch nur der kleinste Verdacht besteht, daß ihr welche zurückbehalten habt, dann werden wir eure Häuser bis in den letzten Winkel durchsuchen. Außerdem werden wir eine Zählung eures Volkes vornehmen.«

Die Latiner hatten ihn, soweit es die Waffen anbetraf, verstanden. Aber Mastarna hatte bemerkt, daß sie offensichtlich nicht wußten, was sein letzter Satz zu bedeuten hatte.

»Wissen deine Leute, was eine Zählung ist, König Numa?« fragte er deshalb den König.

Numa schüttelte den Kopf, aber nun trat Ancus vor und erhob drohend die Faust gegen Mastarna.

»Ich weiß, was ihr vorhabt«, rief er wütend. »Erst zählt ihr uns, dann trennt ihr uns von unseren Familien und macht uns zu Sklaven!«

»Nein, so ist es nicht«, antwortete ihm Mastarna mit ruhiger Stimme. »Wir wollen euch zählen, damit wir jedem von euch die ihm gemäße Aufgabe und einen Posten gemäß seinem Rang und Besitz zuweisen können. Das ist der Sinn einer Zählung, und deswegen wird sie durchgeführt.« Doch Ancus hatte inzwischen seine Beherrschung verloren.

»Wir lassen uns von euch nicht zählen und auch nicht vorschreiben, was wir zu tun haben!« schrie er mit zornrotem Gesicht und ließ dabei jede Vorsicht außer acht. Deshalb war ihm auch entgangen, daß inzwischen Larth hinter ihm im Eingang des Hauses aufgetaucht war, und auch sonst hatte ihn kaum einer auf dem Platz bemerkt, denn die Schwelle des Hauses lag noch im Schatten, und Larth trug die schwarze Tebenna. Dazu kam, daß sich nun die ersten Strahlen der Morgensonne in den Pfützen und auf den vom nächtlichen Regen noch nassen Dächern spiegelten und ein gleißendes Licht verbreiteten.

So hörte er plötzlich Larths schneidende Stimme hinter sich: »Dir bleiben nur zwei Möglichkeiten, Ancus. Entweder du unterwirfst dich und leistest den Treueschwur auf deine Götter, oder du stirbst hier und gleich!«

Ancus erstarrte, und auch alle anderen waren gleichermaßen überrascht, sogar Mastarna, obwohl er ihn erwartet hatte. Es dauerte eine Weile, bis Ancus wieder seine Fassung zurückerlangt hatte, dann drehte er sich langsam nach ihm um. Um Larths Lippen spielte ein leises,

drohendes Lächeln. »Ein Treueschwur?« murmelte Ancus. »Du verlangst einen Treueschwur von mir?!«
»Du hast gehört, was ich gesagt habe«, erwiderte Larth, und Ancus hielt düster seinem Blick stand.
»Gut, Tarquinier«, brachte er schließlich heraus, »ich werde mich dir unterwerfen.« Aber in seinem starren, feindlichen Blick war das genaue Gegenteil zu lesen. Numa hatte fast teilnamslos die Szene verfolgt. Jetzt wandte er sich an Ancus.
»Laß alle Waffen hierher bringen«, befahl er ihm mit gebrochener Stimme. »Und paß auf, daß es auch wirklich alle sind. Dann kümmere dich darum, daß die Zählung durchgeführt wird.«
Als er sich umdrehte, um ins Haus zurückzugehen, fand er sich Larth gegenüber. »Mein Haus ist auch dein Haus«, murmelte er.
»Ich weiß«, antwortete ihm Larth, ohne Ancus aus den Augen zu lassen, der nun als erster sein kurzes Schwert zog, um es auf dem Boden abzulegen. Auch Mastarna stieg nun vom Pferd, und die Vibenna und andere Freunde drängten sich zur Begrüßung um ihn.
Dies könnte der Moment sein, uns zu überraschen, dachte Larth. Wir sind viel zu schnell bereit zu vertrauen und unseren Erfolg zu feiern. Das ist ein Fehler, der nicht mehr passieren darf.
Ancus schienen dieselben Gedanken durch den Kopf zu gehen. Für einen Augenblick zögerte er, aber auch Numa hatte die Spannung bemerkt und hielt ihn zurück.
»Nein, mein Bruder«, murmelte er und legte ihm eine Hand auf die Brust. »Der Tarquinier hat versprochen, diese Stadt groß zu machen, und ich glaube ihm. Aber er kann daraus auch einen Haufen Asche machen. Vergiß nicht, daß du dich ihm unterworfen hast.«
Ancus legte sein Schwert auf den Boden, drehte ihm dann wortlos den Rücken zu und verschwand im Inneren des Hauses. Numa schaute Larth an. Das Entsetzen, das ihn bei seinem Erscheinen gepackt hatte, hatte nun einer Benommenheit und einem Gefühl von Schwäche Platz gemacht. Bevor auch er sich ins Haus zurückzog, lächelte er ihm unschlüssig zu und vermied es dabei, den Opal anzuschauen, der im vollen Sonnenlicht plötzlich klar und durchsichtig wie ein Eiskristall erstrahlte.
Als er gegangen war, gab Larth Axal, der ihm im Schatten des Hauses den Rücken gedeckt hatte, ein kurzes Zeichen und verließ dann das Haus des Königs, um sich unter seine Männer zu mischen.

Hasti hatte die ganze Zeit über versucht, ihre Tränen zurückzuhalten. Sie hatte Caitli beim Packen geholfen, und zwei große Reisesäcke und dazu zwei Truhen für die wertvollsten Teile standen nun bereit. Das war nicht viel, vor allem, wenn man bedachte, daß Caitli nichts anderes als die Erinnerung an diesen Palast auf dem Hügel von Tarchna bleiben würde. Sie war noch nicht abgereist, und schon fehlte ihr der Klang des Windes in den steinernen Ornamenten, die die Giebel schmückten, das Spiel von Licht und Schatten in den Höfen, das *Gemach der Könige* und der Wald ihrer Göttin.
Aber vor allem war es der Verzicht auf das Leben, für das sie erzogen worden war und aus dem sie sich jetzt viel zu früh zurückzog.
Thanaquil würde Königin sein.
Sie lächelte Hasti zu und zog sie dann in ihre Arme.
»Weine nicht, meine Amme«, versuchte sie Hasti zu trösten. »Ich werde wiederkommen, das weißt du doch.«
Hasti nickte und legte ihr ihre kundige Hand auf den Leib. »Ich habe dich großgezogen, und ich möchte dir nahe sein, wenn der Moment gekommen ist«, flüsterte sie.
»Dort, wo ich hingehe, werde ich nicht alleine sein. Und dann wird auch Velvur bei mir sein«, tröstete sie Caitli. »Er hat mir ins Leben geholfen, und er wird auch meiner Tochter ins Leben zu helfen wissen. Aber du bist die einzige, die davon weiß, außer Thanaquil. Du mußt dieses Geheimnis für dich bewahren.«
»Das schwöre ich dir bei meinem Leben«, antwortete Hasti mit tonloser Stimme und in Tränen aufgelöst. Caitli hielt sie noch einen Moment tröstend in ihren Armen. Dann löste sie sich von ihr, schloß die Truhen und ging, um sich von ihrem Vater zu verabschieden.
Die ersten Tage von Hermna hatten die engen Straßen von Tarchna mit einer glühenden Hitze überzogen. Die Ernte aus den umliegenden Feldern war schon eingefahren und in den Kornspeichern eingelagert worden, und der Palast, mit den weit geöffneten, von kühlen Leinwänden abgeschirmten Fenster- und Türöffnungen, war eine Oase der Ruhe im lauten Zirpen der Grillen.
In den Gemächern des Königs, die nach Süden gingen, waren die Fenster- und Türöffnungen mit dunkler Leinwand abgeschirmt, und der König hatte sich auf dem Clinai ausgestreckt. Er genoß die kühle Frische. Ein Diener hatte ihm aromatisiertes Wasser gebracht, und der

kleine Vul kauerte auf den Stufen, die nach draußen führten, und spielte mit einem hölzernen Schwert und der aus Holz geschnitzten Figur eines Kriegers.

Caitli begrüßte den König und gab dem Diener ein Zeichen, den Raum zu verlassen. Dann befahl sie auch Vul, sich zurückzuziehen, der ihr nur widerwillig gehorchte. Als sie alleine waren, ergriff der König ihre Hand. Überwältigt von seinen Gefühlen schwieg Tarchon für einen langen Augenblick.

Die Entscheidung ihres Verzichts und ihr Wunsch, Velvur zum Tivrit zu begleiten, um sich nur noch dem Amt als Hohepriesterin zu weihen, waren sicher nicht unerwartet gekommen. Trotzdem fühlte sich Tarchon jetzt, wo der Moment des Abschieds gekommen war, hilflos und unvorbereitet. Weniger weil er sie nun nicht mehr um sich haben würde als wegen der Veränderungen, die ihre Abwesenheit im Palast mit sich bringen würde.

Die Haruspizen hatten die besten Zeichen für diesen Rückzug erhalten, und selbst Velvur hatte ihn, ausnahmsweise einmal in Übereinstimmung mit Flasi Aivas, als eine Notwendigkeit erklärt. Man könnte fast glauben, hatte Tarchon gedacht, daß die beiden sie unbedingt aus dem Palast entfernen wollen, aber mit Sicherheit nicht aus demselben Grund.

Der König hielt ihre Hand noch immer fest in der seinen und versuchte, wieder eine gewisse Haltung zu gewinnen. Caitli lächelte ihm zu. Irgendwie schien sie ihm verändert zu sein. Warum und wieso hätte Tarchon nicht genau sagen können, aber zweifellos strahlte sie eine neue, geradezu selbstvergessene innere Ruhe aus, fast so, als würde ein geheimes Wissen ihre Züge verklären.

»Als du geboren wurdest«, murmelte Tarchon, »ist deine Mutter wieder ins Leben zurückgekehrt. Sie war erst achtzehn Jahre alt, und vor dir hatte sie schon drei Kinder geboren, die alle gestorben sind. Lieber wäre sie mit dir gestorben, als das noch einmal zu ertragen. Und ich liebte sie so sehr... Ich liebte sie so sehr, daß ich lieber auf Erben verzichtet hätte, als sie zu verlieren.«

Tarchon schüttelte den Kopf. Das alles hatte er schon so oft gesagt, und trotzdem sprach er immer wieder gerne darüber, denn so blieb seine Erinnerung wach. »Dann, im Moment deiner Geburt ist dieses Wunder passiert, und die Göttin Athrpa hat dich für sich gewollt. Mein Haus ist

zweimal gesegnet worden. Es ist richtig, daß ich nun der Göttin das zurückgeben muß, was sie mir gegeben hat. Aber trotzdem werde ich dich vermissen, und du wirst hier im Palast fehlen. Thanaquil meint, daß selbst die Steine weinen können.«
»Wenn sie Ohren haben zu hören, dann mag es sein, daß sie auch weinen können«, antwortete ihm Caitli.
Dann entzog sie ihm ihre Hand, um ihm mit den Fingerspitzen über die Stirn zu streifen. Aber der König faßte sie am Handgelenk.
»Wende deine Künste jetzt nicht bei mir an«, murmelte er. »Nicht jetzt, in diesem Moment.«
Caitli zog ihre Hand zurück. »Ich werde morgen früh bei Sonnenaufgang abreisen, um die Hitze zu vermeiden. Aber wenn ich auf der Insel bin und du mich brauchen solltest, dann wird Thanaquil wissen, wie sie mich rufen kann.«
Tarchon lächelte. »Aus Ruma kommen gute Nachrichten. Unser Larth, der ›Tarquinier‹, wie sie ihn nennen, ist dabei, große Dinge zu vollbringen. Das Meer ist ruhig, die Grenzen sicher, und die Ernte ist reich. Du kannst beruhigt abreisen.«
Caitli beugte leicht das Haupt, und der König richtete einen zerstreuten Blick auf die vor der Türöffnung aufgestellten Leinwände, zwischen denen Vul nun Purzelbäume schlug.
Schweigend verließ Caitli das Gemach. Laris und Egene kamen ihr entgegen. Sie waren in ein Gespräch über Rechtsfragen verwickelt und verbeugten sich nur knapp vor ihr, ohne das Wort an sie zu richten. Und plötzlich empfand Caitli eine heftige Sehnsucht nach der Vergangenheit, nach all den Jahren, Tagen und Träumen. Ihr ganzes Leben eingeschlossen in einer Handvoll Zeit, ein Nichts im Vergleich zu dem, was ihr manchmal zu sehen gegeben war, und trotzdem alles für sie – ihr Leben.
Sie fühlte eine leichte Übelkeit in sich aufsteigen, die sie an das kleine Leben erinnerte, das in ihr wuchs und sie zu verändern begann. Dieses kleine Leben, das sie im ersten Licht eines neuen Tages empfangen hatte, nach einer Nacht mit zwei Monden, und nur ein Wort kam ihr dafür in den Sinn, ein Name: Thesan – Morgenröte.

17.

Larth warf sich unruhig auf seinem Lager hin und her. Tese kam ihm durch eine Gasse lodernden Feuers entgegen. Die Hütte in den Unterkünften der Eisenschmelzer schien zwar dieselbe zu sein, aber seltsamerweise war er alleine. Larth kam das merkwürdig vor, irgend etwas war anders als sonst, und plötzlich sah er es: Tese war kein Junge mehr. Er hatte tiefe Furchen im Gesicht, und der ernste Ausdruck seiner Augen war der eines Erwachsenen. Seine Gesichtszüge waren müde und gezeichnet von einer großen Anstrengung, so als hätte er einen langen Weg zurückgelegt.

Larth ergriff seine Hand und bat ihn, sich zu setzen. Tese gehorchte mit einem Lächeln, und die hohen Flammen loderten um sie.

Ein Traum.

Wie ein kalter Hauch streifte ihn dieser Gedanke, aber er rührte weder an der Wirklichkeit dieses Bildes noch an Larths Gefühl, körperlich anwesend zu sein. Nun lächelte auch er.

»Ich bin froh, dich zu sehen«, sagte er ehrlich erfreut. Tese nickte, aber in seinen Augen spiegelte sich tiefe Traurigkeit und eine große Müdigkeit wider. Doch das war schon immer so gewesen. Trotz aller Kraftanstrengung und aller Begeisterung, mit denen er jede seiner Aufgaben anging, war er immer früher als alle anderen erschöpft gewesen, und dann hatte er sich dafür geschämt. Das war auch der Grund, warum ihn Larth sich damals als Gefährten gewählt hatte. Er wollte ihm zeigen, daß er genauso gut war wie alle anderen.

»Du warst mit Kae Aivas zusammen, warum ist er nicht mitgekommen?« fragte Larth, ohne dieses kurze Aufflackern seines Bewußtseins zu verdrängen.

Teses Blick verlor sich in den tiefen Schatten jenseits des lodernden Feuers.

»Er kann nicht kommen. Er hat Angst, denn er hat mit dem Latiner Ancus einen Pakt geschlossen, dich zu ermorden. Kae wird dir eine Falle stellen, und der Latiner wird dich töten. Aivas will den Thron von Tarchna und hat Ancus dafür den von Ruma versprochen.«
»Wieso weißt du das?«
»Ich habe sie belauscht. Aber jetzt bin ich müde, denn der Weg bis zu dir war sehr lang und beschwerlich.«
Larth beugte sich vor, um ihn zu berühren, aber Tese entzog sich ihm.
»Es ist zu heiß hier am Feuer«, murmelte er, fast so als wollte er sich entschuldigen. Dann öffneten sich die züngelnden Flammen, und Teses Gestalt verschwand in den tiefen Schatten dahinter.
Larth öffnete die Augen.
Er lag auf dem Rücken und hielt mit einer Hand den Opal auf seiner Brust umklammert. Neben ihm schlief eine sabinische Sklavin, die ihm in dieser Nacht Gesellschaft geleistet hatte. Sie war noch sehr jung, mit krausem Haar und kleinen Brüsten, und hatte erst vor kurzem die Liebe kennengelernt. Jetzt schlief sie, mit dem Gesicht in die Armbeuge geschmiegt, und ihr nackter Körper zeichnete sich weich im Licht der aufgehenden Sonne ab.
Um ihn herum herrschte eine absolute Stille. Kein Lufthauch regte sich, kein Vogel sang, es war, als hielt die Erde den Atem an.
Irgend etwas Merkwürdiges schien vor sich zu gehen. Larth erinnerte sich an die Nacht von Pyrgi und dieses andere, schreckliche Erwachen, und für einen Augenblick vermischten sich diese Erinnerung und sein Traum miteinander. Er seufzte, löste die Hand vom Opal, und ein Schauer überlief ihn. Mit den Fingerspitzen zeichnete er das Profil des Mädchens nach.
»Caitli«, flüsterte er, als ob sie es wäre, die da neben ihm lag, und nicht dieser Körper, an den er sich schon bald nicht mehr erinnern würde.
Das Mädchen bewegte sich leicht im Schlaf und schmiegte sich an ihn.
Larth beugte sich über sie, um sie noch einmal zu besitzen. Heftig drang er in sie ein, und wie eine lautlose Meereswelle erfaßte ihn das tiefe Schweigen der Erde und der Luft und trugen ihn mit sich fort.
Sie war nicht Caitli. Sie hatte keine Stimme in diesem Ozean von Stille, der eine andere, geheimnisvolle Kraft in sich zu versammeln schien.

Die Erschütterung stieg aus dem Innersten der Erde auf und breitete sich wie eine Welle aus, bevor sie die Oberfläche erreichte und alles zum Erbeben brachte. Jetzt schrie das Mädchen unter dem Gewicht des Mannes laut auf, und Larth ließ von ihr ab. Das Beben flachte ab, um in der Spanne eines Augenblicks mit noch stärkerer Kraft zurückzukehren. Das Mädchen sprang aus dem Bett, raffte ihr Gewand zusammen und floh nach draußen, von wo nun Schreie und das Getöse einstürzender Mauern zu hören waren.

Wieder erbebte das Haus, erschüttert von einer unsichtbaren Macht, und in diesem Moment erschien Anio, der Diener von Ancus, in der Tür. Für einen Moment blieb er reglos auf der Schwelle stehen und schätzte die Situation ab. Der Mann, der sein Ziel war, lag hilflos und nackt vor ihm auf dem Bett. Nur der Opal schimmerte auf seiner Brust...

Anio unterdrückte das Gefühl von Angst, das in ihm aufstieg. Angst war etwas für die Alten und Schwachen, für einen wie König Numa oder für einen Jungen wie Marcius, aber nichts für einen Krieger. Die Göttin hatte die Erde erschüttert und ihm damit die Gelegenheit geboten, ins Haus einzudringen, und jetzt lieferte sie ihm den Feind aus, der wehrlos vor ihm lag. Aber im gleichen Moment spürte er auch, daß dieser Feind offenbar viel weniger Angst hatte als er, ihn geradezu zur Tat herauszufordern schien. Entschlossen hob er das kurze Schwert, stieß einen dumpfen Schrei aus und warf sich nach vorne. Mit einer blitzschnellen Bewegung ließ Larth sich vom Bett fallen, und im selben Augenblick flog das Messer mit dem Adler von Tarchna durch die Luft. Es drang in Anios Rücken ein, der in die Knie brach, und Axal erschien auf der Schwelle und schloß die Tür hinter sich. Sein Wurf hatte Anio so genau ins Herz getroffen, daß dieser den Tod nicht einmal gespürt hatte.

Larth zog sich am Bettrand hoch und setzte sich leicht benommen auf. Er hatte das Gefühl, daß der lebendige Traum von Tese, die Illusion der körperlichen Liebe mit Caitli, das Erbeben der Erde und dieser Anschlag auf ihn nichts anderes als die Glieder einer Kette waren, die er zwar versuchen konnte zu ergründen, aber niemals ganz begreifen würde.

Mit einem vagen Lächeln schaute er Axal an.

»Wie hast du ihn entdeckt?« fragte er den Kelten.

»Alle sind vor dem Erdbeben aus ihren Häusern geflohen, aber während

alle anderen nur nach draußen rannten, hatte er ein Ziel«, war Axals einfache Antwort.
Larth schüttelte den Kopf. »Was würde ich ohne dich machen, mein Freund?«
»Du würdest Wachen vor deinem Haus und vor deiner Tür aufstellen, so wie das jeder König tut.«
Larth lachte. Mastarna hatte ihm schon einmal dasselbe gesagt. Aber Wachen konnten davonlaufen, während ein treuer Freund ihn jederzeit mit seinem Leben verteidigen würde.
»Ich habe von Tese geträumt«, sagte er dann. »Vielleicht hast du mit dem Tod von Ancus' Diener seinen Tod gesühnt.«
»Wenn dich das beruhigt, bin ich erleichtert«, erwiderte Axal ungerührt, zog das Messer aus dem Körper Anios, säuberte es und steckte es wieder ein.
Larth lächelte. Dann lehnte er sich mit der Stirn an den Bettrand und schloß die Augen. Der Traum stand ihm immer noch vor Augen, und er fühlte sich merkwürdig bedrückt. Aber die Empfindung, sich mit der wahren, göttlichen Macht verbunden zu wissen, vermittelte ihm ein Hochgefühl und eine tiefe Genugtuung. Selbst die Erde hatte für ihn gebebt, und solange ihm solche Kräfte zu Hilfe kamen, konnten ihm seine Feinde nichts anhaben.
Caitli, dachte er und fühlte noch immer die brennende Begierde nach ihr in seinem Blut pulsieren.
War das wirklich der Preis? Verzicht und Opfer?
»Caitli«, murmelte er vor sich hin.
»Du hast dir eine andere Königin gewählt«, holte ihn Axal wieder in die Wirklichkeit zurück, und Larth wunderte sich über die Intensität des Blickes dieser blauen Augen und den leichten Vorwurf in der Stimme des Kelten.
»Was auch immer ich tue, mein Freund, Caitli werde ich niemals vergessen können«, erwiderte er ihm und erhob sich dann, um sich anzukleiden. »Denn wie kannst du etwas vergessen, das Teil deiner selbst geworden ist?«
»Vielleicht gewähren die Götter einem Menschen deshalb nicht alles, damit er ihnen nicht gleich wird«, erwiderte Axal.
Larth nickte nur unwirsch, und Axal packte den Körper des Latiners unter den Achseln. »Was soll ich mit ihm machen?« fragte er.

Larth spürte, wie er sich plötzlich vor ihm zurückzog, und es tat ihm leid. »Er ist ein Diener von Ancus, sorge also dafür, daß er zu seinem Herrn gebracht wird. Und wenn Ancus Fragen hat, dann soll er zu mir kommen.«
Axal nickte und zog den leblosen Körper nach draußen. Larth folgte ihm und trat unter die Tür, die auf den Platz führte. Aufgeregt und voller Angst waren die Menschen hierher zusammengeströmt, und die Kommandanten der Rasna hatten ihren Soldaten den Befehl erteilt, den Platz zu umstellen, da sie eine Revolte befürchteten. Aber Mastarna ging beschwichtigend mit Cneve und Marcius an seiner Seite durch die Reihen, und die Haruspizen, die mit den ersten Baumeistern und Handwerkern angekommen waren, vollzogen in der Vertiefung in der Mitte des Platzes, die den Latinern als Opferaltar diente, einen Dankesritus. So beruhigte sich die Menge allmählich wieder.
Das Erdbeben hatte nur für kurze Zeit das Leben und Treiben unterbrochen, und schon bald hörte man wieder hinter dem dichten Buschwerk der Hügel das Geräusch der Sensen und das Hämmern der Ambosse in den Schmieden. Auch die Steinmetze hatten wieder damit begonnen, Steine zu behauen, und die Meister des Wassers waren damit beschäftigt, den Verlauf des Kanals festzulegen, der die sumpfigen Niederungen trockenlegen sollte.
Larth ballte die Hand zur Faust. So wie er es schon einmal vor langer Zeit gewußt hatte, wußte er auch jetzt wieder, daß diese Erde ihm niemals Feind sein würde und daß diese Stadt, die er hier erbaute, einmal das Herz einer großen Nation sein würde.
Die mächtigste Nation der schon vorgezeichneten Zeit. Und wenn sich eure Jahrhunderte dem Ende zuneigen, wird es diese Nation sein, die euer Volk zerstreuen wird, wie der Wind am Ende des Sommers den Staub verweht...

Dunkle, schwere Wolken trieben über den Himmel, den das aufziehende Gewitter in ein fahles Zwielicht tauchte. Doch der Blick über den Meeresarm war frei, bis hin zur Küste, über der schwarze Rauchwolken standen, zwischen denen man die hohen Schornsteine von Pupluna mit ihren Tag und Nacht flackernden Feuern erkannte. Aber auch ein Teil der Insel selbst war in dichten Rauch gehüllt, der aus den zahlreichen Essen neben den Eisenerzminen aufstieg, und deshalb, obwohl die Insel eigentlich Ilva hieß, wurde sie meistens Fumosa, die Rauchige genannt.

Und auf dieser Insel, auf dem Berg Tiv, der nur an den unteren Häusern mit dichtem Wald bestanden war und dessen nackter, schwarzer Fels hoch in den Himmel aufragte, hatte die höchste Kaste der Hohepriester, die Trutnot, die Meister des Blitzes, ihren Tempel. Dort stand das Heiligtum des Tivrit.

Caitli blieb einen Moment stehen, um Luft zu schöpfen. Der Weg hatte sich in einen steilen Felsenpfad verwandelt, der nun an schroffen Abhängen vorbeiführte, auf denen im Frühling Veilchenteppiche und Ginster blühten, die aber jetzt kahl und abweisend waren. Sie hatte schon den größten Teil des Aufstiegs hinter sich gebracht. Aber der Gipfel des Berges war von tief hängenden Wolken verdeckt und nahm ihr so die Sicht auf ihr Ziel. Sie spürte das Gewicht des Kindes, das nun schon sechs Monde zählte. Der Rat der Trutnot hatte lange gezögert, ihr den Aufstieg unter diesen Voraussetzungen zu erlauben. Sie hätten ihn lieber bis nach der Geburt verschoben, und auch Insha, die Kustodin des Tivrit, hatte davon abgeraten. Aber schließlich hatte Velvur die Entscheidung ihr selbst überlassen.

Caitli zog den Mantel fester um sich. Hier, auf dieser Höhe, spürte sie noch deutlicher die Spannung des aufziehenden Gewitters, und für eine Weile überließ sie sich den Strömen dieser Energie, die zwischen Himmel und Erde flossen. Das Kind begann sich unruhig in ihr zu bewegen, und Caitli legte eine Hand auf den Leib, um es zu beruhigen. Sie spürte, wie es sich entspannte und dachte: Hab keine Angst, meine Kleine. Hier kann dir nichts geschehen.

Als sie wieder aufblickte, hatte sich dort, wo noch einen Augenblick vorher dunkle Wolken gewesen waren, der Himmel gelichtet. Caitli stieg weiter den Felsenpfad hinauf, bis zum höchsten Punkt des Bergrückens. Jetzt trennten sie nur noch ein paar Schritte von der dichten Nebelwand. Alles war plötzlich ganz anders und fremd. Die steilen Abhänge aus schwarzem Fels und die Ansiedlungen am Fuße des Tiv, tief unter ihr, sahen aus, als wären sie von einer Riesenhand hingeworfen worden, und die Luft war so prickelnd und berauschend wie ein geheimnisvoller Duft.

Eine heftige Sehnsucht nach Axal überkam sie. Nicht nach dem Mann, der sie, einem Ritus folgend, besessen hatte, sondern nach dem jungen

Mann, den sie im *Gemach der Könige* kennengelernt hatte. Von diesem jungen Mann kannte sie die Gedanken, die Ängste, Gefühle und Schwächen. Für ihn empfand sie eine tiefe Zärtlichkeit, und sie hatte Angst um ihn.

Ich möchte dich lieben, dachte sie, ich möchte dich jetzt lieben. Aber so wie eine Frau ihren Mann liebt, und nicht einem Ritus, sondern nur uns selbst hingegeben.

Aber da ist ein Netz geknüpft worden, und wir waren zu dritt ...

Diese Stimme in ihrem Kopf war nicht die ihre, und mit einem kleinen Lächeln legte sie die Hand auf die Brust, über einen Opal, der nicht da war. Sie fühlte seine lebendige Wärme zwischen ihren Fingern, wandte sich der Nebelmauer zu und war nach ein paar Schritten darin eingetaucht.

Hier herrschte Windstille, und ein graues Dämmerlicht umgab sie. Die Feuchtigkeit in der Luft war so stark, daß sie sich in kleinen Tropfen auf ihrer Haut niederschlug, und sie sah kaum noch, wohin sie ihre Füße setzte.

Aber in diesem geheimnisvollen Zwischenstadium der Materie fühlte sie plötzlich weder Kälte noch Anstrengung, die Zeit blieb stehen, und es gab kein Gestern und Morgen mehr, kein Oben und Unten. Sie setzte sich auf einen Stein und hüllte sich in ihren Mantel ein wie in ein Nest. Dann ließ sie ihren Geist schweifen, bis er aus ihrem Körper heraustrat, und plötzlich sah sie sich von außen.

Sie war frei, freier als sie es je in ihrem Leben gewesen war. Wenn sie nur wollte, konnte sie nun Dinge erblicken, die unendlich weit in der Vergangenheit oder in der Zukunft lagen und trotzdem weder der einen noch der anderen angehörten. Die Zeit hatte sich vom Raum gelöst. Sie stand still und fand hier und jetzt ihr eigentliches Wesen.

»*Was willst du?*« Die Frage hatte weder Ursprung noch Stimme, ein leichtes Flimmern im Stillstand der Zeit.

»*Nichts*«, kam die Antwort. »*Oder doch, vielleicht Glück ... Nein, nicht Glück, sondern Zeit. Ja, Zeit!*«

Sie sah sich selbst, wie sie den Kopf zur Seite drehte, langsam, so langsam, daß, wie in einem Mosaik, jedes Fragment des berühmten Raumes ihr Gesicht als eine Einheit widergab – unbewegt, lebendig und fremdartig. Jedes dieser Fragmente war ein Geheimnis, und jedes Geheimnis ein Schlüssel zu den *Zwölf Büchern*, und noch bevor sie sich dessen bewußt geworden war, hatte sie schon tief im Inneren das Geheimnis ihrer Worte begriffen.

Sie war in den inneren Kreis eingetreten, den das Zeichen für *Kraft* und *Macht* umschloß, hatte die Magie der Symbole und den Klang der Worte in sich aufgenommen, die Leben und Tod, Vergangenheit und Zukunft, Glück und Schmerz bezeichneten, um sie nun wie ein Geschenk oder eine Verdammnis zu den anderen Menschen zu tragen.

War es wirklich das, um was sie gebeten hatte?

Ein leichter Schauer überlief sie, und sie spürte, wie das Leben sich wieder in ihr regte. Auch ihre Tochter nahm dieses Wissen in sich auf. Ihre Tochter *wußte*.

Caitli holte tief Luft und öffnete die Augen. Der Nebel hatte sich verzogen, und in einiger Entfernung leuchtete der Himmel über dem Meer azurblau zwischen den Wolken. Ein riesiger, scharlachroter Sonnenball sank im Westen dem Horizont entgegen, und ein paar Adler zogen hoch am Himmel ihre Runden. Sie stießen zu ihrer Beute in den Felsabstürzen und Abhängen des Tiv herab und begleiteten sie dann mit weit ausgebreiteten Flügeln während ihres ganzen restlichen Aufstiegs bis zum Tivrit.

Velvur hatte vor dem von Blitzeinschlägen geschwärzten Altar auf sie gewartet und kam ihr nun entgegen. Der Kälteeinbruch hatte die Spitze des Berges mit einer feinen Schneeschicht überzogen, und der Tivrit, der mystische Ort der Trutnot, erschien ihr fast fremd unter dieser knirschenden eisigen Schicht. Die Unterkünfte der Hohepriester waren in verschiedenen Höhen in die Felswand einer ehemaligen, nach oben hin offenen Eisenerzmine gehauen und untereinander mit Treppen, Durchgängen und Brücken verbunden, die in vielen Jahrhunderten von den Rasna in den schimmernden nackten Felsen gehauen worden waren.

Im Zentrum des ebenerdigen, engen Ausgangspunktes erhob sich der Altar aus schwarzem Stein, und nichts störte die karge Feierlichkeit dieses Ortes. Jeder Treppenabsatz war wiederum mit einem anderen verbunden, der weiter nach oben führte, bis zum Ende der Felswand. Auf jedem dieser Treppenabsätze stand ein Dreifuß, in dem Tag und Nacht ein Feuer brannte, und auch aus jeder der in den Felsen gehauenen Zellen stieg der Rauch der Feuerstellen auf.

Ganz oben auf der Höhe des Felsens befand sich eine geräumige Unterkunft für die Novizen, und von hier aus war der Blick frei auf die Bucht, den engen, gewundenen Meeresarm, der sie mit dem offenen Meer verband, die Unterkünfte der Minenarbeiter und Fischer und den kleinen Hafen.
Auf dem Tivrit befand sich nie eine feste Anzahl von Trutnot. Manchmal, abhängig von Jahreszeit oder Wetter, waren es über hundert, dann wiederum nur ein paar Dutzend. Die Unterkünfte im Inneren des Felsens waren warm und trocken, oft verbunden mit einem komplizierten Netz von Gängen, die zu Höhlen im Inneren des Felsens führten, in denen Vorräte gelagert wurden, Dienstboten untergebracht waren oder die als Unterrichtsräume für Novizen dienten.
Die alte Insha war die Hüterin des Tivrit. Die einzige im übrigen, die diesen Ort nicht verlassen durfte. Sie war es, die das Leben auf dem Tivrit lenkte wie eine weise Regentin, und auch wenn sich ihrer stillen Herrschaft kaum jemand bewußt war, so war doch ihre Anwesenheit auf dem Tivrit unentbehrlich. Sie war es auch gewesen, die Velvur den Titel des Großen Trutnot zuerkannt hatte. Aber das war jetzt schon sehr lange her, und obwohl Insha schon von diesem Tag an begonnen hatte, sich unter den jungen Novizen nach jemandem umzusehen, der dazu berufen sein könnte, einmal seine Nachfolge anzutreten, hatte sie bisher noch niemanden gefunden.
Dann jedoch hatte Velvur die Erbin von Tarchna mit auf den Tivrit gebracht. Insha hatte ihr keine Fragen zu stellen brauchen, sie wußte, Caitli war eine Trutnot, und ihr Name war auf dem Altar eingraviert worden.
Aber da war noch etwas anderes. Insha hatte es sofort gespürt. Eine Macht, die noch größer und stärker war als nur das. Sie hatte es aus der Art erkannt, wie sie sprach, wie sie die Worte setzte, mit kleinen, fast unmerklichen Pausen dazwischen. Eine Harmonie, aus der eine geheime Macht sprach, etwas, das den Geist wie im Traum umfaßte.

Caitli atmete tief durch. Die Wehen waren noch nicht sehr stark und kamen noch in langen Abständen. Es war noch Zeit.
Insha wendete sich nach ihr um. Ihre Gestalt zeichnete sich nur schemenhaft im Dämmerlicht des Raumes ab, und ohne ihr Gesicht zu erkennen wußte Caitli, daß sie lächelte.

»Es ist noch zu früh«, sagte sie beruhigend.
»Ich weiß«, antwortete ihr Caitli, und spürte wie von Insha ein Strom von Wärme ausging. Ihre Unterkunft war geräumig und warm, mit Teppichen und kostbaren Möbeln ausgestattet, und aus dem Feuerbekken, das den Raum beleuchtete, stieg ein angenehmer Kräuterduft auf.
Wieder setzte eine Wehe ein, diesmal etwas stärker und länger.
Axal..., dachte Caitli, und die Sehnsucht nach ihm durchzuckte sie schmerzlich.
Jetzt kam Insha zu ihr. Für einen Augenblick blieb die alte Frau reglos neben ihr sitzen, und Caitli spürte, wie auch sie Anteil an einem Schmerz nahm, der noch viel tiefer und heftiger war.
Axal wird durch Larths Schuld sterben.
Caitli biß sich auf die Lippen.
Eine heftige Wehe nahm ihr fast den Atem, und sie ergriff Inshas Hand, die sich nun zu ihr beugte und ihr dabei half, sich auf dem Bett auszustrecken.
»Es ist noch zu früh«, beharrte sie, aber Caitli befahl ihr, Velvur rufen zu lassen.
Insha gehorchte ohne Widerspruch und gab den Befehl an eine Dienerin weiter, die in einer Ecke des Raumes wartete. Die Frau machte sich sofort auf den Weg, und als sie die Tür öffnete, brachen für einen Moment mit aller Heftigkeit die Kälte und das helle Tageslicht herein. Caitli wandte den Blick vom Feuer ab.
Axal und Larth, dachte sie, ich liebe sie beide, aber auf ganz unterschiedliche Art und Weise. Und durch ihre Liebe zu mir lieben auch sie sich, viel mehr, als sie es jemals wissen werden. Es ist ein Netz geknüpft worden, und wir waren zu dritt... Dieses Netz darf nicht zerrissen werden. Larth muß das wissen, bevor es zu spät ist.
»Willst du mir von diesem Fremden erzählen?« fragte Insha leise und nahm ihre Hand.
Die Wehen folgten jetzt schnell und heftig aufeinander. Caitli lächelte, und die Erinnerung an Axal begann die böse Vorahnung zu verscheuchen.
»Er hat blaue Augen und eine Schwermut, die nicht Traurigkeit ist. Sie liegt in der Art seines Volkes und macht ihn wortkarg«, beschrieb sie ihn Insha. »Er ist der Sohn eines Königs. Aber in seiner Heimat gibt es

keine Städte, nur kleine Ansiedlungen, von denen jede ihren eigenen König hat. Sie haben sich nicht in einem Bund zusammengeschlossen, und mancher von ihnen kennt nur seine eigene Sippe. Sie sind kühn und verwegen, und für uns mögen sie Barbaren sein, aber unter ihnen gibt es auch Weise und Dichter, die ihre Lieder singen, und sie kennen die Liebe. Ihre Jahrhunderte zählen sie nur in Abschnitten von dreißig Jahren, und keiner von ihnen lebt sehr viel länger. Aber sie glauben nicht an das Schicksal, und bevor wir uns kennengelernt haben, hat Axal selbst den Tod nicht akzeptieren wollen.«

»Wieso sagst du, bevor ihr euch kennengelernt habt?« fragte Insha.

»Vielleicht weil er schon fast wie wir denkt«, meinte Caitli nachdenklich.

»Aber er ist ein Sklave des Phersu. Indem er sich geweigert hat zu sterben, ist all das, was er von diesem Moment an lebt, nicht mehr Teil seiner selbst!«

»Genau das ist es, was er uns nicht verzeiht, meine liebe Insha. Ist das so schwer zu verstehen?«

»Verstehst du es denn?« fragte Insha zurück.

Caitli nickte kurz und versuchte den Schmerz zu unterdrücken, der sie wieder wie eine Welle erfaßte. Insha strich ihr sanft über den Leib.

»Deine Tochter wird blond sein und ihre Haut so hell wie die ihres Vaters. Du wirst sie niemandem zeigen können, ohne dich zu verraten, es sei denn, du weihst auch den Kelten der Göttin Athrpa.«

»Das kann ich nicht tun. Er gehört nicht mehr dem König. Tarchon hat ihn Larth überlassen, und Larth wird ihn niemals der Göttin weihen.«

»Nein«, murmelte Insha, »das wird er niemals tun.«

Ein kühler Luftzug lenkte Caitli ab. Velvur hatte den Raum betreten, und die eisige Kälte, die draußen herrschte, haftete ihm noch an. Für einen Moment streckte der Trutnot die Hände über dem Feuer aus, und die Flammen loderten hoch auf.

»Wir sind gerufen worden, um an einem freudigen Ereignis teilzuhaben, Insha«, sagte er dann und näherte sich den beiden Frauen. Mit den Fingerspitzen berührte er kurz Caitlis Stirn und fühlte ihre Stärke. Sie hatte ihn nicht wirklich nötig. Aber Caitli wußte, wie wichtig es für Velvur war, an dieser Geburt teilzunehmen, und sie wollte ihn nicht ausschließen.

»Sie wird dieses Mädchen niemandem zeigen können«, sagte Insha und nahm ihm mit geschickten Händen den Mantel ab, während sie sich gleichzeitig mit einem Blick versicherte, ob die Dienerinnen auch heißes Wasser, Öl und Leinentücher bereitgestellt hatten. »Ihr fremdartiges Aussehen wird sie verraten.«
»Ganz im Gegenteil, Insha. Dieses Mädchen wird die Mutter eines Königs sein«, berichtigte sie Velvur.
»Sie wird ein Geschenk der Liebe sein«, erwiderte Caitli, »das größte, das jemals einem Mann gemacht wurde.«
Ein Geschenk für Larth, dachte sie, und dann verhalf sie ihrer Tochter auf die Welt und ließ es zu, daß sie sich von ihr trennte.

»Schauen Sie, Herrin! Thesan hat die neue Milch angenommen«, rief Tura lächelnd und zeigte auf die leere Blase, an der die Kleine genuckelt hatte. Vom heftigen Saugen war sie noch ganz rot im Gesicht, aber sie machte einen satten und zufriedenen Eindruck. Die junge Amme hatte selbst die weiße Ziege gemolken, die jetzt nebenan graste und die Velvur persönlich für diesen Zweck ausgewählt hatte.
Caitli lächelte, nahm die Kleine wieder in ihre Arme und drückte sie fest an sich. Sie war wirklich so, wie es ihr Name besagte. Sie hatte sie Thesan genannt und sie der Göttin der Morgenröte geweiht, die diese Widmung auch angenommen hatte. Und so wie die Morgenröte war sie hell und rosig, mit einem leichten, blonden Flaum auf dem Kopf und himmelblauen Augen. Sie glich in allem ihrem Vater und war genauso schön wie er.
Thesan war nun schon zwei Monate alt, aber noch so klein und wehrlos wie die unzähligen Triebe der Bäume an diesem warmen Frühlingsnachmittag. Der Frühling war in diesem Jahr früher auf die Insel Fumosa zurückgekehrt und wärmer als sonst, und wie jeden Nachmittag hatten sie einen sonnigen, windgeschützten Platz knapp unter dem Gipfel des Tivrit aufgesucht, der so hochgelegen war, daß man einen weiten Blick über die Bucht hatte.
Caitli wiegte die Kleine in ihren Armen und grübelte darüber nach, woran es liegen mochte, daß ihre Milch so früh versiegt war.
»Sei nicht traurig, Herrin«, tröstete sie Tura und streichelte ihr leicht über die Hand. »Die Kleine ist zufrieden. Sieh selbst, sie schläft!«
Caitli lächelte. Tura war erst vor kurzem vierzehn Jahre alt geworden,

und ihre Leute hatten sie dazu bestimmt, auf dem Tivrit zu dienen. Sie war ein einfaches und gutes Mädchen, und Caitli hatte sie zwischen all den anderen ausgewählt, damit sie Thesan mit der Einfachheit, die ihr selbst eigen war, erzog.

Tura hatte neben einem der wenigen Bäume, die hier oben wuchsen, für Caitli eine Decke ausgebreitet, und sie genossen die Sonne. Die Brombeerbüsche begannen schon zu blühen, die Ziege naschte an den jungen, sprießenden Grashalmen, und Turas Geplauder war genauso angenehm wie das Summen der ersten Bienen.

Der Palast von Tarchna schien so fern wie ein Traum, und doch war er gleichzeitig nah, denn das Schiff, das am Morgen im Hafen angelegt hatte, war nicht eines der üblichen, die Eisen nach Pupluna transportierten. Sein Banner war mit dem Adler von Tarchna bestickt.

»Schlechte Nachrichten«, murmelte Caitli vor sich hin.

»Wieso kannst du das wissen?« protestierte das Mädchen, aber dann erinnerte sie sich wieder, wer ihre Herrin war. Sie errötete und stammelte verwirrt: »Verzeih mir, meine Herrin. Es ist nur, weil ich nicht möchte, daß du schlechte Nachrichten bekommst.«

Caitli beruhigte sie mit einer Geste.

»Die schlechten Nachrichten sind wie der Regen, Tura. Du kannst ihm nicht verbieten, daß er dich durchnäßt, wenn du keinen Unterschlupf hast«, antwortete sie ihr und wandte sich dann wieder der Kleinen zu, die jetzt an ihre Brust geschmiegt mit tiefem und ruhigem Atem schlief, die Händchen zu Fäusten geballt.

Kurze Zeit später sahen sie Velvur über den Pfad kommen, der vom Tivrit heraufführte. Er beeilte sich nicht, im Gegenteil, es schien fast so, als ob er die Gelegenheit nutzen wollte, die junge Frühlingsluft einzuatmen. Sobald er die beiden Frauen erreicht hatte, stand Tura auf, band die Ziege los und brachte sie zu einem entfernteren Platz.

»Ein gutes Mädchen«, bemerkte Velvur anerkennend.

»Ja, ich bin mit meiner Wahl sehr zufrieden«, bestätigte Caitli.

»Sie ist rein und unschuldig, und die Lebensfreude pulsiert in ihr wie ein starker Strom. Es stimmt, du hast eine gute Wahl getroffen.«

Dann beugte er sich über die Kleine, und als er sich wieder aufrichtete, suchte Caitli seinen Blick.

»Das Schiff im Hafen kommt aus Tarchna, und es bringt keine guten Nachrichten. Ist es nicht so, Großer Trutnot?«

Velvur seufzte und streichelte leicht über den mit blondem Flaum bedeckten Kopf der Kleinen.
»Auch ein Ereignis, das uns schlimm erscheinen mag, kann in Wirklichkeit nur die nötige Veränderung in sich bergen. Wir müssen nach Tarchna zurückkehren, Caitli. Dein Vater, der König, liegt im Sterben.«
»Thanaquil hat mich nicht gerufen, und ich habe keine Anzeichen gespürt! Warum, Velvur?« fragte Caitli.
Der Große Trutnot schüttelte leicht den Kopf.
»Wir müssen uns mit dem bescheiden, was die Götter uns senden, Caitli. Wir können nicht mehr sehen als das, was uns zugestanden wird, sonst könnten wir die Last nicht tragen. Ich habe es heute nacht gespürt. Es war, als ob eine große Traurigkeit meinen Raum überfluten würde, und als ich dann, direkt nach Sonnenaufgang, das Banner dieses Schiffes gesehen habe, da wußte ich. Wir werden morgen, gleich bei Tagesanbruch, abreisen.«
Caitli nickte. Die Kleine bewegte sich in ihren Armen und gähnte, sie war noch so klein... Eine zarte Knospe in einer rauhen Jahreszeit.

18.

»Vergiß nicht, daß du diesem Thron angehörst.«
Die Stimme des alten Velvur schien noch immer in der Luft zu hängen. Larth stand regungslos da. Die Zeichen für die Hochzeitszeremonie waren am Morgen ungewiß gewesen. Ein heftiger Wind hatte niedrige weiße Wolken vor sich hergetrieben, die an den Bergrücken hängengeblieben waren, und eine Schar Falken, die von Westen nach Süden flogen, hatten die Haruspizen als ein Vorzeichen für die Richtung gedeutet, die der neue König nehmen würde.
Bevor die Zeremonie ihren Anfang nehmen sollte, hatten ihn alle Haruspizen und Hohepriester aufgesucht. Alle, bis auf die eine, die Larth so gerne alleine gesehen hätte, und wenn auch nur für einen kurzen Augenblick.
Caitli.
Er hätte nur ein wenig den Kopf zu wenden brauchen, um wieder zwei Kinder vor sich zu sehen, die in einem schmalen Sonnenstreifen auf dem Hof zwischen den Buchstaben spielten, die den Namen des Königs bildeten.
Warum hat Velvur uns das angetan, dachte er, und wieder fühlte er den Kummer des Jungen in sich aufsteigen, der abreisen mußte, und in den langen Jahren, die er fern von Tarchna war, immer und immer wieder versucht hatte, eine Erklärung dafür zu finden. Er sah sich wieder in diesem Saal, wie er seinem Vater und dem König lauschte, um von ihnen die Geheimnisse des Regierens und der Macht zu erlernen. Aber noch klarer spürte er in seiner Erinnerung das Glücksgefühl, das damals die Mauern des Palastes durchdrungen hatte. Diese Lebensfreude, die Tarchon damals ausgeströmt hatte, die die Frucht seiner Liebe zur Königin war.
Thanaquil ähnelte wirklich sehr ihrer Mutter. Der gleiche Körper, der

in seiner kindlichen Phantasie damals für ihn die Vollendung der Schönheit war, und jetzt der Preis für den Thron. Ein um so höherer Preis, wenn er bedachte, wie unglücklich er damit seinen besten Freund machte.

Axal hat recht, wenn er den Göttern nicht traut. Denn wenn ihnen wirklich das Glück derer, die ihnen folgen, am Herzen läge, dann würden sie nicht so leicht auseinanderreißen, was zusammengehört, dachte er, ohne daß sein Gesichtsausdruck auch nur das geringste seiner Gedanken verriet.

König Tarchon war inzwischen bis zum Thron getragen worden. Er konnte zwar nicht mehr laufen, aber den Kopf trug er noch immer hoch, und die Krankheit hatte ihm nichts von dieser besonderen Art nehmen können, mit der er über seinen Adel herrschte. Doch sein Gesicht war aschfahl geworden und das Atmen zur Qual.

Trotzdem lag in seinen tief eingesunkenen Augen, die sich jetzt auf Larth, den ersten in der Reihe der Adeligen zur rechten Seite des Thrones, richteten, der Anflug eines Lächelns. Neben ihm standen Laris, Cneve und Egene, denen sich die anderen Adeligen von Tarchna anschlossen, von denen einer der ersten Kae Aivas war. Gegenüber, auf der linken Seite, war der erste in der Reihe der Gäste aus dem Zwölfstädtebund Mastarna, der eine würdevolle Ruhe zur Schau trug.

»Ich liebe euch beide«, waren seine Worte gewesen, als er gekommen war, um ihm noch vor der Zeremonie die Ehre zu erweisen. »Und wenn es so geschrieben steht, dann werde auch ich stark sein und ein treuer Freund.«

Larth ließ seinen Blick schweifen. Da waren Marce Vibenna und der Sohn des Königs von Velx, König Aucnus von Xaire, König Venthi von Faleri und der junge Marcius, den sie aus Ruma mitgebracht hatten, damit er einerseits selbst sah, was die Rasna so groß machte, um später seinen Leuten davon berichten zu können, andererseits aber auch, um ihn selbst wie eine rare Beute herzuzeigen. Ein kleiner Barbar, der sich in eine Zeremonie verirrt hatte, die sein Vorstellungsvermögen bei weitem überstieg, zumindest aus dem zu urteilen, was ihm ins Gesicht geschrieben stand. So hatten wir uns diesen Augenblick, von dem wir so oft gesprochen haben, nicht vorgestellt, lieber Freund, dachte Larth, und sein Blick schweifte wieder zu Mastarna zurück, der ihn mit demselben undurchdringlichen Gesichtsausdruck erwiderte.

Doch jetzt zogen die Haruspizen, denen die Flötenspieler voranschritten, in den Saal ein, angeführt vom Großen Trutnot, der in seine zeremoniellen Gewänder gekleidet war und den Spitzhut und den gebogenen, mit Intarsien aus purem Gold verzierten Stab trug. Ihm folgte Flasi Aivas, genauso prächtig gekleidet, und gleich darauf die Träger der Symbole des Reiches, des Schwertes und der zweischneidigen Streitaxt. Ihnen folgte, zwischen zwei Reihen von Haruspizen, Caitli, die die azurfarbene, golddurchwirkte und scharlachrote Tunika der Trutnot trug und auch den gebogenen Stab, als Zeichen ihrer Weihe.

Die ganze vorhergehende Woche hatte man befürchtet, den König zu verlieren, noch bevor die Hochzeitszeremonie vollzogen war. Doch dann, direkt nach der Ankunft Caitlis und Velvurs von der Insel Fumosa hatte sich der König ein wenig erholt. Die Festlichkeiten konnten also wie geplant stattfinden, und obwohl es so schien, daß die schlechten Vorzeichen überwogen, ging nun doch alles seinen vorgeschriebenen Weg. Velvur war nun vor dem König angekommen und stellte sich zu seiner Rechten neben Larth auf. Flasi Aivas tat es ihm nach, aber Caitli blieb direkt vor dem Vater stehen. Der erste Träger der Insignien legte dem König das Schwert zu Füßen, gefolgt von dem zweiten mit der zweischneidigen Streitaxt.

Für einen kurzen Augenblick herrschte atemlose Stille im Saal. Der Wind flüsterte in den Ornamenten des Daches, als wollte er mit seiner Stimme den feierlichen Augenblick begleiten, und, als würden sie Antwort darauf geben, züngelten die Flammen hoch in den Feuerbecken. Caitli hob die Streitaxt mit beiden Händen auf. Dann trat sie auf Thanaquil zu, die neben dem Thron stand. Thanaquil war angespannt, sie trug das purpurfarbene Gewand der Erbin, und ihr schönes Gesicht war ernst und gesammelt.

»Mit dem Recht zu wählen, verzichte ich auf das, was mir durch Geburt zusteht. Thanaquil, Tochter von Tarchon und Ramtha, wird die Erbin des Thrones von Tarchna sein.«

Caitli hörte den Klang ihrer eigenen Stimme, als käme sie von den Lippen einer anderen Person. Und für einen Moment sah sie sich selbst als Kind in einer Ecke des Saales kauern und dieses Ereignis beobachten. Tiefe Traurigkeit stieg in ihr auf. Dieses Kind sah den Thron von Tarchna leer, und die, die sich eigentlich hätten freuen müssen, weinten. Betroffen faßte Caitli die Streitaxt noch fester, legte sie mit gemessenen Bewegungen in die Hände der Schwester und schaute ihr dabei fest in die Augen. Aber Thanaquil hielt nur kurz ihrem Blick stand, dann senkte sie die Augen.

Eine Königin senkt nicht den Blick, dachte Caitli. Meine arme Schwester, dieser Tag wird kein Glückstag für dich sein.

Dem Ritual gemäß drückte nun Thanaquil die Streitaxt an ihre Brust, führte sie zur Stirn und legte sie dann dem König zu Füßen neben das Schwert.

Tarchon beugte das Haupt, zum Zeichen, daß er sowohl den Verzicht entgegennahm als auch die neue Erbin des Thrones anerkannte. Caitli stellte mit Erstaunen fest, wie einfach das alles gewesen war, und sah gleichzeitig mit Verwunderung, daß die Augen ihres Vaters wieder klar und lebhaft glänzten. Tarchon nahm ihre Hand. Er schien erleichtert zu sein und so ruhig und heiter, wie sie ihn schon lange nicht mehr gesehen hatte.

»Die Gegenwart meiner geliebten Tochter Caitli, die sich der Göttin Athrpa geweiht hat, erfreut mich«, sprach er mit feierlicher Stimme. »Dieser Palast wird immer für sie offenstehen!«

Caitli strich mit den Fingerspitzen leicht über die Hand des Vaters und trat dann an Velvurs Seite.

Nun nahm Tarchon Thanaquil und Larth bei der Hand. Für einen Moment schweiften seine Gedanken ab, und er dachte daran, wie Velvur, der damals die Hochzeitszeremonie vollzogen hatte, Ramthas Hand in die seine gelegt hatte. Aber inzwischen war so unendlich viel Zeit vergangen, daß er daran zu zweifeln begann, ob es diesen Tarchon, der einmal ein so glücklicher König gewesen war, überhaupt noch gab.

»Du bist nun Königin von Tarchna«, sprach er also mit fester Stimme an Thanaquil gewandt, »und Larth ist nun dein Gemahl. Morgen, wenn die Hochzeitsnacht vollzogen ist, wird Larth der neue König von Tarchna sein.«

Dann legte er die Hand Thanaquils in die von Larth. Larth ergriff Thanaqils Hand und fühlte, wie sie zurückzuckte, als ob der Druck der seinen zu heftig und schmerzhaft wäre. Sie schaute ihm nicht in die Augen, und Larth hatte das Gefühl, als ob er schuldig wäre für etwas, das er noch gar nicht begangen hatte.

Velvur beendete das Ritual, indem er Mann und Frau mit dem zeremoniellen Schleier bedeckte. Die Flötenmusik begann, und die Gäste formierten sich, um nun in den mit Ginster ausgeschmückten Bankettsaal zu ziehen. Larth, der mit Thanaquil den Zug anführte, fühlte plötzlich aus der Menge die schmalen, dunklen Augen des kleinen Vul auf sich gerichtet, und als sein Blick auf ihn traf, konnte er ganz deutlich aus ihnen den Haß und die darin verborgene Drohung ablesen. Dem Jungen war es erlaubt worden, am Bankett teilzunehmen, aber noch bevor das Fest richtig angefangen hatte, lief er schon weg.

Der König allerdings schien wieder an der Gesellschaft und an den Gesprächen mit Laris Gefallen gefunden zu haben. Er interessierte sich sogar für den jungen Latiner, den alle – die einen scherzend, die anderen ernsthaft – auszufragen versuchten, bis es schließlich Cneve übernahm, Rede und Antwort zu stehen. Mit lauter Stimme erläuterte er die Pläne und Vorhaben in Ruma und rief schließlich Larth zu Hilfe, damit er auf die Fragen antwortete. Larth war ihm in einem gewissen Sinne sogar dankbar dafür, denn so brauchte er sich nicht um Thanaquil zu kümmern, die sich auf ihrem Clinai ausgestreckt hatte.

Mastarna hingegen befand sich genau am anderen Ende des Saales, und Larth wunderte sich ein wenig, als er Caitli und Velvur im Gespräch mit ihm entdeckte. Nach einer Weile stand er schließlich auf und verließ den Saal. Es war inzwischen Nachmittag geworden, und ein heftiger Wind war aufgekommen. Das Bankett war noch längst nicht beendet, denn am nächsten Tag würde seine Thronbesteigung zelebriert und gefeiert werden. Larth durchquerte den Haupthof und erreichte gemessenen Schrittes über eine der Loggien den Durchgang zum Küchenhof, wo er im Schutz der Mauern stehenblieb. Im Hof wimmelte es nur so von Dienern. Und zwischen diesem ständigen Kommen und Gehen sah er Axal, der, völlig gleichgültig dem Treiben gegenüber, etwas abseits auf einer Stufe saß und mit dem Zeigefinger Buchstaben in den Sand des Hofes malte.

Larth lächelte melancholisch. Da hörte er plötzlich die Stimme von Flasi Aivas hinter seinem Rücken.

»Mein Fürst ist wohl von der Zeremonie ermüdet?«

Larth wandte sich mit einer knappen Bewegung nach ihm um. »Gibt es einen bestimmten Grund, warum du mir bis hierher gefolgt bist?« fragte er unwirsch.

Flasi Aivas verbeugte sich. Larths Tonfall war zu brüsk gewesen, als daß er ihn hätte ignorieren können.

»Ich verstehe deine Ungeduld, mein Fürst. Jeder ist an seinem Hochzeitstag mit anderen Dingen beschäftigt, und es tut mir leid, wenn ich dir die Zeit raube. Aber das, was ich dir zu sagen habe, ist nur für dich bestimmt«, erwiderte er in einem geheuchelt unterwürfigen Tonfall.
»Deine Loyalität schmeichelt mir, Haruspize von Tagete«, gab ihm Larth ebenso höflich und ruhig zurück, und nur das leichte Lächeln und der drohende Ausdruck seiner Augen straften ihn Lügen.
Flasi Aivas trat noch einen Schritt näher an ihn heran. »Du hast Feinde, mein Fürst, vor denen du dich hüten solltest«, murmelte er.
»Wer hat die nicht? Schon ein neugeborenes Kind kann nicht sicher davor sein.«
»Natürlich. Aber wenn du willst, dann begleite mich zu Demestone, dem Händler, dann wirst du besser verstehen, was ich meine.«
Larth nickte knapp zum Zeichen seiner Zustimmung. Demestone war am Tag zuvor mit seinem Hof von Sklaven und vielen Waren angekommen und war jetzt dabei, seine Waren anzuordnen, in Erwartung des Adels während einer der vielen Pausen des Banketts.
Doch bevor sie sich auf den Weg machten, warf Flasi Aivas noch einen kurzen Seitenblick auf die Gestalt Axals im Küchenhof, was Larth nicht entging und ihn noch mehr gegen ihn aufbrachte.
»Demestone ist in Alalia gewesen«, erklärte der Haruspize, während Larth ihm folgte, »und offensichtlich hat er versucht, etwas über den Focesen herauszufinden, der letztes Jahr versucht hat, den König zu ermorden. Dieser Mann kam in Wirklichkeit aus Velx, auf Befehl von König Sevre.«
Larth wandte sich ihm abrupt zu.
»Willst du mir damit sagen, daß einer unserer verbündeten Könige einen Mörder gedungen hat, Aivas?«
»Überlege selbst, mein Fürst«, erwiderte ihm der Haruspize. »An der Eroberung von Ruma war Velx genauso beteiligt wie wir. Aber durch den Tod des Königs wärst du hier festgehalten worden, und wem wäre dann wohl die eigentliche Verwaltung Rumas zugefallen? Du vertraust den Vibenna und Mastarna, aber dein Bruder Cneve allein kann gegen sie nichts ausrichten, und so wäre Ruma in kürzester Zeit an Velx gefallen ... Vielleicht mit Mastarna als König.«
Larth schwieg. Sie waren inzwischen an der Schwelle des Pavillons an-

gekommen, wo der Grieche gerade dabei war, seine Waren auszubreiten. Kaum hatte er sie entdeckt, kam er ihnen entgegen und verbeugte sich. Der Raum war fast noch leer, denn der wertvollste Teil der Ware, der die Augen der reichen Adeligen von Tarchna zum Leuchten bringen sollte, war noch verpackt. Aber die Sklaven waren schon fleißig bei der Arbeit.
»Laß uns alleine, Aivas!« befahl Larth brüsk. Der Haruspize zögerte einen Moment, doch dann verließ er wortlos den Raum, nicht ohne Larth einen Blick zuzuwerfen, der seinen ganzen Ärger ausdrückte.
»Deine Göttin sei dir wohlgesonnen, Fürst«, murmelte der Grieche, als Aivas gegangen war. Larth lächelte matt und zog ihn beiseite.
»Ich würde sagen, du bist ziemlich tollkühn, Grieche. Jeder andere Ort als dieser wäre dir zur Zeit freundlicher gesinnt.«
»Sie haben sich meiner bedient«, beeilte sich Demestone zu versichern, »und an jedem anderen Ort als diesem wäre ich schon längst tot. Aber König Tarchon hat mir geglaubt, und so sehe ich es als meine Pflicht an, seinem Haus gegenüber treu zu sein.«
»Du wagst es, von Treue zu sprechen! Ich wollte, ich wäre mir deiner genauso sicher wie er, Grieche.«
Demestone schüttelte leicht den Kopf und zeigte dann mit dem Finger auf den Opal, den Larth über der purpurfarbenen Tunika trug.
»Du bist ein Magier, Fürst, denn nur ein Magier kann einen solchen Stein beherrschen. Er ist sehr alt und kommt aus den *Namenlosen Wüsten*. Niemand außer den alten Babyloniern hat sie durchstreift, aber trotzdem war er nur ein toter Stein, bevor die Kleine ihn damals berührt und für dich erweckt hat. Nur für dich, Fürst Larth, für keinen anderen. Ich erinnere mich noch an diesen Augenblick, als wäre er erst gestern gewesen! Ich könnte dich gar nicht betrügen, nicht einmal, wenn ich damit mein Leben retten würde.«
Larth strich nachdenklich über den Opal. »Gut«, meinte er dann, »ich will dir glauben. Aber jetzt erzähle mir etwas über diesen Focesen.«
»Der edle Aivas wird dir schon gesagt haben, was ich herausgefunden habe«, antwortete ihm Demestone bedächtig. »Der Focese hatte einen guten Grund, sich an Tarchna zu rächen, denn er war der Neffe des Königs von Alalia, den du entmachtet hast, als du die Insel erobert hattest. Er war mir damals von befreundeten Händlern empfohlen worden, die für ihn garantierten. Sie waren Griechen aus Milet. Aber ich

hatte weder bedacht, noch wußte ich, wie nahe sie der ionischen Sache und damit auch dem Bündnis mit den Focesen standen. Jedenfalls war es für mich nach dem Mordanschlag trotzdem nicht allzu schwierig herauszufinden, daß sie glaubten, ein gutes Geschäft zu machen, wenn sie dem Mann die Gelegenheit zur Rache verschafften und damit gleichzeitig dem König von Velx auch den Arm, den er brauchte. Sie kommen genauso regelmäßig mit ihrer Ware nach Velx, wie ich hier nach Tarchna komme.«

Larth wandte sich ab. »Sevre, der König von Velx!« murmelte er ungläubig vor sich hin, und gleichzeitig stieg ein quälender Gedanke in ihm auf: Mastarna... Konnte es sein, daß Mastarna davon gewußt hatte? Konnte es sein, daß er an diesem Plan, der ihn zum König von Ruma gemacht hätte, teilgehabt hatte?

Entschieden schüttelte er den Kopf. Er wollte diese Zweifel nicht an sich heranlassen, denn das hätte den Sieg von Flasi Aivas bedeutet, der ihm dadurch den selbst erwählten Bruder genommen hätte, der ihm lieb und teuer war.

Demestone kam nun noch näher an ihn heran und sprach mit so leiser Stimme auf ihn ein, daß Larth sich zu ihm hinüberbeugen mußte, um ihn zu verstehen.

»Aber deine Feinde sind nicht nur in Velx, mein Fürst«, flüsterte er. »Du hast auch hier Feinde, zwischen deinen eigenen Leuten, in deiner eigenen Stadt. Sogar in deinem eigenen Haus. Ich bin immer auf Reisen, das weißt du... Also komme ich in alle Städte eures Bündnisses, und der Übergriff von Tarchna auf das Gebiet der Latiner erschreckt die Leute. Sie fürchten eine Allianz zwischen Tarchna und Velx und vor allem die Macht, die eine solche Allianz bedeuten würde... Selbst hier in der Stadt habe ich Kritik an deinen ehrgeizigen Plänen gehört. Es gibt eine gewisse Gruppe von reichen und vorsichtigen Männern, die glauben, daß Tarchna sich lieber wieder aus Ruma zurückziehen sollte. Andere wiederum sind überzeugt davon, daß Tarchna Ruma alleine beherrschen sollte. Den ersteren gefällt dein Ehrgeiz nicht, und die zweiten verstehen nicht, warum du dir Ruma mit Velx teilst. Zu den ersteren gehört dein Bruder Egene und vielleicht auch dein Vater. Dein Bruder hat es dir nicht verziehen, daß du ihm Cneve vorgezogen hast, der jünger ist als er. Und sicher ist Cneve nicht derjenige deiner beiden Brüder, dem der edle Laris den Vorzug gibt...«

»Der Große Trutnot hat recht, Grieche. Du bist so geschwätzig wie die Waschfrauen im Brunnenhof«, unterbrach ihn Larth trocken, doch die listigen Äuglein von Demestone funkelten für einen Augenblick vergnügt auf.
»Ich wäre deinen Göttern sehr dankbar, wenn sie den Großen Trutnot während des Verkaufs meiner Waren von hier fernhalten würden! Aber eines kannst du mir glauben, ich habe gelernt, genauso gut zuzuhören wie er. Und ich sage dir, daß du nur wenige Freunde unter denen hast, die sich morgen vor deinem Thron verneigen werden.«
»Gut, ich werde sehen, was ich für dich tun kann, und wenn du aufrichtig und ergeben bist, Grieche, dann soll es nicht zu deinem Schaden sein«, erwiderte ihm Larth und wandte sich zum Gehen.
Demestone beugte das Haupt. Er war tatsächlich ehrlich und aufrichtig gewesen, und es gab da noch einige andere Dinge, die er hätte sagen wollen. Aber auch er war inzwischen alt und vorsichtig geworden, und deshalb schwieg er.
Larth verließ den Pavillon und machte sich wieder auf den Weg in den Bankettsaal. Als er den Haupthof betrat, sah er Mastarna, der sich mit Marce Vibenna unterhielt. Die Diener waren gerade dabei, die großen Feuerbecken vorzubereiten, die bei Einfall der Dämmerung angezündet würden, und vor dem Bankettsaal waren die Zuschauer zusammengeströmt, um die Tänzerinnen zu bewundern, die soeben, begleitet von den Musikanten mit ihren Flöten und Barbitons und den Sängerinnen mit den Holzklappern, in den Saal einzogen. Einen Augenblick blieb er noch stehen, dann ging er auf Mastarna und seinen alten Kommandanten zu.
Als er zu ihnen trat, neigte Vibenna den Kopf und betrachtete ihn dann für einen Augenblick mit dem gleichen forschenden Lächeln wie damals im Hafen von Pyrgi.
»Ich habe nie daran gezweifelt, daß ich dich eines Tages als König begrüßen würde, Larth«, sagte er.
»Ich auch nicht«, antwortete Larth ihm mit einem kleinen Lächeln.
Vibenna nickte nachdenklich. »Kühnheit und Vorsicht. Solange ihr beide zusammen seid, wird man euch nicht schlagen können. Aber das wissen auch eure Feinde. Wäre ich noch euer Kommandant, dann würde ich euch raten, die Segel zu setzen und der Stimme des Windes zu lauschen.« Dann wandte er sich zum Gehen. »Ich wünsche dir eine

glückliche Nacht, Larth«, setzte er noch hinzu und verschwand in der Menschenmenge, die sich um den Einzug der Tänzerinnen, Musikanten und Sängerinnen drängte.
Larth und Mastarna schauten sich für einen Augenblick wortlos in die Augen. Es war Mastarna, der als erster seinen Blick senkte. »Ich werde morgen nach Ruma zurückkehren, sobald die Zeremonie beendet ist«, sagte er. »Wir werden uns in etwas mehr als einem Mond in Fanu Veltune sehen.«
»Wird dich jemand auf dem Rückweg nach Ruma begleiten?« fragte Larth.
»Nur meine Wache.«
»Auch Cneve wird morgen mit dem jungen Latiner abreisen. Ihr könntet den Weg gemeinsam zurücklegen.«
»Natürlich, wenn er will. Ich habe gehört, in Richtung Xaire soll es Raubzüge der Sabiner gegeben haben, obwohl es mir seltsam vorkommt, daß die Sabiner sich alleine bis in die Nähe von Xaire wagen. Dieser griechische Händler, du weißt schon, der gestern hier angekommen ist, hat davon berichtet. Ich erinnere mich nicht mehr an seinen Namen.«
»Du meinst sicher Demestone«, half ihm Larth.
Mastarna nickte.. »Genau, den meine ich«, bestätigte er.
»Er hat noch mehr gesagt als nur das«, fuhr Larth fort. »Er meinte, daß der Focese, der den König umbringen wollte, ein Neffe des Königs von Alalia ist, und daß er von Sevre, dem König von Velx, gedungen war.«
Mastarna schaute ihn so erstaunt an, daß Larth an seiner Überraschung kaum zweifeln konnte. »Wieso sollte er das getan haben?« fragte er. »Und mit welchem Ziel?«
»Um mich hier zurückzuhalten und dich in Ruma regieren zu lassen, das ja nicht nur von Tarchna, sondern auch von Velx erobert wurde.«
»Bist du gekommen, um mir das zu sagen?«
Mastarnas Stimme war sicher und fest, und Larth wandte seinen Blick ab. Zwischen den Schatten der nun immer dichter werdenden Dämmerung suchte er nach einem Licht, um sich von diesem Angstgefühl zu befreien, das plötzlich in ihm aufstieg.
»Ich möchte nur wissen, ob es wahr ist«, murmelte er.

»Es mag wahr sein«, gab ihm Mastarna zurück, »denn König Sevre ist ein ehrgeiziger Mann. Aber mit Sicherheit kommt er mit seinen Plänen nicht zu mir. Als er mir die Männer für Ruma zugestanden hat, hat er es bestimmt nicht nur mir zuliebe getan. Er verfolgte damit seine eigenen Ziele, so wie alle anderen auch. Der Hunger nach Macht läßt die Menschen die merkwürdigsten Dinge tun, und ich bete zu den Göttern, daß du ihm niemals in diese Falle gehen wirst. Aber was mich anbetrifft, so habe ich an keiner Verschwörung teilgehabt. Und selbst wenn wir aus irgendeinem Grund heraus jemals Feinde werden sollten, dann bestimmt nicht auf diese Weise, sondern nur von Angesicht zu Angesicht.«

»Feinde ...« wiederholte Larth lächelnd, und der Gedanke kam ihm so unwirklich vor wie die schimmernden Körper der Tänzerinnen unter dem hauchfeinen Musselin ihrer Schleier. Auch Mastarnas Blick schweifte nun ab.

»Ich werde beim Geleitzug in das Gemach der Königin nach dem Bankett heute nacht nicht dabeisein. Ich glaube, ich gehe gleich Axal suchen, und wir werden einen Becher auf euer Wohl trinken. Die Götter seien dir freundlich gesinnt, mein Freund ... Sonst wüßte ich nichts, was ich dir heute abend noch sagen könnte«, murmelte er und ging dann eilig davon, ohne sich noch einmal umzudrehen.

Larth schaute ihm nach und ging dann wieder in den Saal zurück. Es war kurz vor Einbruch der Nacht, und es war an der Zeit, wieder am Bankett teilzunehmen.

Im Saal waren das Fest und auch der Tanz inzwischen auf ihrem Höhepunkt angekommen. Caitli hatte sich zu Thanaquil gesetzt, und sie unterhielten sich mit leiser Stimme. Thanaquil nahm hin und wieder aus einem goldverzierten Glaskelch einen Schluck geharzten, starken Weines, der mit Ingredienzen versetzt war, die auf die Gelegenheit abgestimmt waren, und man hätte fast glauben könne, sie seien Komplizinnen in einem geheimen Ritual.

Als er zu ihnen trat, hob Caitli den Kopf und schaute ihn lächelnd an. Dann stand sie ohne ein Wort auf und nahm wieder ihren Platz neben Velvur ein. Zu viele Augen waren auf sie gerichtet.

Erst sehr viel später formierte sich der Geleitzug zum Gemach der Königin. Der Haupthof war von vielen Feuerbecken taghell erleuchtet, aber der Himmel hatte sich bedeckt. Auch der Wind hatte die Richtung

gewechselt und drückte nun den Rauch in die Säulengänge, die von einem starken Duft nach Kräutern durchzogen waren.
Velvur, als die höchste priesterliche Autorität, und Caitli, als die Hohepriesterin des Palastes, eröffneten den Zug. Ihnen schritten Lichterträger mit bronzenen Laternen auf langen Stäben voran, gefolgt von anderen, die betörend duftende Essenzen schwenkten. Ihnen wiederum folgten die jungen Leute und die Freunde des Paares, aber die normalen Hochzeitsgäste und auch die Alten waren von diesem Geleitzug in das Hochzeitsgemach ausgeschlossen.
Vor dem Gemach der Königin angekommen, öffnete die Hohepriesterin des Palastes die Tür. Der Raum war hell erleuchtet, warm und mit kostbaren Teppichen und Vorhängen ausgestattet. Die Mägde standen schon bereit, um das Paar für die Nacht vorzubereiten, angeführt von Hasti, die sich nun vor ihnen verbeugte. Nach langer Zeit würde das Gemach zum ersten Mal wieder zum Leben erwachen, denn diese erste Nacht mußte hier vollzogen werden, da es die Königin war, die den Thron mit in die Ehe brachte.
König würde Larth erst mit Beginn des neuen Tages sein. Caitli dankte Hasti mit einer knappen Kopfbewegung und wandte sich dann dem Paar zu. Sie nahm Larths und Thanaquils Hände in die ihre, führte sie an die Brust und spürte für einen Augenblick die heftige Flut ihrer feindlichen und verwirrten Gefühle.
Doch dann begann sie die Formel zu sprechen, und die Kraft der uralten Worte durchdrang den Raum und ihren Geist: »Der Palast heißt euch willkommen! Ihr seid das Fleisch seiner Mauern, der Atem seiner Gemächer, und seine Größe ist das Maß eurer Größe. Deshalb werdet ihr es nicht zulassen, daß er zerstört oder erobert wird, weil auch ihr sonst, zusammen mit ihm, zerstört und erobert werdet. Zeugt in dieser Nacht einen Erben für diesen Palast!«
Die rituellen Sätze waren gesprochen, und somit hatte das Paar den Segen erhalten. Larth nahm noch einmal das Bild von Caitlis Antlitz in sich auf, bevor sie sich zusammen mit dem Geleitzug entfernte, der wieder in festlicher Prozession in den Bankettsaal zurückkehrte. Als letzter schloß Velvur die Tür hinter sich.
Als alle gegangen waren, gönnte sich Larth ein langes Bad im angrenzenden Baderaum. Aber er schickte die Mägde fort, die gekommen waren, um ihm behilflich zu sein, und schenkte sich statt dessen Wein

ein. Er hatte den ganzen Tag über kaum etwas gegessen oder getrunken, und jetzt, wo sich über diesen Flügel des Palastes Stille gesenkt hatte, fühlte er sich plötzlich wie ein Eindringling in einem fremden Haus. Es war schon sehr spät, als er sich entschied, wieder in das Gemach der Königin zurückzukehren. Thanaquil war alleine und lag, bekleidet mit einem leichten Gewand aus hauchfeinem Musselin, auf dem Bett. Das Licht einer Lampe mit vielen kleinen Öffnungen hinterließ auf ihrem Körper ein bewegliches Schattenspiel, und in der Luft lag ein leichter Blütenduft.

Larth blieb am Fuß des Bettes stehen und schaute sie an. Unter seinem Blick kreuzte Thanaquil die Arme über der Brust und preßte die Lippen aufeinander. Selbst die betörendsten Essenzen und aller Wein des Palastes hätten sie nicht vergessen machen können, daß nicht er der Mann war, den sie an ihrer Seite haben wollte.

»Hast du Angst vor mir?« fragte Larth leise.

Thanaquils Blick verdüsterte sich, und sie rührte sich nicht. Trotzdem schien es Larth, den dieser Körper, der sich mit dem seiner Erinnerung vermischte, verwirrte, als ob ein kleiner, herausfordernder Funke in ihren dunklen Augen aufglimmen würde. Aber vielleicht hatte er sich das auch nur eingebildet.

»Ja«, flüsterte sie mit einem kleinen Seufzer, der es ihm leichter machte, sich ihr zu nähern. Gleich darauf war er an ihrer Seite. Er beugte sich über sie, löste ihr den Gürtel und streifte ihr den hauchfeinen Musselin ab. Jetzt war nur noch der Opal zwischen ihnen, und Larth zog ihn ab und legte ihn mit einer Geste beiseite, als wollte er ihn für all seinen Kummer und Schmerz dieser Nacht verantwortlich machen.

»Vor langer Zeit sagte ich in diesem Raum, du seist häßlich. Aber es stimmt nicht«, sagte er lächelnd zu ihr, während seine erfahrenen Hände die geheimen Plätze ihrer Lust suchten. Doch seine Augen blieben kalt, und Thanaquil wurde von einer tiefen Verzagtheit ergriffen. Sie war für ihn nicht mehr als irgendeine andere.

Larth nahm sie mit einer fast gleichgültigen Überheblichkeit, und als er merkte, daß sie sich ihm widersetzte, drang er mit Gewalt in sie ein und gab ihr den Samen, den der Palast forderte. Gleich darauf stand er auf, goß sich einen Pokal Wein ein und trat ans Fenster. Ein schmaler Lichtstreifen erhellte den Himmel im Osten, und ein Schwarm aufgeschreckter Drosseln flog vom Dach in den Hof hinunter.

Mit der rituellen Geste der Opfergabe erhob er den Pokal mit beiden Händen zum Himmel und leerte ihn dann in einem Zug. Er hatte die Erbin besessen und ihr seinen Samen gegeben. Die Hohepriesterin würde mit den ersten Strahlen der Sonne kommen, um den Vollzug zu überprüfen. Tarchna hatte einen neuen König.

Als ihm König Tarchon am folgenden Tag den Thron übergab und ihn zu seinem Nachfolger ernannte, strahlte die Sonne von einem wolkenlosen, kristallblauen Himmel. Die Gäste kamen, um ihm zu huldigen und ihn ihrer Bündnistreue zu versichern und boten ihm ihre Geschenke und Glückwünsche dar. Die Feuer auf den Stadtmauern wurden entzündet, um Tarchna den neuen König anzuzeigen, und die Tore des Palastes wurden geöffnet, um auch das einfache Volk mit Essen und Trinken zu bewirten und an den Hochzeitsfeierlichkeiten und der Ernennung des neuen Königs teilhaben zu lassen.
Velvur, der neben dem Thron stand, beugte sich zu Larth und umfaßte seine Schultern mit einer vertraulichen Geste, die nur dem Großen Trutnot vorbehalten war.
»Die Zeichen haben gesagt, daß deine Königin fruchtbar sein wird«, flüsterte er ihm ins Ohr. »Das wird zum Wohle Tarchnas sein.«
»Das freut mich«, antwortete ihm Larth mit undurchdringlicher Miene.
Thanaquil an seiner Seite lächelte ruhig und gelassen. Es gelang ihr vollkommen, ihre Gefühle zu verbergen, so wie es einer Königin geziemte, und keiner sah ihr an, was in ihr vorging.
Velvur beugte sich noch weiter zu ihm hinunter, so daß niemand mehr seine Worte hören konnte. »Koste diesen Tag aus, Larth«, flüsterte er ihm zu, »denn heute bist du König geworden!«
Larth lächelte flüchtig und legte seine Hand auf die des Trutnot, der noch immer seine Schulter umfaßt hielt.
»Ich bin schon immer König gewesen«, war seine knappe und stolze Antwort.

AUF DER NÄCHSTEN SEITE FINDEN SIE EINE KURZE ZUSAMMENFASSUNG DER WEITEREN HANDLUNG.

Larth ist König geworden, aber er ist nicht glücklich. Seine Söhne, die er mit Tanaquil gezeugt hat, sterben. Und Larth, der es nie überwunden hat, daß Caitli und Axal eine Tochter – Thesan – gezeugt haben, greift nicht ein, als Axal von einem Bären angegriffen wird und stirbt. Caitlis Schwester, Tanaquil, hat nie aufgehört, Mastarna zu lieben. Sie zeugt mit Larths bestem Freund eine Tochter – Tullia – und muß zum König von Vei fliehen.

Als Thesan herangewachsen ist, erkennt Larth in ihr die Menschen, die er am meisten geliebt hat: Caitli und Axal. Mit ihr zeugt Larth einen Sohn – Tarxne. Auch diese beiden Kinder, Tullia und Tarxne, sind füreinander bestimmt.

In Ruma und Vei rüsten die Heere auf, die große Schlacht ist nicht mehr zu verhindern. Mastarna tritt gegen Larth an, trifft ihn tödlich und wird Larths Nachfolger.

Tarxne, der Larth täuschend ähnlich sieht, hat von seiner Mutter und Großmutter die Fähigkeit geerbt, in die Zukunft sehen zu können. Er wird König von Ruma und Tullia seine Königin. Aber die Latiner sind aufsässig und es wird immer schwieriger, dieses Volk zu befrieden.

Die schöne Velizia wird Königin von Vei – und die Liebe Tarxnes zu dieser jungen Frau wird ihn später den Thron kosten.

Als Piraten den Tivrit zerstören und dabei auch Caitli, die nach dem Tod Velvurs zum Großen Trutnot geworden war, umbringen, scheinen sich alle düsteren Vorzeichen zu erfüllen. Aber auch Tarxne will das Schicksal nicht akzeptieren . . .

Mariangela Cerrino erzählt über Generationen hinweg die Geschichte der Etrusker, deren Ausgang hier nicht verraten werden soll. »Der Zauber, den die Etrusker auf uns ausüben, ist ungebrochen«, schrieb die italienische Presse und: »Bravourös versetzt Cerrino den Leser in die spannende und eigentümliche Atmosphäre der Frühzeit.« *(Il Giornale)*